風流才子紀曉嵐

上冊

妻妾奇緣

易照峰◎著

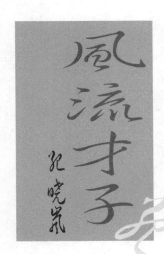

紀曉嵐

目錄

壹　蛇火猴三精入世

瞎子批命書：「本命羊刃煞主剋妻，妻妾不少，命促者多。」

清朝雍正二年（西元一七二四年）歲次甲辰，六月十五日，盛夏炎天。

直隸河間府獻縣（今河北省滄州市），崔爾莊有座紀氏宅府，是個赫赫有名的大戶人家。

遠祖暫且不說，眼下的祖輩人物叫紀天申，字寵予，是時五十九歲，是朝廷京城（今北京市）國子監的監生出身，考取了縣丞職務，縣丞是一個縣裏縣令手下的實權派人物，每月薪俸相當於四百石稻穀。如今早已退休閒居在家。紀天申富而好義，行德於鄉里。康熙四十二年（一七〇七年）桑梓大災，紀天申捐出粟米千石，煮粥施捨，救活災民三萬多人。

昨晚上更是怪了，紀天申幾乎作了一整夜的夢，其夢境更是古怪荒唐。

……紀天申早早地來到白龍河邊，還是坐在那棵高大枝多的水楊（蒲柳）樹下，放好小矮凳，甩出長釣竿，他要在這裏釣上大半天，河邊水汽消暑，頭頂蒲柳遮蔭，眞是再好沒有的消夏去處。

蒲柳喜生水邊，這白龍河兩岸隨處可見。許是常被人砍折糟塌吧，本應是喬木的蒲柳倒成了灌木叢叢。這當然是蒲柳生命力極強的表現，你折我一枝吧，我發兩枝三枝；你砍我一束吧，我發一叢又一叢。不但是砍折不絕，而且是越砍折越多。

奇怪，獨有石拱橋邊這一顆蒲柳長成了撐天喬木，濃蔭密佈，正好盛夏消閒。也許是人人覺得這橋頭該有一株大樹吧，誰也不來砍折當年這蒲柳小苗，造就這小苗長成了大樹。

紀天申今天越更早早地來到橋頭樹下，佔好了一個最好的釣魚碼頭。紀天申家大業大，富甲一方，他豈會看重釣魚得手不得手？突然，河裏水面上的浮子開始像眼睛般的眨動，繼而像椿米樣的一落一起，轉眼之間，浮子沈入水中，只見一點浮尾，被拽著向河中游動……這是一條大魚終於已經上鉤的證明，紀天申好不高興。雖然他垂釣不在乎魚，眞釣到了大魚也是大有樂趣。他雙手把穩了釣竿，突然用力一帶，讓水裏的魚鉤更穩地鉤住魚口，使它無法逃逸。紀天申緩慢穩妥地把釣竿往上提起，只覺竿上很沈，這魚少說也有一二斤了。他知道越是大魚越不能提竿太猛，否則可能鉤脫或是竿斷，那就前功盡棄了。

終於得手，魚頭露出水來，啊！扁嘴好大，黑頭，是條鯰魚吧……不對，這鯰魚身子怎麼這麼長？一尺，二尺……足足五尺，呀，不好！原來是一條大烏蛇。

紀天申生平最怕蛇，猛可便嚇得目瞪口呆了。哪顧得了這麼多，他脫手把釣竿一甩，掉頭便要往家裏跑。誰知背後傳來熱情的呼喚：「紀翁！天申公字曰寵予，果是對於之寵幸，釣我進家，萬事康泰，你老慌跑什麼？」

紀天申回過頭來，那大烏蛇已幻化爲赫然巨蟒，人立地上。不但說出人話來，而且樣子決不可怕，不住地深深點頭，簡直和人敬鞠躬禮一樣，一邊還說：「寵予公，晚生這廂有禮了。」

這就眞巧，慣來怕蛇如虎的紀天申再無半點懼怕的感覺。他平穩地站了下來，問蛇說：「你是誰？」

「我是蛇精，集聰明智慧於一身，當然有時難免有點狡黠，這狡黠也是睿智的一種表徵，寵予公不會不知道吧？」

「管你蛇精是聰明還是狡黠，與老夫有何相干？」

「大有相干！寵予公把我釣著，乃是三生的緣分，你我合該是一家人。當然天申公你是祖父輩份。」

「不聽你的狡辯，你果然巧舌如簧。可你蛇精怎入得我紀家門戶？」

「天申公難道忘了，你長子容舒三房夫人張氏，不正懷孕在身嗎？」

「你是想借我兒媳身孕入世？」

「不是我想與不想，而是天意安排。天申公你名字的『申』字除了『申訴』『申理』的解釋，不還有『申敬』『申謝』的意思麼？『天申』就是『天謝』，上天要謝你好義樂施拯救了饑民萬千，所以送蛇精我來做你的孫子，用超常的聰明智慧去建立功德。」

紀天申似乎被說服了，但仍帶點疑惑地問：「蛇精，我怎麼知道你沒有曲解天意呢？」

蛇精反問：「寵予公你且想想，在十二生肖中，我蛇屬於哪個時辰？」

「巳時。」

「那寵予公你再想想，你現在釣我起來是什麼時辰？」

紀天申好個驚喜：「啊！正是巳時。」

蛇精洋洋得意：「好！天意如斯，天申公帶小孫入戶投胎去吧！」

不意頭頂上傳下高大的喊聲：「且慢！」

紀天申猛地抬頭，高大的水楊樹椏中坐著一隻碩大的猴子，渾身毛色金黃，雙眼如電光炯炯。只聽它聲音宏亮地說：「蛇精！你別太逞能了，在我猴精眼裏，你的聰明智慧就算不差了，可也再難強過於我。然我的乖巧靈通，卻是你望塵莫及！」

猴精一邊說著，一邊在樹上要開了身手，只見它輕臂長舒，上下飛躍，不僅從這枝竄到那枝，而且那身姿如舞姿般美妙。最後它迅速攀緣到了樹巔，幾乎已可接天了。只見那尖頂枝極左右搖擺，越搖擺越劇烈，打閃起花，煞是好看，只是像要斷裂墜地了……

樹下的紀天申不自禁脫口而出：「猴精小心！摔下來危險！」

「摔不著！」樹頂的猴精騰蹦跳下地來，平穩地站著，朝紀天申長長一揖說：「多謝祖父對孫兒掛心！」

紀天申情不自禁地就要拱手還禮。

一旁的蛇精忙忙插口說：「寵予公且慢接納猴精，猴精不適合作你的孫子！」

紀天申一驚忙問：「為什麼？」

蛇精說：「寵予公且聽根由，猴精雖然有不亞於我蛇精的聰明睿智，甚至還多一份靈巧，但是猴精肆淫，凡一雌一雄發情之後，管是黑夜白天，無論早晨晚上，必淫無疑。聖人教誨：萬惡淫為首。寵予公將猴精接納為孫兒，他必將因淫壞事，釀成惡果，身敗名裂的下場何其悲夫！寵予公當有明察。」

紀天申一時懵了，蛇精對猴精的這種指斥，實在不無道理。

不意猴精侃侃而談說：「天申公別聽蛇精危言聳聽。誠然聖人說過萬惡淫為首，但也教誨：『飲食男女，人之大欲存焉。』猴精不隱諱自己的淫慾，然這乃是天理，比那些滿口仁義道德，一肚子男盜女娼之流，猴精勝過他們千萬倍。然蛇精斥我『猴精肆淫』，卻是言過其實，淫者爲何，繁衍子孫之需要。其實情慾也講因緣，因須夙造，緣須兩合，非一方慾淫即淫可也。倘若雙方情慾相合，自然兩相愉悅，前有夙因。倘若一方強迫而對方不願，何來因緣可談，又哪會有何愉悅？那便是萬惡淫爲首的起因。我猴精對此深爲明瞭，決不會有惡果產生。正所謂『淫雖有，惡不生；愛之切，恨不成』，何致身敗名裂？祖父大人不必疑慮了。天申公，你可知你我之間的緣分，乃是天定的嗎？」

紀天申喜中尚存疑惑，爽口問道：「猴精！此話怎講？」

猴精說：「天申者，天賜之申時也。請問天申公，在十二生肖裏，申時屬相爲誰？」

「申屬猴！」

「對極了。這不是說我猴精與天申公你家是天定的緣分嗎？你再不能拒絕我做你的孫子了吧？」

紀天申說：「天意如斯，我已無話可說。」說罷就要引領猴精往家裏走。

一旁的蛇精軟下了聲腔忙打招呼：「猴兄，別急，怪我初時懵懂，不該侮辱了你猴精。申屬猴，猴兄你與天申公家緣分無可否認。但是巳屬蛇，寵予公在巳時將我釣起，不也是天意安排對予的寵幸嗎？既如此，我猴蛇二者合而爲一，共同作紀家的晚輩後人吧！」

猴精說：「蛇兄此話有理，不悖天機，我二者說合就合！」

猴精話還未了，便向蛇精走去。

蛇精卻不是走，而是急速奔溜。

二者頃刻化爲一體，非蛇非猴變成了人形，頎長而英俊。

紀天申一看未來的孫子兼有蛇與猴的精靈，而且如此俊俏，高興得莫知其可了，連連說：「我孫兒或可爲我紀家光宗耀祖！隨我回家去吧。」

「且慢，且慢，且慢！」由小至大的三聲叫喚，竟然是從身旁的白龍河中響起，頃刻震響在寰宇上空。

紀天申好不驚詫，凝神望定了白龍河。只見河水在上漲，上漲，頃刻間滿世界一片汪洋。紀天申正詫異爲什麼沒有淹著自己，凝神一看自己已經站上了橋頭，身旁就是蛇精與猴精共同化合的人形身影。

突然間，汪洋裏慢慢放亮，放亮，終於水裏透明，一顆煞像太陽的火球在遠處翻滾，翻滾，滾著滾著到了眼前。奇怪，如此灼亮而不刺眼，好一個如日中天！對極了，這不是近幾天夜來夢中常見的景象嗎？想不到今天親自見到了。

火球滾出水面，竟現出一赤身裸體之美女。譁然一聲，美女不見，紅火整個地包裹住了幾可撐天的蒲柳水楊。不！說那火球化做了一棵大樹才更恰當。他竟然也開口說話了：「天申公！你看見我了嗎？」

紀天申說：「你正如日中天，我怎能看不見？」

「你怕我嗎？」

「光者萬物之明，我怎麼會害怕你？」

「那麼你知道我是誰嗎？」說完，那包裹整棵大樹的紅光閃出火焰，當空熊熊燃燒，卻又沒見燒毀任何生物，更沒有絲毫令人恐懼的地方。

紀天申大受啓發，猛然高喊：「你難道就是火精嗎？」

「天申公果然非同凡響，一猜就中。但你還記得火精的來歷嗎？」

紀天申略一思忖，猛省地說：「火者五行之一。古籍教言：五行者，金水木火土也。五行具有五德。《漢書．郊祀志．書序》有云：少昊以金德王，顓頊以水德王，帝嚳以木德王，堯帝以火德王，舜帝以土德王。依此推斷，火精的來歷是堯，難怪堯叫做炎帝，不是一團火，而是兩團火啊！」

火精說：「天申公果然學富五車，所說火精的來歷不錯。」

紀天申說：「敢問火精意欲何往？」

火精說：「天申公，還記得這幾天夢中所見的情景嗎？」

紀天申說：「近來天天夢見，豈能稍有忘懷。夢境豈不正是眼下的實景嗎？」

火精問：「既如此，天申公難道還猜不透火精目前所欲何往？」

紀天申說：「莫非火精有意進駐敝家舍下？」

火精說：「天申公長媳張氏是日待產，所產當是孫子，火精欲借胎兒行世入間。」

紀天申說：「火精光臨舍下，自是蓬蓽生輝。然已有蛇精猴精托生在此，已占時辰之先機，未知火精怎樣圓通融洽？」說著朝身旁的人形影像一指。

蛇猴人形自然有應急回答的才能，他沈沈穩穩地說：「我們亦蛇亦猴，有聰明、智慧和靈巧，保胎兒終成大器。你火精依仗什麼？莫非讓未來孫兒時時提防火燭？」

火精說：「火者豈只是火燭嗎？人而無火，茹毛飲血，何其悲苦。燧人氏鑽木取火，人得熟食才有今天，更兼火者一德，堯帝能以火德教化天下萬民，臻成盛世。蓋火德正大光明，火精將教未來孩子成為棟樑才俊！豈只是爾等的若干聰明靈巧？」

蛇猴人形說：「莫奈何我二者已占先機，百姓都說：『先到為君，後到為臣』，你火精縱有大德，已經晚了。」

火精說：「與其說我來晚了，不如說你們來早了，你二者什麼時辰到此？」

「巳時。」

「然二位似乎忘了，李虛中命書有言：男人要午難午，女子要子難子。此話億萬百姓已當做了口頭禪。你二位巳時豈非早到？何如我火精午時到得最好？」

一旁的紀天申急得搓起手來：「魚和熊掌，二者不可得兼。這可怎麼辦？怎麼辦？」

蛇猴合體聰明絕頂，馬上應聲：「祖父不必著急，火精午時正點而來，定是天意指引。那麼我蛇猴二位當以火精為楷模，以正大光明為宗旨，我二者聰明靈巧附麗於正大光明，則未來孩兒當更有大成就也！」

火精好不高興，爽口大聲說：「到底蛇猴精明，如此我們共同事奉一個主子吧。」

話還未完，火精從高大的樹上跳落下來，一下子附在早先蛇精和猴精化合的人形身上。頃刻間蒲柳回復了本來的綠色，而人形長影通體放光。尤其是那雙目如炬，炯然有神，朝紀天申長長一揖說：「祖父速歸，明天午時迎接孫兒出世！」

倏忽之間，人形光環飛騰而去，落在紀氏大宅屋頂正中，那裏自然是棟樑所在……

紀天申猛地醒來，竟是南柯一夢。可夢裏情景卻是永難忘懷。

蛇精、猴精、火精爭相彙聚一體，投胎我紀家張氏兒媳懷中。莫非我未來孫兒果然會有如此大的造化？

夢中三精所說的「明天午時」，自然就是今天六月十五日的午時了。這夢境到底可信不可信呢？紀天申是多麼希望這將成爲事實啊！

紀天申長子叫紀容舒，字遲叟，此時三十八歲，正當壯年。紀容舒是科考舉人出身，官居朝廷刑部江蘇司郎中，掌江蘇、浙江、福建諸省刑獄的軍騎事務，是刑部的高級部員。

紀容舒是紀府眼下的主心骨人物。反正京城（北京）離河間府獻縣崔爾莊的家不遠，紀容舒頗有餘暇兼顧好自己的家。紀天申夢中三精彙聚投胎去處乃是紀容舒的現任夫人。

紀容舒元配夫人是本縣安國維之女安氏，生長子紀晫，字晴湖，此時年已十八歲。其母安氏早逝，父親紀容舒繼配滄州州同張雪峰的第二個女兒，無奈又沒有生育而亡故。張雪峰見二女兒嫁給紀容舒之後沒有生育便已故去，於心甚爲不安，又將自己的第三個女兒嫁給紀容舒作爲三配。所以這位三配夫人張氏是來作了自己姐姐的塡房。

正在這盛夏炎天的六月十五日，紀容舒這位三配夫人張氏懷孕足月，在床臨產。丈夫紀容舒也從朝廷刑部告假歸家，以待添喜。

此時，由元配夫人安氏所生的長子紀晴湖已經十八歲，雖然還在攻讀詩書，卻是已經婚配，夫人是河間縣賈貞符之女。看見繼母張氏懷孕臨產在床，紀晴湖與夫人賈氏已經事先迴避。

五十九歲的紀天申早已是兒孫滿堂，有福有壽，對於兒媳、孫媳之類懷孕與否，已經毫無牽掛，總之是順其天意，當生則生，該養會養，何況男女有別，大輩子男人絕無過問兒媳或孫媳生養之道理。對於長子紀容舒第三房夫人張氏的臥床待產也便處之泰然，不想過問。他仍是每日到河邊去釣魚消閒。

偏偏事有蹊蹺，這一陣子以來，他連續幾個晚上作怪夢，夢見莊前不遠處那條白龍河裏，時不時閃現耀眼的光芒。常常好像是圓月落水，透亮晶瑩；忽然又恍如汪洋變成大火，好一個如日中天。

紀天申再不能對長媳懷孕待產之事置之不理了。他把兒子紀容舒叫了來，叫著他的字說：「遲叟！我作了一個奇怪的好夢……」便將昨晚夢中見聞一一說道周詳，最後問道：「遲叟！這將有驗麼？」

紀容舒一聽，高興得忙忙跪向父親，磕了三個響頭說：「爹！有驗！這驗就驗在爹爹你老人家的陰功盛德之上啊！包括康熙四十二年爹爹煮施粥救活三萬多人一起，咱們家這幾十年來救活的災民不止十萬。上天有好生之德，爹爹的行爲足以感動上蒼。我們河間府這獻縣在漢高祖劉邦時封爲獻王封國。古書早有載稱，獻王修學好古，實事求是，所得書皆先秦古文書，被服儒術，六藝並舉。至今已二千餘年矣。說不定歸結在爹爹的功德之上，給你生一個大有造化的孫兒也未可知。」

紀天申自是樂得捋鬚頷首，頻頻說：「但願如此，但願如此！」

紀容舒說：「爹！用不了多久，午時轉眼即到，生育時辰自有天意安排，任何人無法左右，且看我兒是否能在午時出生……」

半點不差，午時正點，張氏產下一個男孩。

紀容舒不幾天給這新生的兒子取了名字：紀昀，字曉嵐。

紀容舒給兒子取了這名字還不太放心，便去徵求父親的意見。他輕聲細語對紀天申說：「爹！我給孩子取名爲昀，字曉嵐，你看妥是不妥？與你夢中所見沒有抵牾嗎？」

紀天申說：「這名字很好，昀乃很盛的日光，破了曉霧當然便有這日光的強勁，火精的精髓，不就是正大光明嗎？名字很貼切。遲叟，你看昀兒的樣子有什麼特別之處？」

紀容舒說：「孩子才滾下地，看其他特別之處都早。只他眼睛好像與別人不同，特別發亮。我注意到了，尤其是到了夜間，四處墨黑，昀兒那兩隻小眼睛有光，看去有點像貓子眼。」

紀天申好不高興地說：「這就對了，這正和我夢裏所見一樣啊！昀兒說不定眞是火精轉世。遲叟，趕明天你把諸葛先生請來，給昀兒算一個新八字試試。諸葛先生不是被許多人尊稱爲諸葛孔明先生再世嗎？」

紀容舒笑了一笑，說：「爹，怪孩兒自作主張了，我在昀兒三朝那天就已請諸葛先生算過八字，推定四柱了。」

紀天申很高興：「哦，這好。諸葛先生對昀兒八字都有什麼說法？」

紀容舒說：「爹！只怕你老人家那個夢眞的有靈有驗了。諸葛先生說這孩子的八字大官大貴，少有可比，或有官至極品之造化。他聽我說請他不要過分褒揚，還是照直說好，便叫孩兒照他所說抄錄一份，叫我留存備查。」

紀天申很急切：「你抄錄下來了吧？」

紀容舒說：「抄錄了。」隨即掏出來，遞過去。

紀天申接過來仔細往下讀。

紀昀命造

（年）［偏印］甲辰［食神］

（月）［正財］辛未［傷官］

（日）［陽火本命］ 丙午 ［劫財］
（時）［偏印］ 甲午 ［劫財］

論斷：

一、本命五行缺水，根基穩固，且很平整。本命丙火，時支午爲火，計有二火；年干時干均爲甲木，有二木，木爲火的印綬，可謂印綬護身；年支辰爲土，月支未爲土，有二土，土爲火的子息，可泄火之過盛；月干辛爲金，金是火的被剋，被剋者是爲妻財；日支子爲水，水是火的剋星，即是正官。因本命丙火得生助太多，宜有水剋，故此正官爲本命丙火的用神，十分有力，綜合言之：火命生在夏天六月，火處旺相之期，現有火三、木二、土二、金一，二木生三火，二土又泄火，一金火剋爲財，極平整。

二、本命在寄生十二宮中十分旺相。對本命丙火而言，年支辰處於「冠帶」地位，時支午處於「帝旺」地位，日支子處於「胎養」地位。這三宮都旺相得很，難能可貴。

三、本命有吉星照命，吉星日「天德貴人」，月支爲未，遇上時干爲甲，即是天德貴人。天德貴人主一生吉利，富貴榮華。本命或可官居極品。

四、本命有羊刃是兇狠的煞星，有所謂「女帶羊刃，刑夫剋子，男帶羊刃，妻宮有損」。本命爲男造，羊刃煞主剋妻。妻妾不少，命促者多，勿謂言之不預也。

……

紀天申、紀容舒兩父子這裏事還沒談完，忽聽前面大廳堂裏吵吵鬧鬧，幾要翻天。紀府富家大戶，房子有五六十間，雜役下人數十個，平常有點吵鬧喧囂誰也不當緊，但從來沒有這麼樣的大聲喧嘩，似乎這裏邊又有笑又有罵，笑笑罵罵難分頭尾。紀天申把紀昀的四柱八字往兒子手上一推，登登登往外走，一邊嘟嘟囔囔地說：「如此吵鬧，成何體統？」

紀容舒年輕許多，幾步就搶在老父親的前面去了。他要趕在父親前面去平息一場風波。

偌大的前廳裏，裏三層外三層圍滿了人，可以想見，家裏男男女女幾十個雜役下人全到齊了。

只聽有人高喊：「打死它們，打死它們！」

有人便做轉彎：「它們也是一條命，平白無故的打死了幹什麼？」

紀容舒看不到裏面是在作什麼，只聽見震耳鼓的笑聲，他再忍不住了，大喝一聲：「吵什麼？都去做事！」

男女下人們一看是當家老爺發了火，冷寂下來，大氣不敢喘，埋眼低頭，四散走了。

於是現出場子中間的三個男人：轎夫任狗剩和牛橫秋，還有一個叫羅大頭的護院。任狗剩和牛橫秋兩個捉住一隻猴子，用繩子捆還沒捆完。羅大頭雙手捉住一條大烏蛇，看來剛才是在表演什麼「蛇拳」之類。眼看主人臉上怒氣衝衝，三個人一齊跪在廳堂說：

「老爺！奴才們知罪，請老爺示下，是不是把它們打死？」

紀容舒早已看得目蹬口呆了。老父親關於昀兒是蛇精、猴精轉世的話猶在耳邊，怎麼三個下人偏就捉了蛇和猴子來？還口口聲聲要將它們打死，這究竟是怎麼回事？一時說不出話來，不住地喘著粗氣，他眞的是氣昏了。

紀天申老人登登登跨進廳堂，一見蛇和猴子也猛地打顫，炸起聲腔喊：「幾個混帳東西！什麼東西不好捉，偏捉了它們玩，快說是怎麼回事？」

任狗剩和牛橫秋捉著猴子說：「廚房裏老陳總說不是丟肉就是丟魚，今天我兩個沒事做，格外關心，才發現這鬼猴子就住在老爺家的閣樓頂上，魚和肉全是它偷吃了。我兩個怕上去捉不住，請護院羅師傅幫忙，悄悄爬上閣樓，才看見閣樓上還有條大烏蛇。羅師傅功夫眞好，幫我們捉了猴子，他自己還捉住了蛇。現在請太老爺和老爺示下，是不是將它們馬上打死？」

紀容舒已經緩過氣來，想起老父親說昀兒是蛇精和猴精轉世的那件事，遠遠地繞著彎說：「上天有好生之德，太老爺有憐憫之心，平白無故害死兩條命幹什麼？快將它們送到外面小山包的樹林裏去！」

任狗剩、牛橫秋、羅大頭三個又磕了一個頭說：「太老爺、老爺功德無量！我們馬上就去放生！」說完起身便要往外走。

紀天申制止說：「不去！老百姓傳言說：無狐媚不成大宅！你們見個猴子怕什麼？猴子肯來我紀家大屋落腳，是它看得起我紀家，我紀家有東西給它吃，我紀家不兇狠殘害它！烏蛇就更不要說了，書上早說了，烏蛇沒有毒，烏蛇是捉老鼠的大王。貓子鑽不進老鼠洞，蛇進去把老鼠吃個光。快快，你三人哪裡捉的還送回哪裡去！一家大屋裏連猴子和蛇都容不了，還算得上什麼大戶人家？」

紀天申深信新生的孫子昀兒非同凡響，管他是不是眞由蛇精猴精轉世，今天這蛇、猴現身必有來頭。於是扯一些七零八碎的理由叫將它們再放回閣樓上去。老人深信這對昀兒有好影響。

紀容舒完全能理解老父親的心情，補充一句說：「給猴子多送一點吃的東西！」

那些下人們早先一哄而散了，其實他們一個也沒有走開，全躲在暗處看稀奇怪事。他們以爲兩代老爺一定會叫把猴與蛇都打死，萬萬想不到竟然還要放生它們，而且還要放在這棟大屋裏，這可更是古怪稀奇。下人們無法知道老主人那奇怪的夢，也就無法理解放生蛇與猴的行爲。在他們看來這下子可就危險了，婦女們幾乎個個吐著舌頭說：
「乖乖！黑間半夜再不敢一個人在屋子裏走了……」

貳 淘氣夜眼玩麻雀

紀昀說：「我夜眼睛看見我家有四隻猴子，八條烏蛇。」

崔爾莊紀府是書香旺族，富甲桑梓。他家的房屋建築嚴格按照宋代以來《儀禮》實施，整體上看是一個封閉式的極大群落，前邊大門兩側有巨大的塾房。塾房便是家塾的教室，也就是通常所說的學堂，擺在最前面也就是放在最優先最重要的位置上。紀家子孫繁衍很快速，人口越來越多。房子不斷要擴建，而每次擴建都只在後房添加；添加之後把原來的圍牆拆掉，再在新添房屋之外修建圍牆。這樣，圍牆之內是一個不斷擴充的建築群體，用無數的天井和回廊與老房屋聯綴在一起。但不管怎麼說，永遠不敢動前門配置學堂的格局，因這才像永遠的書香世家。

塾房學堂便是蒙館，給幼小孩子發蒙講學的地方。

誰都知道，辦學都要不少錢，所以除了富家大戶，誰也辦不起家塾。在崔爾莊周圍一二十里的範圍中，紀家當然是辦得起家塾的首戶。紀天申樂善好施，他的紀家家塾實際上成了一所私家義塾，歡迎附近的窮孩子免費入學發蒙。所以紀家家塾裏學生很多。

此時紀家蒙學先生叫石敬祖，是個鄉間老秀才，已經五十多歲了，戴一副近視眼鏡，蓄一部花白鬍鬚。對於包括《三字經》、《百家姓》在內的《幼學瓊林》之類的蒙學功課，簡直已能倒背如流。

紀天申說：「本姓先生教本姓學生容易產生溺愛，再加上我們家塾裏不少學生是雜姓人，再請咱族內家師容易使外姓孩子害怕。」這便是紀天申老先生選請外姓人當自家家塾老師的來頭。

當時孩子們普遍到六歲才發蒙入學。而紀昀只有四歲就發蒙了。這自然是祖父紀天申的特別關愛。紀昀出生時祖父紀天申五十九歲，身體不佳。幾年來他一時半刻也沒忘記小孫子出生時的怪夢怪事。四年已過了，紀天申六十三歲，覺得自己身體更不如從前，說不定哪天便會嚥氣倒下，看不到小孫子昀兒入學發蒙，那將會使自己後悔一輩子。於是，他決定讓紀昀四歲發蒙讀書。

發蒙拜師格外隆重，紀天申親自參加。

紀昀向「大成至聖先師孔子」畫像上香叩拜之後，便要向石敬祖拜師。石敬祖趕忙把紀天申拉來和自己坐在一起，而且尊奉紀天申坐在東邊，東邊為大，這是亙古以來的傳統說法。紀昀果然是蛇精轉世的嗎？他四歲時已顯出大高個子的雛形，四歲孩子已和五六歲的同學一般高了。

時興的民間文人傳統服飾是碗帽、馬褂罩長袍。

紀天申永遠不會忘記書香世家的根本，他便要家裏常備的縫紉匠人給紀昀做了這樣一套小禮服，讓紀昀穿了這馬褂長袍小禮服行拜師禮。

小孩子穿大文人的衣服本來很可笑，但因為是量體裁衣，十分合適，紀昀穿著它也就不刺眼了。

紀天申等紀昀拜師禮行完，命人拿出一百兩銀子送給石敬祖，當著眾多小學生的面對他說：「石先生！我把這小孫子託付給你了，他很調皮，請你對他嚴加管教，我相信嚴師出高徒。」

石敬祖接下老主人這麼重的進學拜師禮，受寵若驚，當然對小紀昀看管得嚴了。

偏是小紀昀果有猴子般的頑劣性，沒有半點坐心，坐在學堂裏聽石敬祖點書講課，不是動腳就是動手，總要惹得左右鄰桌的小同學嘰嘰喳喳。

可是石敬祖又半點難不倒他，無論是教他什麼課，他總是一次就聽得懂，記得下，背書就背書，問話就答話，小紀昀在學業上不出半點偏差。他年紀比別人小一截，學業卻總是頭一名。石敬祖只好睜一隻眼閉一隻眼。對紀昀上課時的一些小打小鬧充耳不聞。心想只要他學習成績好，也就在紀天申老人那裏能夠交得差了。

轉眼兩三年過去，紀昀六七歲了，他不僅能把家塾蒙館的所有課本都倒背如流，會認會寫兩千字，而且從母親張夫人那裏學了許多其他課文，開始接觸高深得多的四書五經了。

在紀昀的同學中，李貴青成了他最好的朋友。因爲這個李貴青是學堂的大哥哥，又貪玩又鬼點子足。會捉螢火蟲，會粘知了（蟬），還會捉蟋蟀，儘是好玩的東西，在小小的紀昀眼裏，李貴青眞是個大英雄，當然想方設法去巴結。紀昀從小有個與眾不同的生活習慣，只喜肉食，不喜糧食，米飯從來一粒不沾牙，頂多喝點粟米粥，吃點麥面餅。一遇肉食，喜歡得不得了，什麼雞肉、豬肉、牛肉、羊肉，樣樣做得飯，充得饑。肉食中唯一不吃的就是鴨，不知怎麼的，他一聞到鴨肉味就作嘔，多好的廚子多好的手藝做出來都白搭。

紀家大戶豈缺肉麼？他母親張夫人最知兒子的奇怪口味，特地交代廚房伙夫陳良友說：「陳師傅，昀兒也不知怎麼了，喜肉厭飯，尤其是各種肉食滷味臘條，他一天三頓盡得飽，你就多準備一點吧，隨著他。」

富厚之家要啥有啥，陳良友自然時刻把滷條臘味準備得堆缽堆碗。

紀昀自己吃足吃飽不用說，還時常偷了熟肉孝敬李貴青，與他換各種好玩的小把戲。

一次，李貴青對紀昀說：「小少爺，你家轎夫任狗剩說你有一雙夜貓子眼，夜裏都看得見東西，是眞是假？」

紀昀很有點自豪地說：「當然是眞的，我晚上看東西和白天一個樣，好像偏是越黑的晚上越看得見東西。我晚上看得清清楚楚，我們家裏有四隻猴子，八條烏蛇，猴子兩大兩小，烏蛇差不多都有扁擔那麼長。」

李貴青眼一亮說：「眞的？你看見猴子和蛇不害怕？」

紀昀說：「怕什麼？我聽我娘說，猴子和蛇都是我公公放生的，如今早成了我們家的護家神了。蛇咬老鼠好厲害，我差不多每晚上看見蛇的時候它們都在吃老鼠。我家蛇不小，老鼠還更大，每只怕有一二斤，烏蛇咬住它吞活的。明明那老鼠比蛇頸大得多，偏是那蛇頭蛇頸脹得大，看得見老鼠先是把蛇頭脹大了，脹大了，脹著脹著往裏面走。眞像是一隻活老鼠往蛇頸脖裏鑽、鑽、鑽，鑽到肚子裏。蛇肚子比老鼠大得多，老鼠鑽進去就看不見了。這些蛇不是給我們家看家嗎？看住五穀雜糧不被老鼠偷吃。」

李貴青說：「小少爺眞會打比方。你說猴子也是護家神就說不通了吧？聽說你公公常常叫人送了魚肉食物去閣樓上餵猴子，那不是沒看住你們家，反而吃了你家許多東西嗎？」

紀昀連連搖頭說：「不不不不！貴青哥你到底不瞭解內情。那些猴子爲我們守家眞賣力，那功勞不比護院羅師傅小。一到夜裏，四隻猴子好像各自分配了地段，站在高處向四下裏瞪著眼睛瞧。起初我也不知道他們都瞧些啥，有兩次家裏發生火燭，幾乎成了火災。一次是柴草屋裏去了火星，一次是燈籠倒了後燃起了大火，才是一眨眼功夫，全被猴子打熄了。這還不是猴子爲我們看家？我敢說要是有強盜竊賊想趁黑夜來偷搶我家的東西，只怕還沒動手就被猴子發現了。猴子幾多靈巧哦！我聽大人們說，那年我公公放生猴子時，丫環婆子們都嚇得打冷顫說：『黑間半夜再不敢一個人在屋子裏走了。』到如今呢，大家都不怕猴子了。」
李貴青說：「小少爺！你小小的年紀，說的全是大道理，只怕沒人駁得了你。你那夜眼睛更叫我羨慕，晚上幾好掏洞捉雀鳥！只不曉得你喜不喜歡養鳥玩？」
紀昀說：「喜歡喜歡！我最喜歡養雀鳥，用根麻繩吊著，要它們飛就飛，要他們落就落，才好玩呢！」
李貴青說：「那就說定了，晚上我來約你，只怕你媽不讓你出來。」
紀昀說：「不怕，我有辦法。你來兩個人，就說找我幫你們溫習功課就行了，就說你們的功課不行，我的功課最好，要我幫你去複習功課。你一個人來要不得，一個人來我娘不放心。」
知母莫若子，紀昀的計畫實現了，第二天晚上李貴青和另一個同學梅子來一叫，張夫人便放紀昀到同學家裏「溫習功課」去了。結果當然是掏雀鳥玩。
三個小夥伴走東串西，爬牆掏洞。憑著紀昀的夜眼，三個人掏了麻雀三十多隻，每人分了一大串。
李貴青、梅子二人分別用繩子綁著麻雀，準備帶回去養著玩。好不歡天喜地。
紀昀傻瞪眼說：「哎呀不行！我不能帶麻雀回去，帶回去公公和我娘會打我，還會逼我把麻雀放了。放不得，放不得。我家轎夫任狗剩和牛橫秋是兩個饞鬼，他們常說一隻麻雀三分參，這十多隻麻雀他們定會想方設法弄去當人參吃，不如這樣，我的雀鳥還關在這牆洞裏餵養，餵好拿磚堵住牆洞就行。」
李貴青說：「可以可以，這堵牆是白塔觀的外牆，麻雀放在這上面幾個牆洞裏養得活。白塔觀裏道士黃葉道人行善吃齋，他們不會整死麻雀。」
紀昀說：「這就好，我上去放麻雀進洞，我每天給他們送滷肉臘味來，讓他們管飽吃！」

李貴青大笑起來：「小少爺好聰明，也說糊塗話。你以爲麻雀也和你一樣，只吃肉食不吃穀米？它們才不，偏和你正相反，它們不吃肉，要吃穀米。」

紀昀說：「未必這樣？」放完麻雀一摸衣兜裏，裏邊還有油紙包的一塊滷牛肉，高興得喊起來：「我今晚就試試，我這裏有牛肉呢！」說完眞的掰了幾塊碎牛肉分放在幾個麻雀洞裏，又拿磚頭把洞口堵死了。

李貴青說：「試試就試試，明天你一定要帶點穀米來。」

第二天紀昀到幾個牆洞裏一看，麻雀眞的沒吃牛肉，一隻二隻全餓得軟叭叭的了。紀昀流著眼淚說：「都怪我，以爲什麼事都知道，害你們餓慘了。」忙把牛肉掏出來扔了，從身上衣兜裏抓出大把大把的穀米放進洞去。麻雀們餓得半死了，不顧有人就在身邊，忙忙啄食著。一隻二隻吃得好喜歡，紀昀說：「貴青哥，我認輸了，趕明天我教你們溫習功課，你們教我許多我不懂的事情。」

李貴青說：「昀昀好，昀昀不擺小少爺架子。要學不等明天，我現在就告訴你，你今晚上就要捉了麻雀一隻二隻去喝水，不餵水它們會渴死。」

紀昀歡快答應一聲：「好！我就去！」

於是，三個小朋友每天白天認眞讀書，晚上出來逗雀鳥，玩得好不開心。痛快的日子容易過，轉眼便是十來天，那幾窩麻雀眞的被紀昀餵熟了，每天晚上紀昀一來，它們便爭先恐後地叫著，嘰嘰喳喳像唱歡迎歌。

這天上午，小同學們正在上課，白塔觀的道士黃葉道人來了，坐在家塾外邊直等到下課，他才和石敬祖一道說說笑笑的走了。

小紀昀覺得好奇怪，怎麼黃葉道人朝我看了好幾眼？怎麼那眼神這麼古怪，是笑話我？是警告我？哎呀！好像是要告我的什麼狀……

顧不得想明白了，紀昀馬上找到李貴青悄悄地說：「貴青哥，只怕不好，黃葉道人像是找石先生告我的狀，怕是爲他道觀牆上那幾窩麻雀的事情。」

李貴青大大咧咧地說：「不會不會，我常聽黃葉道人說：『出家出家，做大傻瓜，百事莫管，不扯麻紗。』他怎麼會管我們小孩子喂雀鳥玩的事？」

紀昀說：「貴青哥！這事怕是你看走了眼。我這眼睛要說特別還眞是有點特別，我晚上越黑越看得到東西，我白天看人好像能看到人心裏。剛才黃葉道人心裏分明是責備我說：『玩物喪志，小心幾隻麻雀玩掉你的大前程！』我這心裏還眞有點恨他了，恨他多管閒事。」

李貴青說：「你一不要猜測，二不要恨他，今晚上一看麻雀洞什麼都明白……」

當晚果然明白了：白塔觀外牆上幾個洞裏的麻雀，全都被打死在洞裏邊。

紀昀傷心得流著眼淚說：「黃葉道士眞是大壞蛋！行善吃齋全是假。」

李貴青說：「討厭黃葉道士，我們想個辦法整整他！昀昀你最聰明，整黃葉道士的主意歸你想！」

沒等得紀昀想出整黃葉道人的辦法來，第二天上午一開課，石敬祖便喊著紀昀的字說：「曉嵐，今天爲師與你講對句課，我們先對個對於，你聽好了……」隨即吟誦一上聯：

紀昀此時心裏正窩著對石先生的一股怨氣，只覺得這個老師還不如豬狗畜牲，做事沒有半點人味，怎麼幾隻麻雀都容不下呢？於是脫口對出下聯說：

粗毛野獸石先生

石敬祖一下子火沖腦頂，覺得自己受了極大的侮辱，被自己一個只有幾歲的發蒙學生咒罵？「粗毛野獸」，這還得了？於是他把手中的篾戒尺高高舉起，狠狠地拍打在講桌上，彷彿這一下是打在紀昀屁股上一般，厲聲開口說：「紀曉嵐！你進學幾年了，應該知書達禮，怎麼如此辱罵先生？」

紀昀不慌不忙地說：「學生不敢辱罵老師，學生正是遵照老師講述的聯對作法行事，老師教導我們說，對對子講究詞語對仗工整，粗對細，毛對羽，野對家，獸對禽，石對磚，先對後，生對死，『細羽家禽磚後死，粗毛野獸石先生』，七個字個個對中了，這哪裡是學生辱罵先生呢？」

石敬祖一聽，更氣得鬍子起翹，這小傢伙又罵了自己一次，可他說的道理又正好是自己講授的「聯對作法準則」，這怎麼還好再追究學生呢？

不追究又實在吞不下這口氣，石敬祖在講桌後來回急走，腦子裏像滾開水一樣翻騰。他終於想出繞彎訓斥紀昀的辦法來了，慢慢地走回到講桌後邊，連連地「卡卡卡」，咳了三聲以引起更大的注意，沈沈穩穩地開口了：「紀曉嵐，聽說你母親張夫人已經在給你講述四書五經了，你知道四書五經都指哪些書嗎？」

紀昀說：「知道，四書還是南宋大儒朱子（指朱熹）劃定的最準，就是《論語》、《孟子》、《大學》、《中庸》。五經是漢朝規定的，就是《易經》、《書經》、《詩經》、《禮記》、《春秋》五本書。我娘說《漢書》裏有記載。老師，我娘說得對嗎？」

石敬祖說：「對，你母親大人張夫人說得很對。我再問你，《書經》還有個名字叫什麼？」

紀昀說：「《書經》又叫《尚書》，簡稱爲《書》。對不對？」

石敬祖說：「對。《尚書》裏有一篇《旅獒》，你知道嗎？」

紀昀誠誠懇懇地搖搖頭：「不知道，我娘還沒有跟我講。」稍停，乾脆在座位上站起來了，恭恭敬敬向石敬祖行一個鞠躬禮說：「請老師給我們講講。」

這使石敬祖猛地感到了莫大的安慰，覺得自己在眾多學童面前挽回了面子，便用一種十分愛憐的口氣說：「孺子可教也！曉嵐，你坐下來，聽爲師仔細給你講。《尚書．旅獒》篇大有文章。先講『獒』字，『獒』是什麼？是巨犬，就是大狗。古時候西域有一個羌戎小國家，名字叫做旅國。他們打聽到當時中國皇帝的太子最喜歡玩狗，便找到一頭『獒』獻給了太子，稱爲『旅獒』。太子好不喜歡，便成天遛狗、玩狗、鬥狗。這正是中了旅國人的圈套，他們知道中國帝位早晚一天會到太子手中，到時候有獻獒之功的旅國自然會大得青睞。可是旅國的這個陰謀被太子的老師太保識破了，太保便及時提醒太子說：『玩人喪德，玩物喪志。太子請提防旅國人的惡毒用心。』太子猛醒過來，連連說：『對對，玩物喪志，玩物喪志，馬上把旅契牽出太子宮！』《尚書．旅獒》篇就是詳細記述這一個故事，最有啓迪意義的就是這兩句話……」

紀昀在座位上一沖而起，快口接上說：「玩人喪德，玩物喪志。」

石敬祖好不歡欣，頻頻頷首：「對對，曉嵐眞有絕頂之聰明，爲師起頭，你就知尾，好哇，好哇，我再提醒你一句，曉嵐你如此聰明，就不怕玩物喪志，因爲幾隻麻雀玩掉你的大前程？」

紀昀「啊」地張開了大口，呆瞪著眼睛，跌坐在座位上，老師這層道理講得太深刻了，轉瞬回應石敬祖說：「老師，學生永遠記住了，決不玩物喪志！先時我對的那混帳對子也要改，老師出上聯：『細羽家禽磚後死』，學生對下聯……」隨即念出：

粗毛野兔土中生

「請老師看一看，『粗毛野兔』對『細羽家禽』，『土中生』對『磚後死』，老師看要得要不得？」

石敬祖脫口歡叫：「要得要得，『細羽家禽磚後死，粗毛野兔土中生！』對得好，好過癮啊……」

偏是李貴青覺得不過癮，只等下課散學，李貴青把梅子和紀昀叫到一起說：「小少爺你一堂對兩付對子，先一副是罵先生一頓，後一副又幫先生下了台，這邊事是辦妥了，還有黃葉道士那一頭呢？小少爺想想，『玩物喪志，小心幾隻麻雀玩掉你的大前程。』這話是誰向石先生告的狀？」

「是黃葉道士！」紀昀記起來了，昨日自己從黃葉道人來找石敬祖先生的眼神裏看到他心坎裏，這正是黃葉道人向石先生告狀的那句話。隨又補充說：「這件事不能太便宜黃葉道士，看我想個好法子整整他，莫讓他把我紀曉嵐太小看了……」

白塔觀的一邊圍牆之外是一口淺水池塘。這池塘邊是丫頭媳婦們洗衣服的好去處。

這天中午，七八個年輕媳婦又你約我邀一起前來洗衣了，嘰嘰喳喳比一群喜鵲兒鬧枝還熱鬧。

突然，從圍牆裏拋出幾個石塊跌到塘裏，把年輕媳婦們濺得泥一身水一身。

沒人發什麼號令，媳婦們一齊罵出口，「哪個混帳？敢戲弄老娘……」抬頭一望白塔觀圍牆，只見一頂道帽在圍牆上閃了幾下。年輕婦女們全都驚詫出聲：「怎麼？是黃葉道人？他他，他不是慣來都在這個時候睡午覺，今天這是怎麼了？……怎麼了怎麼了？道士不耐寂寞，想在老娘們身上發騷！……道士發騷？這還了得？姐妹們，走！齊心合力去揍他一頓！……好主意，久悶的道士渾身皮肉騷氣多，讓我們的拳頭都去嚐一點騷味，哈哈哈哈！」

哪裡分得清是誰問話誰答話，怎又辨得出是誰領路誰跟隨，反正是一群年輕媳婦們你推我擁向白塔觀走。姑娘們在閨房裏全都積蓄了許多的沈悶、壓抑、束縛和拘謹，一變成媳婦都要磅礴迸放出來，所以年輕媳婦們大都潑辣大膽，還不可避免地常常鬧出一些過分的舉動來。

她們誰也沒提桶子端臉盆，洗的衣服全放在池塘邊了。眼下是個個挽袖握拳，衝進白塔觀。一看圍牆裏沒有一個人，便又一乍聲地起吼：「臭道士哪裡去了？……哪去了也要找到他！……找到他可別太便宜他了……」年輕媳婦們互相推波助瀾，互相你擠我撞，互相一遞一傳，互相或問或答，歸根結底只一條：互相壯膽，七八個人共做一個膽。

這麼大的膽子自然任什麼都不怕了，大間小屋找不見，她們連道士的臥房也敢闖。黃葉道士的房門被一下推開……啊！眞在！他在床上睡得正香……

「什麼睡得正香？臭道士戲弄了我們又假裝在午睡！……管他眞睡假睡，我拳頭早就癢癢了……誰說不是？我還抓來了一把塘泥，看他臭道士下回還敢不敢欺負我……」

說話間把黃葉道士一頓拳打腳踢。

黃葉道士頃刻間被打得鼻青臉腫。

可憐那腫腫的臉上，還被塗了個花花俏俏盡塘泥……

睡夢中被攪醒的黃葉道人莫名其妙，塗成滿臉花鳥，縮在床頭一角直求饒說：「嫂子們且息怒，且息怒！縱是貧道有了得罪諸位的地方，總也得讓山人先弄個明白。」

這下子婦人堆裏出來了明白人，年輕媳婦中有個溫巧嫂，一看黃葉道人不像說假話，這時出來打圓場說：「姐妹們！我們上當了，不知是誰這麼恨黃葉道長，玩把戲嫁禍於他，剛才黃葉道長還在睡午覺，他怎麼能往池塘裏扔石頭呢？」

一個叫趙三娘的女人往桌上一指：「看！那不是道帽嗎？剛才在圍牆上一沖一起好幾次。」

溫巧嫂說：「這就更明白了，有人要嫁禍黃葉道長，趁他午睡的時候，偷了他的道帽戴著扔石頭害我們。過後又把道帽送到達桌子上，姐妹們，我們一直沒看見有誰從這道觀走出去，害人精還在裏頭，我們分頭找，不怕找不見……」

巧嫂話還未完，忽聽外邊有人在竊竊小笑。一群年輕嫂子衝出門外，看見紀昀、梅子和李貴青三個孩子一路笑著跑走了。

婦女們都已明白，是小鬼精紀曉嵐想出了這個整治黃葉道人的方法。可猜不透黃葉道人有什麼事得罪了小紀昀，他才是個六七歲的孩子！

黃葉道人自己心裏明白，這是小紀昀爲死了麻雀而找自己報仇。不能白受這份窩囊氣，他立刻就奔到紀家大宅告狀去了。

偏巧紀容舒從京城回到了家裏，黃葉道人向他添油加醋數說了小紀昀的不是。紀容舒這一氣非同小可，一聲斷喝：「小逆子！照打！」

一個下人順手便把紀昀抓住了。

不早不晚，家塾先生石敬祖正好趕來，遞上兩片竹蔑做成的戒尺，火上澆油說：「曉嵐！爲師所講玩物喪志之理，你在課室裏表示心悅誠服，何以又無端生事，去作弄黃葉道人呢？」黃葉道人趁機敲邊鼓，對紀容舒舉起道家法帚行禮說：「紀老爺！貧道告發小少爺玩雀喪志，可不懷半點私心，完全是爲你紀家著想啊！小少爺如此聰慧，他理應矢志攻修學業，以達光宗耀祖的極致啊！」

紀容舒緊皺眉頭，萬分內疚，聲音凝重地說：「我謝二位！」走攏小兒子便朝他身上拍打，撲！撲！撲！撲……

小紀昀知道，那個傭人抓得很鬆，自己一掙身早就跑了。但是不讓父親打幾下，父親氣不得消，在石老師與黃葉道長面前也不好交代，所以就心甘情願等父親打，打，打，打……現在父親也該打夠了，小紀昀一擰身子，跑了出去，不遲不早，小紀昀撞在他祖父紀天申的懷裏，「叭」的一聲，紀天申被撞倒了。

原來紀天申已病很久了，臥床服藥，氣息奄奄，忽然聽說最心愛的孫子被打，他哪裡再躺得住？趁服侍的人一不留神，他拄著壽頭拐杖循聲趕到此處，這聲音正是兒子在拷打孫子……祖父病體奄奄走得慢，小孫兒憋著悶勁衝得猛，自然把祖父衝倒了。

一見闖了大禍，紀昀哇地哭出聲來，跪地抱住紀天申大喊：「公公，公公！孫兒不孝，孫兒該死……」

紀天申睜開昏花的老眼，伸手捂住了紀昀的嘴巴，斷斷續續說：「昀，昀兒，莫，莫說傻話，什麼死不死，活不活的……」

哪裡等得垂危老人把話說完，紀容舒早尋到了這裏，叫下人把老父親抬到他自己房裏去了。

紀天申被安放在床上，一時不省人事。

地下跪著兒子，孫子，兒媳，孫媳等等足有半房人，全都在低聲地啜泣，眼淚雙流。但都不敢大聲哭響，以免造成老人歸天的喪葬氣氛。事實上紀天申也確實沒死。

當然誰也知道已經無力回天。所以紀容舒連郎中也沒有叫人去請，何必做這麼一個樣子呢？

有個女傭人不知奉了哪個主人之命，端來了臨死吊氣的人參湯。紀容舒堅決而悲痛地擺擺手，叫傭人把參湯端走。他心裏很明白，人之將死，不如順其自然，硬是要灌人參之類的高級救生補品，不過只是多吊一會氣，實際上是讓人臨死之前更多受一份苦。

迴光反照，紀天申悠悠醒來，聲音微弱，卻叫人人聽得分明：「容舒，昀昀，你兩父子留下，其餘的人，都出去，出去……」

沒人能違反紀家老祖宗的命令，老祖宗留下長子、乖孫，其餘人便迅速魚貫而出了。

紀昀起來抱住了祖父的頭，把自己的小腦袋貼在祖父蒼悴的臉上低聲哭訴：「公公，公公，孫兒不孝，害你成這樣子，公公千萬死不得，死不得，公公一死，孫兒這輩子罪贖不完。」

紀天申意外地硬朗起來，堅決地說：「昀兒莫哭，莫哭，你起來，起來，讓公公好好看看你，看看你。」

紀昀順從地站了起來，忍著哭聲說：「公公莫死，公公莫死……」

紀容舒說：「昀兒莫盡說傻話，聽公公教誨吧，爹你老人家有話請快說。」

紀天申說：「遲叟，要我說，我就說你，別人不知道，你全知道，昀兒是猴精、蛇精、火精轉世，猴精靈巧，他貪玩也沒大錯；蛇精聰明，昀兒對石先生兩副對子對得多好；火精正大光明，昀兒定會建立勳業，光宗耀祖……你你你，你當爹的怎麼打他，還那麼狠命的打，你打，打，打痛了我的心……千萬別說是昀兒撞死了我，我，我，我的壽年已盡，神仙難保……昀兒莫哭莫哭，你傷心難過是因爲撞倒了公公，你，你，你就把這份難過留在心裏吧，永遠用這份內疚之心，去建立你的勳業，有孫兒光宗耀祖，公公我九泉之下也會很，很，很舒心……」

終於一口氣不來，紀天申安祥辭世。

時在雍正十年（西元一七三二年）五月十四日。享年六十七歲。

是時紀昀（曉嵐）未滿八歲。

參　小小年紀議女色

十歲的紀昀，議論「色鬼」，母親嚴加責罵。

直隸河北，有一條著名的衛河，衛河發源於石家莊西北部靈壽縣之良同村，往東南流，在正定縣得滹沱河水來匯。滹沱河發源於山西東北部繁峙縣之泰戲山，它有惡池、亞駝等許多名字，但百姓們習慣叫它爲沙河。這沙河亦即滹沱河發源後南流而來，流至本省的定襄縣，折而向東，進入河北境內。於正定縣匯入衛河。兩河相匯，氣勢倍增，向東北方向朝天津衛河方面奔湧，仍以衛河名之。

衛河流經河間府之獻縣，地處滄州以南，這便是紀昀的家鄉了。按傳統的約定俗成，河流以發源最遠的源頭河流爲名字，這河最遠源頭是山西省的滹沱河（沙河），從山西流入河北匯聚了衛河之水，通常要叫滹沱河或是沙河。但河北人視本省靈壽發源的衛河更爲金貴，到這裏仍把河流命名爲衛河。

紀家有一莊園，位於滄州南部，建有上河涯別墅，別墅內房屋叫做水明樓，是一座橫橫豎豎有五列房子的封閉式大建築。樓欄傍水，下瞰衛河，檣帆船櫓，穿梭其下，遠眺極佳，是盛夏消暑的極好去處。「水明水明」，取其水明如鏡的意韻。

十歲那年，紀昀隨侍祖母到上河涯別墅避暑。祖母張老太夫人，是滄州武進士張漢之女，也就是母親張太夫人娘家的姑媽。這娘家的姑姑侄女如今是婆婆和婆媳一對張氏婦女，自然相偕一起來到了別墅避暑。

紀昀有祖母和母親兩代上親雙重呵護，自然過的是極爲舒心的日子。

祖父紀天申去世之時，小紀昀總擺脫不了內疚的陰影，畢竟是自己撞倒了公公。一想這事的起因還是石先生和黃葉道士，便對這兩個人再也看不順眼。黃葉道人是外人沒有辦法，石敬祖是請的塾師便不同了，小紀昀總想要辭退了他。

剛巧父親紀容舒升任戶部四川司主事，官事更忙碌，較少回家。小紀昀便在母親那裏想主意。

那是兩年前祖父安葬後不久，小紀昀在母親懷裏撒嬌說：「媽！我不想在家塾裏讀書了。」母親張夫人驚問：「孩子，什麼事？該不是生病了吧？」

紀昀連連搖頭：「不是不是不是，孩兒一進塾學學堂就頭痛心煩。」

張夫人更驚問：「啊？該不是你身上有什麼變故了吧？」一邊說，一邊就抱起孩子看起來，先看耳朵再看腳，看得十分認眞。這裏邊包含著一個重要秘密，一個只有母親一個人熟知的秘密。

八年前這孩子出生時，臨床待產十分平靜，富厚的紀家萬樣不缺，張夫人在產床上自是衣來伸手，飯來張口。

可臨產前張夫人突然作了一個夢，夢見床前跪著一個渾身赤條，火紅膚色，豔麗異常的年輕姑娘，姑娘耳垂上墜著一對紅彤彤的瑪瑙耳墜，只聽她甜絲絲地叫道：「張夫人，允許我叫你一聲媽媽吧，我要托夫人貴胎轉生於人世。」

張夫人好喜歡她，但是不敢貿然接受，便和和氣氣地問她說：「你是誰呀？我可不認識你，怎麼你長得和百姓們耳口相傳的『火精』一模一樣呢？」
姑娘歡快大喊：「媽媽！你其實早就認識我了，我就正是『火精』。你我母子眞是天生有緣分……」
瞬間不見了跪地的火精姑娘，張夫人只覺得腹內作痛。正點午時，一個男孩出世，不用說這便是紀昀。
順產的母親很快康復，對產前的奇夢記憶猶新。她偷偷仔細察看自己新生的兒子，好奇怪，雖是男兒，卻在兩邊耳垂上有掛過耳墜的小眼；尤其是那一雙小腳，又白又嫩又尖，活脫脫是一雙女子的天足……男兒之身，留下女身的印記，對照夢中奇景，張夫人興奮異常，內心激越地呼喊：「感謝老天！敢莫是賜給我紀家一個火精轉世的兒子，這可是大福大壽的奇聞！」
八年來，這內心的秘密給了張夫人許多甜蜜快慰，許多遐想歡欣。兒子的過目成誦，兒子的絕頂聰明，變成各種故事飛進母親的耳鼓，母親便千百次地感謝祖德天恩。
眼下八歲的兒子突然說一進家塾課堂便心煩發躁，張夫人生怕是那「火精」在自己兒子身上生出事端。赤條條少女火精留下的胎記，唯有兒子耳墜的眼痕，以及雙腳恰如女足的細白柔嫩，張夫人自然急著察看兒子身上這兩處地方。
毫無變異，一切正常，只是耳朵上耳墜眼痕漸漸變大，這是人漸漸長大的必然趨勢；而那一雙女腳的特徵，並沒有半點變異。張夫人放心了。開始從其他方面想原因，一想便全然明白：兒子不喜歡石敬祖先生。
長長地舒了一口大氣，張夫人撫摸著小紀昀的碩大頭顱，淡然一笑說：「人小鬼大，昀兒，是不喜歡石先生吧？」
紀昀越發撒嬌：「媽，猜著了還問？」

這事好辦得很，張夫人轉彎抹角對丈夫一說，可巧丈夫紀容舒也早有這方面的考慮。不久便找了一個冠冕堂皇的理由，把石敬祖辭退了；給了石先生一筆非常可觀的養老酬金。

外姓的惹事孩子李貴青和梅子，他們的父母很知趣，領著他們退出了紀府家塾學堂。

紀容舒此次給家塾延請的老師是京城監生李若龍，字又聃。是河間府東光縣人氏。這位李又聃先生的學問文才遠非先時的石敬祖可以相比，他文詞精萃，詩類香山（白居易），是獻縣教諭鮑梓的詩文朋友，而鮑梓又是紀容舒的朋友，鮑梓向紀容舒推薦李又聃做塾師，紀容舒自然樂意聘請。

鮑梓，字敬亭，河北南宮縣人，雍正元年（西元一七二三年）進士，就是紀昀出生前一年成爲進士。教諭是個官職，專管轄治範圍之內生員的教學事宜。

按照鮑敬亭的建議，李又聃塾師重點教授小紀昀，所教的內容遠遠超出蒙學的內容，初步涉獵了傳統文化的精髓經、史、子、集四個方面。小紀昀只覺得一日一日的眼界大開。

兩年過去之後，紀昀如今已經十歲，盛夏炎天，家塾蒙學閉館，他隨母親陪侍祖母到上河涯水明樓別墅來消夏，別提有多高興了。

這一天，祖孫三代人同到二樓上眺望衛河景色。麗日藍天，一派和美景象。

母親張夫人問道：「昀兒，還記得外公家裏也有這樣的水傍閣樓嗎？」

紀昀的外公便是滄州州同張雪峰，也是富甲一方的大戶，家裏水榭涼亭，樓臺館閣不計其數，紀昀隨母親去玩過多次，對那裏的情景記得十分清楚。

眼下紀昀回答母親說：「媽！孩兒記得，外公家裏有一座度帆樓，和我們這個水明樓一樣，建在大河旁邊。在那樓上天天可看見千帆競發。所以才取了個好聽的名字叫度帆樓。」

母親張夫人說：「昀兒懂事不少，可你曉得我們樓底下是什麼河嗎？」

紀昀說：「衛河。」

祖母張太夫人說：「昀兒，你這就不完全對了，樓下衛河的上頭，還有二三百里長的沙河，又叫滹沱河，按道理說，樓下這條河叫做沙河或叫滹沱河才更對。」

紀昀說：「祖母教誨極是，孫兒太無知了。」

母親張夫人說：「昀兒，感謝你祖母大人教誨，我突然有了一個對子上聯，念出來昀兒對對看。」隨即吟詠而出：

滹沱水　衛河水　誰辨水中水

紀昀略一沈思，望定了頭上邊「水明樓」三個字說：「孩兒明白了，媽媽剛才提醒我記起外公家的『度帆樓』，是教我對對子。」隨即也稚聲稚氣地念出：

水明樓　度帆樓　堪稱樓上樓

祖母張太夫人情不自禁脫口稱讚：「好！我紀家世代書香後繼有人了。」

媳婦張夫人說：「媽，你老太抬愛昀兒了。我上聯有『水中水』的『水』字，昀兒他下聯開頭便是『水明樓』的『水』字，這不是犯重了嗎？」

婆母張太夫人說：「不能這樣說：『水明樓』的『水』字是個地名，這地名又不能隨便改，與你上聯的『水』字不是一回事。按聯對作法規定也不算上、下聯犯重啊……」

兩位姑侄張氏也是婆媳張氏，說笑只為開心，只顧煞是有趣地爭論著。

紀昀突然驚叫一聲：「唉呀！真是太不講理了！」說著朝衛河上游不遠處渡口碼頭一指。

老少兩位夫人朝那裏一看，渡船上吵吵鬧鬧起了高聲。一聽便弄明白，船上人已經很多，正要開走。忽然最後又上來一個乾瘦的老頭，說有急事就要過河去。原先在船上的男男女女一大群，其中有幾個年輕人蠻不講理，揚起拳頭要打那老頭。

老頭作著長揖哀求說：「大爺們行行好，老漢確有要事須馬上渡河。俗話說：『千年修來同船渡，萬年修來共枕眠』……」

一個蠻橫壯漢一把抓住老頭說：「笑話！跟你糟老頭子共枕眠？這不讓人笑掉大牙了？你還是乖乖地下船去吧！」一邊說一邊把老頭往岸上推。

此時便你遞我接瞎起哄：「這死老頭太不懂理，一個人耽誤一船人……他愛耽誤不耽誤，把他推上碼頭……什麼碼頭不碼頭，推出船去就行了，河邊水淺淹他不死……淹死了也是活該！誰叫他拖累大家走不得……」

水明樓上祖孫三代人忿忿不已。老祖母張太夫人格頭歎息：「唉！世風日下，人心不古。」

年輕的媽媽張夫人說：「老百姓群龍無首，誰能管住誰？要是官場上就好，只要官大的一句話，誰敢不聽從？」

紀昀孩子氣十足地說：「我要當了大官，就經常微服私訪，混在百姓中間就能明確是是非非，主持公道……」

這裏祖孫三人議論沒完。那邊水裏「撲通」一聲大響，原來是那蠻橫壯漢聽從旁邊人眾的起哄助威，推著那乾瘦老頭掉到水裏去了。

渡船乘機向河中心進發。

乾瘦老頭站在水裏齊腰深，不住地罵罵咧咧：「我咒你們不得好死！未必渡船上多我一個人就會沈？」

這邊水明樓上三婆孫又發議論。

祖母張太夫人把頭搖得像撥浪鼓，一邊嘮嘮叨叨說：「謝天謝地，沒有淹死人！」

媽媽張夫人說：「昀兒，這事要真碰上你是大官微服私訪也在船上，你會怎麼辦啊？」

十歲的小紀昀仿佛眞成大官了，拿腔拿勢說：「呔！來人，將那蠻橫小子捉拿送到火線打仗去，讓他向敵人去逞威風！」

祖母誇讚說：「小孫孫這辦法好，只有火線上能判斷這野蠻漢子是英雄還是狗熊！」

母親微微點著頭：「昀兒怕眞是一塊當官的料子，這辦法既不會冤枉好人，也不會放走壞人……」

媽媽這裏話還沒說完，小紀昀又已大叫起來了：「唉呀不好！上邊那條船好像射箭一樣，攔腰直衝渡船！」

兩位張夫人一看，可不，衛河上游衝來一條雙帆大船，像是裝滿一船糧食，簡直像隻脫韁的野馬，直衝而下，無可阻擋。只聽「匡當」一聲，眞的把那渡船攔腰撞斷，一船男男女女好幾十人，全部跌落水中。

滿河是哭地喊天的叫喚。

原是衛河上游陡發山洪，雙帆大糧船沒有料著，一下子失去了控制，只能任其漂流，一瀉千里。

斷裂的渡船，迅速又兩截變成四截，終致零散漂流。

洪水越來越猛，幾十個落水人無一生還。

這時那個已濕透了一身的乾瘦老頭早已上了岸，他連忙一邊對天磕著響頭，一邊高喊：「謝天謝地謝祖宗，我好心人終有好報！」

人們無不驚奇這位奇特的倖存者，因禍得福，沒被淹死。一聽他這樣說，便圍攏來問長問短，也分不清誰誰誰問了哪一句哪一宗。

「這位老伯你命眞大，請問你貴姓大名？」

「我叫高光德，離這十五里大高莊的人。」

「高老伯說的不假，得好報必是好人，能不能說說到底是怎麼回事？」

「是這麼回事，我一個族弟高良農住在河對面小高莊，他今年兩公婆輪著病，因治病借了財主王魁二十兩銀子。原來王魁借錢給我族弟是沒安好心，他是看中了良農的小女兒小月桂，財主王魁五十多歲了，我那小侄女月桂才十一歲，王魁硬逼著我家良農今天還錢，今天還不了二十兩銀子，他明天就拉小月桂作妾頂賬。女人作妾不醜，可十一歲還是個娃娃。偏是王魁老色鬼不要臉，說是十一歲的女娃也比雞姦屁眼強……這這這，這哪是人的話？豬狗畜生不如！我一聽嚥不下這口氣，賣田賣地，湊足了二十兩銀子，正要渡河去救我月桂侄女出苦海！」

高光德說著，從身上掏出二十兩銀子舉過頭，太陽一照，白花花閃眼。

圍觀的人無不嘖嘖稱讚：「高老伯果然是善心人……好心人自有天照應……天老爺怎麼會淹死你這個好心人？」

高光德說：「天老爺不只是救了我一個人，還救了小月桂和他爹媽哥弟一家子……」

這邊水明樓三人尖起耳朵聽，亮起眼睛看，什麼事都弄個明明白白了，於是各有感慨萬千。

祖母張太夫人說：「俗話不假：眾人莫做虧心事，舉頭三尺有神靈！」

母親張夫人頻頻點頭：「有人說：『報應報應，有遠無近。』萬沒想到今天看到了活例子：幾個惡人推人下水，沒想到一轉眼自己被洪水沖走了。」

小紀昀說：「王魁操屁股算什麼老色鬼呢？」

母親張夫人脫口就罵：「混帳昀兒！小小年紀就說這樣的髒話！小心娘揍你！」果然舉起了拳頭。

小紀昀嚇得一溜煙跑走了。

張太夫人此時拿出了娘家時的姑媽身分，叫著侄女張夫人的小名說：「蓮子，莫灰心。我聽他公公偷偷給我說過，昀兒是猴精轉世投胎，我還不信。現在看來怕是有準，聽說猴子兩三歲以後雌雄亂交，昀兒這孩子怕也早熟，還背不住他長大來會色慾薰心。其實，想開些這也不是壞事，如今男人誰不是三妻四妾一群女人，哪朝皇帝又不是三宮六院，七十二嬪妃，一個人成器不成器不在這事上，只看他的功名業績如何。你姑爹死前還告訴過我，托身昀兒的不光是猴精，還有蛇精、火精，反正昀兒這孩子不大一樣，你不也說他黑天半夜看東西和白天一樣嗎？說不定昀兒還眞要爲我們紀家光宗耀祖。要眞那樣，我們早點跟他娶親，還隨他心意多買幾個小妾，那樣不是什麼事都沒有了嗎？」

張蓮子說：「姑媽教誨有理，侄女記下了。」

又是兩年過去，紀昀十二歲了。

家塾老師李又聃參加鄉試（省試）中了舉人，要做官自然要離開紀府，紀容舒為他辦了十分盛大的餞行宴會，席開八十桌，所有熟悉的官紳們全來祝賀李又聃的榮升。

紀昀當著幾十桌客人的面拜謝李又聃說：「學生終生受益，永遠不忘恩師。只是怕再也找不到先生你這樣好的恩師了！」

紀容舒這時接上兒子的話說：「各位大人，各位契友，下官就便向諸位宣佈一件事：犬子這次隨下官進侍京師。下官在虎坊橋購得了住宅，這住宅曾是寧遠大將軍岳鍾琪大人的舊居，鄙人眞是三生有幸了。」

紀昀這是第一次隨侍父親進入京師，看什麼都新奇得很。尤其是對能住進岳鍾琪親自建造的虎坊橋舊居，覺得特別的榮幸，仿佛這一住下來便沾了大將軍的光，於是，四處去玩耍踏看。

家裏老僕施祥，原來常跟紀容舒老爺駐守京城房屋，較少回獻縣崔爾莊老家。眼下，他倒自動當起紀昀四處遊逛的嚮導來了。紀昀隨著施祥在偌大的宅院裏閒逛，來到迎客大廳，突見東側立著一個赫然大石，高在八尺以上，巍峨雄偉，造形奇特，甚是壯觀，上書三個紅色大字：

太湖石

紀昀高興得蹦跳不停，忙問：「為什麼叫做太湖石？」

施祥說：「太湖石是江蘇省太湖中的石骨，浪激波摧，年代久遠，孔穴自生，這種石骨以皺瘦透眼爲貴。現今王侯貴胄之家，只要他家有園林小景，沒一家不想方設法弄來堆砌假山。所以市場上假冒的太湖石不少。」

紀昀說：「這塊該不是假的吧？」說話間已走近巨石。

施祥說：「小少爺可不敢亂說，此石乃當今聖上所賜，說假豈不欺君？」

紀昀嚇一大跳：「啊！聖上賜石？當有來頭，你仔細說說。」

施祥說：「那是雍正五年，岳大將軍討平西藏，制服了四川，戰功赫赫。岳大將軍來此建築府第兼修園林，聖上見愛，御賜這塊太湖石。除了皇家園林之外，在文武百官和富商大賈私人園林中，太湖石以這塊算最大。這『太湖石』三字還是聖上御書的呢！小少爺你跑近處仔細看看吧。」

紀昀一下跑攏石頭，讀著石頭一側的一行小字：

大清雍正五年　御書

紀昀略一沈吟說：「今年是雍正十三年，岳大將軍這房子才修建七八年，難怪多處都還是新新色色……」

紀昀話未說完，忽聽從什麼地方傳來了巨大的鐘響，好一陣子又響一聲，「咚……咚……咚……」

紀昀很是奇怪，不覺問道：「這是哪裡敲鐘？怎麼聲音如此喪氣？好像……」

施祥又一驚，忙制止說：「小少爺快住嘴快住嘴，這鐘聲敲在覺生寺，覺生寺鐘樓裏這座大鐘鑄有字號，是明朝的古鐘，高有二丈多，穿心直徑有一丈，重有十來萬斤。這鐘有名字，叫做華嚴鐘。鐘身裏裏外外鑄滿了字，有經咒十七種，全部經咒鑄字二十三萬個。鐘聲可傳五十里路之外呢！前年，雍正十一年，覺生寺奉旨修好，將這最大的古鐘移到寺裏邊。所以老百姓大都不知道『覺生寺』，一說大鐘寺就誰都曉得了。這裏不僅是佛教徒朝聖的地方，也是當今聖上前去祈福的地方。小少爺剛才沒說完的那半截話我心裏明白，要說出來又難免有欺君之罪啊！」

說話間那大鐘還在繼續慢騰騰地響著：「咚……咚……咚」

童言無忌，小紀昀堅持要把被堵回去的半截話說完：「這慢騰騰的一股喪氣味，好像死了人。我又沒說當今聖上怎麼樣了，怕什麼？」

施祥連連搖頭：「算了算了算了，我算服了你小祖宗。我們不扯這些閒事了，再遊再逛也沒了興頭，快進去吧……」

主僕二人還沒有往裏走，紀容舒在朝裏已派人送信回來說：「聖上駕崩，廟號世宗，已詔命皇太子弘曆繼承帝位，明年改元爲乾隆元年。家裏趕快在太湖石旁設立香案，面對御書『太湖石』三字叩拜祈禱，默禱聖魂早登天庭……」

紀昀一蹦老高說：「我說對了我說對了，眞是喪鐘眞是喪鐘。」

施祥萬分欽佩地說：「小少爺莫非通天感地？怎麼一聽那鐘聲就知道聖駕登仙？」

剛好，最後一聲鐘聲響過：「咚……」再也沒有接著敲下去。

紀昀說：「大鐘敲的是一百零八下。」

施祥又一驚：「小少爺你數了？可敲了好久好久呢！」

紀昀說：「這要故意數什麼？我隨便就記下來了。你知道敲一百零八下幹什麼？我只聽說《水滸傳》裏梁山好漢是一百零八將。未必聖上很看重梁山好漢嗎？不會不會，梁山綠林豪傑，專門劫富濟貧反朝廷，聖上不得和他們一起。爲什麼喪鐘也響一百零八下呢？」

施祥說：「眞不知小少爺你心裏還有多少花花腸子，盡想一些古怪事情。你是第一次聽，喪鐘敲了一百零八下。其實大鐘寺裏做佛事也是敲一百零八下，我打聽過究竟是爲什麼，有人告訴我，解釋很多，一說是從《易經》裏來的，《易經》是群經之首，統領世界萬方，也就是『一』部《易經》裏的『八』卦，所以敲一百零八下。」紀昀十分高興起來：「對對對，不要揣想了。施老伯你說話幾萬幾千，廢話不少。就這個『一百零八』解釋透徹。」施祥說：「小少爺說的有道理，你快進去吧，我們要在這太湖石邊立香案了。」

紀昀說：「先記住今天的日子，世宗駕崩于雍正十三年八月二十三日，享年五十八歲。」

轉眼年關就過，到了西元一七三六年，弘曆改立自己的年號，是爲乾隆元年。

乾隆元年正月初一日，弘曆以乾隆年號下達的第一道新年聖旨十分奇特：

奉天承運，皇帝詔曰：乾隆伊始，萬象更新。著在朝所有文武官員，各攜十歲以上十四歲以下未成年男女嗣息，於正月初一午時，詣乾清宮舉行團拜，俾使君臣同歡，共襄國祚……

這一道聖旨使紀昀欣喜若狂，他今年實歲十二歲，是今天首次去乾清宮面聖的幸運兒。

但是，乾隆弘曆果眞只是爲了「君臣同歡」的目的，一時心血來潮，讓文武百官攜帶童年子女前來團拜嗎？

不，決不！這裏面包含著一個只有乾隆弘曆本人心知肚明的絕對秘密。

十二年前的雍正二年，當時四皇子弘曆已經十三歲多了，初解風情。

歷來皇子們都生活在美女堆裏，所以幾乎全都早熟。雍正的四皇子弘曆十三四歲已初解風情。他對父皇一個名叫春花的愛妃動了慾念。暗暗眷戀她的倩影。日思夜想，實難忘懷。

一次弘曆進宮辦事，正遇著春妃在對鏡梳妝。只見她雙眸如秋水，兩頰泛桃紅，體態豐神透骨，唯眼裏一絲淡淡的哀愁，傳出對男人纏綣的期盼。似乎那一顆蕩漾的春心，孕育了一朵滿含蜜露的花蕊，期待著辛勤的蜜蜂吸吮……弘曆讀懂了春妃眼波神色裏這一大段內心愁苦的言詞，這言詞便誘發了少年初湧的慾火。弘曆再也控制不住自己的身軀，猛地跑了過去，緊緊摟住了春妃。

春妃正求之不得，回頭一看是皇子，理知犯了天條，一時再顧不得。乾脆瞇起眼睛，享受這一份熾熱的情愛。猶嫌不足，張開飽滿的嘴唇，尋覓著少年狂熱的親吻。弘曆慾火中燒，張口把紅唇咬住，說不準是誰吸誰吮，兩個人都盡情往肚裏吞嚥，吞嚥。奇哉怪也，分明什麼也沒吞嚥下去，渾身的慾火倒像再被澆油，如火山般噴發而不可收拾……於是上了床……於是肉體交接，雙方都達到了滿足的巔峰……

偏是天公不作美，這一幕人間的至愛表演，被一個宮娥撞見而引發了滅頂之災。

宮娥迫於宮禁，迅速向孝聖皇后秘密告發。孝聖皇后正是弘曆的生母，她豈可讓兒子這一亂倫鬧劇四處張揚，於是殺人滅口，當即就把這前來密報的宮娥賜死，一把利剪刺喉，宮娥死於非命。

再大的災禍怎能殃及皇子，孝聖皇后對外隱瞞了一切。誣指春記淫濫偷情，便賜她自縊身死，美其名曰保爾全屍。皇后母儀天下，自也是眾多嬪妃的君王，她處死一個嬪妃不過是踩死一隻螞蟻。

唯有弘曆心裏明白，春妃爲自己而死。但母后處死嬪妃，做兒子的豈能阻止？就算此時吐出眞相，說是自己勾引了春妃，又怎能保得了春妃不死？那樣只能壞了自己皇子的名聲，反而影響日後的登基繼位。弘曆只好默然。

但是深深的自疚，使弘曆不得不對春妃有所表示。他偷偷跑到春妃的住房，眼見她套吊在白色環扣之內，已經玉殞香銷，監死的太監也已退去。

弘曆情急智生，飛快跑進房去，一眼瞟見了梳粧檯上的口紅，迅即用右手小指戳了一點，猛地點在春妃那尚有溫熱的右頸項下，口裏喃喃祝禱：「春妃！是我害死了你，你我今世無緣，你快投胎轉世，以頸下這朱紅大痣爲憑，十多二十年後，我若登基，定會尋找到你。天可鑒，地可憐，我愛新覺羅弘曆將厚報你的來世。」

春妃斷氣尙未離魂，她聽到了弘曆的懺悔與許諾，竟神奇地睜了一下眼睛，眼神裏意思明明白白：感君離別意，來世續情緣……

十二年後弘曆果然如願以償，即位登基。自從出了春花事件之後，孝聖皇后早早地爲兒子娶了親，弘曆再也沒有了性的饑渴。但是十二年來，他一時一刻也沒忘記，自己與春妃那一刻銷魂，實在是永遠無可代替。他從來也沒忘記春花那曼妙的倩影。

登基之後，乾隆弘曆決心履行自己的諾言。趁今天新年元旦，他編造了一個群臣團拜的藉口，叫他們都帶了童年子女前來，目的十分明顯，他要在朝臣中十二、三歲的男女兒童中，親自仔細尋找，看內中有不有人右頸項下生有一顆朱紅痣，誰有便可能是當年春妃的轉世人……

不用說乾隆在今天團拜中要親歷親爲，他叫孩子們分年齡，分男女各站在一起，說是要一一垂教垂詢，並一一給以賞賜。

於是，十歲，十一歲，十二歲，十三歲，十四歲，五個年齡階段各分男女，站好了十隊兒童。

乾隆在他們面前緩慢走過，路線自是從右至左，還一邊走一邊喊著：「孩子們昂起頭來，朕不喜歡縮頭男女……」

乾隆便在悠悠慢步的行進中，將二三百個兒童全看了一遍。

幾個太監緊隨乾隆，給每個孩童頒發賞賜品，那是每人一個錦緞彩盒，盒子裏有一顆碩大晶瑩的珍珠。

很可惜，乾隆沒找到右頸下有紅痣的轉世春妃。

乾隆並沒有徹底失望，誰知春妃會轉世在哪個地方？繼續往下找吧，逐步把年齡加大，他相信定能找到上輩子那個可心人。

當然這是乾隆弘曆的個人內心秘密，連他的母親，現在的孝聖皇太后也是半點不知內情了。

小紀昀永遠不知道這個秘密，但永遠不會忘記今天，十二、三歲的兒童已經第一次面聖，而且聖上賞賜自己一顆珍珠。

肆　姦殺幼女遭雷殛

紀昀說：「李才密壓抑人性，不肯出錢買女人……」

紀容舒把紀昀帶去京城虎坊橋居所，主要是因爲家塾老師李又聃考上舉人做官去了，家鄉無合適館所供紀昀上學讀書，恐怕耽誤了他的學業，便帶在身邊由自己教他。紀容舒去朝廷公幹，先晚便給兒子講解第二天的功課，並佈置他第二天要讀之古籍課文，以及要學作的詩詞歌賦，還有便是要臨摹的字帖範本。這樣，紀昀在家裏便不會閑著了。

父親下朝回來，檢查兒子當天的學業，又講解和佈置第二天的功課內容。紀昀自己也十分努力，加上母親張夫人的居家督守，教學效果頗佳。

誰知紀容舒職位遷移，轉任戶部戶曹一職，戶曹又叫司戶，是管理戶口的職員，常要離開朝廷到州縣去瞭解、核查和處理有關戶籍方面的問題。這樣，紀容舒不能自己再教授兒子的功課了，必須另想辦法。

時有著名學人董邦達任河間府教諭，董邦達，浙江省東陽人，工書善畫，名重一時。此時才三十九歲，正是大有作爲的年華。由他開館教學，紀容舒眞是喜笑顏開，他親自送了紀昀前去投學。

董邦達，字孚存。這名與字都是父親所取，他自己不太喜歡，又丟棄和改動不得，於是又自己另外取了一個號：東山。紀容舒很崇敬他的文才，與他早就認識。這時送了紀昀來投學也叫著董邦達的號說：「東山先生，犬子昀兒能得東山之呵護提攜教誨，實是我紀家的幸事一樁。」說著拱手致禮。

紀容舒比董東山大十四歲，董東山拱手還禮尊稱他的字說：「遲叟公如此高看，鄙人實在是受寵若驚。久聞令郎曉嵐幼年聰慧，必成大才。或許有朝一日，不才東山將反沾曉嵐之光了。」

由於董東山名聞遐邇，他的學館迅速吸引來了許多才子學人，比如後來成爲光祿大夫的陳楓崖，成爲御中丞的陸青來，還有或成進士，或成侍郎，或作觀察等等的許多才俊，便都成了紀昀的同學友人。

在所有這些才俊人士中數紀昀最爲詼諧、調皮、鋒芒畢露。

一次，幾個同學在一起閒談，陸青來忽然談到自己取這個名字的來歷。他說：「我生下來爹一時不好給我起什麼名字，就問我媽。我媽說，兒子出生前我做了一個夢，夢見青色滾滾而來，有青山青水，青草青菜，總之是一片片青色湧進來，湧進來。我爹接口說：這就好了，孩子名字現成就有：青來！」

紀昀板起一本正經的臉，煞有介事地說：「我說青來，你娘這個夢沒有做好，所以你這名字也起得不好。倘若你母親當時夢見一隻大公雞，站在你家籬笆上鳴叫，那你的名字就好聽多了。」

陸青來一時沒有會意過來，反問說：「那該是一個什麼好名字？」

陳楓崖沒好氣地對陸青來說：「雞站籬笆，雞巴！你滿意了吧？」轉頭對紀昀怒吼起來：「紀曉嵐你眞缺了八輩子德！」

紀昀抿嘴笑著不答腔。

陸青來反而笑出了聲音：「嗨嗨，嗨嗨！楓崖，不能罵曉嵐缺德，他是比我們都聰明。楓崖應當懂得，人有時候優點反成缺點，缺點反是優點，曉嵐他易喜易怒，其淺處在此，其眞處亦在此也……」

紀昀聽了這話大吃一驚：「青來此言，感動於我。青來是大智若愚，實是我之所不及。」

董東山很快知道了這回事，他點撥學生們說：「人品自一事，功名自一事，此世俗之一見也。礪人品而建功名，乃眞功名；有功名而不失人品，乃眞人品。青來之拙撲，曉嵐之乖巧，不該取長補短，互成莫逆嗎？」

紀昀感動得向董東山行大禮說：「學生永遠銘記恩師的教導從此以後，紀曉嵐與陸青來終於成了莫逆之交。」

河間府離獻縣不遠，紀曉嵐在學館讀書也時常回家。一回家便與堂兄紀昭（字茂園）等幾個人一起研習功課。堂兄弟們讀書喜歡在崔爾莊自家的三層樓上，站在這上面可看得極遠極遠，目力可及三、五里路。

這天是盛夏時光，暑熱難擋，紀昀與紀昭等幾個堂兄弟又在研習經史古籍。窗戶大開，爲的是想招來一點南風濕潤。

忽然飄來幾朵稀疏的黑雲，黑雲裏偶然響起幾聲雷擊，雷擊過後便有一陣雨水飄飄，轉眼便又是藍天麗日，可不久又灑雨兩三點。

紀昭感慨說：「俗話不假：『夏天雨提籃，雷公跑滿天。』你看這不是有一陣沒一陣。老百姓的口語說得更貼切：『提籃雨，提籃雨，雷公菩薩屙零屎！』你看這些話多有趣。」

紀昀說：「有這雷公提籃雨也不錯，下幾點就涼快許多。」

忽然看見窗外大約半里的遠處，一個男人急匆匆自南向北跑著，跑著，跑到一棵撐天大樹下邊。只聽他撲通一下跪在地上，仰臉朝天，像是在作著大聲呼喚。可惜低啞的雷聲一直沒停，掩住了那男人的什麼聲音。

忽然一下子，烏雲低垂下來，先是樹頂，再是樹幹，後又下來，似乎一下子把那個跪著的男人罩住了，罩住了，什麼也看不見。

「轟隆」一聲炸雷，電光刺花了眼，響聲嚇驚了人。三層樓裏幾兄弟全都像是懵了。但雷聲轉瞬即逝，紀昀首先清醒過來，他喃喃地說：「咦！我看古書上寫過，『響雷擊地，必殛魔妖！』莫非剛才這炸雷打什麼孽畜來了？」

紀昭還在看著窗外的動靜，這時高喊：「雨去晴來，那大樹下一派清爽。啊！那李財迷趴倒地下，莫非剛才炸雷是打他？」

紀昀興奮已極，忙問：「昭哥你看清那人是李財迷了？那李財迷眞名叫什麼？」

紀昭說：「他就是南邊那個高川的人，我們鄉里鄉親當然認得出。李財迷眞名李才密，是個見錢眼開的角色，鄉親們都把他『李才密』的諧音叫做『李財迷』，他是個認錢不認理的缺德角色忽然有家人到樹下打聽回來，李財迷果然是被剛才這個大炸雷炸死了。」

紀昭說：「果然是天日昭昭，惡有惡報。」

紀昀說：「聽昭哥這話的意思，這李財迷眼下就有惡跡？」

紀昭說：「那是自然，聽我給你講講。」

崔爾莊附近高川李才密有個女兒名叫秀秀，生得美麗異常。現年十五歲，早已許配給鄰村鄭家兒子冬博爲妻，並已議定了近一二年婚嫁。其所以定不下具體的婚期，是因爲鄭家家道貧薄，一時備不齊娶親聘禮和婚慶開支，說了個活絡日子「一二年內」。

這天，算命瞎子諸葛先生到李才密家裏躲雨。諸葛先生便是給紀昀批下命書的那個陰陽家，他與李才密一家也相識。

一時閒來無事，李才密便把女兒秀秀許配給鄭冬博的事情說了，並把秀秀的生辰八字報給諸葛先生輪一輪，諸葛先生隔一陣子便說：「唉呀，我怎麼突然腦袋疼？李東家，你家秀秀這八字我是輪不了吶！」

李才密一聽不對，忙說：「諸葛先生，只怕是小女的八字有什麼礙口難說的地方吧？先生但說無妨，我不會介意。」

諸葛說：「如此我就斗膽直說了，李東家，按令嬡生辰八字上推，是個當側室的命，可是東家剛才說，秀秀已經許配給鄭冬博作元配夫人，這就不對了。我又輪過令嬡的八個字，互相間絕對沒有刑沖，那秀秀決不是個再醮的命道。俗話說：『命無錯，推有差。』自然是我推算中出了問題，所以適才只好推脫說是『頭疼』。還望李東家多多諒解。依運道看來，只怕令愛婚姻還會有一點錢財上的阻隔。」

李才密心裏格登一跳，掩飾地說：「哦，原來如此，不怪諸葛先生。」

李才密心裏那一跳，便是他「財迷心竅」作祟了，諸葛先生說女兒婚姻將遇到「錢財」上的阻隔。不是說到男家的病根上去了嗎？女婿鄭家就是太窮了。

一想到女婿家裏太窮就有火，李財迷果然亂了心竅，想出了一個壞主意，他要賴掉秀秀嫁給鄭冬博的婚姻。賴婚的辦法分三步走：第一步把女兒藏起來，說她病了；第二步乾脆搞了空棺材裝石頭出殯，說是女兒病死了安埋了；第三步是將女兒改名換姓，改名爲錢守貞，派人找個高價買主賣出去。

這個買主是個縣城大財主，嫁女時要買個陪嫁丫環，出了二百兩銀子將化名錢守貞的李秀秀買了去。財主家的條件，便是不透露他家的姓名，顯然是財主怕以後有事受到連累，花二百兩銀子的高價買個太平，買妥之後叫錢守貞與娘家斷絕關係。

李財迷正想要把假裝病死埋掉的女兒藏匿起來，兩人一拍即合。秀秀本人也因嫌貧愛富而同意父親賴掉鄭冬博的婚事。

錢守貞（李秀秀）被人三更半夜蒙頭蓋腦抬出了娘家。去過她富家丫環的生活。誰知天意早有安排，富家女出嫁坐船走時木船觸礁，人財物全都落了水，新娘子及其親友全都漂沒淹死，只活下一個李秀秀錢守貞。

錢守貞（李秀秀）被救起來之後，問其由來，她根本答不出，她家裏的事不敢講，講了怕賴婚的事情穿了包；買她的富戶家她講不出姓氏名誰，那主家爲避免干係什麼也不對她說。

沒有其他辦法好想，也無人家敢收養一個不明底細的姑娘，加上從河水中救起她時已是千百人所親見，縱有歹人想藏匿也藏匿不了。於是，錢守貞（李秀秀）被送到了有司衙門。

衙門裏可就有辦法了，本人再不說也不行。繪影圖形懸賞一訪，立刻便弄清楚秀秀的本來面目，李財迷嫌貧愛富的事穿了包，成爲三五十里的大笑話，被添油加醋四處宣講，弄得盡人皆知。

自然那個被賴掉婚約的鄭冬博家也知曉了。鄭冬博原以爲李秀秀眞已病死安埋，便與陶家表妹果英結了婚。

鄭冬博聽到了事情的原委，便向李才密要脅，說是要到衙門裏去告狀，狀告李才密嫌貧愛富，假報女兒秀秀病死，爲的是得到那賣女之二百兩白銀。因而告奏不僅要官府沒收那二百兩銀子的贓款，還要官府抓捕李才密治他詐騙賴婚的罪行。

這下當然刺痛了李才密的心肺，他財迷心竅豈會放棄到手之白銀，於是要和鄭家私下了結，仍然恢復原先的婚約，將李秀秀嫁給鄭冬博爲妻。那樣一來當然就保住了已到手之二百兩銀子。

鄭冬博本人十分同意，因爲李秀秀美豔動人，遠比自己的表妹妻子陶果英漂亮。便說：自己與李秀秀有婚約在前，迎娶之後自然還是正室，其表妹陶果英應該降爲偏房。

陶家也不幹了，理由更充分：鄭冬博與陶果英已經結婚是實，陶果英已是正房；鄭冬博再迎娶李秀秀，自然只能是納安偏房。如果李才密不同意，陶家便要訴之衙門，陳請衙門沒收李才密那二百兩銀子的詐騙款。

李才密生怕那已到手之二百兩銀子被割肉剜肝，便只好答應鄭家的條件：嫁了李秀秀過去做鄭冬博的偏房。果然應驗了諸葛先生推算的李秀秀只能當側室的命道，人人傳說：果然命由天定，諸葛先生算命賽過孔明。

事情到這裏本應有個合理的結局，誰知天理另有昭彰：李才密得那二百兩銀子手段惡劣，有悖天理良心，應該另有懲處，剛剛把女兒李秀秀嫁給鄭冬博做了偏房，李才密的夫人一病不起，直到死去安埋，從醫療到喪葬，二百兩銀子花了個精光。這可是剜了李財迷的心頭肉，他氣得七竅生煙，大概也與妻子病逝慾火無從發洩有關吧，他竟至變成了瘋瘋癲癲，眼睛只朝著女人身上打主意，看見女人就雙眼也斜，口流涎水，癡癡呆呆，動手動腳。看不見女人時又好像一切正常。

這很有點像是老百姓土話所說發「花癲」的症狀。但發「花癲」一般都指女人，是指女人動月信前後慾念大盛，偏又得不到男人，於是看見任何男人都嬉皮涎臉，挑逗潑辣，近乎瘋狂。只有等到這情慾之火熄滅了，這女人才趨於正常。由於女人發情源於月信，月信自是一月一回，每回也就十來天吧，過後便可平靜下來。於是，女人發情有明顯的階段性，一陣好，一陣癲，於是叫做「花癲」。

想不到這「花癲」如今發在大男人李才密身上。本來女人到處都有，但那好像都需要錢，進院嫖妓便是最好的實例。李才密也並未窮到一文不名，不多的「野妓開支」他不是拿不起，偏是他視財如命，一丁點不願花。於是他一個女人也得不到。得不到反而更想，李才密癲狂得喪心病狂，竟然強姦了鄰居一個八歲的妹子，直至姦死還在姦屍，姦完屍還對天哈哈大笑，胡言亂語。財迷心竅的李才密是眞的發了瘋。

瘋人不犯死罪，人死又不能復生，被姦死幼女的鄰居請一幫人抓住李才密打了一頓，渾身肉綻皮開。但瘋子並不知道痛，反而哈哈喧天。

這笑聲把人都嚇跑了，不僅打他的人被嚇跑了，那個喪失幼女的鄰居也嚇得搬走了。

有了這個教訓，誰還敢惹李財迷。誰家的幼女都時常有大人看管，成年女人見了李財迷的影子都遠遠跑開，李財迷想女人而得不到，漫天漫野遊蕩瘋狂，有時又自己跪下來呼天吼地，遠處站著的人們，誰也聽不見他是懺悔姦死幼女的罪過，還是禱求天地菩薩給他一個女人……

或許只有老天明白，李財迷惡貫滿盈，今天使給他一個雷殛而死的應有下場……

紀昭講完這個故事，十分感慨地說：「哎！李財迷這人生悲劇發人深省，天理昭昭，善惡有報。爹給我取名爲『昭』，這個用意深遠，是叫我永遠不做壞事，不當惡人。」

紀昀偏偏另有古怪的理論，他說：「昭哥你這話不受聽，道理沒說全，李才密這故事不僅僅是告誡世人善惡有報，還提醒我們人性不能壓抑。李才密死了妻子，假如他肯出點錢去找別的女人，那必定不會發生他姦死八歲女童的壞事，他也就可能不會遭到雷殛的下場。」

紀昭彷彿不認識這個十餘歲的堂弟弟了，便不無驚詫地說：「昀弟此言，簡直奇談怪論。李才密財迷心竅壞事做絕，理應受到天意懲處，你怎麼胡扯到人性壓抑不壓抑的問題？」

紀昀說：「人之發情，本屬天理，尋求發洩，十分正常。不然孔夫聖人也不會說那麼一句話：飲食男女，人之大慾存焉！李才密把錢財看得比人性還重要，不肯拿錢買女人。性慾的勃發便促使他奸死幼女，遭到雷殛。依我說天意的懲罰不是從李才密奸死幼女之後才開始，而是在他強姦幼女之前便開始了。換句話說還更恰當：李才密強姦幼女，便是天意懲罰他的開端。而那懲罰的起因，便是他自己對性慾的壓抑，那壓抑的起因又因爲他太貪愛錢財，貪愛到拿錢嫖女人都不肯。這就反常，反常就是違拗了天意，天意對他的懲罰就是不可避免了！」

紀昭說：「昀弟！眞不知道你在京城都學了些什麼？怎麼十二三歲的小男人就對女人的事如此迷戀？如此犯癡？癡癡迷迷盡說一些男女飲食，你不怕這會影響你的學業功名？你的所說所想爲兄實在沒法理解。」

紀昀說：「昭哥！你要不是早就娶了嫂子，你對我就理解了！」

紀昭猛地止住搖頭，猛地拍自己一巴掌說：「哦？爲兄明白了：昀弟已經盼著有個女人了……」

紀昀母親張夫人，在丈夫上任戶曹官職送紀昀回河間府董東山處讀書時候起，也隨兒子紀昀一起回到了家鄉。母親對兒子的學業更比父親還牽掛。父親尚有一個大紀昀十八歲的長子紀晴湖可以疼愛關懷，張夫人卻只有紀昀是從己出，她當然關愛有加了。

紀昀的母親，自然是紀昭的大伯母，因爲紀昭是紀容舒三弟容雅的兒子。

這一天，紀昀母親張夫人正在崔爾莊二樓憑窗遠眺。這二樓照樣看得很遠。

朝廷命婦，悠哉遊哉，富豪之家，盡可享受，張夫人到二樓憑眺遠方，卻不是沒有心事……

李才密姦殺八歲幼女，得到了雷殛的報應。張夫人不由得想起幾年前在這水明樓上觸景生情的一番議論。

做娘的早已看出昀兒確實早熟，張夫人眼下難免生出一份擔憂：李才密慾火中燒姦殺幼女被雷殛死，早熟的兒子可別在這方面弄出禍事來……

眼下不在上河涯別墅，可這崔爾莊家裏也有二樓，剛好這裏也能看到李才密雷殛的那個樹下。夏日的雷雨說去就去，雨後的驕陽更加耀眼。張夫人憑窗遠眺，只見那雷殛樹下人山人海，穿流不息，爭看被雷殛的惡魔……從眾人興奮不已的樣子看出，大家肯定已把李才密看成了淫邪的惡魔，感謝老天收了這個孽障……

唉呀，天啊！千萬莫讓我兒子慾火入魔，招致罪過。

啊，祖宗菩薩，我紀家列祖列宗萬世菩薩，請保佑你們的小孫子走上正路，切莫誤人歧途……母親張夫人內心急速地祝禱著。

忽然傳來親切的叫喚聲：「蓮子！你想什麼哪？」啊！是婆婆兼姑媽來了，叫著兒時的小名，別提有多親切。

張夫人稍感吃驚，怎麼婆母今天要孫子紀昭攙扶著？難道婆婆身體不舒服了嗎？於是，叫著紀昭的字問：「茂園：是不是祖母病了，要你扶？」

婆媽張太夫人搶先回答：「不是！蓮子放心，你姑姑婆母身子骨還結實著。是茂園說的一些話讓我分不清頭尾，特地叫他來說給你品評品評。」紀昭這年已經二十歲，早已成年了。

所以大輩子人都叫他茂園，而不稱他為昭兒。

紀昭先向張夫人打千說：「大伯母，侄兒叩問大安。」

張夫人說：「茂園莫講禮了，快扶祖母坐下，茂園有什麼新奇見解？未必祖母會聽不明白，你說說吧。」

紀昭說：「大伯母！是祖母誇獎孩兒，其實正是孩兒有不明白的事理，需要向祖母、伯母請教呢！」

張太夫人說：「茂園還繞什麼圈子，一家人說話還這樣拐彎抹角幹什麼？」

紀昭說：「孫兒謹遵祖母教誨。侄兒請問伯母大人：對那起雷殛李財迷之事該怎麼看待？」順手朝窗外遠處一指，那裏已有人在給李財迷收屍，準備就地安埋。

張夫人順著紀昭的指手，看見了那裏正在埋人，頗有感慨地說：「明顯得很，鄉親父老是在掩埋一個雷殛惡魔。李才密姦殺幼女，天理不容，理應受到如此的懲罰。茂園，我不明白你難道還會有什麼不同的看法嗎？」

紀昭說：「回伯母的話：李才密誠然是天理不容的惡魔。侄兒所要問的是：天雷懲處李才密，是懲處他對女色的摧殘？還是懲處他對人性的壓抑？」

張夫人一驚說：「茂園，你怎麼敢對伯母問這類有傷風化的問題？這難道符合我家祖傳的道德風範？」

張太夫人說：「蓮子，莫怪茂園，是我叫他這樣問你，這也並不有傷風化。或者還可以有利於我家栽培後人。」

張夫人說：「侄女謹遵姑媽婆母教誨。我回答茂園的問題：天雷懲處姦殺幼女的李才密，當然是懲處他對女色的摧殘！」

紀昭說：「設若李才密不是財迷心竅，不是死當守財奴，而是在他妻子病逝需要女人的時候，不惜錢財去買笑女人，哪還會有慾火中燒令他姦殺幼女的事情發生呢？他以前並沒有這種孽畜行爲吧？」

張夫人又一驚：「啊！你是說李才密李財迷捨不得拿錢買女人，才最後走向犯罪自絕之路？」

紀昭說：「這正是李才密對人性的壓抑！他把錢看得比女人還重，捨不得拿錢去買。而飲食男女又是人之大慾存焉，他終於壓抑不住，於是，姦殺無力抗拒的幼女，終致被雷殛喪生！所以就有新的答案：天雷懲處的既是李才密對女色的摧殘，但首先更是他對人性的壓抑！」

張夫人頗感領悟地說：「茂園好辯才！你這個解答新奇有趣，或許也不無道理。」

紀昭說：「伯母，這新奇答案不是我能想出來，是昀弟曉嵐的獨到見解。伯母當然會明白：曉嵐是個早熟的成年人！」隨即向張太夫人與張夫人跪下說：「恕孩兒先行告退了。」爬起來蹬蹬下了二樓。

張夫人像是掉進了冷水井裏，心中猛一個緊縮：不好！昀兒還是小小年紀，就已生出如此強烈的女色要求，那他的功名學業將會怎麼樣？又怎保得他不像李才密那樣走入邪魔？張夫人傻瞪著窗外遠處掩埋李才密的場景，半晌說不出話來。

張太夫人喊醒她說：「蓮子！忘了幾年前在上河涯水明樓我跟你說的話了？男人好色，本是天理，是天理就不是罪過，你不必杞人憂天了，還是順其自然吧，早給昀兒找個正式女人。」

老祖母考慮周到，她安排孫兒紀昭把話說到剛才這裏，知趣離去。下邊的話已不宜紀昭再聽了。

老少兩位張夫人，姑侄加婆媳的關係，對紀昀的擺佈將最爲合理合情，兩個女人之間說話更無顧忌。

張夫人說：「姑媽！我是怕這樣會影響昀兒的學業。」

張太夫人說：「蓮子，姑媽打個比方吧，兩個男人賽跑，一個有女人在邊上鼓勵，一個沒有，你說誰個會跑得更快些？」

張夫人會過意來，急急地說：「侄女懂了。只是昀兒連童子試都沒經過，這年紀我們紀家不是禁止他們結婚嗎？」

張太夫人說：「我也沒說要你給昀兒娶親，順風順火，先給他找個侍女吧，還不就是那回事。」

張夫人說：「這法子好，侍女不是夫人是下人，以後也好辦。可一時半會到哪裡去找？」

張太夫人說：「找什麼東西不是先從近邊往外找？你從妯娌間想想看，昀兒四叔淳甫媳婦，她不是從娘家帶來了一個好婢女文鸞嗎？……」

張夫人頻頻點著頭……

伍　小少年初試雲雨情

紀昀說：「要是吃豬肉有這個味，天下豬早殺光了！」

紀昀的四叔父紀容恂，字淳甫，生於康熙四十五年（西元一七〇六年）正月十九日，此時已經三十三歲。是一個候選知州。他的元配陳氏、繼配呂氏都已過世，現在的三任夫人是滄州李天紳之女，嫁在紀府裏被稱為李安人，她自然是紀昀四叔母。

李安人年輕漂亮，才是二十餘歲人。

大戶人家婦女出嫁有陪嫁來的婢女，李安人的陪嫁婢女名叫文鸞，現在十三歲，長得乖巧玲瓏，十分逗人喜愛。李安人使喚起來很是得心應手。

大戶人家女主人一般都獨佔三間房子使用，一間為住房，一間為梳妝刺繡女傭房，一間為招待女客房。陪嫁婢女每天工作，首先是灑掃抹拭這三間房子，收拾桌椅座凳，女主人起來後收拾床鋪，為女主人盥洗梳妝，侍候女主人吃飯等等。但並不做洗衣漿衫之事，那種事另有燒衣婦承擔。婢女得閒，可自作女紅刺繡，總之只能在女主人三間房子裏活動，不能隨便到處亂跑。

這天上午，文鸞照例早早地起來，先是打掃主人房間，再是抹拭所有家具。還不見女主人李安人起來，便在女紅房裏開始刺繡。

文鸞今天繡的是一個枕頭，用白緞布做底料，白緞布厚薄均勻，白得耀眼。刺繡布上用脫藍紙（複寫紙）脫下了石榴的圖案。石榴是青枝綠葉裏豔紅，內中石榴有兩半邊是切開放著，明顯地露出內瓤裏子粒飽滿；排列整齊，盎然生趣。石榴子多，象徵多生貴子，做爲枕上飾物眞是理想天成。加上石榴子白皮紅，別提有多爽眼，誰個能不喜歡？做家用，做禮品，盡隨人意了。

眼下，文鸞正操起綠絲線繡那陪護石榴的葉片果枝，雛形略具，栩栩如生。文鸞認眞刺繡，沒注意紀昀母親張夫人款款進來，倒先打趣說：「文鸞手好巧，刺花繡朵，煞是愛人。」

文鸞慌得刺綳一丟，忙忙跪下說：「奴婢該死，不知伯母夫人駕到，有失恭迎，還望伯母夫人恕罪。」

張夫人愛憐地說：「好個文鸞原是嘴也乖巧。談什麼罪過，只快起來。」

文鸞一骨碌爬起來說：「伯母夫人先坐。」抓過漆滿大花小朵的座椅，在那纖塵不染的椅凳上又抹拭一回，遞給張夫人坐了。這又去斟泡香茶，端在紅漆茶盤裏，折腿捧獻給張夫人。於是轉身向裏屋走：「奴婢去請我家夫人起來。」

張夫人抬手制止說：「別急別急，你家李安人昨晚打牌睡得晚，讓她睡個足。文鸞快過來，咱娘倆說會子話。」

文鸞一聽便受寵若驚，忙又斂衽萬福說：「伯母夫人萬福，主子如此看待奴婢，眞是奴婢的福氣。奴婢但聽伯母夫人的教誨。」歡快地又走了攏來。

張夫人睜開關切的眼睛仔細打量著，文鸞膚色潔白如脂，面目姣好像月，小髮辮盤結鑒光，荆釵裙貼身合體。天足未裹似裹，不甚長，且極窄，鞋淺而尖，作鸚嘴式樣。走起來如風擺柳，逗人喜歡。頭上簪有首飾，照樣珠光寶氣。

俗話說：「大戶人家婢女，勝過小家碧玉。」眞是不假。

張夫人一時感慨萬端，仿佛自己今天不是來給自己的兒子紀昀找侍女，而是要爲兒子選媳婦。張夫人故意話外有音地說：「文鸞！要是有合適的男孩選你去做侍女，你是否知道侍女迥非尋常？」

文鸞一聽好不喜歡，他猜知張夫人今天來的用意了。紀家的顯赫地位，紀府的富甲一方，誰家能不羨慕？加上小少爺紀昀公子的身世傳聞，文才智慧，英俊瀟灑，誰個有頭有臉的女孩子不想巴結他？自己要能被選作他的侍女，實際便是作了他的「暗夫人」，將來說不定便弄一個侍妾身份，那該眞是自己的三生福氣了。

這樣的話怎麼能說出口？文鸞故意推辭地說：「回伯母大人話：奴婢出身低微，人又愚蠢，誰個貴公子會選自己去作侍女呢？」

張夫人越更喜歡這藏而不露的小婢女了，她拿起几案上文鸞所繡的枕頭說：「文鸞！你手這麼巧，誰敢說你蠢笨？你長得這麼乖，哪個貴公子會嫌棄？只是機緣未到罷了。」

忽然屋裏傳出話來：「誰說機緣未到？」原是李安人接腔出來了。她其實早已醒來，只是一時慵懶，想多躺一會而已。一聽張夫人與文鸞的有趣交談，她早已猜知張夫人的來意了，便起身走出房來，微微斂衽說：「嫂子萬福！弟媳我素來疼愛昀兒，正愁沒有由來好巴結，趕巧機緣就來了。文鸞你出去，我和嫂子有話說。」

文鸞當然知道兩位主子夫人要說什麼話了，喜得心都一跳老高，裝做什麼也不懂的樣子，行個萬福禮說：「奴婢告退。」便如風擺柳地出去了。

張夫人貪婪地目送文鸞的背影說：「瞧她風擺柳，得心又應手。弟妹你眞捨得把文鸞賞給我昀兒作身邊丫頭？」

李安人說：「嫂子說錯了，我聽男人們都說：女人風擺柳，勝過勾心手！只怕我那婢女文鸞早把侄兒昀昀的魂都勾走了，今天請他媽媽傳話來了吧？」

兩妯娌親密無間，就這樣快快活活地閒聊著。

眞還讓李安人猜對了，小小的紀昀風情已動。娶親又太年輕，便也想到了找個「貼身侍女」的變通辦法。首先映入腦海的果然便是四叔母身邊的這個婢女文鸞！他母親接受他祖母的提醒，拿話試探自己的兒子說：「昀兒！你生成不會自己照顧自己，你不二天又去河間府董東山公的書館讀書，娘眞放心不下，想跟你找一個侍女隨你去照料你，你拿咱大家子裏那麼多丫環婢女打個比方，要娘跟你選個什麼樣子的侍女？」

小小年紀的紀昀動情很深，他不像母親張夫人這樣轉彎抹角地講話，而是直掏肺腑說：「媽！孩兒不想做假正人君子，孩兒早已想著四叔母身邊的文鸞！」

這便是張夫人今天親到李安人這裏的來龍去脈，難怪她一見文鸞便直往「侍妾媳婦」的名分上想，看來他兩人之間也早就互相傾心。

閒篇扯談的倒是正事，兩妯娌貴夫人一拍即合，文鸞即將成爲紀昀的第一個女人。

張夫人又試探地問：「弟妹！眞要用我家昀兒選聘侍女的名義來辦這件事嗎？」

李安人一下捅破了窗戶紙：「嫂子！那樣做也讓侄兒太丟面子了，誰不知道『選侍女』便是『選女人』？那不顯得昀兒自個兒太性急了？名義現成，我早想好了：『四叔母我把婢女文鸞贈送給侄兒紀昀做侍女，侍候他的飲食起居，讓他好好精研學業，獲取功名。』嫂子你認為，我這不就把什麼事都辦得圓通順暢了嗎？」

張夫人說：「多謝弟妹想得周到，你保住了昀兒一張體面的臉皮……」

偏是紀昀自己不看重這張臉皮，他感到年輕的身體都快爆裂了，眼下「女人」比「臉皮」需要得多。他向來做事不瞻前顧後，而是直抒胸臆敢追求。

紀昀其所以早先未有求偶的衝動，那是他對此事有自己的想法。在他看來，男女相交是追求愉悅，如果一方強求，一方不願，那便是牛不吃水強按頭，哪裡還有相交的樂趣？那無異於一種禽獸行為，為人所不齒。所以他從來就厭惡「雞姦」「強姦」等等暴行，認為那從根本上違反了男女兩性交接的天生意旨，還有什麼樂趣可談？

現在不同了，四叔母李安人已經公開宣佈，要將陪嫁婢女文鸞「贈送」侄兒紀昀作侍女，文鸞本人也欣然同意。李安人並已斥出鉅資，為文鸞置備上等衣裳簪珥，還有許許多多陪送品，這實際上便是女主人為奴婢在置備嫁奩。

這樣，文鸞對於紀昀，無異於未婚先納侍妾，反正文鸞是紀昀已經到手的女人，說成是紀昀「自己的」女人也無不可。何況文鸞自己也快慰舒欣，紀昀便覺得文鸞已是自己的懷中寵物。早一天得到與晚一天得到，並無實質上的不同。眼下紀昀可是再等不得了，哪怕早得到一刻也好啊！

在傳統的世俗眼光裏，高貴男女正式結婚前性生活十分可恥，說那是互相「不貞」，那是褻瀆「道德」，那是可恥的「獸行」。

與此形成對照，對婚前「偷情」，非婚「狎褻」，乃至宿妓嫖娼等等，世人卻都眼睜眼閉，置若罔聞，從不追究。甚或引以自豪，誇耀吹捧。

少年紀昀此時正鑽了這個輿論的空子，他決定想辦法與文鸞先期幽會交合，以滿足自己日益強烈的要求。他深信文鸞不但不會拒絕，而且可能也有此渴求。

萬一被撞破了，也不是什麼大不了的醜事。更沒有誰會去揭發檢舉。

於是紀昀去找文鸞十分大膽，並不避諱什麼，他只是想玩一點「勾引」之術，首先把文鸞的少女之身勾動心旌，使之春心蕩漾。以免交接時寡味索然。

絕頂聰明的紀昀有的是奇巧的辦法。

偌大的紀府絕不缺乏可以匿愛藏嬌的地方。

文鸞這幾天也是坐臥不定，神思飄搖。

在大戶人家裏男男女女耳濡目染，十三歲的少女早已情竇初開。只是因為奴婢的身分有限，文鸞把自己的慾望緊緊關著，壓著，鎖閉著，束縛著，不敢讓它稍有放鬆。但是關壓鎖閉和束縛，只是自己的軀殼而已，卻是根本管制不了一顆鮮活的慾心。這慾心掙扎蹦跳，擠縫穿眼，偷偷窺探著能夠見到的所有男人。不管是老是少，是美是醜，凡男人便被文鸞暗暗窺視品評。有的中意，有的不行，有的厭惡，有的喜歡，當然全都只是內心的揣測，與自己全都無關，一轉眼更是如煙飄散，點滴無存。於是又進行新的窺探，窺探中企盼有那麼一個可心人，對自己的慾念稍稍有點察覺，那便使自己多少有一點寄託，不再像現在這樣空蕩飄搖，暗自悲苦，自己只是一粒不被任何人注意的灰塵。

對，是灰塵。在這紅男綠女相互滿足的富戶人家裏，誰來關心一個十三歲的幼女，更何況這幼女還是一個奴婢。奴婢自然只是灰塵而已，不入任何人的眼睛。

於是文鸞只有暗自收斂，再收斂，噝息，再噝息。明面上裝成一個啥事也不懂的小女孩。其實這小女孩的慾心早已萌動，期盼著美妙的風情，但只是空白怨忿而已。

終於窺見了一個可心的少年，他高挑的個子，俊俏的面容，從遙遠的京城到河間府求學，又從學館裏回到崔爾莊老家來消閒。加上早巳聽說過他那許多聰慧的故事，許多有趣的傳聞，他在少女文鸞的心眼裏簡直成了崇拜的偶像，成了使自己日思夜想的追求目標。但只是一顆星星而已，的確不錯，少爺紀昀對於奴婢文鸞來說，不是星星，便是月亮，永遠那麼高不可攀。

眞是祖德隆恩，紀昀少爺竟然和自己牽連一起了。大伯母張夫人前來爲小兒求取自己去做侍女，主人李安人答應將自己贈給少爺去做侍女，這使文鸞高興得心都跳到了口裏。侍女侍女，最終可能連小妾的名份都得不到，但少爺將實實在在佔有自己的貞操，這這，這又正是自己所求之不得。這份幸福歡欣，豈是任何局外人所能體會得到。文鸞只差沒有高喊謝天。

文鸞知道，自己的慾念將很快得到滿足，於是反而平靜下來了。天上的星星月亮既已墜落眼前，反而不著急了。

但是，很快又著急起來，少女放開了關閉慾念的牢籠，這慾念便再不受鎖閉和束縛。文鸞只覺得自己血液發燒，奔湧勃發，春情如跳蹦的小兔，突然便成了奔騰的野馬，轉眼更慾火熊熊，簡直無法控制了，啊！你這時在哪裡，怎麼不來抱我，擠我，壓我，睡我？

在四叔母李安人迎客房的窗外，有一個背角回廊，回廊外有一棵高大的羅漢松樹。

栽者無心，用者有意，此時正好做了小紀昀的藏身覷美之所。

許是猴精使紀昀有了一副靈巧的身軀，他雙腳雙手抱樹爬上去，竟是那樣的敏捷自如，一下子爬到七八尺高的樹杈裏，坐在樹杈中間朝四叔母的梳妝房望去。啊！天公作美，文鸞正站在那裏爲四叔母梳頭。樹上的紀昀只看得見四叔母李安人的側身像，卻正好看得見正面的文鸞。

說她臉如滿月吧，這滿月略顯長形，是多麼得體的橢圓鵝蛋；說她臉色果如鵝蛋般白皙吧，那白皙又不單調，勻淨有致地透出一抹淡紅；說她嘴巴像櫻桃吧，這櫻桃不是圓圈而是扁平，扁平的上下拋出美妙的弧弓曲線；說她娥眉下亮眼如珠吧，那黑眼珠卻不死板固定，而是骨碌碌翻轉不停……這文鸞姑娘實在太美麗，果然是情人眼裏出西施，眼下紀昀覺得這文鸞賽過古代的四美女：西施、貂蟬、王昭君、楊貴妃，那古代四美女早不知去向，只有美麗的文鸞就在眼前。

偏偏文鸞在盡心盡意爲四叔母梳頭簪釵，全然不知道窗外樹上有個可心人在望穿情眼。

四叔母啊四叔母！你那頭髮梳得夠好了，你那頭飾簪得夠美了，你該自個兒出去打紙牌耗日子，留下文鸞守家，以遂侄兒一飽饞慾……紀昀在心裏這樣數落著。可這被數落的四叔母全無知曉，還是在那裏對鏡指揮文鸞，這裏抬高點，那裏壓矮些。美妙中還求更得體。該想個什麼法子通知屋裏的人呢？紀昀開始在心裏琢磨主意。

遠處傳來蟬鳴：「唧……唧……」一好長好長一聲聲的叫喚。紀昀猛然想起，蟬不是被稱爲「知了」？我何不也學蟬叫幾下，讓房裏的可心人「知了」「知了」。

說叫就叫，蟬鳴易學，紀昀也長長地叫喚起來：「唧……唧……」

房裏四叔母一聽樂了，驚叫著：「好啊！往常知了只在遠外空闊向陽的地方鳴叫，今兒個跑到我這背彎的地方叫了。文鸞，這怕是爲你報喜的知了呢，你家裏父母也該回信了吧，一回信答應我便把你送過去給紀昀，說不準昀兒和你都正盼呢！」李安人和文鸞父母是熟人，文鸞又十分乖巧聽話，李安人便不把他當一般奴婢看待，反而把文鸞當做了自己的小侄女，連把她送給紀昀做侍女的事也先徵求她父母的意見，對文鸞更是關愛有加，不把她當奴僕看待，而把她當成了一個可以談心說話的小一輩朋友。時不時也開一點小玩笑。說得文鸞身上癢酥酥的好開心。

文鸞也因應著李安人的歡快口氣說：「主母夫人對奴婢如此垂愛，奴婢只怕福氣不夠消受不起呢！」

李安人聞言一驚說：「傻文鸞！你爲什麼說這種不吉利的話？」

文鸞忙忙低頭：「奴婢知過了。」

房外樹上的紀昀心裏急得不行。他本想用悠長高亢的蟬鳴吸引房裏的主僕，沒想到夏天蟬鳴太多，誰都不朝蟬叫的地方看一眼。剛才四叔母李安人的議論，也只是說蟬兒很少到這背角處來，並不朝樹上看。

總要想個法子，叫屋裏主僕二人朝樹上看看才好。紀昀低頭一尋思，有了，變個花樣叫叫。於是，羅漢松樹上「知了」的叫聲變得短促而有節奏：

「唧！唧唧！唧唧唧……唧！唧唧！唧唧唧！……」

屋內李安人心裏一驚：咦！知了懂什麼變調？莫非有人使鬼？這話沒說出來，李安人只悄悄回頭朝窗外羅漢樹上一瞟：嗨，果然！小紀昀正藏在樹上，羅漢松濃密的小劍葉叢中，是小侄兒的瞇笑，哀求，焦灼和期待，那眼神裏有慾火在蒸騰。

李安人立時明白：紀昀等不得了，期盼與文鸞幽會，哀求自己這四叔母離去騰房。

這類事在大戶人家司空見慣，何況文鸞是已經許諾給他的人，早一天晚一天無甚要緊，侍女如同奴婢，不能和迎娶夫人同日而語。李安人立馬打定了主意騰房。於是裝做漫不經心的樣子說：「文鸞！我頭髮不要再拾掇，幾個夫人等我打牌，只怕都『等不及了』！」這「等不及了」的話故意加重了，顯然是說給樹上的紀昀聽，揭出他此時的焦急心態，並故意說自己是去打牌，分明告訴紀昀說：時間充足。

文鸞畢竟是個下人，聰明才智上差一截，她根本沒去想窗外「知了」叫聲有不有變化，只以爲主母李安人眞的發了牌癮。於是說：「奴婢祝主母今天牌運亨通！」便把李安人送出了門外。

李安人裝做什麼也不知道的樣子，出門沒再朝羅漢松樹上瞧。而是一個勁照直走了。

文鸞送走主人，回房收拾給主母梳妝的用具用品。她正拿起粉盒骨梳，沒成想被誰從背後一個桶箍抱住。她正要叫，忽然嘴也被捂住了。捂住了嘴便扭頭看：啊！是小少爺紀昀！說不準是驚怕還是歡喜，文鸞只覺得心裏起跳，渾身疲軟，全身癱軟在紀昀的懷中，她盼這一時刻都盼好幾天了，可口裏還不停地喘著粗氣。斷斷續續說：

「少，少爺！你你，你眞大膽，主母夫人才才……才走呢，你早一步就被她撞見了。」

紀昀氣急話重說：「文鸞蠢話！只說你想不想我，不想沒趣味。」

文鸞說：「想，想！」反手也把紀昀抱住了，「少爺！都快想死我了。」

紀昀再不哼聲，一嘴唇貼上去，封住了文鸞的嘴。兩個人再也不願分開，擁著推著滾倒在地上，地上鋪著毯子，任兩人滾一個痛快淋漓……終於各自褪掉衣服，乾柴烈火久久交接，紀曉嵐喘著粗氣說：「嘿，嘿嘿……原來這麼痛快，這麼痛快！親親小鸞鸞，你呢？你呢？」

文鸞一身如蛇扭，搓腳夾腿喘不贏，擠著話說：「我，我，我也是，我也是！這個味，味，味道說不出，太太，太痛快，太痛快！」

紀曉嵐說：「難，難，難怪鄉下人說笑話：要是吃豬肉有這個味，天下豬早殺光囉，呵呵，呵呵！」

文鸞也忍不住了：「呵呵，呵呵！好味說不出，只有打比方：要是少爺壓我一輩子不起身有多好！喲喲！喲喲……」

一次沒過足癮。

轉眼梅開三度。

終於互相得到了滿足，雙方慾火全消。

十三歲的文鸞起身後處女殘紅滿地毯，急得張大了眼睛：「這可怎麼辦？這可怎麼辦？」

年紀相仿的紀昀說：「你快洗洗，夏天一晾就乾。」

文鸞一回身看那門都未關好，又驚得吐出舌頭說：「少爺，好險，門都沒閂。」

紀昀詭秘一笑說：「說你蠢還眞蠢！是四叔母給我們騰的房，她一定早就囑咐過了，不讓任何入朝這裏來！」

說完，紀昀瀟瀟灑灑往外走。

文鸞在他身後雙膝一跪說：「少爺！文鸞生做你的人，死做你的鬼！」

紀昀驚呆回頭：「比剛才更蠢：好好的說什麼死不死的話？」看著地毯上的殘紅，湧出一絲惆悵。

第二天，暑假消暑到期，紀昀心滿意足地走了，離開了崔爾莊，回河間府董東山學館去求學。

紀昀帶走了一個美好的夢，等待文鸞父母應承，四叔母定將文鸞贈作侍女，那可就朝夕相伴，擁玉眠香，不會再有任何惆悵。

紀昀甚至想得很遠，以文鸞的出身而論，她肯定夠不上夫人。那麼只待自己迎娶了大家閨秀，一定把文鸞納做小妾，她畢竟是自己的第一個女人。

說也奇怪，紀昀重進學館，再也沒有漫天遍地地想女人，仿佛自己已經有女人了，心裏只惦記著一個文鸞，記得她擁吻的無限歡樂，記得與她交合接體的透骨銷魂，那種只可意會不可言傳的感覺，眞沒有任何語言可以表達。埋下了，藏住了，埋藏在少年刻骨銘心的記憶之中。

更有怪事，心裏有了文鸞的影子，不是阻礙了自己的學業，不是傷害了自己的身心，紀昀總覺得自己似乎更聰明了。如果說早先自己能一目兩行的話，如今已能一目數行；如果說自己原先還有點貪玩的話，如今倒是更抓緊了自己的學習，似乎再不好好學習就得不到功名，而得不到功名就毀了自己的一切。紀昀自然不敢有絲毫懈怠了。好像這等盼侍女文鸞陪宿也成了一種動力，紀昀只覺得這一陣子以來學業成績在飛速提高。

少年精力旺盛，慾火消後又起，紀昀在學館裏又已毛跳起來。他似乎又到了再等不得的時候，便向董東山老師撒了一個謊，說家裏有什麼事情。告假回去了。

他坐在馬車上遐想聯翩，這次回去不再找那羅漢樹，就直接去找四叔母，向她求情騰房。四叔母一定准允，並作巧妙的安排。那自己便和文鸞有更痛快的時刻，不是說「久別勝新婚」嗎？男女雙方，熟門熟路，連彼此試探都不必了，相互傾心交接，自是更快進入高潮。

可是一回到崔爾莊，紀昀立刻懵了：文鸞已於三天前病死，並且已經安埋。

紀昀顧不得許多了，一徑跑到四叔母的房間，撲通跪下說：「侄兒請四叔母照直講：文鸞得的什麼病？難道沒給她治嗎？」說話間已是眼淚婆娑。

李安人也陪著流了一會淚，長歎一聲說，「唉！怪你們沒有緣分吧！文鸞想你想得發瘋，每天都望著地毯上紅印漬發愣，只怕是你們在那上邊留下的印記吧。偏偏她父親文久荒是個見錢眼開的角色，看著我們家底子厚實，他向你家要許多許多東西，銀兩用項不說，還要你家拿出十畝地契，才准文鸞做你的侍女。文久荒十分粗蠻，說話鄙俗，他公開在鄉親中間說：『什麼侍女侍女？就是日女日女！紀家少爺想日我家文鸞，出十畝地並不為過，十畝地對於他紀家來說還不是九牛拔一毛，給我文久荒就養活我文家一輩子了！』你想這樣的粗話你爹能聽得入耳嗎？你爹他桌子上一個巴掌拍跌了茶杯，說話如同雷吼：『文久荒說些什麼屁話！簡直把我紀家的臉都丟盡了！我家有幾千幾萬畝良田，一分一厘也不能拿去兌換一個侍女！』」

「你爹這樣一說，誰還能扭得轉來。文鸞自知拗不過天意，一聽就不吃不喝，連著七天水米不沾牙。我去勸都沒有用，她反而跪在我面前說：『主母夫人，原諒文鸞不聽話吧，我已向天發誓，我生是紀昀少爺的人，死是紀昀少爺的鬼！你讓我再轉世投胎去吧，我下輩子還變女人，變女人我還盯著紀府，我還要侍候昀少爺，做不了夫人做小妾，做不了小妾做侍女……我我我，我不會等自己再活三天……』邊說邊還捶打自己。」

「昀兒你看，文鸞對你有多癡心，她果然絕食不到十天就死了。」

紀昀早已聽得眼淚長流，一邊又朝自己的胸脯捶打。只見他雙拳同揮，勢如打鼓；打得胸脯「撲撲撲」響個不停。

李安人說：「昀兒不要折磨自己了，人死不能復生，看來因緣天定。文鸞聽我說要把她賜給你作侍女，歡喜得直說：恐怕自己沒有這麼大的福氣消受呢！我當時就責怪她不該說這些不吉利的話。現在看來那是天意的預兆安排，事先便透出了這麼一個悲慘結局。」

紀昀捶打一陣也緩解下來：「四叔母！也只能作這樣的看了。那天承四叔母騰了房，我和文鸞完了事，她說什麼生做我的人，死做我的鬼，我也罵她說蠢話呢！看來這是天意，天意難違。我認下了。只是四叔母該告訴我文鸞埋葬在何處，我總該到她墳上去祭掃祭掃才行。」

李安人說：「昀兒！千萬千萬不可，文鸞臨死時說了下世變女人來服侍你的蠢話，你現在急於到她墳上去祭祀，不是更讓她來纏上了？」

紀昀陡地站了起來：「我不怕，我不怕！我正要她，正要她！四叔母，請快說文鸞埋在哪裏了？」

李安人說：「昀兒別發瘋：你爹一聽說還不打斷你的腿？你那樣作也太丟紀家人的臉。文鸞死了，埋了，你和她的事只有我一個人知情。我掩蓋還掩蓋不及，更不用說透露出去了。你一去不是不打自招了嗎？那於你的功名也不會有利，你死了這條心吧。我早防了你這一著，要文久荒把他女兒屍首領回去算了，並給了他二百兩銀子做葬身錢，文久荒歡喜得不得了。眞有靈驗，文鸞會轉世投胎來侍候你，你就聽四叔母的話吧！」

紀昀一拍腦袋：「好！這條好！四叔母，你記不記得文鸞死的時候留下什麼投胎轉世的印記？」

李安人說：「我沒注意。但記得文鸞臨死說了一句話，文鸞說：『請主母轉告昀少爺，奴婢轉世長到能服侍少爺的年紀，會報夢給他。』昀兒，信不信就由你了。」

紀昀信誓旦旦地說：「我信！我信！我信世間確有轉世輪迴。文鸞父親文久荒如此愛錢如命，很像是高川的那個李才密李財迷，他財迷心竅害自己女兒秀秀當了偏房，諸葛先生不是早就推算出來了嗎？那就是天意。以至後來李才密自己姦殺幼女被雷殛死，也是天意了，我看文鸞是她父親文久荒逼死的，文久荒也絕不會有好結果。」

紀昀終於要離開四叔母走了，忽然又瞟見地毯上點點殘紅，心裏湧出一陣酸楚，覺得文鸞爲自己而死，自己對不起她。於是慢慢地吟詠一首七言絕句：

遽爾花謝夢難圓，
斜陽窗外晚秋天，
猶憶蟬鳴羅漢樹，
俯首殘紅一悵然。

陸　考取童生娶夫人

十六歲的紀昀好生懊惱，精力旺盛也多事……

紀昀十六足歲時得到機會參加獻縣童子試，這可使他欣喜若狂了。不過，使他如此歡喜的不是童子試本身，而是紀家祖傳的一個規矩：凡未考取童子試者不准結婚。這規矩卡得紀昀好苦。

童子試並無年齡限制，關鍵是要趕上那一年的考期。當時童子試兩年才考一次，而兩年一期的考試又有「歲考」、「科考」之分，當然「科考」的份量重過歲考的份量。

童子試都在本縣舉行，紀昀又從河間府回到了獻縣，回到了崔爾莊的家。

考試的前天晚上，紀昀去拜望四叔母李安人。想要四叔母在自己父母親面前說一聲，催他們爲自己早點娶上一個媳婦。

紀昀這次捨了本，他帶了那年在朝廷元旦團拜時乾隆聖上賞賜的珍珠，跪送給李安人說：「四叔母！侄兒現在還沒功名，沒什麼可以孝敬，只有將聖上賞賜之物轉呈四叔母大人，以感謝叔母大人對侄兒的關愛。」

李安人有一大群侄兒女，其中最疼愛的就是紀昀。紀昀的絕頂聰慧，早已名聞遐邇，李安人預知他將來必有極大的功名，疼愛自然非同凡響。李安人本人也很聰明，眼下就揣知了紀昀的心意，接過珍珠盒微微一笑說：

「有道是，無功不受祿，昀兒送我這麼重的禮，定是於我有所求。是不是昀兒想媳婦，要叔母我去跟你父母說一聲？」

紀昀被挑破了心思不但不惱，反而更喜歡，他也陪著一笑說：「侄兒的一點鬼主意，當然逃不出四叔母大人的火眼金睛，我與文鸞那事便是印證。侄兒永遠不忘四叔母大人的大德大恩。」

李安人說：「要說文鸞那事，昀兒，果眞是輪迴報應，做父親的文久荒事實上逼死了女兒文鸞，但文久荒不到一年時間，便也死於非命。」

紀昀又驚又喜：「啊！四叔母，是不是文鸞在九泉之下顯了威靈？」

李安人說：「昀兒，這件事遠比肉眼看見的情況複雜，文久荒與文鸞兩父女，原是一對輪迴報應的冤家。你聽我講講這故事的來龍去脈，老百姓你傳我說，早都活靈活現了呢。」

文鸞死了以後，文久荒沒有半點悲哀，反而好像特別歡快，逢人便說：「一個小女孩賣得二百兩銀子，好價錢！」這哪像一個逼死了女兒的父親說的話？

李安人贈給二百兩銀子，明明白白說了是做文鸞的安葬費。可是文久荒一兩銀子也不願花，連棺材也不買，他自己不知在哪裡挖了個坑，便把文鸞埋了。地上墳堆也不堆，弄得有人想找都沒法找。

守財奴自有守財奴的心思，文久荒大概覺得二百兩銀子放在家裏不踏實，家裏還有孩子老婆。好像孩子老婆會來搶奪自己的二百兩銀子，文久荒便偷偷行動，把二百兩銀子埋在一個石岩邊。那個石岩有個嚇人的名字叫斷頭岩。文久荒大概是以爲，誰也不會想到自己會把銀子埋到那裏去，誰也沒有膽量半夜三更到那裏去偷銀子。埋了銀子那晚文久荒睡得好香甜。

偏偏這晚上他做了一個夢，夢見文鸞來了。文鸞收拾得整整齊齊，漂漂亮亮，完全和生前一個樣子，慢慢地向文久荒走來。

文久荒倒害怕了，一邊後退一邊說：「文鸞，你別胡來，你是自己病死，不是爹爹加害，你變了鬼可不能亂怪父親。」

文鸞站住了，慢慢地說：「文久荒你別怕，我不會爲難你。我變了鬼到了陰間，閻王老子才告訴我，你我並不是眞正的父女，而是輪迴報應的一對冤家。在前世，我也是個女的，可那時我是你的母親；你那世也是一個男的，可當時你是我的兒子。你年輕輕的就和一個姑娘私通，我做母親的是老古董思想，逼著你跳水自殺了，還對別人說你是自己不小心，被落水鬼拖走了。那世我就欠了你一條命，我兒子被水淹死了先投胎轉世就變成了今世的父親文久荒。我做母親的過後十幾年才死，再投胎便做了你的女兒文鸞。這是陰曹地府的一種報仇方法，讓你今世來索回我一條人命。所以，今世我要和紀昀相好，文久荒你就百般勒索阻攔，終於逼得我絕食自殺。就像我上輩子逼你跳水自殺一般，我們之間兩條人命就互相扯平了，誰也不欠誰的帳了。」

文久荒一聽好高興：「這就好，到底陰曹地府公平，我和你已經沒有帳了，文鸞，你也該走了吧？」

文鸞說：「可是你別忘了，文久荒，我上輩子只欠你一條命，我今世已拿命賠你了，我上輩子並沒欠你二百兩銀子，你今輩子便得了我二百兩冤枉錢。李安人拿那二百兩銀子是要你把我好好安葬，你卻一個人私吞了，把我隨便丟進了亂葬崗的一個空墳洞裏。陽世間沒看見，地府裏全知道。明白告訴你吧，那二百兩銀子既不是你的，也不是我的，明天自會有該得的人取走。我文鸞也不會再找你麻煩，我發了誓願，來世再變女人服侍紀昀，閻王簿冊裏記了這筆帳，我要快快投胎轉世去了，你只怕也難逃送命斷頭台。」

話剛說完，文鸞倏然不見。

文久荒猛地驚醒，原是南柯一夢。夢中情景猶在眼前，文鸞的話句句記得。這是眞的還是假的，他自己也拿不準，心想明天到那石岩邊暗暗一察看，看那二百兩銀子還在不在就全部了然了。

現在黑天半夜，自己也沒有膽量去那斷頭岩。

第二天天剛亮，文久荒起床就往外邊跑，跑到斷頭岩一看，哎呀！果然那二百兩銀子不見了。

文久荒當時就氣急成瘋，大喊大叫，撲地罵天。

鄉親們不知是怎麼一回事，爭先恐後朝斷頭岩跑，不多久岩下就圍了許多人。

只見文久荒就站在斷頭岩的岩頂上，瘋瘋癲癲，胡言亂語，把昨晚上夢見文鸞的那些事說了一個顚三倒四。

但人人都聽出了「文家兩代人輪迴報應」的前因後果，以及文久荒貪佔二百兩銀子只能死在斷頭岩等等奇聞。

鄉親們全都嚇得呆了。文久荒站的不是地方，懸岩絕壁，風可吹倒，倒下石崖，便是粉身碎骨。可文久荒毫無畏懼的感覺，還在那裏作揖磕頭，一會兒是求天禱地，一會兒是咒地罵天，只怕是眞的瘋了。

鄉親們誰也不敢上前去救他，眞上岩還不一定救得了他。

有人想救下文久荒，編著謊話哄他說：「文久荒，你下來吧，我知道你那二百兩銀子在什麼地方。」

文久荒對天大笑：「哈哈哈哈：誰也別想騙我，二百兩銀子不在別處，就在這座石岩下邊，看我一下去就拿到了！哈哈哈哈，白花花銀子二百兩！」大笑喧天，跳下岩去，自然是一命嗚呼。

於是，說什麼的都有，總之是把文久荒那些瘋話，添油加醋四處傳。

傳言中把紀昀說得更神奇古怪，誰不羨慕一個有再世變女人侍候的男人……

李安人講完故事，意味深長地說：「昀兒！如今都在傳說你豔福不淺，文鸞既漂亮又忠誠，有她再世變女人還服侍你是你的大福氣。」

偏是紀昀想事說話非比尋常，他沈吟了一會才說：「我是永遠忘不了文鸞。可是，唉！等她轉世服侍我，最少再等十一年。四叔母，我能等這麼久？等到那時又到哪裡去找呢？」

李安人噗哧一笑說：「瞧你個猴急樣！只怕昀兒你眞是轉世的猴精！不要你等這麼久，你不是明天就參加童子試了嗎？未必你一個秀才都考不取？考取了你爹媽一定會給你娶親。文鸞說她轉世，到了能來侍候你的年齡，她會給你報夢。」

紀昀憨厚地笑了：「嗨嗨！嗨嗨！不瞞四叔母說，侄兒已經看上了一個姑娘。」

李安人一個驚詫：「哦！昀兒眞是人小鬼大，你看中了誰家姑娘？」

紀昀說：「東光縣知縣馬永圖馬大人的閨女馬小姐，我早打聽過了，她娘家小名叫馬鈴，愛稱銅鈴子。」

李安人說：「馬鈴，好名，銅鈴子一搖噹噹響，不用說是琴棋書畫，樣樣皆能。」

紀昀說：「第一還是她漂亮。」

李安人一哧鼻子：「哼！瞧你們男人德行，連小孩子都開口閉口要漂亮。」

紀昀說：「四叔母！連老百姓土話都說了：『生意做現，女人睡面。』不漂亮的女人連興趣都提不起來。四叔母你就是頂尖的漂亮！」

李安人聽了心裏很受用，卻仍裝出生氣的樣子說：「眞是狗嘴裏吐不出象牙！你紀家好色不會丟了根本。」

紀昀又涎皮笑了起來：「馬鈴那事，四叔母好歹給我爹媽說說，幫幫忙。」

李安人說：「你家裏這頭沒有事，你爹媽豈有不盼好媳婦的，我一說就成，只是對方那裏，馬知縣馬永圖大人不同意就麻煩。」

紀昀說：「四叔母放心，那邊我早就找好媒人去說合。你知道我那個發蒙老師李若龍又聃先生是哪裡人？」

李安人略一思考，恍然大悟：「啊！李又聃先生正是東光人……」

紀昀這一晚上睡得很踏實，兩邊都找好了說合人，迎娶馬鈴小姐爲夫人的事當不致有誤。

紀昀興趣盎然，神思彷彿，不知不覺來到了泰嶽山中。忽然聽石壁內傳出話說：「哎！何處飄香？莫非有文曲星到此？」

此話剛完，轟然震響，萬仍石壁，從中間破開。裏邊瓊樓貝闕，湧現於山頂，有儒服冠帶的一位老人，冉冉下迎而至。

紀昀驚喜地說：「請問儒老前輩，我這是到了什麼地方？」

儒老說：「此經香閣也。」

紀昀詫異地問：「何謂經香？」

儒老從容地答：「其說甚長，請少客官坐定，聽老夫慢慢宣講。」

老人說著撣掃了一座石凳。

紀昀拘謹地坐下了。

儒老說：「昔孔聖刪完詩書，傳教萬代，大義微言，遞相授受。漢代諸儒，去古未遠，訓訪箋注，頗窺先聖之心；又純樸而未生變異，無朋黨爭鬥之邪風，惟各傳師說，求溯淵源，互爲友善。沿及有唐，斯文未改。到得北宋時期，成爲註疏十三部，先聖欣然。諸大儒恐後世學說歧異，乃建此經香閣貯藏古籍。此便是經香閣的由來。經香閣藏書中間爲初刻本，以五香玉雕籍藏之，是爲尊榮聖教也。其南面爲歷代官刻之本，以白玉雕箱貯藏，是爲昭顯帝王功德。左右東、西兩面，則爲各家私刻刊本，每一種均選其初印精裝，按時代次序，以蒼玉雕箱收藏，以獎賞模學古賢之勤勉也。以上珍藏古籍，皆以珊瑚作書簽，以黃金作鎖鑰，可見實爲奇珍。藏香閣內以沉香檀香爲几案，鋪綿繡爲墊毯幕簾。逢到每天子午二刻，天地二氣氤氳，各書卷發香濃烈，故閣名曰『經香』。此聖人之心，通天達地，大儒闡發，精奧入微，故有此奇異景象也。歷代儒家大神，每年巡視一次，均在臘月底正月初，以應布舊迎新之萬千氣象也。除此而外，凡人到此，概不開門。故閒常乃一萬仞石壁也。」

紀昀起立施禮說：「敢問前輩，晚生有何德能，何以承蒙前輩開閣迎坐？」

儒老說：「君四世前爲刻工，勤刻古籍，身留書香；三世前爲儒子，有心研習經籍；二世前爲舉子，潛修詩書，甚有心得；一世前上天招爲星宿，極盡曲折幽深之奧妙；故爾，君今世已爲文曲星降下凡塵，將擔負經、史、子、集四部古書修理校勘之重任。天意安排，老夫今天奉命開閣迎候。」

紀昀一聽，好不喜歡，忙問：「前輩既然熟知天意，自可解我煩難。晚生自度學業尙可，通過童子試尙可一路順行，直達進士。然晚生爲私事煩惱，敢問前輩，晚生欲娶馬永圖馬知縣大人之女馬鈴爲夫人，不知可否達成願望？」

儒老勃然大怒道：「經香書閣，神聖殿堂，你不問經史子集諸項，爲何如此惦念兒女私情？」

紀昀強辯：「孔聖有云：飲食男女，人之大慾存焉，豈不是說孔聖人也不反對男婚女嫁大事？」

儒老說：「反對雖不，主次要分。與功名學業相比，兒女私情乃小事些許。與你多講無益，你生成要到凡塵中再受煎熬！」

儒者說罷一揮手，轟然又如地裂山崩。

紀昀已被推出經香閣之外，摔倒地頭，眼面前仍是石壁萬仞，幾可接天。他嚇得陡然醒轉。原來是在夢中，從床上掉到了地下。仿佛身子生疼。

啊！覺出來了，生疼的不是整個軀體，而是下身的陽具，高高挺起，硬得生疼。

紀昀好生懊惱，精氣太盛也多事，不是陽具挺舉，剛才夢中怎會問那娶親的蠢問題？要是向儒者仙家多詢問一點經、史、子、集的奧秘，恐怕自己這一生功名事業將更容易達到目標……

東光李若龍又聃先生遇到一個棘手的問題，族中出了一起「淫妻」的怪事，有人告到族長父親這裏。父親李明甫推給兒子說：「又聃，你有學問，當爲父分憂，這次碰巧你回來了，這件『淫妻』怪案案由你去辦理！」

李又聃還能再說什麼？父親交代的事只有接承去辦。他要把這件怪事的來龍去脈先弄清楚，再作處理的決定。

……李族中有個青年李賴皮，像他的名字一樣是個無賴，什麼奸祟凶頑，無惡不作，族中人都怕他。社會上更是恨之入骨。俗話說：「好米碎糠皮，賴漢娶嬌妻。」這話怕是不無道理。李賴皮偏是福氣好，娶了三里五村一個最漂亮的老婆。老婆姓艾，娘家是鄰縣一個山村。都說山村有好水，好水養好花，艾氏細皮嫩肉，長得十分水靈，娘家婆家隔得不太遠，才是二十多里地。到底因爲隔了縣份不同天，兩邊的人都互不認識，熟悉的就更少了。

說怪不怪。自從艾氏進門，李賴皮變了一個樣，別說外出惹事生非，他出門遊蕩的日子都少了。有人說：

「李賴皮白天黑夜在家守老婆，漂亮老婆怕被別人偷走了。」有的說得更粗痞：「艾老婆胯下夾皮溝，夾住李賴皮沒法溜！哈哈哈哈！」

李賴皮不但不生氣，反而陪著別人笑哈哈。別人誇他老婆漂亮，他也覺得很光彩。

這天上午艾氏回娘家去，說是隔鄉隔縣走一回算一回，怕要住個十天半個月。

艾氏問李賴皮：「我回去了，你不怕睡冷被窩吧？」

李賴皮凶頑畢現：「睡什麼冷被窩，男子有幾個不在外打野食？」

新媳婦羞得頭一低，嗔罵著：「沒出息，又現賴皮勁！」

李賴皮說：「誰叫你回娘家！我保你回來梆梆硬……」

艾氏怕聽丈夫底下更痞的粗話，雙手捂雙耳，飛快出了門。

轉眼到了半下午，天上突然起了雲，雲一來風就到，風一到雨飛飛，山村裏頓時變得黑壓壓。似乎天快垮下來了。

李賴皮和一班流氓無賴朋友又混在一起了，離開了老婆的魅力，李賴皮馬上就管不住自己了。

山沖尾上有個山神廟。山神廟裏常常傳出古怪奇聞，什麼女妖洗澡，什麼狐怪梳妝。事實上那裏常常發生一些風流韻事，就因爲那裏沒有人煙，許多人間風流韻事假託鬼神狐怪在傳播。

潑皮無賴們一個比一個大膽，他們個個賭咒發誓：「不怕狐女不怕妖，只要她胯下一條槽！」

自然這時候大家都盯著那個山神廟，這個陰雨天氣最喜歡出女妖精，他們個個巴不得今天逮著一個。

哈哈！眞有！一個女妖精往廟裏一鑽，不見了。

這個說：「女妖我先看見！」

那個爭：「女妖我先喊出口！」

李賴皮擺出老資格說：「你幾個小子放什麼屁？你們誰都沒討老婆，睡個把女人也是野貨，你們有什麼資格逞能！老子連老婆有幾根陰毛都數清了，眼尖看得準，剛進廟那個女人不是妖精，起碼跟我艾老婆一樣漂亮，活該我今晚上不睡冷被窩，也不要去打野食，試試把山神廟裏女人當妖精啥滋味吧！」

幾個小流氓當然助陣幫腔：「這沒說的了，李大哥你先幹，我幾個輪著來。」

李賴皮這時倒充英雄好漢了：「不！老子睡老婆每晚幾多回，你幾個小子早是饞鬼餓得久，今天老子讓你們，你們過夠了癮以後再輪我！」

這還有什麼說的？小無賴們齊聲叫好。

十來個人吼著笑著跑向山神廟。

李賴皮炸喉大喊：「亂來！你們鬼喊鬼叫，什麼女人早被你們嚇跑了！」

無賴們頓時停下步來，哀求說：「李大哥你說怎麼辦？我們都聽你的指揮。」

李賴皮說：「陰悄悄，憋住氣，偷偷摸摸溜進門，一句話都不要說。逮著了女人更不能做聲，更不能急搶打鬧，反正人人都輪一回，著什麼急，記住誰先抓住女人先捂住她的嘴，免得她喊了人來嚇我們！」

於是，大家按這李賴皮的指揮，悄沒聲息地走攏了山神廟，一進去果然逮著一個年輕女人，模樣看不清，但是很柔軟很豐潤。幾個人爭著捂住她的嘴巴，幾個人搶著扒掉她的衣服。就是輪姦只能挨個兒來……

小流氓一個比一個幹得猛，哼哧哼哧喘粗氣，罵罵咧咧嘴不停：

「哎喲哎喲……眞他媽的痛快！」

「嗨嗨嗨嗨！女妖精比誰那個野女人都過癮啊！」

十多個流氓輪姦完，女人早已氣息奄奄。

最後李賴皮一爬上身去，驚叫起來：

「他媽的！怎麼和我艾老婆一個味？」

女人掙扎著駡道：「豬狗畜牲！」

李賴皮身子一軟，抱起地上女人一看：正是自己的艾氏老婆。

原來她娘家出了大事，遇上火災燒個精光了。家裏沒地方住，她吃完中飯便往家裏跑。走到這山沖尾上變了天，大風刮起了毛毛雨。她順便跑進山神廟躲躲。沒成想到被自己的丈夫帶著十幾個流氓，輪姦姦到她只剩一口氣，連哭都哭不出來了。

十多個流氓一時慌了神，急著在李賴皮面前磕頭賠罪：「我該死，我該死！任你李大哥是打是罰……」

李賴皮這時倒耍起了男子漢大丈夫的威風，對著艾氏又吼又打：

「打死你這個賤貨！千人日，萬人搞，我要休了你這個臭婆娘！……」

艾氏被十多個野獸輪姦已奄奄一息，哪裡還受得住丈夫毒打。只一轉眼的工夫，女人斷氣了，赤條條下身全是血，瞪著一雙永不瞑目的眼睛……

一看出了人命，小流氓們一窩蜂跑了。

只剩下變得癲癲懵懵的李賴皮，被李姓族人抓進了李氏家祠裏，請求族長李明甫決斷是該沉水還是該活埋？

碰巧在外邊開館教書的兒子李又聃回來了，李明甫便要兒子代爲處置這件事情。糾合流氓成群結隊，輪姦妻子至死，李賴皮使整個李氏家族蒙羞，怎麼處理也洗刷不了家族的恥辱。

這眞使李又聃傷透腦筋，大手一揮下命令：「先厚葬了艾氏再說！……」突然家人韓丁前來送信。

聚眾淫妖妻，孽畜李賴皮。

瘋癲已如死，還救餓色鬼。

李又聃接過家人韓丁送上的一封信，既無抬頭，也無落款，取出信紙一看是這樣一首歪詩，不覺火冒三丈，脫口而出：「誰開這一號玩笑？」回頭問韓丁：「送信人在哪裡？」

韓丁說：「說是在悅來客棧樓上等你。」

李又聃又問：「送信人什麼樣子？」

韓丁說：「我也沒見著，是一個十歲左右的孩子給我的，就說要我交給大人。看來送信人不想公開露面。」

李又聃沈吟起來，自言自語說：「誰會在這時候使鬼？我還正火燒眉毛！」

剛打發人去安埋艾氏。李賴皮被綁在一棵梧桐樹上，瘋狂喊叫：「還我婆娘！還我婆娘！我要日婆娘！日婆娘！」他眞的瘋癲了。該怎麼處置他眞不好拿主意，偏有人這時候送來歪詩，還要我到悅來客棧去。

李又聃心想：或許仔細看看字跡能認得出是誰。低頭再看那信紙，五言絕句是用隸字體八分書寫成。這個寫詩人眞眞鬼精透頂，隸字筆劃人人寫來相差無多，根本沒法辨別字跡。

反正安埋艾氏也還要好一段時間，李又聃便朝悅來客棧走去。一進客棧便往樓上走，還剛剛踏上二樓，不曾提防旁側小弄裏有人在高喊：

「晚生參拜恩師！」

李又聃偏頭一看，竟是紀昀，他已經雙腳跪在暗處了。

李又聃噗哧一下笑出聲來：「哈哈曉嵐！我早該猜到是你，不是你，誰會想出這個鬼主意，又怎能寫那不倫不類的詩？起來吧，起來吧，不必拘禮了。」

紀昀站起身來，歡歡快快說：「不用這法子怎麼請得動恩師？貴族祠裏正辦大事，學生去了不好，令尊族長大人正怒火塡膺，尊府上學生也不能去，想來只有這客棧好，『悅來悅來，有悅皆來，來者皆悅』，我請恩師來會豈不正好。若然我在客房裏等候師尊，豈不又失卻了學生尊師之道？想來想去，只有在這樓梯拐道的地方拜迎恩師，還望恩師鑒諒。」

一邊說一邊走，紀昀已將李又聃引進了自己的單身客房，回頭把門閂好了。

李又聃聽得連連點頭說：「像像像，像極了，這才像我的學生紀昀曉嵐，一肚子的彎彎主意！」掏出紀昀的詩箋放在桌上又作補充：「從你這詩裏我看出兩件事：一件是你叫我放過瘋子李賴皮，二件是你成了餓色鬼，對不對？」邊說邊已坐下了。

紀昀說：「學生所思所想，自然瞞不過老師的眼睛，依學生看，李賴皮聚眾淫妻，犯的乃是天條大罪，他的瘋癲，實際是受了天譴。尊族內再給他什麼砍殺或是沉塘的處置，也便顯得多餘。倘若眞要致死，我想老天決不會放過他，莫如你族內放過他好了，先生以爲這樣如何？」

李又聃說：「曉嵐既這麼說，爲師也不再隱瞞，其實我和你是一樣的想法，不然我也早就下令叫族人將李賴皮處死了。可是族裏人個個義憤塡膺，當著那麼多人的面，我也不敢下令放了李賴皮，怕萬一惹發了眾怒，我這代理族長就下不了臺。按說是該把李賴皮放了，但怎樣辦才能不觸犯眾怒呢？」

紀昀說：「依學生看來，來個釜底抽薪的謀略吧。李賴皮瘋了也還是個人，是人總得拉屎拉尿，你等下派人去給他解開繩子，就說防備他瘋子把屎尿拉在褲檔裏，繩子一解開，李賴皮肯定跑，他跑了再去處置誰，不了了之也就過去了。族人看不出你是有意放人，再有什麼責任？」

李又聃說：「曉嵐你可眞會想主意，這事等一會我就去辦。你那『餓色』的事就不用細說了，我們都是男人，好懂。你滿十六歲了，是該有個女人。你已經通過了童子試，你爹媽也會張羅給你娶親了，你是不是自己看中了誰家小姐，想要爲師替你說媒？」

紀昀說：「恩師眞看透了學生的心。學生看中了貴縣縣令馬永圖大人的小姐馬鈴，特來拜請恩師爲學生說合。」

李又聃笑起來：「哈哈！算你找對人了，爲師正與馬大人是好友，以你紀家的豪富名聲，這門親事包在我身上了。」

忽然李家族堂裏看守人李一放慌忙前來跪報說：「老爺！大事不好，剛才李賴皮說是要拉屎尿，我只好幫他解開繩子，誰知李賴皮竟然裝瘋，他拉了屎尿連褲子也不穿，一溜煙就跑了。族人一齊怪罪我放走了犯人，我只好來向老爺求救，請老爺你快多派人手，趕快再抓住李賴皮治罪！」

李又聃一下子喜上眉梢，心想紀曉嵐思謀眞準，李賴皮正是藉「拉屎拉尿」的機會開溜。眼下正好順坡下驢，李又聃對李一放說：「李賴皮連羞恥都不顧了，不穿褲子就跑，他這哪裡還是裝瘋？他是眞的瘋了，走！我去跟族人說說：我們好人跟瘋子鬥什麼，放了他也生不如死！」

李又聃急急便朝李氏宗祠跑。還在半路遇到了下人韓丁。韓丁老遠就喊著：「老爺！老爺！不要跑了，李賴皮是眞的發了瘋，他一口氣跑到山神廟，抱著廟裏那個石柱子當他老婆，哭鬧喧天，大喊大叫：『婆娘！婆娘！我死也不放你走！不放你走！』邊喊邊砸腦殼，腦殼把石柱砸得梆梆響，沒半盞茶工夫，李賴皮腦殼砸開斷了氣，再也不要老爺下令去抓了。」

李又聃心裏猛然驚問：「看來眞是天意不可違！只怕李賴皮和艾氏是一對前世冤家，直拖到今世才一起了結。」

再沒有任何瑣事牽扯手腳，李又聃興高采烈去說媒。果然一切順利。

紀昀曉嵐果然迎娶了馬永圖的女兒做夫人。其時紀曉嵐十六歲，時間是乾隆五年（西元一七四〇年）。

柒　姐夫姨妹暗偷情

紀昀給姨妹春桃寫詩：「爰取爰求，未知羞桃否可？」姨妹回信：「窈窕淑女，君子好逑，奈何不求？」

童試一過，即爲秀才，科舉入仕之途已經走定，紀昀追求功名學業的心志更迫切了。加之已然娶妻，再無性的饑渴與煩惱。一對少年夫妻兩相愉悅，快慰異常，紀昀爲求精進而擇師授業。恰逢董邦達（東山）從河間府回到京師開辦學館，紀昀便攜妻馬氏夫人去了京師，仍住虎坊橋紀府宅第。

紀昀娶妻之後學習更專心，成績更突飛猛進。但也發生了一點奇怪的事情，那便是自己那一雙夜光眼慢慢失靈了。他覺得這既與年齡的增長大有關係，但似乎更與學業精進有關。年紀小時，夜眼看東西有如白晝，無燈能讀，後來夜光越來越小，但仍能在夜晚看清東西。自這次進京求學以後，漸漸地夜光一點也沒有了。只是有時偶然在晚上亮那麼一下，猶如打雷閃電一般，萬物清清楚楚，但轉瞬就看不見東西。

紀昀心裏甚感不解，而且不無害怕，這是不是自己身體內部在慢慢變壞呢？他十分敬重老師董邦達，便將這事向他說了，最後謹慎地問道：「恩師，我這夜眼的逐步退化，該不是什麼凶兆吧？我怎麼心裏有點發慌？」

董邦達說：「不。凡事順其自然，也便不悖天理。你想想，你的夜眼與生俱來，並非刻意求取的結果，現在又自然去掉，豈非天意如斯。《老子》曰：『夫物芸芸，各復歸其根。』曉嵐你想想看，世上人，都沒有夜光眼，你有了豈不是反常？如今你沒有了便是『歸根』，即返歸了本原；當然更好。《老子》教言：『聖人爲腹不爲目。』只求肚腹飽滿，不求目色嬉娛。你現在只是個童生秀才而已，實則肚腹空空，正好充塡學問。你當更要用功了。」

紀昀虔誠地說：「恩師教言，頓開茅塞。學生當更潛心，以求學業之精進，不負恩師栽培。」

董邦達甚爲看重紀昀的睿智機敏，深信他日後必有極輝煌的前途，特意爲紀昀設宴陪酒，用酒衝開紀昀爲失去夜光眼而起的鬱鬱愁思。紀昀性不嗜酒，淺淺抿幾口。微醉未醉，董邦達一指後園之外的茂林修竹說：「曉嵐，盛夏初秋，已是天高氣爽，我們到小林中走走如何？」

紀昀當然求之不得，說：「恩師定然還有指點，學生豈不歡欣。」

於是二人悠哉遊哉，走進了那片茂林修竹。初秋豔陽高照，灑下斑駁枝影，枝影便透出些許秋涼，叫人賞心悅目。

董邦達不無所指地說：「曉嵐，蘇東坡的詩文你已經讀了不少，爲師問你：蘇軾關在御史台監獄的時候已經叫做蘇東坡了嗎？」

紀昀說：「不，他那時還叫蘇軾，字子瞻，入獄前是湖州大守。他在監獄裏僥倖不死之後，宋神宗趙頊將他發配黃州（現在的湖北武漢黃岡）種地自食，耕地是一塊五十畝的東坡，蘇軾這才自號『東坡居士』。在這以前，世界還沒有蘇東坡而只有蘇軾。」

董邦達說：「蘇軾在監獄裏寫過不少詩，他在獄中從小窗裏能看見的只有四種植物：榆、槐、竹、柏。他都寫了詩。四種之中你眼前能看到哪一種？」

「竹。」

「那你還記得蘇軾獄中詠竹的詩句嗎？」

「記得，恩師聽我背來：『今日南風來，吹亂庭前竹，蕭然風雪意，可折不可辱……』果然是骨節清剛，琅然可誦。」紀昀說著，忽然大悟：「呀！恩師此時提醒學生記誦此詩，原是叫學生深刻領會蘇東坡『可折不可辱』的氣節吧？」

董邦達說：「難道人不應有這種剛勁的氣節嗎？你因爲失去夜光眼這一丁點的小事，就產生疑惑和消沉，實在不好吧？」

紀昀說：「學生知錯了，馬上改，請恩師放心。」

董邦達說：「爲師放心，那你就借著眼前的竹景寫一首竹下閒行詩吧。」

紀昀說：「恩師有命，敢不依從？」於是低頭覓句，漸漸吟成一首五言律詩。

竹下閒行有懷

紀昀

竹徑秋風急，琤然鸞鳳聲。
枝高時動影，葉薄不成陰。
我有王猷興，徘徊盡日吟……

董邦達聽完這詩大笑了：「哈哈！曉嵐殊不做作，頗能自抒胸懷。詩中表現了你眼下的卑微處境『葉薄不成陰』，『徘徊盡日吟』，因而也就顯然有點無奈：日暮寒深，尷尬籠袖。但你也沒有忘記表達你的壯志豪情：『我有王猷興。』願意他日爲王侯將相出謀劃策，這志趣還是頗爲可嘉！回去吧，我爲你作一幅《秋林覓句圖》，畫下你剛才在竹林中尋覓佳句的可掬憨態，留作一個紀念吧。」

師生兩人很快就回到了董邦達的家，他就把學館辦在家裏，這使師生情誼更爲親密感人。

董邦達很快把《秋林覓句圖》畫好，並在畫上題詞曰：

秋林覓句

憨態可掬

今日布衣

明或朝服

「送給曉嵐留作個長久紀念吧！」董邦達迅速寫好上款下署並蓋好了印章。

紀昀喜不自勝地說：「多謝恩師的鞭策。」便要把畫捲起來。

突然門人傳報：「老爺！有客來訪。」

於是響起一陣急速的腳步聲，隨即進來一個十三四歲的少年小夥，向董邦達跪拜說：「晚生暫不夠做學生的年齡和資格，預先向董公請罪。學生是來拜會朋友紀昀。」

紀昀一見，歡快異常，馬上向董邦達介紹說：「老師！我這位少年朋友小我四五歲，姓沈名初，字雲椒，浙江平湖縣人。他在西陽學館跟西陽山長學畫。」隨即轉身對沈初說：「雲椒今天怎麼有空到這裏來了？」

沈初說：「在下帶了一幅習作畫稿去你家，你家馬夫人說你到東山學館裏來了。我也正想向東山公請教，所以就冒昧來了。」隨即呈上一幅面作說：「我帶來了一幅畫請曉嵐兄題簽。」

紀昀接過畫一看，是一幅《藩騎射獵圖》。畫得挺有韻緻，忙向董邦達報告說：「老師！我這位少年朋友的畫既到了尊師府上，這題款之事便輪不著學生了。就請老師給雲椒的畫作以雅正，同時請恩師給以題簽。」

董邦達接過畫來說：「喲！雲椒小小年紀便有如此純熟的畫技，眞令老夫羨慕有加。看這畫的氣勢，草壯獸肥，彎弓跑馬，獵人趁雪打圍，定能叫黃羊飲血。好，氣氛足，圖像眞，生動活潑，十分可喜。看來雲椒他日也定能跨越龍門，進士入第。老夫先此祝賀了。」

沈初說：「東山公如此謬獎，晚生受寵若驚。可惜我眼下還不夠當東山公學生的年齡和資格，等稍大後定來拜師，眼下這圖上是否可請東山公題款？」

董邦達說：「曉嵐！雲椒既然一開始便是打算要你題詩署款，我看你不便推辭。或者說爲師在此，專門考考你即景吟詩的功夫吧！」

紀昀說：「老師如此教誨，學生便不好推辭，我便獻醜了。」

紀昀說完，凝思想好，揮筆在沈初這副《蕃騎射獵圖》上題了一首七言絕句：

白草粘天野獸肥，彎弧愛爾馬如飛。

何當快飲黃羊血，一上天山雪打圍。

沈初喜不自勝說：「曉嵐兄的題詩，氣衝霄漢，直逼雪山。為拙畫增色不少。我該怎麼謝你呢？」

紀昀未及答話，董邦達搶先說：「雲椒！你這畫裏表現出你有寫實作畫的紮實基礎，你就給曉嵐作一幅肖相畫謝謝他吧。雲椒你看，我剛才給曉嵐作了一幅《秋林覓句圖》，是寫意畫。你給他作肖相畫就更有情趣了。」

沈初仔細地看了董邦達畫的《秋林覓句圖》，認眞想了一下，叫紀昀搬個凳子坐到園子後邊的竹林中……他便搬了一張桌子鋪紙揮筆，淡著色彩，很快便畫出了紀昀的肖相畫。那神情十分別緻高雅，獨坐幽思，志存高遠，預示著未來的遠大前程。

沈初把畫推給紀昀說：「曉嵐兄雅正。」

紀昀歡喜異常，脫口而出：「雲椒太抬舉我了。」又把畫推給董邦達說：「請恩師為畫命題。」

董邦達仔細看了一會，揮筆題名並附詩：

幽篁獨坐圖

幽篁獨坐豈彷徨，松濤竹韻正欲狂。

寄語蒼生勤拭目，巡天遙看論短長。

董邦達署上了名款，蓋上了印章，把畫送到紀昀手上說：「曉嵐當知此畫的份量。」

紀昀說：「夠學生受用一輩子！」

從此以後，沈初也常常到董邦達學館裏來，參師學畫，並時常以旁聽學生的身分聽講，成了董邦達的一個額外學生。

轉眼又是冬天臘月，大雪紛飛，冰凌滿眼，京都今年似乎格外苦寒。

學生烤火取暖都是自備工具，那是一隻小手爐。手爐外部是硬木製做，像一個上下兩層的格子籠。上半截籠子小，下半截籠子大。這下邊的大籠子用厚鐵皮墊底框邊，框好的空心部分用草木灰塞占一半，另一半便是燒燃的木炭火。這樣一來，木炭火被草灰鐵皮阻隔，燒不著木籠子。

兩隻手便伸在上部的小木籠裏，下邊的火氣升上來，手就不冷了。

但是紀昀常常忘了往火爐裏添木炭，籠子裏火黑了，在學館裏幾乎沒有辦法把火爐再燒燃起來，正如俗話所說：「烤火烤得久，手爐變魚簍。」

聰明人會想鬼主意，紀昀從自己抽煙的煙袋上發現了竅門。紀昀從十多歲的孩子時代起就會抽煙了，到結婚後算是變做了成年人，抽煙更覺得是男人的一份享受，煙癮越更大了。他抽的是煙斗，杆子是結實的竹鞭做成，才一尺長左右，煙嘴和煙鍋是黃銅，一到冬天手冷時，便特別感到銅煙鍋有格外的用處，一抽煙時煙鍋暖和，手握住它便不覺得冷。可惜這暖和時間不長，煙一熄銅鍋就冷了。

那就改改吧。紀昀叫人特製了一個碩大的銅煙鍋，有小飯碗那麼大，每次能裝上半斤煙絲。嘿，管用！煙絲多，抽得久，築得緊，燃得慢，半斤煙絲幾乎抽得一天。放著許久不抽，似乎那煙黑了，只要叭上幾口，照樣燃起來，一燃起來就有熱氣，結果銅煙鍋成了紀昀冬天在學館裏的補充香爐。

同學們笑他說：「紀昀主意餿，煙鍋當火爐。」

這一天，董邦達老師顯得特別高興。他帶了一個年輕的瘦個子到教室裏來，卻不向同學們作介紹，只讓他坐在學生座位的最後邊。

然後，董邦達對大家說：「學子們，今年冬天顯得特別冷，但這幾天朝廷裏出了一件大事，弄得滿朝文武都熱火朝天。你們知道是一件什麼事吧？」

學生們齊答：「不知道。」

董邦達大聲宣佈說：「有人把大學士張廷玉張大人彈劾下來了！」

「啊？眞的？……」學堂裏頓時一片驚奇的議論聲。看來這事影響太大了，未入仕的學子們似乎覺得簡直不可能。這位張廷玉來頭太大了。

張廷玉，字衡臣，安徽桐城縣（如今安慶地區）人。是清朝幾乎獨一無二的三朝元老。他是康熙時的宰相之一，在康熙逝世傳位給雍正的過程中，張廷玉因已被當時的皇四子胤禎拉入自己的圈子，明裏暗裏幫了胤禎的大忙，使胤禎順利繼位成了雍正皇帝。於是在雍正執政整個十三年中，他一直是宰相之一，可謂權傾朝野。雍正逝世乾隆繼位之後，他雖已不是丞相，但仍是大學士，大學士爲一品高官，與宰相位置相若，只是沒那麼多實權而已。

紀昀最先提出疑問：「老師，誰人如此有膽，連張大人也敢彈劾？」

董邦達說：「左都御史，統勛劉大人。」

劉統勛，字延清，山東諸城人。雍正二年進士。

左都御史是朝廷的監察高官，參彈官吏，進諫條陳，指斥弊病，檢舉不良等等，正是左都御史的職責所在。

但是所有監察檢舉一般都是對於中下級的官員，且多是檢舉貪官污吏。像這樣檢舉朝廷一品重臣，便覺得不好理解了。

紀昀聽說過劉統勛，但沒有過直接接觸。聽他敢於檢舉一品官員，首先便佩服他的膽略，但覺得彈劾張廷玉似乎不好理解。他於是問道：

「老師，不是說張廷玉張大人無甚過錯嗎？劉統勛劉大人彈劾他從何說起，彈劾的是些什麼事情？」

董邦達說：「曉嵐你問得好，統勛劉大人的彈劾奏章寫得更好，你聽聽其中的主要內容。」隨即背誦劉統勛參奏張廷玉的摺子：

……大名之下，責備恒多；功業之成，晚節當慎；外間輿論，動云：「桐城張姚兩姓占卻半部縉紳。」此盈滿之侯而傾覆之機所易伏也……

奏表中所說「張姚兩姓」的「姚」，乃是姚期。姚期擅長古籍，自康熙年間起，即與朝廷重臣侍郎方苞名重一時。

此次劉統勛彈劾張廷玉與姚期，而沒有彈劾方苞，是因為方苞已被革除侍郎職務，奉旨在三禮館效力贖罪了一段時間，如今年老患病，乾隆賞給他翰林院侍講品級頂戴，准其告老回鄉了。

董邦達背誦完劉統勛彈劾張廷玉與姚期的奏章之後，問全體學生說：「你們看，統勛劉大人彈劾張廷玉、姚期兩家的本意是什麼？」

紀昀思緒最敏捷，搶先回答說：「劉大人彈劾張、姚兩家的主要目的，是裁抑張大人的勢力和影響，以便進一步不動聲色拿下大學士張大人。而拿下張大人的目的也不是要把他怎麼樣，只是叫他讓路而已。是不是大學士張大人有攔阻人進取的事實呢？」

董邦達脫口稱讚說：「曉嵐果然聰明，看到了事情的節骨眼上。」董邦達沒有繼續深入往下講，事實上張廷玉倚老賣老設關卡，卡住了一些才俊年輕人。董邦達更不好說得，他本人就是受了張廷玉阻攔的影響，至今四十餘歲了還沒進士及第，荒廢了自己的大好前程。於是只好把自己的聰明才智用來開館教學。張廷玉被彈劾下去，自己出頭的日子也該到了，所以董邦達對這事異常興奮。」

紀昀又說：「老師對劉統勛大人彈劾張（廷玉）大人之事如此興高采烈，學生猜想是聖上已經恩准。老師能向學生們講講聖上是怎樣御批的嗎？」

董邦達說：「這是好事，當然能講。聽我背誦一下聖上的御批。」接著便往下背：

敕下：大學士張廷玉會同吏部衙門，將張、姚兩姓部冊有名者，詳悉查明，其同姓不同宗與遠房親誼者不在此列，若係親房近友、累世密戚在任之官員，自命下之日爲始，三年之內停其升遷……

紀昀說：「皇上聖明，這一御批只裁抑了張、姚二位大人及其家族的升進，卻不罪及其它，果能使人心悅服。推而觀之，彈劾者統勛劉大人善心可鑒，全爲順應民心，強固朝政著想，絕無假公濟私的圖謀痕跡，眞可謂可敬可欽。」

董邦達高興極了，提高聲腔對全體學生說：「曉嵐這個判斷十分準確，統勛劉大人秉公從政，堪稱楷模。大家看，剛才隨爲師進來坐在頂後邊的那個瘦高個子，名叫劉墉，字崇如，不過他的號石庵更爲人熟知。他就是統勛大人的公子，承劉大人高看爲師，送他公子也和你們一起求學來了。」

劉墉早已應聲站了起來，向大家點點頭說：「在下劉墉，一來就沾光了，我是諸位的大哥哥，我比你們這裏年紀最大的紀曉嵐還大五歲啊！哈哈！」

紀昀說：「石庵兄，天意安排年序如此，你這尊兄我認定了。」

從此，紀昀和劉墉成了一對極要好的朋友。兩個人都十分聰明，詼諧幽默的故事一串又一串。

可惜兩人同學的時間不長。幾個月後，董邦達即去參加朝廷科考，這次沒有了倚老賣老的張廷玉從中阻撓，董邦達得中進士。雖然這時他已是四十三歲的人了，總算遂了心願，從此踏入仕途。他的學館自然就此解散。紀昀和劉墉同學才幾個月就要分開。

兩人依依不捨，互贈禮物。

偏偏正好，兩個人都是硯癡，各人都有許多稀奇古怪的石硯，於是互相交換一只，以銘記友情。

劉墉送給紀昀的是水田硯，周圍飾有小橋流水的大硯臺。紀昀高興極了，於硯上題銘留念。

水田硯銘

紀昀

流水固圓，中抱石田。

筆耕不輟，終有豐年……

從此，同學們分別去投師求學。紀昀便攜妻子馬夫人去了東光岳父馬永圖家讀書。

適逢岳父馬永圖調到山東城武縣去當縣令。馬永圖對紀昀關愛有加，將馬氏家族四修族譜拿出來給紀昀讀。紀昀始知東光縣以馬氏爲甲族，自明朝嘉慶以來，族內先後有九人得中進士，這自然非同一般。

馬永圖臨走之前對紀昀說：「賢婿，以你之聰明，應該猜得到爲岳我把《馬氏家乘》交你熟悉的目的。」

紀昀當然猜得到，但仍十分謹慎地試探著問：「岳父大人莫非有意與小婿五修《馬氏家乘》嗎？」

馬永圖說：「正是如此。看來我馬家已到發外不發內的時期，你妻兒身體如此不好，恐難有永壽。其他均是女兒，你妻尚居其長，你的未來前途將遠遠超過爲岳。待你功成名就之時，倘馬家尚無稱心的後繼，則我《馬氏家乘》非你主持五修不可。」

紀昀說：「但願妻兒將大有前途。倘若眞到了需小婿代修《馬氏家乘》的地步，女婿半邊兒，我當勉力爲之，旁人也無可指斥。」

馬永圖說：「如此便好，爲岳放心去山東城武赴任。我家書籍積庫堆倉，盡夠你讀了。如今你的學業成績，已不是一般老師可以教授的了。何如你自己獨個兒精研，那還少些旁雜干擾。」

於是，二十歲的紀昀在岳父家裏安心讀書。

轉眼又到了一年的年終臘月，懷孕足月的馬夫人要回獻縣崔爾莊家去生產。

紀昀聽後著了一驚，心裏有話說不出口：沒有妻子這晚上怎麼過？二十來歲正是如狼似虎的年齡，離了女人這讀書的心都沒有了。

這話當然不能對任何人說，紀昀只能放在心裏乾著急。

馬夫人在娘家小名叫鈴鈴，他在姐妹中排行老大，她底下有個小他幾歲的的妹妹小名叫春桃，也已到十三歲了。不知爲什麼一聽十三歲女孩便動心，紀昀一下子想到姨妹身上去了。鄉間土俗的笑話說：「姐夫姐夫，半邊丈夫，小姨小姨，勝過嬌妻。」莫非這話眞還靈準，夫人鈴鈴要回家生兒女去，紀昀一下子便想到了小姨春桃。

春桃和姐姐馬鈴一樣長得十分漂亮，淡月彎眉，紅杏小嘴，一笑兩個酒窩，讓人未喝先醉。嗨！快別胡思亂想了。紀昀趕緊收斂起自己的意馬心猿。

可是不！腦子裏偏偏浮著春桃的身影，他時不時還送來一泓秋波，是那樣的撩人心魄。啊！看來小姨春桃也對自己有意。這到底是怎麼一回事呢？爲什麼歷史上總有那麼多姐夫和姨妹關係曖昧？紀昀開始思索這說不清道不明的問題，不過，並非說不清道不明，而是有相當清晰的脈絡。紀昀一下子便看清了根底：小姨都是少女，少女禁錮於閨房，幾乎不與男性接觸。當其情竇初開，自然從最先親近的男人身上尋找寄託。最親近的莫過於姐姐，接著便是姐夫。姐夫豈會拒絕比自己妻子還年輕的姨妹妹？於是，不管是小姨首先鍾情於姐夫，抑或是姐夫首先勾引小姨妹，反正成姦癡情者頗多。

想到了這一點，紀昀似乎心安理得了。不用擔心，妻子回家去坐月子，自會有小姨妹春桃頂補，當不致性餓成饑。

岳父馬永圖赴任山東城武，岳母自然已經同去，馬家現在是大舅子當家。大舅子名叫馬待奔，父親馬永圖給他取這麼一個名字自是寄以厚望。沒想到他身體太差，難有長壽，所以父親早已把續修馬家族譜的重擔託付到女婿紀昀身上了。

馬待奔大約看出了一點眉目，怕大妹鈴鈴回婆家坐月子以後妹夫紀昀勾搭小妹春桃，便以當家大哥的口氣對小妹說：「春桃，你收拾一下，隨你姐姐一起走，服侍你姐的飲食起居，免得她坐月子太孤寂。」

誰知春桃撅起了老長的嘴巴，頂撞馬待奔說：「哥哥你是怎麼了？我還沒出嫁，哪有閨女服侍月婆子的道理？那樣有多難爲情。你還怕親家爺家裏沒有成群的穩婆服侍姐姐？」

這話一說，馬待奔也沒法子了。

紀昀從春桃的口氣眼神裏已經分明看出，她不願隨姐姐去的意思很清楚，正是捨不得自己這個姐夫。

妻子走後的頭天二天總算熬過來了，紀昀到第三天覺得再也堅持不住，便尋思怎樣接近姨妹春桃。明明看見小姨妹秋波頻送，但總不能讓女人主動找男人。

這種事又不好直來直去當面說，紀昀便想其他方法。一想春桃是大家閨秀，琴棋書畫樣樣皆行，那就寫一首詩送給她吧。委婉表達自己的求歡心情，看她怎樣回覆。該用什麼爲題呢？對了，她叫春桃，就以桃爲題吧。

桃羞賦

紀昀

伊紅桃之初熟，佐稻菽之可餐。

其物雖微，卻以難求而貴重；

其成最早，實以先得而珍奇……

可羞可荐，良有貴於芳鮮；
爰取爰求，未知羞桃否可。
臉皮枉有三尺三，猶懼紅顏如紙薄。
奈何？奈何？

紀昀把這《桃羞賦》悄悄塞入春桃閨房的門縫裏。他最祈求的是男女愉悅，各趁所需。是日傍晚時分，紀昀發現自己房門的地縫裏，也塞進了一張字條，他急忙拾起來一看，是一首詩。

關雎

知名不具

關關雎鳩，在河之洲。
窈窕淑女，君子好逑。
奈何不求？奈何不求？

紀昀豈會放棄這個良機，當晚上便和小姨妹纏綿一起。紀曉嵐摟緊了小姨妹滑溜豐潤的光背脊，揉怕它皺，捏怕它破，暗暗用勁只是摸，摸，摸……慾不住痛快只想說：「春，春，桃，桃！你和你姐一樣深，深，深得我像到不了底！」

春桃抱箍著紀曉嵐鼓囊囊的屁股墩，使著勁兒往下壓，壓，壓……不想說話只應承：「姐，姐夫別說話，留著力氣多用勁，有勁怕什麼深，深，深……」

於是兩人不再說話，搖蕩扭擺用勁來，左左右右變花樣，哼哼唧唧不停腔……

鬧不清兩人一夜來了多少次，反正各自都銷魂……

僅只三天，家裏捎來喜訊，馬夫人鈴鈴生下了長子，要紀昀回去為兒子取名，並主持兒子的三周喜酒。

紀昀自是歡天喜地回去了。按照新生兒子輩份的「汝」字，紀昀給兒子取了一個「汝佶」的派名，「佶」是壯健之意，紀昀希望兒子長得結實健康。

辦完汝佶的三周酒，紀昀又要回東光岳父家去讀書，不料長兄派下人來找他去。

長兄紀晴湖，大紀昀十八歲。在父親紀容舒考取舉人入仕朝廷刑部之後，父親便把紀家當家的重擔交給了他。

現在兄長來叫自己，紀昀當然熱誠得很，進門便問：「哥叫我有何教誨？」

紀晴湖說：「曉嵐，弟妹坐月子，無法去照料你讀書。大哥為你買了一個侍女，已滿十五歲，名叫黃杏仁。她家裏那邊的事我已經幫你辦好，你放心使喚就是了。」

紀昀自然知道這「侍女」是什麼意蘊，無非就是沒有侍妾身份的小妾而已。一會傭媽將黃杏仁領來。紀昀一看又是一個美人坯子。不禁從心裏萬分感激兄長紀晴湖。

紀昀甚感滿意，立即帶著杏仁坐上了去東光的馬車。心上只琢磨一件事，該怎麼向小姨春桃去說呢？只怕要對不起她了，再不能和她耳鬢廝磨了。

誰知到岳父家裏，正碰上春桃要出行。原來岳父在山東城武為小女兒擇得佳偶，命她前去完婚。

春桃心裏惦記姐夫，暗暗哭泣，鼻青眼腫。大哥馬待奔催她上馬車，她拖拖挨挨直往大路遠處看，總希望能最後看一眼多情知心的姐夫紀昀。

到底天意不爽，紀昀的馬車正在這時趕來了。姐夫與姨妹，一對偷情人兒，終於又見一面，兩人同時感到心裏石頭落地了。

聽大舅子馬待奔說了春桃的歸宿，紀昀長吁一口氣說：「春桃不再含羞，自有錦繡前途。」

春桃一看姐夫帶了侍女杏仁，也全都明白了，當然是破涕爲笑說：「姐夫才高八斗，理當更上一層樓。」

紀昀與春桃始料未及，爲紀昀延聘侍女，爲春桃擇媒遠嫁，這一切全是馬待奔和馬鈴鈴這一對兄妹的精心安排。

捌　紀昀得中頭名舉人

父母講鬼怪故事勸戒兒子愼待女色。紀昀說：「孩兒會控制自己。」

乾隆皇帝是個頗有雄才大略的皇帝，對於行之已久的科考舉試制度又下旨規定了詳細的內容。這是在乾隆十年（西元一七四五年），此時紀昀已經二十一實歲。

此時長子汝佶已經一歲多，馬夫人鈴鈴早已帶著兒子守在紀昀的身旁。那名爲侍女實爲暗妾的杏仁，又說什麼都不肯離開紀昀外嫁，她已被紀昀的巨大才華和高大英俊所征服，說是最少都要服侍紀昀中舉人。這樣一來紀昀還在讀書時代就已有一妻一妾，十分愜意風流。奇怪的是，他這樣反而使學習成績更好了。

恰在此時，父親紀容舒又官升一級，從朝廷戶曹升爲雲南省姚安府知府。姚安在今雲南昆明市西北部的楚雄州，對於都城北京來說，已經是蠻荒遠地，一去了就輕易難得回來。但聖命不可違拗，何況這是外放升官，是多少人夢寐以求而求之不得的好事，紀容舒當然樂意攜帶家眷成行。走之前專程回家來檢查兒子紀昀的學業。

母親張太夫人（小名蓮子）自然也隨父親一起回來了。父母遠行前雙雙回家，與其說是擔心兒子的學業，不如說是擔心兒子的女色慾心。

一到家裏，紀容舒馬上派下人去把紀昀從東光岳父家裏叫了回來，檢查考核他的學業半點沒有差錯，但一看小小年紀的紀昀就已是一明妻一暗妾（杏仁），父母雙親馬上就憂心忡忡，覺得十分必要給他敲打敲打。

夜來，父母雙親把紀昀叫到內室，把所有其他的人都打發走。決計要單獨作一次苦口婆心的談話，以防止兒子走入歧途。

紀容舒首先開了口：「曉嵐！你已經不小了，二十二歲，又做了父親，應該知禮懂事了。我奉聖命遠赴雲南姚安府，短期內根本沒法回來，有些事要跟你講得明明白白。我河間紀家是書香世家，你的書也算讀得不錯，但在做人方面就不一定全懂，今天我和你娘要對你說說。書香世家講究禮法，我看先講個故事你聽聽吧。我們崔爾莊多棗樹，處處都成林。老百姓取了個名字，叫做棗行。確實是成排成行的氣勢。古時候某一天，有年輕婦女數人出外拔菜挑菜，婦人們喜歡同伴走，一大溜人談談笑笑好喜歡。突然他們看見，棗樹尖梢上坐著一個年輕小夥子，摘下紅熟的棗子丟到樹下。婦女們把菜擔子一丟，紛紛去揀棗子吃。棗子甜中帶酸，最合年輕婦女們的口味，吃得個個哈笑喧天。樹上那年輕小夥子不高興，大聲咋呼說：『呔！你們好沒道理！我是喜歡周二姐嬌媚，特意摘熟棗扔給她吃！你們其餘的都是黑鬼，你們憑什麼也撿吃我的紅棗！』周二姐確實是這一群婦女中的姣姣者，簡直就是出水芙蓉，把同行的婦女都比了下去。這時候婦女們都羡慕地望著她，祝贊地說：『周二姐好福氣呀！碰上了一個如意郎君。走，我們都走，別耽誤了周二姐同如意郎君的好時光！』婦女們全都挑起菜擔要走。周二姐一把攔住大家說：『姐妹們，別急，聽我把話說明白：像樹上這樣的輕薄人，能有什麼好德性？說不定正是人面畜牲！我周二姐才不上他的當。走！姐妹們我們一起走！』說完還和大家一起，撿起石頭去打樹上的小夥子。打完以後，周二姐領頭，一群年輕婦女一窩蜂走了。氣得樹上的年輕夥子咬牙切齒，卻是無可奈何。婦女們走著想著不對勁，不僅是我們村子裏沒有這個人，附近村子也從沒見過這個小夥，莫非他是狐怪邪魔？周二姐提議說：『對呀！我們回頭看看去，盤問盤問他！』一群人馬上往回走，一到棗樹下，早不見了樹上那個人。周圍也不見任何人的蹤跡。於是豁然明白：這果然是個妖魔！婦女們都無限贊佩周二姐說：『周二姐你眞了不起！設若你不正經，當時就隨風擺柳，和那狐媚勾勾搭搭，說不定你眞沒命了！』周二姐也無不怕怕地說：『好險啊！我差一點就上它的當了。姐妹們！以後我們大家當更要小心謹愼，千萬不可水性楊花。』曉嵐！我們家鄉這個古老的故事你也可能聽說過，但爲父今天要重新提起，無非是要告訴你認識一個道理：凡妖魅媚人，皆是自己招致的結果。倘若周二姐不是對樹上的狐媚又打又罵，她不是要命喪黃泉了嗎？所以，蘇東坡的《范增論》曰：『物必先腐也而後蟲生之。』曉嵐你明白爲父的一番苦心了吧？」

紀昀誠懇地說：「孩兒明白，爹叫孩兒要學會做好人，不走歪門邪道。關鍵一條：愛女色要適可而止，要分清是人是妖，不可讓妖狐乘機而入。」

母親接上話說：「曉嵐所說大致不差，但還有一點可特別注意，就是不要貪佔便宜，否則會後悔莫及。讓我也講個故事你聽吧，這故事是你祖母經常給晚輩後人講的，教導晚輩後生們要走正路，做好人，寧願癡愚一點，不可貪圖便宜。你祖母講的這故事有名有姓有時間有地點：某年的四月二十八日，滄州趕廟會，婦女進香者如云。有個少年盧本眞被人叫做憨子，也去趕廟會了。日暮歸來，獨自行走，看見一輛牛車慢慢向東駛去。車上坐著兩個年輕女人眞有天仙般的漂亮，完全不像普通的村姑，盧本眞猜想這必是大戶人家的內眷。盧本眞爲人本眞，根本不往邪處上想，可是他忽然發現，兩個女人中的一個好像故意丟下了一個紅布包，似乎裏邊有很貴重的的金銀財寶。盧本眞從不想得橫來之財，想大聲呼喚車上的女子，叫她們把紅布大包拾了去。一想不對呀，這二人既是大戶家眷，怎麼旁邊沒有一個奴婢。按說大戶人家寶眷也不該坐這敝蓬的車子。盧本眞想來想去，還是莫惹事生非爲好，於是既不叫喚，更不去拾那紅布大包，眼睜睜看著那牛車載著兩個仙女走了，那紅包還擺在地上，就是半點不動心。盧本眞回到家裏，對他母親一說。母親直罵兒子癡愚，到手的錢財都不要。盧本眞只是嘿嘿笑著說：『我心眞無邪病，不怕鬼敲門。』果然沒有多久，鄰村死了一個乖巧的少年人，那人名字叫柴得寶，聰明乖巧遠近聞名。聽說他正是乖巧得拾起了紅布包裹這一堆財寶，尤其是去追逐牛車上的兩個美麗女色，於是把兩個狐魅引進了屋，引上了身，結果心腸肝肺全被狐妖掏吃了。這時候盧本眞的名聲大振，都說他的本眞不是癡愚，而是了不得的聰明才智。他母親也羞愧難當，當著百姓眾人的面誇獎自己的兒子說：『我這兒子比娘老子強！』曉嵐！媽媽今天跟你講你祖母傳下來的這個故事，也是希望這樣說一句：『我的兒子比我強！』曉嵐你一定做得到吧！」

紀昀在父母大人面前雙膝跪下說：「雙親大人的教誨，孩兒永生永世不敢忘懷。孩兒會控制自己的色慾，認認眞眞讀書，決不辜負雙親大人對孩兒的期望！」

紀容舒說：「曉嵐你起來，爹還有話說。對你的期望不只是我和你媽，還有你已過世的祖父祖母。我和你媽馬上要去雲南姚安，遙遙萬里，還不知道今後我們父子兩有不有見面的機會，許多事情我該一五一十告訴你。在我未登第入仕前，我曾經請一位盲人潘審言先生算過八字。潘審言諧言『潘神仙』，都說他的八字一算一個准。我報了年庚生月以後，他講了許多許多話，我聽得模模糊糊，就乾脆直通通問他說：『潘神仙，我只問兩件事，你肯直說嗎？』他說：『神仙不敢當，問事隨你問。你要直說就直說，客隨主便，你是主，我是客，儘管問好了。』我說：『我問兩件事：其一，我功名需要等候多少年？其二，我的前程究竟怎麼樣？』他說：『登第等候一萬年，前程卻有一萬里！』我當時一聽，猶如掉到了冷水井裏。一個人誰能活一萬年？這分明是說我功名無望。既然功名無望，又哪來前程萬里？不過是瞎子寬人的心罷了，但既然我要求他照八字直說，我也就只好認命了。按照預先講定的價錢，我這個八字他要收五兩銀子。我乾脆橫了心，拿出五十兩銀子把他說：『潘神仙，我再問你：你是照八字直說的嗎？』潘審言把四十五兩銀子退還我說：『能值幾何，我收幾多。一般八字只值一錢銀子，遲叟公你的八字值得五兩，我收五兩。你給我五十兩，你八字不值這麼多，我若收了就坑你了。我還是有話直說：登第等候一萬年，前程卻有一萬里！告辭！』送走了潘審言，我並不心灰意冷，仍然認眞攻讀詩書。後來我於康熙五十二年癸巳年（西元一七一三年）萬壽恩科得中舉人，從此入仕，方悟出潘審言所說『等候一萬年』乃是切中『萬恩科』之意。從那時起，我一直在朝爲官，十分佩服潘審言所言不虛，起碼有一多半不虛。但是對於他所說的『前程萬里』，我只是覺得那只是打一個比方而已。此次聖上擢拔爲父出任雲南姚安府知府，粗略算來，京城去姚安，往返一起，果是萬里之遙，我這才恍然大悟：潘審言果是潘神仙。他給爲父算的八字准到極處。當年潘神仙已經逝去，他傳授的徒弟諸葛先生也已被尊稱爲『諸葛孔明先生』。到今天我也不再瞞你，曉嵐你剛三朝時，我便請諸葛先生給你算了八字。這兒抄錄的有原話原文，當時你祖父不讓我對任何人講，還堵了諸葛先生的口請他也不說。如今你祖父早已過世，你也已經成年，你自己的八字也該知道了……」邊說邊把《紀昀命造》遞給了兒子。

紀昀接過自己的八字，既不看也不收，而是高高舉過頭頂，撲通跪下說：「孩兒對不起雙親大人，我已背著爹媽請諸葛先生給我算過八字了。孩兒也能將他給孩兒的批命背得一字不差。諸葛先生說孩兒的八字正抵得五十兩銀子，孩兒也眞的給了他五十兩銀子。他給孩兒說的其實只有兩句話八個字最重要：『大官大貴，羊刃剋妻！』爹爹你看是這樣吧？孩兒這八字還是請爹爹收藏爲好。只要爹爹不責怪孩兒斗膽就行。」

紀容舒高興異常，一把抓過《紀昀命造》說：「不怪不怪！你自己算了八字更好，你這八字我也正是花了五十兩銀子請諸葛先生算的呢，現在還由我收藏最好。「曉嵐！既然你能背下諸葛先生給你批的命書，你也就應該懂得：你的學業應該精進更精進，一定要做出你八字裏的功名業績，光宗耀祖！而你在對待妻妾女人的事情上，就千萬要記住一句話：憑一顆眞心享受，絕不可玩弄女人！把准了這一條宗旨，女人多一個少一個並非只憑個人，而是早有天意，命運使然。說到這裏再提一句，你肯定也已知道你自己的身世來由，根據你祖父和你母親的夢境推斷，說你是火精、猴精、蛇精混合轉世並非完全沒有可能，你只好自爲之罷了。」

紀昀又向爹媽磕了三個響頭說：「孩兒磕三個頭，只想說三句話：一句話祝爹爹鵬程萬里；二句話盼雙親平安歸來；三句話是孩兒當自強自立，雙親大人只管放心去好了……」

紀昀送走了父母雙親，更加認眞地研習功課，並且在河間府參加了科考和歲考，成績上佳，當然也就取得了參加鄉試的資格。

乾隆十二年（西元一七四七年），歲在丁卯，是鄉試的正科年，學子們無不越更勤奮地溫習功課。這年三月下旬，紀昀有事在天津經過。泛海而出時，海濤洶湧，白浪滔天，一派壯觀的景象。紀昀站在船上觀海，讚頌海的雄渾，海的壯闊，海的博大精深。心想，自己讀書做學問，一輩子都要學習海的這許多美德。

突然看見不遠處一條船上，一個年輕美麗的女子對天嚎啕，跳海尋死。許多人拖拖拽拽，終於沒能阻止她牛勁的勃發，往前一衝，把拖她攔她的人一起弄倒；她終於跳海自溺，頃刻身亡。

紀昀甚爲奇怪，忙向那只船上打聽，始知那是個烈女。烈女天津人，張姓，未嫁而夫先死。她說：「妾雖未嫁，然已有夫；夫既已死，妾何以生？」於是殉夫而死，引得衆人感佩唏噓。

紀昀猛然想起，這個張烈女的堅貞，多像是一兩年前父親臨去雲南姚安府前講的那個周二姐。周二姐不爲樹上摘紅棗扔下挑逗的輕薄兒郎所動，才避免了被狐妖剜心致命的慘劇。如今眼下這個張烈女，未嫁而殉夫守節，跳海而誓死如歸，果然是驚天地，泣鬼神。紀昀只覺得胸中詩句湧動，不禁脫口而出，吟誦起來：

海雲東北生，烏鳶鳴噪急。杳杳冥冥中，鬼神嗚咽泣……誰知烈女命，蹈海壯斯夕。

是年秋天，順天府舉行鄉試。此次順天鄉試的主考是禮部主事阿克敦，副主考是左都御史劉統勛，他便是那年敢於公開彈劾大學士張廷玉，使張廷玉和另一個桐城派人士姚期親屬三年不得升遷的鐵面人。

紀昀一得知阿克敦和劉統勛兩個正派好官是自己的座師，心裏十分高興。他尋思著這兩個都是鐵面君子，在他們手裏不會屈殺人才。

紀昀突然發現，在前前後後一群十多位趕考的同學中，有一人十分特別，他用一塊素淨的白布帕蓋住了自己的額頭，幾乎連眼睛都蓋住了。他悄悄向別人打聽：「你知道他叫什麼名字？他爲什麼用布帕蓋住了頭？」一連問了好幾個人都說：「他自己說是騎驢跌傷了額頭，所以用布蓋著，不知道是眞是假。」但從這些人暗暗發笑的神情中，紀昀看出他們都沒說眞話。人家有話關在心頭，說不說都只能由他自己，紀昀也就不準備再問，他相信這裏邊必定還藏著不便明說的隱情。

紀昀正要低頭走路，忽然發現走在最後邊的那個瘦小個子，向自己眨著可愛的眼睛，招著小手，叫自己退後幾步講話。反正閒著走路悶得慌，紀昀自然停下來也走在最後了。

紀昀說：「小同學，你叫什麼名字？你好像比我小好多。」

那人說：「你叫紀昀，字曉嵐，獻縣崔爾莊人氏，今年二十三足歲。我沒說錯吧？因爲我是比你小七、八歲的小弟弟，所以我知道你，你卻不知道我。我叫朱珪，字石君，就是本府治所所在的大興人。我的哥哥叫朱筠，字竹君，他也比你小五、六歲，所以他也認識你，你不認識他。竹君哥佩服曉嵐哥你的才學，你的事都是他告訴我的。」

紀昀說：「這倒也是，同學們都是認大不認小，難怪我對你和你哥哥都眼生。你哥哥這次也來趕鄉考了吧？」

朱珪說：「我哥沒來，他病了。他自小身體不太好。」

紀昀說：「這怪可惜的。石君，看你也暗暗發笑，你也認識前面以帕蓋頭的那個同學吧？」

朱珪未說先笑了：「嘿嘿，他的故事才有趣呢，他叫高村發，比你小四歲，比我大三歲，今年十九足歲。他是個浪蕩公子，學習不認眞，成績不好，喜歡眠花宿柳，又不正式娶親結婚。高村發剛才在那邊路上，本來隨著一群人往前走，忽然看見一株高大的紅棗樹下站著一個年輕婦人，便離開眾人走上前去假裝問路說：『小姐！請問到鄉試考場怎麼走？』那年輕婦人說：『你不是隨同眾人一起走嗎？明知故問，輕薄之徒，不過是欺負小女子孤身一人耳！』婦人說話未完，也沒見她揮手，不知從何處飛來一陣瓦片，砸得高村發頭破血流，暈倒在地。其他先走的幾個迅速返身，扶他起立，再次上路。那婦女見來了眾人，往路旁秫田裏跑去，轉瞬不見了蹤影。眾人驚詫異常，也分不清那婦女是人是狐還是鬼……」

一路上紀昀與朱珪有說有笑，從此成爲終生莫逆的朋友……

紀昀坐在考場裏，首次認識了心儀已久的正副主考阿克敦和劉統勛，心裏覺得格外踏實。雖然這兩位元高官眼下並不認識自己，但與家裏祖輩父輩都有交情。更主要的是覺得自己巧遇兩位正直高官是自己的莫大榮幸，似乎考什麼內容都有把握了。

副主考劉統勛報出了本場考題：《誠五常之本百行之源也論》。學生們迅速運用典籍構思自己的應考作文。看到這道考題，紀昀十分興奮，這道作文題是自己最熟悉的內容。這句話原出處是宋朝理學派鼻祖周敦頤，周敦頤的主要著作爲《通書》與《太極圖書》。《通書》也名《易通》，意即闡釋《易經》的通用書典。

周敦頤在《通書》中有句名言：「誠，五常之本，百行之源也。」

「五常」是什麼？即是人的倫常五典：父義、母慈、兄友、弟恭、子孝。

「百行」是什麼？即是人的種種德行，「百」者言其全部的概數。

紀昀通過的許多典籍以及故事的回顧尋思，已覺得完全掌握了本場考題的要義，於是揮筆寫下了考場論文，洋洋灑灑。

主考官阿克敦與副考官劉統勛，兩人對這位尚不知是誰人的考卷讚不絕口，此文破題甚好，開篇即點出題旨出自周敦頤之《通書》，不偏不倚，正中目標，繼而闡述得當，餘音繞樑。

兩位主考官大喜過望，排定此文爲數百名考生中第一名，實爲天理所在。

兩位主考官強制壓住心頭的喜悅，等待著這名考生的下一篇文章。

下一場考試是考生擬制一個謝表。謝表是臣子對皇上封了某官，或是給了某賞賜的答謝鴻恩。

此場出的考題，是假設皇帝在瀛台給群臣賜宴聯句並給與諸臣以獎賞，要考生當做自己是被召入宴並受賞賜的臣僚，向皇帝呈寫謝表。

紀昀的考試更非一般，他知道自己的上一篇論文很有份量，得中舉人當無問題。那麼自己便已肯定入官爲仕，擬寫謝表更是必修之課程，所以作這文章越更得心應手，傾注了自己對皇朝聖上的滿腔恩謝心情。

鄉試於乾隆十二年舉行，紀昀擬謝表假託爲乾隆十一年賜宴，上表謝恩。

阿克敦與劉統勛高興至極，這份擬謝表極盡歌功頌德之能事，將對皇恩聖德的銘謝表述得巨細彌遺。

兩位主考官興高采烈拆卷開視，考生名字清清楚楚：

紀昀 字曉嵐

兩位主考官異口同聲長吁了一口氣。阿克敦說：「哦！原是河間府獻縣崔爾莊紀氏後裔，雲南姚安知府紀容舒之子，已故紀天申公之孫，果然天意不爽，樂義好施的紀天申得了一個文曲星孫兒。」

劉統勛與紀家交往更密，更知內情，他快口接話說：「尙書大人！傳言紀昀乃火精轉世，只怕他眞要光耀紀府門庭了。」

兩位主考官一致決定：丁卯順天鄉試，推紀昀爲第一名。實實在在的舉人不說，還是貨眞價實的解元。

紀昀趕考路上新結識的同學，小自己七足歲的朱珪得第六名。兩人越更成了莫逆的朋友。

按照慣例，各省鄉試的前十名文章全部呈請御覽。所以乾隆皇帝弘曆這次便記下了紀昀與朱珪兩個才士的人名。並對紀昀、朱珪兩人的文才有了初步的印象。

玖　連納二妾始安心

紀昀將十三歲的郭彩符納妾，自認她是第一個雲雨知己文鸞的再世人。

紀昀既中舉人且是頭名解元，本來可以為官入仕。但如若自己想繼續深造科考，以便在下一輪朝廷會試和殿試中進士及第，朝野均更歡迎。

紀昀自知才華不會到這舉人打止，他當然盼望升進到「進士及第」的階梯。遠在雲南姚安府的父母雙親急速來信，祝賀之餘勉勵兒子深造科考。

紀昀的妻子馬夫人和侍女黃杏仁，更巴不得自己的丈夫功名更盛，自然鼓勵紀昀再攻讀詩書，以期下一輪得中進士。

黃杏仁並再三暗示紀昀，請求把自己正式納妾，不再做那暗妾侍女。

紀昀也已答應考慮黃杏仁的要求。

偏巧這時，馬夫人生育第二胎，紀昀次子於這年九月十三日出世。紀昀按他的「汝」字輩給次子取名汝傳。

馬夫人又坐月子，侍女黃杏仁更方便地與紀昀共枕同床。黃杏仁對紀昀更加歡洽應付，並不斷向他吹枕邊風，鼓動紀昀將自己正式納妾。

事有不巧，正當紀昀準備將黃杏仁納妾時，生母張太夫人從雲南姚安回來了。回來時已病體沉重，她怕死在異鄉，叫丈夫姚安知府紀容舒派馬車將她輾轉送回了獻縣，崔爾莊紀府一時又充滿了哀傷。人人知道張太夫人身體不行，已走不遠了。

孝子紀昀自然要常去侍奉娘親，加上心情不好，便把黃杏仁納妾之事耽誤了下來。

過年不久，朝廷又出了大事故。乾隆皇帝是個風流天子，喜歡在全國各地遊幸。過了年還是二月間，他便邀了他母親孝聖皇太后一起，出京東遊。

孝賢皇后奉旨伴駕。

皇帝一行人向山東進發，經趙北口而曲阜，由曲阜而泰安，由泰安而濟南，轉一圈又一步步往回返。不料回返經過山東德州時，孝賢皇后突然病死，時在旅行途中。

於是乾隆一行人趕快往京城回返，以便辦理大行皇后的安葬事宜。

孝賢皇后年紀尚輕，身體又一向很好，怎麼突然在伴駕出遊時猝死旅途？其實這事只有乾隆皇帝本人，還有他的母親孝聖皇太后心裏明白。

當年愛新覺羅·弘曆還是雍正皇帝的四皇子的時候，曾與父親雍正的春妃私通。被當時的孝聖皇后即現在的孝聖皇太后察覺，將那春妃賜死，才隱瞞了那一段宮幃亂倫姦情。弘曆覺得對不起死去的春妃，便在她自縊的頸項上點了一點口紅，祝禱她來生頸下帶著朱砂痣轉世，自己會給她以報答。

十二年後雍正死去，弘曆繼位登基，以乾隆爲年號。他登基後不忘舊時諾言，于乾隆元年正月初一日，敕命文武百官帶了十多歲的男女兒童進宮，藉口新年團拜，實則是找尋那個轉世的春妃。那時紀昀還有幸第一次面聖。

當然那次並沒找到轉世的春妃，但乾隆並沒有片刻忘記，心底深處時時念叨這件事情。不料一次和孝賢皇后共枕，夢囈中將孝賢皇后當成了「春妃」。孝賢皇后無意之中知道了乾隆還是孩童時代的那一次亂倫豔遇。

乾隆清醒後意識到夢中可能失言，便拿話試探孝賢皇后。孝賢皇后太過本眞，一五一十說出了乾隆夢中的囈語。

這還了得！當朝天子孩提時代的醜事被皇后知道了，說不定什麼時候便被洩露出來。即使不洩露出去，不也是不可以留下的醜聞嗎？於是，乾隆決定趁這一次外出的遊幸之機，將孝賢皇后秘密處死，謊稱病卒，以此來殺人滅口。

乾隆母親孝聖皇太后對此事的來龍去脈了然於心，於是便藉這次東遊機會，協助兒子皇帝鏟除了一條禍根。孝賢皇后自然是至死未能瞑目。

猜測謠言陡起：皇帝的母親孝聖皇太后外出東遊時沒有死，年輕體壯的孝賢皇后卻死於旅途中，這自然會引起許多揣測。揣測便轉化爲五花八門的謠傳。

爲了堵住人口，乾隆決定找一批替罪羊。

這個好辦得很，皇帝金口銀牙，叫誰死誰就得死。乾隆叫人在口頭上製造了一個驚駕事故，說聖駕巡幸德州時，被一群無知乞丐驚動聖駕御馬，馬發狂奔，從車上甩下了孝賢皇后，因此起病，直至猝死。於是乾隆一道御旨，將德州知府及一群乞丐賜死身亡。

這還不夠聲勢，無法轉移百姓們的注視眼睛，乾隆又拿朝廷大臣們開刀了。下達的聖旨稀奇古怪，說一大批朝廷重臣在辦理大行皇后冊文大典時，「不敬謹辦理，兒戲處之。又在進呈御覽時不等候諭旨，擅自他往……」等等等等，總之孝賢皇后之死拖倒了一批大臣，先是禮部尙書盛安，禮部侍郎汪由敦等革職留任；接著是工部尙書哈達哈，工部侍郎趙宏恩革職查辦。

刑部尙書阿克敦向來剛正不阿，他仗著自己是正白旗的身分，向乾隆諫奏說：「啓稟皇上，爲了我大清的社稷江山，請對上裁處大臣適可而止。」

這還了得！乾隆大發雷霆，說阿克敦忤逆聖恩，以「大不敬」律擬行立即斬決。改判斬監候到秋後處決……處決後乾隆又說阿克敦的諫奏是出於一片忠心，追封謚號：文勤！

眞是翻雲覆雨，揑扁攏圓，皇帝果然是至高無上。

阿克敦的判罪至死，給紀昀的打擊實在太大。回想曾幾何時，自己在順天鄉試時，正是蒙主考官阿克敦的恩德，推自己爲鄉試頭名解元。自己還想將來有一天要回報阿克敦的恩德，誰知不二年竟是這樣一個結果。

紀昀從擔憂母親的病重，到哀痛恩師阿克敦的冤死，哪裡還有繼續納妾的心思，便把侍女黃杏仁的事情壓根兒丟到一邊去了。

不僅如此，紀昀自己的學業修進都明顯地放鬆，功課不如以前那樣好了。

馬上就有現世的報應。比紀昀小七歲的小弟弟，順天鄉試排在第六名的朱珪，卻在鄉試後不到兩年的時間內成了進士，當時才十八歲多十九歲不到呢！

而紀昀呢，鄉試排在第一名，年齡已經二十五六，卻在朝廷會試中落選了，未能成爲進士，授受高官的希望落了空。

此事給紀昀的打擊很大。但對他母親張太夫人的打擊更大。從此臥床，再也沒起，終至逝世。

張太夫人病危時，把子孫叫到床邊說：「以前聽說過地下先死的親人，臨終時會一一相見。今日我果然見到了，看來我必死無疑。還好我一生不作壞事，臨死毫無愧疚，地下先人們見了我還有一番誇獎。你等後人，家庭骨肉，一定要相互體諒關懷，留下臨終歡欣見面的好機緣吧！」

眞是語重心長，催人淚下。

張太夫人說完後安然去世，家裏自然是一片哭聲。

做完道場，安葬了母親，紀昀妻子馬夫人帶長女汝佶、次子汝傳回東光娘家省親。紀昀記起往日此時情景，阿母倚門相送，叮囑聲聲，如今已是門框無人倚，哀傷繞餘音。

紀昀和淚吟詩一首。

馬夫人一走，自然又是侍女黃杏仁陪宿紀昀了。

黃杏仁在枕邊嬌滴滴地說：「少爺，是妾身侍候少爺還不夠銷魂吧？」

紀昀說：「不不，銷魂！夠味！」

黃杏仁說：「那怎麼還不將妾身正式納妾呢？」

紀昀說：「快了快了，就辦就辦……」

湊巧得很，就在當晚紀昀做了一個奇怪的夢。

……紀昀來到一個不知名的地方，只看見人來人往，熱鬧非凡。突然間海天一色，半海半城。咦！這是哪裡？怎麼好像在哪兒見過。紀昀搜索枯腸，突然看見大木船在海上飄移，記起來了，這不是那年看見張烈女跳海殉夫的天津嗎？

忽然，空中飄下一副巨大的彩帶，帶寬如席，五彩繽紛。近了，近了，看清了，正中直下有稀疏的一條直線「緣」字；更看清了，每兩個「緣」字之間夾雜著稍小的「十三」「十三」……這「十三」二字比「緣」字稍小，遠處看不清晰，近處看得一目了然。連綴起來很有趣：往下連著「十三緣」、「十三緣」……往上連著「緣十三」、「緣十三」……

忽然之間又起變化，大彩帶正中間有「緣十三」、「十三緣」字樣的一直線從中劈開，變成了兩半邊「符信」的樣式，右半邊漸飛漸遠，落到了半城半海的地方；左半邊越飛越近，竟來到了自己身邊。紀昀毫無畏懼之感，只覺十分驚奇，猜不透是怎麼一回事，卻是向上張開了雙手。

奇怪，那左半邊彩帶符信「十三緣」，竟然飛落在自己的雙手裏，初時幾可遮天，漸漸變小，小，小，小到只剩一張紙片，上面一個「郭」字耀眼閃光。轉瞬什麼也不見。哪有什麼彩帶符信、紙片郭氏呢？明明只是自己的一雙空手。

紀昀大吃一驚，醒了，原來剛才是在夢中。但夢中景像再清晰不過，歷歷在目，如同眼前。

紀昀再睡不著了，腦子裏不住地翻騰：這究竟是怎麼一回事？怎麼一回事？什麼「郭」？「郭」什麼？什麼是「彩帶符信」？「彩帶符信」要告訴我什麼？管它是「緣十三」還是「十三緣」，看來有個什麼叫「十三」的東西與我有某種緣分，什麼緣分？什麼緣份？世間約定俗成，只有「因緣」才叫緣分，莫非，莫非……

啊！紀昀想起來了，是「十三戀情」！當自己十三歲時，四叔母婢女文鸞也十三歲，兩人烈火乾柴，雲雨初試，透骨銷魂，醉心奪魄……遠勝過現在與身邊的杏仁交歡，甚至也勝過與馬夫人新婚的媾合。那究竟是怎麼一回事呢？對了，那是眞正的初試巫山，有生以來第一次，自然刻骨銘心。

可惜！文鸞父親文久荒貪婪成性，逼取我家財產。終使文鸞走上了絕食殉情的死路。不是文鸞父親文久荒也瘋癲跳岩而死了嗎？怎麼如今又扯到這「十三歲戀情」上去呢？我如今可已經是二十六歲了。

呀！對了！「十三歲戀情死別」到今年不又正是十三年了嗎？「十三」、「十三」，原來與我有這麼深的緣分。

紀昀更想起來了，四叔母說，文鸞死前發了誓願：再變女人還侍奉我紀昀。莫非眞有靈驗？莫非文鸞投胎再世又變了女人？要眞那們，她今年又是十三歲了。啊啊！又一個「十三」，眞是「十三緣」！四叔母說了，文鸞再世，成年了又會報夢與我，敢莫剛才就是她報夢給我？我可到哪裡找她去？姓甚名誰更是無從知曉。這可怎麼辦？怎麼辦？

紀昀輾轉反側，尋思從哪兒入手去找文鸞的轉世人。突然想到夢中景象，那分明是張烈女投海的天津。天津這麼大，怎麼樣去找？先得找到祖居天津的熟人，纏上了關係，再暗暗地慢慢去尋找。想呀想的，有了：現今湖南總督李國柱，不正是天津人嗎？李大人與家父家祖都熟，要去他家先住著，慢慢在天津尋找，或者沒有問題。可李國柱現在湖南總督任上，他家在天津何處也不知曉，怎麼冒昧去找呢？我去了他家裏人不認識也是枉然。

紀昀苦思瞑想，啊，對！我家護院羅大頭羅師父不也是天津人嗎？嗨呀！越想越有門了，當年羅大頭來我家做護院，不就是李國柱介紹的嗎？李國柱當時是順天府大興縣縣令，與先祖父紀天申要好，素知羅大頭功夫了得，便向祖父推薦，祖父便聘請了羅大頭。透過這一層關係，要到天津紮下根，慢慢尋找文鸞的投胎下世，或者真有可能。

可是到了天津又怎麼找呢？姓甚名誰無根底，豈不是大海撈針？突然想起夢中紙片上出現了一個「郭」字，未必文鸞轉世投身在郭家？不不！不會有這麼機巧。那麼「郭」字的意思是什麼？古書有解：「郭謂四周之內。」那就是說在天津的週邊了。

文人天性使然，紀昀遇上任何事情都喜歡吟詩誦句。今晚夢境奇特，應該吟誦幾句。他本想起來揮筆題寫，一想這事又將損害身邊的杏仁，起碼我天津之行以前再不會考慮將杏仁納妾了。於是打消了起床寫詩的念頭，只在心裏默誦幾句：

夢中告我十三緣，
十三年前緣斷弦。
或有天公成人美，
津門外郭覓嬋娟。

年青慾火盛，想著嬋娟性又起，紀昀正想找身邊的侍女杏仁溫存。

不意黃杏仁反手先把紀昀抱住說：「紀老爺！我知道你早醒了，翻來覆去想心事，準是又把我當做誰誰了。我不管這些，管你是把我當成了應急侍女，還是把我當做了別個更可心的女人，我今生今世反正不離開你。我已想通了，我的出身低微，夠不著你納妾的身份，所以我要求了多次你總是推。如今我不提這事了，只要紀老爺你有了可心人別趕走我就行。今生今世，我就做紀少爺你的應急女人吧！」

說話之間，黃杏仁早已拉著紀昀上「馬」，兩人愉悅交歡，似乎比往常別有情趣。

紀昀一聽「應急女人」四個字，猶如心受刀割，馬上軟癱下來，跌下了杏仁的身子，呀！是我傷杏仁的心了，「應急女人」，「應急女人」，不是等同了禽獸？禽獸發情，講何對象，兩兩交尾，滿足即完。那那那，那才是彼此應急，如此而已。我紀昀堂堂解元，豈能自墮禽獸淵藪。是我傷了杏仁的心，她才產生了做我「應急女人」的想法，豈不正說明我自己也類同畜牲了？不不不！決不能如此下去了，應該把自己和杏仁都恢復爲人，人的品格，人的德行，人的七情六慾……

紀昀於是再一次緊緊摟住了黃杏仁，掏心摘肺地說：「杏仁！你是我的紅顏知己，決不是什麼『應急女人』！以前是我忽視了你，傷害了你，我馬上改正。明天，就是明天，我馬上將你納妾。再不讓你這樣不明不白地陪宿我了。」

黃杏仁淚眼婆娑，抽抽泣泣，更加緊緊地抱著紀昀說：「紀郎！有你這話，要我馬上就死我也值得了。」

紀昀馬上制止說：「杏仁莫說蠢話！我怎麼會讓你死！別再說其他事了，越說閒話越不起性動情，我們都閉上嘴巴用手吧……」

於是兩人再不言聲，只是撫摸擁吻。終於雙方慾火亢進，重新交接直至天光，兩人都有了無限的滿足。

清晨起來，紀昀馬上去對當家大哥紀晴湖說：「哥！我今天就要把杏仁正式納妾，又要用不少錢，哥不反對吧？」

紀晴湖說：「買奴納妾，都在禮法之中，哥怎麼會反對？要多少錢你只管說，咱們不是用不起，再體面些也行。還是讓哥哥幫弟弟來辦吧。」

紀昀說：「哥待我真好。什麼異母兄弟，哥待我勝如一母同胞。」

納妾也是婚禮，只不過是小婚而不是大婚。但紀晴湖跟弟弟把小婚辦成大婚一樣熱熱鬧鬧，主僕們盡都喜歡。

把黃杏仁正式納妾之後，紀昀並沒有忘記要去天津尋找再世文鸞，但覺得起碼也要等一個月，也就是通常所說的過了新婚蜜月之後才成行。不然會使新娘子（杏仁侍妾）感到委屈。於是，紀昀納妾後只是越更潛心地在家裏讀書了。

誰知就在第二天，黃杏仁卻主動對紀昀說：「少爺，我知道你心裏還埋著一個疙瘩，就是那天晚上你翻來覆去睡不著總想的那個女人，你該怎麼去找她就去找她吧！時間盡可快些，免得你心裏總空懸懸的不好受。」

紀昀真是太感意外了，他一把抱住黃杏仁說：「杏仁！你怎麼知道我急著要去找一個女人？」

黃杏仁說：「我們在一起這麼久，還能猜不透你的心。我雖然猜不著那人是哪一個，但知道你實在想她，不然你那晚上不會那麼久睡不著。」

紀昀本想說出那個夢來，又誰知真有不有文鸞轉世的事情呢？就算她真的轉世了，又怎麼知道是否找得到呢？一個夢說來說去太可笑了，而且世事複雜也很難說得清。那就還是什麼都不說的好。但口裏不明說，人還是要去找，紀昀於是轉個彎說：

「杏仁你這樣不盤不問才更好，我先要到天津去辦點事情，時間多久也還不曉得。你不掛意我不兩天就動身了吧？」

黃杏仁說：「少爺請自便，妾身知道好女人永遠不要干擾自己的男人……」

紀府大宅護院羅大頭就是當年在閣樓上捉一條大烏蛇耍「蛇拳」的武把式。當時才是二十掛零的小夥子，如今已是四十六、七歲的人了。他的武功根底很好，但在紀家幾十年幾乎沒有使用的機會。紀家祖傳就是樂善好施，人緣關係極好，沒有什麼強盜土匪去打他家的主意，他家已五十年沒遇到過匪盜的侵擾。當然他家也不缺錢，護院武師照請不誤，羅大頭也是個本眞人，紀府也就一直雇請他沒有換。

當然，羅大頭早把老婆邱氏接到紀府來住了。他們的兒女們都在天津老家，時不時也來崔爾莊紀家走走，看看爹媽。

紀昀要去天津尋夢，自然先找羅大頭。此事不是家庭公事而是個人私事，加上這私事不適宜大肆張揚，所以紀昀只能親自前去探訪，而不能派人去叫羅大頭。

這天天氣晴朗，紀昀平平穩穩地向羅大頭占住的三間小屋走去。

紀昀遠遠地看見羅大頭老婆邱氏在納鞋底，高聲打招呼說：「羅師傅娘子，羅師傅在家嗎？」

邱氏抬頭一看是紀昀，驚喜得地錐子戳在手指上，冒血出來，她不由自主地「唉喲」叫了一聲，馬上鞋底一丟，起身斂衽爲禮說：「舉人少爺萬福！奴才不知得了哪門子福氣，讓舉人少爺惦記著了。來來來！屋裏坐，屋裏坐。」

邱氏進門去就連忙泡茶，拿煙袋。泡的是桂花茶，拿的是水煙袋。

看得出主人勤快，黃銅煙袋擦得錚亮放光。邱氏雙手托著往紀昀面前遞：「舉人少爺不嫌棄我們下人的東西吧？」

紀昀幽默地推開說：「我嫌棄，我嫌棄你這煙袋太小了。裝煙一眼屎，抽得不過癮啊！」說著從身後腰帶上取出一個小黑布袋來，一看是一根竹鞭煙斗，那銅煙鍋大過拳頭，驚得邱氏看傻了眼。

紀昀指指自己的煙斗說：「你那煙袋裝上一百袋煙還抵不上我一煙鍋。你半斤煙袋，我一煙鍋可以裝得下，才過癮呢！」

邱氏驚奇過後是讚歎：「嗨！都說你紀少爺是奇人，早先我沒親眼見著奇在哪兒。就今兒個這一樁。『紀大鍋』就奇到天上去了。哈哈！」

閒談了一會，紀昀就開始往正事上扯：「今天怎麼不見羅師傅？」

邱氏說：「他呀！老都老了，還想逞英雄。終日說：『曲不離口，拳不離手，承紀老爺看得起，請我來護家，偏巧紀府家風純正，人人敬仰，多少代了紀府沒人來偷盜，可我不能就此變做了廢人。我還得每天練幾套拳腳。』少爺你看，吹大話他都不怕牙磣！」

紀昀說：「羅師傅這可不是吹大話，他說的是正道理。是不是羅師傅又練拳腳去了？」

邱氏說：「不！他今天是騎馬去了，說是馬一天不騎就生。他把騎馬看得可神了。說什麼騎馬可以保持體形，可以保持靈敏，還還，還有難聽的呢！嘻嘻！」

紀昀對這種平民百姓的生活情趣甚覺新鮮。陪著笑說：「羅師傅還說什麼難聽的話惹惱了師傅娘子呢？你不妨說出來，我給你與他評評理！」

邱氏吃吃笑了一小陣，頻頻搖頭不肯說出隱秘的內情。

紀昀說：「師傅娘子這就小瞧我了，承你剛才還誇獎說我紀府家風純正，這自然也包括了主僕親善這一條。

我們紀家從來不把下人當下人看待，師傅娘子不肯把你們公婆間的私房話說出來，豈不是太見外了？莫非我紀曉嵐如此不近人情麼？呵呵呵呵！」

邱氏忙說：「不是不是不是！少爺對下人可親了。我那老頭子說話不顧老臉皮，他說：『白天騎得獸馬，晚上騎得人馬。閻王老子不要，我在人間好耍！』少爺你看，他這話有多難爲情！」

「哈哈哈哈！」紀昀縱聲大笑，笑得熱淚灑流，忙忙揩乾了淚水說：「師傅娘子莫冤枉好人，羅師傅說的這是人生至理。師傅娘子不必害羞，男歡女愛不是壞事。羅師傅這樣豁達樂觀，又如此注意鍛煉身體，他能活一百歲。」

邱氏又抬起頭來：「少爺這樣誇他，他只怕會高興得不知自己貴姓。」

紀昀說：「既去騎馬，路不得近，只怕羅師傅一時半刻不得回來。」

邱氏說：「再早也要中午後。少爺找他有急事嗎？」

紀昀說：「沒事沒事，我只不過是讀書讀累了，想找他聊聊閒天，順便問點閒事。」

邱氏說：「只不知道少爺要問的事我知道不知道，凡我知道的都比他說得周詳。」

紀昀說：「你知道你知道。羅師傅是現今湖南總督李國柱李夫人介紹到敝府來的，你也一定知道李大人老家在天津什麼地方吧？」

邱氏好高興：「這個當然知道，李大人是我們一個村的人呢！我們那村很大，也很有名氣哩！」

紀昀問：「叫什麼村？」

邱氏答：「楊柳青。」

紀昀甚爲驚喜：「哦？是不是出楊柳青年畫的那地方？」

邱氏答：「當然是。我們那地方在天津府的西邊，是城區之外，緊挨著大清河。大清河水來自白洋淀，出淀的水別提有多清。河邊的楊柳更是青秀，楊柳青的村名怕也是這樣取來。不知是哪個師傅興起，雕刻木版套印彩色年畫，生意好紅火，做畫生意的也越來越多，早出了楊柳青村子，怕在全天津府到處都有雕版印畫呢！」

紀昀說：「自然都沾了你們楊柳青村子的光了。據我推測，你們楊柳青的姑娘們一定都長得好。土話說：『水色水色』。小養人，色度好，人也錯不到哪裡去。就拿羅師傅娘子你來說，你年輕時候一定漂亮得很呢！羅師傅娶了你是有福氣！」

邱氏說：「少爺說得我都不好意思了。我算什麼，如今一代比一代強了。就說郭家那個姑娘吧，我疑那是天仙下凡。」

一個「郭」字驚得紀昀心裏一跳，那晚夢中不是有個「郭」字嗎？他迫不及待地問：「郭家那姑娘多大了？」

「十三歲了！」

「十三歲？你怎麼記得這麼準？」

「那年我也生了個男孩，歲數當然記得清。」

「郭姑娘叫什麼名字？」

「郭彩符！」

「啊？郭彩符？」紀昀差點把持不住自己了。那夢中一個「郭」字，那夢中一幅彩綢，彩綢從中破開而成的

「符信」，連起來不正是「郭彩符」三個字嗎？未必果然有此天意！他只覺得口裏出粗氣了，說不出是喜是憂，總之感到特別舒服。

邱氏一看紀昀態度反常，反問一句又不再說話，鬧不清是什麼事情。於是試探著問：「少爺，你莫非認得這家人家？」

紀昀緩過氣來說：「不，郭彩符這名字好怪，我在揣想她爹媽怎麼給她取這樣一個名字呢？」

邱氏說：「說怪也不怪，她娘生下她時，說是作了一個夢，夢見空中彩色符信飄飛，幾多好看。跟她爹一說，她爹歡喜得不得了，說這是老天爺送來了現成名字。彩色符信是『彩符』，就叫她郭彩符好了！郭家跟我家還好得很呢！」

紀昀心裏又是一喜：彩符她媽的夢境又完全和我相同，千萬不可放過了，當然還想多瞭解一些情況，於是又問：「這郭家和你們是老鄉親吧？」

邱氏說：「哪兒呀！她爹叫郭大眼，本是山西大同人，家裏窮得叮噹響，活不下去，郭大眼兩公婆到外邊流浪逃荒，一到我們楊柳青就喜歡我們那裏的山青水秀，再不想走了，想住下來。天巧，碰上我家他爹從你們這崔爾莊回去探望。一個羅大頭，一個郭大眼，兩人說是天意安排，做成了結拜兄弟。我家大頭在你紀家老爺手裏得了不少工錢賞錢，他一向大方慣了，拿出了不少給郭大眼，幫他家買地蓋房。他兩個大男人的熱勁兒，眞比兩個女人還粘乎著呢！」

紀昀心裏踏實了，這不是天意是什麼？我紀家的護院師傅，正是郭彩符父親的結拜弟兄。什麼事不好說？心裏恨不得馬上就找到羅大頭，叫他帶自己到天津楊柳青去。

再等不得了，紀昀把尙未抽完的大半鍋煙絲敲了出來，斬釘截鐵說：「我有急事，等不得羅師傅回來，我騎馬追他去。」

紀昀邊說邊往外走。

邱氏說：「誰知他四條野馬腿會跑到哪兒去了？」

紀昀說：「跑馬又不是掉了一口針，一問就知道。」

邱氏說：「少爺是要大頭帶你去找李大人家裏吧？李大人如今家裏沒親人，全隨他去湖南了。」

紀昀說：「我不找李大人了，找到羅師傅就行……」

事情比紀昀想象的還要順利。羅大頭是個性情中人，一聽紀昀說想要買了郭彩符來做妾，恨不得立馬飛去天津。兩人馬上就坐車走，只瞞了紀家上上下下一干人。紀昀心想，事情還無眉目，說早了驚動太多的人，萬一沒辦成實在不好。所以對家裏只是說到天津去拜訪湖南總督李國杜李大人的家人。

紀昀也沒有把自己與文鸞當年這件豔事對羅大頭講，沒有說郭彩符可能是文鸞轉世那些事情，更沒有提早幾天晚上那奇怪的夢境。他想，如果郭彩符眞買來了，說一些生死輪迴投胎再世的話容易被傳爲笑柄；而如果郭彩符根本沒有買成，談那些事就更顯得愚蠢。

於是，紀昀把一切秘密埋在了心靈深處，準備親眼去看看自己與郭彩符究竟有多深的緣分。

輕車熟路，羅大頭又是回老家，當然極爲順利地到達了。

奇怪，好像命運早有安排，他們到楊柳青村時正碰上郭彩符在那裏賣年畫。年畫品種極多，都取康泰吉祥的意韻。什麼「年年有餘（魚）」、什麼「麒麟送子」，再有便是「麻姑上壽」、「天女散花」。

總這是人間天上，一派新春和樂與國泰民安。

羅大頭遠遠看見了郭彩符，便站著不動，悄悄指給紀昀。紀昀一看，簡直心都醉了，這美人兒再到哪兒去找？而且彷佛之間，眞的就有十三年前文鸞那種風韻。天啊！文鸞你眞的投胎轉世來服侍我嗎？

文鸞（彩符）專心在賣畫，許多人當然是看中了她的美豔絕倫，幾乎是只朝她的畫攤子擠。他的生意好得出奇。就是買了畫的人也久久不走，死皮賴臉也要找她多說幾句話。

眼看地上一堆畫賣完了，文鸞（彩符）抬頭想看看爹爹怎麼還不送畫來。這一眼瞧見了羅大頭表伯，本想張嘴打招呼，又瞟眼看見了羅表伯身旁的年輕漢子，她半點不知道這就是紀府公子紀昀，更不知道他還是順天鄉試的頭把交椅，但似乎這個人和自己很親切，很熟悉，很對自己的心思……眼睛像被什麼牽住了，再也離不開紀昀。

買畫人中雜有不少浪蕩子，這時尖起聲腔叫喚：「嗨！小美人，你傻愣著眼瞧情郎吧？怎麼瞧別處不瞧我啊？哈哈哈哈！」

「哈哈哈哈！瞧我莫瞧他！他是個爛雞巴……」一群人打附和，粗俗不堪入耳。

彩符聽不入耳，滿臉飛紅。急急縮回雙手，先是捂住了自己的臉面，再是用兩個食指插進了兩耳的耳孔。不聽不瞧，一群流氓崽子！

郭大眼正抱了一抱年畫送來，見這情景就罵：「一群爛痞子！還不快滾開！」郭大眼不僅眼大嚇死人，聲音更如雷貫耳，揚起右手像薄扇，做出要打人的樣子，浪蕩痞子都是熟人，早嚇得一溜煙跑了。

只剩下幾個眞正的買畫人。

郭彩符一聽父親來了，放手抬頭迎去，不意正看見羅大頭大伯走近了，旁邊正跟著那個陌生的「熟悉」人！

羅大頭與郭大眼結拜兄弟，羅大頭年齡大些，老遠就打招呼：

「郭老弟，來得正好，我來介紹一下，這位年輕少爺，就是我紀府東家的小少爺，姓紀名昀字曉嵐，大家總該聽說了吧，本期順天鄉試的頭名解元大人……」

這下子誰不佩服得五體投地？紛紛拿異樣的眼光打量著紀昀。

羅大頭繼續說：「郭弟！彩符！你們今天還零零星星賣什麼年畫？紀解元今天正是叫我陪他一起來，你手裏家裏的楊柳青年畫，他一併全買下了……」

於是一起到了郭大眼家。

羅大頭悄悄和郭大眼一說，紀昀買彩符作妾之事立馬就成。

紀昀拿出二百兩銀票說給郭家買田置地過日子，郭大眼礙著結拜兄弟羅大頭的面子怎麼也不肯要。羅大頭說：「紀解元既然出了手，他就不得收回。你郭老弟缺的就是銀子，他願給，你也沒白要，彩符閨女從小帶到十三歲，吃穿住用也是一大堆血汗銀錢。賢弟你就收下好了……」

就在當天，郭彩符便隨著伯父羅大頭一道，輕車快馬到了獻縣崔爾莊，做了紀昀的二房侍妾。晚上圓房，兩個都似乎是償了夙願。在紀昀來說，有文鸞之事在十三年前墊底，又有早幾天的「報夢」，他仿佛覺得懷抱中的郭彩符正是十三年前的文鸞。

紀昀於是擁吻著郭彩符說：「文鸞！文鸞！我終於又得到你了！」

郭彩符說：「少爺叫錯了，我不叫文鸞叫彩符！」

紀昀像被當頭潑了冷水：「彩符！彩符！怪我剛才叫錯了，你一下冷冰冰，難道你不願意我睡你？」

郭彩符說：「不不，我願意，我願意！不知爲什麼，在畫攤上頭一眼見到少爺你，我的眼睛就像被牽住，再也移不開，你別看我當時用手捂著臉，其實我捂著臉心裏就在說：謝天謝地謝祖宗，眞把我的夫君送來了，送來了！現在是你我兩夫妻赤條條不怕說醜話：少爺少爺！放心睡吧！放心睡吧！我今生今世只服侍你一個人！……

……」

眞是奇怪得很，一妻二妾損精費神，但紀昀卻覺得似乎這才正好，心中再沒有了任何多餘的躁動，而是實心踏地坐下來精進攻書。

拾　嘔心瀝血得登科

朋友笑謔紀昀：「日夜肆淫，五色書香成了一股黑煙。」紀昀說：「飲食男女，人之大慾存焉。何淫之有？」

自此以後，紀昀全身心投入迎接禮部會試的研習準備。爲了互相取長補短，共同提高，他邀約了一些意氣相投的朋友，在京師虎坊橋家裏，組織了一個文社。父親紀容舒當日購下的岳鍾琪在虎坊橋的故居是寬大豪華的宅院，聚會文人當然大家歡欣。屋裏那一顆碩大無朋的御賜太湖石，常常成了文人雅士們聚談的熱鬧話題。

紀昀牽頭的文社專以會試得中進士爲目的，所以取名爲「制義文社」。制義的正式名字叫做八股文。聚集在紀昀制義文社的人，以紀昀爲最年長，他是當然的大哥哥。

其次是與他同年只小月份的王昶，字德甫，江蘇青浦（如今上海市）人。

其三是小紀昀四歲的錢大昕，字曉徵，江蘇嘉定人。

其四是小紀昀五歲的朱筠，字竹君，大興（現在北京市）人。他就是朱珪的胞兄，朱珪比紀昀小七歲，卻在乾隆十二年與紀昀同爲順天鄉試的舉人，其時排名在紀昀之後，但朱珪第二年即乾隆十三年便成了進士。

其五是小紀昀八歲的沈業富，字方谷，江蘇高郵人。

其六是小紀昀十三歲的戈源，字仙舟，他也是獻縣人，是紀昀的小同鄉。

文社中此外還有不少學士文人，紀昀的堂兄紀昭（字茂園）也在一起。出出進進的先後達到過十多人。他們相約半個月集會一次，共同商榷寫作八股文的心得體會，往往是弄得雞鳴報曉了才結束。這些人中許多文才卓絕，自命不凡，但對八股文都畏之若虎。然而誰也不敢輕慢它，只有苦苦鑽習精進，常常是你爭我吵難有定評。於是在其他不聚會的閒暇日子裏，社友們彼此過從，交叉小聚，或三四人，或五六人，看花命酒，日夕留連，時以詩句相唱和，有時論鬼談狐，別尋樂趣。

這天不是文社聚會之期，但仍有幾個文友到虎坊橋紀曉嵐住宅來了。談詩論文，酒足飯飽，一時無所事事，便都聚坐在太湖石邊，閒談度日。

與紀昀同年的王昶最好金石之學，對「雍正五年御書」題贈的「太湖石」頗發了一番議論。極贊太湖石骨清瘦簡古，盾樸非凡，然後他話鋒一轉說：

「反正閒著，我來給各位講個故事。我在家鄉青浦，有一個年青倜儻的文士姓桂。一天晚上夜行，突然遇到亡友。明知其已死，所見必鬼魂，但因是昔日朋友，也就並不害怕。只是問道：『朋友今夜欲往何處耶？』果然是文謅謅的韻味。亡友鬼說：『我今已是冥府小吏，今晚出行勾攝亡者，正好與君同行，君無畏乎？』桂文士說：『故友同行，已是榮幸，何來畏懼？』於是人鬼同路。突然經過一廬，桂文士只覺平常無異，亡友鬼卻說：『此文士廬也。』桂文士驚問：『何以知之？』亡友鬼說：『凡人白晝營營，性靈匿沒。惟晚上睡時一念不生，元神朗澈，胸中所讀之書，自百靈化光芒而出。其狀縹緲繽紛，燦如錦繡。學如孔（子）、孟（子），文如屈（原）、賈（誼）、司馬（相如）者，上燭霄漢，與星月爭輝。次者數丈，再次者數尺，以漸而差，極下者亦螢螢如一燈。照映戶牖。人不能見，惟鬼神能見之耳。此廬屋上光芒萬丈，故知乃文士無疑矣！』桂文士一聽大喜，忙說：『故友已有如此能耐，殊可賀也。故友當知，某已遍讀詩書，胸藏丘壑，然至今未登第踏入仕途，某亦不知何故耳。今特有請故友隨我家去，佇立外廂，待餘睡後，仔細觀之，看餘屋上光芒已達幾許。告余知之，以釋疑惑。』亡友鬼說：『吾不去也。』桂文士說：『小小襄助，故友何辭？』亡友鬼說：『非爲辭謝，乃已知之。昨夜吾過君家，君正酣睡，吾見君胸中高頭講章多篇，經、史、子、集羅列，果然君已全讀通學熟也。』桂文士急問：『余屋上光芒若何？』亡友鬼說：『可惜！君胸中之詩書典籍，全化作了縷縷黑煙，籠罩屋上也！』桂文士倒抽了一口氣說：『哦！此是爲何？』亡友鬼說：『吾已查清，君目前連納二妾，豔麗異常，除卻狐魅，誰可類比。然文士若被狐媚，則胸中光芒皆化黑霧。君當愼之又愼矣！』亡友鬼說完，悠忽不知去向。」

王昶講完，故作沉靜之態。

在座文友們會過意來，全都哈哈大笑。

在座最年輕的是十八歲的戈源，他直通通地邊笑邊說：「哈哈哈哈！德甫兄好鬼！你這是指桑罵槐，編一個狐鬼故事來挖苦我們曉嵐兄長。曉嵐兄連納杏仁、彩符二位侍妾，德甫兄一定是見著眼紅，謾誣杏仁、彩符二位小嫂子是狐魅。你還敢抵賴嗎？呵呵呵呵！」

王昶也陪著笑起來了：「哈哈，是啊！杏仁，彩符如此美豔，非狐魅世間再無。只怕眼紅的不止我一個，首先就有你小弟弟戈源仙舟吧！哈哈哈哈！」

戈源毫不示弱：「或是得益於我字『仙舟』吧，我領悟了一些『仙機』。德甫兄說曉嵐兄的杏仁、彩符二妾豔如狐魅，我卻說她們美若天仙。但就算她二個眞是狐魅，若能青睞於我，我就魅死也値呢！嘻嘻！」

在座友人中小紀昀四歲的錢大昕思考縝密，他覺得王昶開這個玩笑很高明，說紀昀被美妾迷惑，讓肚裏的文才化作了黑煙，這等於是把紀昀逼上了絕路……但錢大昕又素知紀昀聰慧機敏，幾乎沒有過不去的難關，可怎麼也想不出紀昀眼下怎樣才能走出窘境。

文人聚首，難免鬥智。錢大昕眼下就想再作難一下紀昀，考一考他的機智。於是錢大昕故作公允地批評戈源說：「仙舟你才多大一點，怎麼也插嘴大男人愛美妾的話題？德甫兄有故事，說美妾讓曉嵐兄文才化了煙雲，曉嵐兄自己當然會有個交代，要你仙舟小弟瞎摻和什麼？呵呵呵呵！」

紀昀表面平平靜靜，話裏藏著鋒機，他先拿話頂住錢大昕說：「曉徵果然厲害，要把我往絕路上趕，應了鄉間一句土話：咬人的狗不吭聲。曉徵他看似公允，實際上暗地捅一刀，看來今天我是下不來台了。我下不來台就不下，也陪德甫賢弟講個故事嗎。我岳父馬永圖公出任山東城武縣令時，治下某處有一個極輕佻的古氏少婦，古氏嫁了個瓜菜農夫，好像一時半刻也離不了淫蕩。丈夫澆瓜她澆瓜，丈夫摘菜她摘菜，一閒下手裏的工夫，她就和丈夫摟摟抱抱進了瓜圃小茅屋，上面咬咬啄啄不過癮，非得下部動動不行。兩夫妻天天到晚纏繞三四次。那瓜圃茅屋不但沒有門，四面茅扇也是通風透亮。一些三里五村的無賴們，常常窺看他們兩夫婦白天幹那好事。過後還添油加醋四處張揚，尤其是那古少婦說得如同禽獸，人盡可夫，不堪入耳。古少婦對這些全然不知曉，她和丈夫媾合也不避諱有人偷瞧。好像根本沒有那麼回事，我行我素置之不理。偏偏古少婦容貌如花，鄰村無賴們心裏便都癢了。認為她反正是個騷貨，見了男人就犯淫，於是便打起了鬼主意。這天，有人給瓜農丈夫捎來個信，要他急挑一擔冬瓜南瓜送到某某地方，事先還交付了二兩銀子的瓜錢。這二兩銀子按市價買兩擔瓜都不止，這好生意還能跑了嗎？於是瓜農丈夫挑著瓜興沖沖走了。古少婦就守在瓜地裏澆水施肥，萬沒想到幾個流氓把他挾持到了瓜圃茅屋，拿些錢要與她淫交。古少婦堅決不幹，她氣正詞嚴說：『你們跟我快滾！』流氓們一齊起哎：『你爛婊子裝什麼正經？我們全看見你和你男人白天黑夜抱睡一起！我們哪一個不比你矮登登丈夫強？』這話不假，古少婦十分美貌，她丈夫卻其貌不揚。而這幾個小流氓卻果也細皮嫩肉，一表人才。可是古少婦說：『他再不好看也是我丈夫，我和他再淫蕩也合理合法，不比你們這樣做豬狗畜牲！』幾個流氓慾火中燒又挨罵，一齊動手要輪姦。捉住古少婦扒光了她的衣服。她一絲不掛無法可想，張嘴磕牙咬斷了自己的舌頭，自殺身死。成了遠近聞名的烈婦。當然那幾個流氓沒有逃脫刑獄的制裁。彼時東光輿論鼎沸，對古氏說長道短者還是不少。我岳翁以縣令身份申訴說：『情慾無罪，罪不在軌。孔子曰：飲食男女，人之大慾存焉。古氏雖淫，淫于夫婿。雖無遮掩，只傷禮儀，何其成爲罪過？不若彼等流氓，枉斷古氏冶蕩，買笑不成，群施強暴，致古氏慘死，彼等豈不伏誅！』於是斬其二三首惡，刑獄四五協從，一時城武民風大正。以此觀之，我紀某雖然好色，然而明媒正娶于夫人，光明正大于買妾。飲食男女，人之大慾存焉。何淫之有？哈哈哈哈！」

一篇生動有趣的故事，一席有理有力的辯詞，管是他紀昀臨時編撰，抑或從何處轉借而來，反正說得非常分明透徹，在座文友無不佩服有加。

在座朱筠和沈業富爭相稱讚說：「曉嵐兄才思敏捷，應急成章。我想今年禮部會試，曉嵐兄當一雪前恥了！」

紀昀說：「理當如斯！我想在座各位也全都彼此彼此……」

轉眼乾隆甲戌三月會試到期，本科會試總裁有兩位，正總裁爲大學士陳世倌，副總裁與同考官還有好幾位，其中內閣學士錢維城是主持執事者。

陳世倌，字秉之，浙江海寧人，康熙年代進士，此時已經七十三歲了。曾爲工部尚書，爲官正直，前後多次疏陳海防事宜與臺灣事宜。功勳卓著。現官居一品文淵閣大學士，是朝廷倚重的大臣。

錢維城，字宗磐，江蘇武進人，乾隆十年進士。詩文書畫皆精。此時才三十四歲，正在壯年，可是已經居官內閣學士，三品重臣。

紀昀早已瞄準了目標，此次進士及第志在必得。自己虛歲三十一足歲三十了，年紀已不輕。

一看考題：《本天本地論》，紀昀覺得更有把握了。這不就是論述天地之本原嗎？群經之首的《易經》全說明白了，起於混沌，變化推演，天地陰陽，乾坤男女，不正是本天本地的核心嗎？抓住核心，精當論述，必定錯不了。

紀昀胸有成竹，振筆疾書下去。

隨後又考了一場，題曰：《擬修葺兩郊壇宇及先農壇告成謝表》。這和順天鄉試一樣，也是假設皇帝頒下聖旨，修葺先農壇等祭祀壇宇，修成後上表謝恩。這在上一次鄉試中已有成功的範例，紀昀寫起來得心應手。

紀昀覺得此次得中進士極有把握。所以，從考場出來後，紀昀已十分輕鬆，覺得終於達到了科舉入仕的目的。但終究還是沒有把握，心想有誰能洞察生機，問問他就好了。

再巧不過，諸葛先生來了。

諸葛先生就是那位爲紀昀推定初生四柱八字的賽孔明先生。

紀昀看著諸葛先生用盲公竹敲打探路的樣子，心想隱下身分試探他一下。於是悄悄走攏他，捏著鼻子變換成女人聲腔問：

「先生請進寒舍，算算在下此次會試能得中嗎？」說著就牽住了他的盲公竹，把他牽到廳堂坐下了。

諸葛先生路上半聲不吭，落座後卻是反問道：「莫非今朝有了新條規：女子也可以科考進士？」

紀昀一下笑出聲來：「哈哈！先生果然欺瞞不得，我變做女腔實在是失策了。那麼請先生算算，我此次會試，殿試可以得中嗎？」

諸葛先生說：「少爺報一個字我拆拆吧！字請隨口報出。」

「墨字，文房四寶之『墨』。」

諸葛先生沈吟了一會，果斷地說：「少爺中則中了，但龍頭已不屬君。」

紀昀先是一喜，中了就好！隨即又稍有不快，何以斷定我得不到頭名呢？於是又問：「先生請道其詳。」

諸葛先生慢慢悠悠地說：「墨字者，上部為『黑』，裏字拆開為『二甲』，下面四點，恐是二甲第四名。」

紀昀一聽，半信半疑，又急切補充說：「請先生再推一下，某能入朝班否？」

諸葛說：「可入翰林，四點是『庶』字之腳，下部『土』字略同如『士』，兩下相連，便是『庶吉士』矣！」

紀昀大喜，翰林院庶吉士是個進退有據的極好安排。

紀昀於是欣然說道：「諸葛先生，若果如此，下官願以百兩紋銀相謝。」

諸葛說：「那請紀府的公子曉嵐先生先付五十兩紋銀。」

紀昀大驚：「原來諸葛先生早知是我！」

諸葛說：「我可早得出奇！早在三十年前你出生之時就已算定有今天了！」

紀昀拱手致禮說：「如此不煩諸葛先生走二轉路，今天我即付百兩銀子。」忙叫家丁進內取來了，交給諸葛先生。

諸葛說：「不！推算或然有誤，我寧願五月初一日再走一回，以作驗證。」說罷交還了五十兩紋銀，諸葛先生徑自走了。其實他的盲公竹只稀稀落落敲點幾下，腳下路竟一步無差。

五月初一日是欽定殿試傳臚的日子，傳臚就是皇帝恩准進士等級唱名。果然半點不差，紀昀得中進士，二甲第四名，授官翰林院庶吉士。

諸葛先生自然如期到了紀府。

紀昀不是補給他五十兩紋銀，而是又給了他一百兩，感佩萬端地說：「諸葛先生不愧孔明再世。我理應再多酬你五十兩紋銀。」

這次諸葛先生沒有推辭，將一百兩銀子收下說：「恕在下貪婪，那天我已算定紀老爺你會多賞給五十兩銀子，所以我那天退還你五十兩，目的是想今天我多得五十兩。紀老爺不嫌老夫貪心不足嗎？呵呵呵！」賽孔明已經改口稱紀昀為老爺了。

紀昀說：「先生神算，值得更多。勞煩先生再給我仔細算算前程吧。」

諸葛說：「不必！你的大致命運，我在三十年前即已給你批了命書。我當時怕你令尊報錯你的出生時辰，不敢完全肯定。三十年來，我作了驗證，你的前程輝煌。位當極品，當然不無波折。然而我要問你：假如你知道你的命運前途細節，比如說今年今日如何，明年明日怎樣，什麼都清清楚楚，那你的日子過得還有什麼意味呢？那就半點進取心都沒有了，從善去惡的願望也淡漠了。但是那樣一來，積惡足以成殃，去善又將積惡，那你的命運又在暗暗地改變了。如此這般，那原先的批命也就失去了意義。紀老爺你說我這道理說明白了嗎？」

紀昀微微吃驚：「明白了明白了，但明白之後我又糊塗了。依諸葛先生剛才所言，個人的命運既可以由本人的是否抑惡揚善而改變，哪又還有什麼命運可談？」

諸葛說：「此一一是非，彼一一是非。君不聽俗話說得好：『爲人莫做虧心事，舉頭三尺有神靈！』有神即有鬼，神鬼厲害，無處不在。紀老爺好自爲之，自是一生榮華富貴！老夫告辭了。當來我會來。」

紀昀感慨萬端，拱手相送：「先生好走！」

此科會試，大得人才。遠的不說，紀昀制義文社的十多位朋友中，除紀昀而外，就還有五人同時得中進士，這就是和紀昀同歲的王昶，小紀昀十歲的錢大昕，小紀昀五歲的朱筠，小紀昀八歲的沈業富，小紀昀十三歲的戈源。

未入制義文化社的其他朋友，紀昀粗略地計算了一下，通共有二十多名朋友做了「同年」，也就是同爲一榜的進士。

皆大歡喜，其樂滔滔。

此時爲乾隆十九年（西元一七五四），歲次甲戌，會試正科，是年紀昀實足三十歲。

只急壞了萬里之外的紀容舒。雲南姚安知府，人人尊稱他爲姚安公。

姚安公紀容舒到雲南邊地已近十年，他每三年期望一次兒子紀昀得中進士的喜訊，已經連續三次落空了。在這中間，元配張氏夫人因病返回了故里，以後病逝，其實也與兒子紀昀遲遲未中進士有關，紀容舒心裏清清楚楚。暗暗責怪兒子太貪戀女色，研習學業不專心。這，或許正是兒子的猴精身分作祟吧。猴子肆淫，淫多傷身，不傷身也分心，分了心怎麼考得中進士？兒哪！孩子！你可知萬里之外老父親快要破碎的心？

紀容舒年已六十八歲，身體不好，又在邊地呆了這許多年，他早已可以奏請退休致仕，回返京都安享晚年。可是他不敢，他覺得自己沒有臉面，自己回去了將對不起列祖列宗：曉嵐聰明才智條件這麼好，自己卻沒有管教督導他進士及第踏入仕途，子不教，父之過，自己怎能對得起地下先人？紀容舒在這近一二年來簡直傷心透了。白髮越來越稀，身骨漸拖漸弱，紀容舒實在再堅持不下去了。炎天暑熱，火氣沖天，雲南原本氣候特好，堪稱四季如春。但在頹喪的紀容舒眼裏，酷熱助長了鄉思，北國的家鄉從無暑熱，可就是沒有臉面回家。驕陽似火，烈焰騰空，六月初的雲南怎麼這樣熱嗎？原來紀容舒病了：熱傷風，直咳嗽，老人倒下臥了床。堂堂知府多少事，倒下了可就麻煩。紀容舒在心裏喊著，督促著自己：挺住！挺住！可就是渾身癱軟，睡下了再不想起來。

突然衙役前來宣讀朝廷頒發的喜報：

紀昀　賜進士出身　授庶吉士

臥床的紀容舒翻身立起，大喊：「什麼？什麼？」等不得衙役重複，紀容舒幾步近前，抓過喜報一看，大笑起來：「哈哈哈哈！皇天有眼！聖上有恩！祖宗蔭德！我也該回京都去了……」

以年老養病爲理由，以盡職邊陲十年作墊底，紀容舒迅速寫好了一份摺子：奏請聖上恩准致仕退休。僅僅一個多月，聖上諭示批下來了：「准奏。著紀容舒原職致仕還鄉。」

紀容舒立刻坐上馬車回返京城。他的家鄉在獻縣崔爾莊，但他在京都虎坊橋在宅第，他當然回京城了。早就已經聯繫好，算計準，時日不差毫分：姚安公紀容舒回返虎坊橋之日，新老朋友們都給新科進士紀昀送賀禮來了。

紀昀領著一妻二妾並兩個兒子在門口迎接父親榮歸。此時紀昀長子汝佶已經八歲了，次子汝傳六歲了。紀昀眼淚婆娑，跪在地上久久不起，喃喃地說：「兒子不孝，登第太晚，害得爹爹受了太多的苦淒！」紀昀身後，妻室兒子跪了一大溜，誰都哭著不抬頭。

紀容舒也哭了，一時不知說什麼好。

老護院師傅羅大頭和老婆邱氏這時才出來，他們不能和少主人一起跪迎老主人，這是禮儀定制。等少主人們都磕頭迎過了老主人，羅大頭夫婦也出來跪下來，喊著：

「奴才恭迎老爺回府！」

這下子好了，紀容舒一見下人，老爺派頭立刻回到身上。他大手一揮，抹掉了熱淚，爽聲大喊：「都起來！都起來！大好的喜事，哭什麼？」

於是老老少少一大家子往屋裏走。

屋裏的朋友們這才迎出大門，向紀容舒一家祝賀。

禮品不是金銀財寶，卻都格外有意義。早幾年已成進士的劉墉，代表父親劉統勛送給紀昀一方石硯，說這是七八年前在順天鄉試時使用的硯臺，他當年和阿克敦一道，點了紀昀當頭名舉人。如今特叫兒子送了那個老硯臺來給紀昀作紀念，劉墉轉達父親的話說：

「曉嵐！家父說他等這送禮的一天都等了七年！家父相信你往後會青雲直上，創立卓越功勳！」紀昀不由得撲地又跪了下去，雙手舉過頭，接過石硯，仍不起身，而是琅琅地吟誦著詩句：

晚生愚昧眼蒙塵，
愧對劉公舔犢情。
敢向恩師銘心跡，
硯臺不帶銅銹紋。

壹拾壹　光宗耀祖探親行

外祖父也妻妾成群，他臨終對紀昀說：「男人娶妻納妾不是怪事，別讓妖怪化變美女迷惑了就行。」

紀昀剛中進士才封官，馬上便病了。積年爲功名鑽營，苦修學業，身心皆疲；一旦功成名就，踏人仕途，再沒了精神支柱，渾身一軟癱，不病才怪了。

他名正言順告假居家，名爲暫養，實則有若干大事要辦，有多件心事要了。集中一總說，便是父親紀容舒要整理編著舊書，還要續修紀氏族譜。紀容舒看出居官庶吉士的兒子長處在文，預計他在弘揚中華傳統文化方面將大有建樹，自己若有著述定可藉以流傳。至於續修族譜，目的更明白了，兒子終於獲得夢寐以求的進士身分，僅此一條就夠爲紀家光宗耀祖了。

紀昀自己的心事呢？那就是要到幾個關鍵的親戚家去，亮一亮自己進士及第又官居翰林院的牌子，讓親戚們也得一份光彩，當然也使他們在當地的社會地位藉以提高。這些關鍵的親戚，無非就是滄州外祖父張雪峰，東光岳父馬永圖，以及天津楊柳青小妾郭彩符父親郭大眼。

紀昀母親張太夫人已死三四年。他中進士之後，多次拜祭母親墳墓，以謝母親生養之恩。但他覺得光是這樣還不夠，他認爲還要到外祖父家裏去拜謝一回，母親的根源在那裏。

外祖父張雪峰今年七十九歲，雖已中風偏癱，終究還是活著。舅父張拱乾，字健亭，還不到六十歲哩，更是十分健壯。

外公之家非去不可，紀昀挑選了兩個老僕人。就是紀昀出生時在崔爾莊樓上捉猴耍的兩個人，當時家裏的轎夫子，一個叫任狗剩，一個叫牛橫秋。他們對主家忠心耿耿，主家自然不會解雇他們。起初抬轎，後來趕車。如今快五十歲，身體雖好，但主家早不叫他們抬轎趕車，只叫他們當個雜役，不過跑跑堂，累不了。紀昀這次帶兩個老僕人到外公家並不要他們出力，只要他們陪陪。因為他們無數次到過外公家裏，和外公家裏的大黃狗都搞熟了，知道兩個老姻親家裏的許多典故，談起話來自然方便許多。

反正是一路坐馬車去，累不著他們。

半身癱瘓的張雪峰老人忽然有了起色，他一早聽見一群喜鵲在度帆樓外白楊樹上嘰嘰喳喳，竟然大笑了：「哈哈……哈哈……」畢竟許久沒說過成串的話了，似乎連笑也笑不連聲，勉強掙扎著喊兒子，喊的是兒子的字：「健，健亭……」

張拱乾應聲就到：「爹！有什麼事嗎？爹今天大好了呢！」

張雪峰說：「大，大好……大好天氣……抬，抬我到度帆樓，那，那那，那有喜，喜，喜鵲叫……」

老父親總算把話說完。張拱乾立馬叫人把父親抬到度帆樓上。

這兒和滄州南部紀家上河涯別墅的水明樓一樣，樓傍水旁，正好消夏。現在雖是秋天，豔陽一照，這樓上呆著正好，眼界寬，風景美，樓下水聲潺潺，別有一番詩意。

張拱乾剛叫人把父親抬上席帆樓，樓外喜鵲更歡聲急叫，張拱乾高興地喊：「爹！喜鵲在祝賀你身體好轉！」

張雪峰說：「不……不不，喜鵲，怕是……是歡迎客……客人」

正巧外邊傳來磷磷的馬車聲。馬車已經駛進莊院，車上的人已經下來。

下人們眼睛尖，張大喉嚨報告：「少老爺！是老太爺外孫，少老爺紀府曉嵐庶吉士大人來了！侍候的是任狗剩、牛樻秋兩個老僕人！」

張拱乾還沒向張雪峰報告完。紀昀已經登登跑上度帆樓來了。他一跑上來就撲通跪下說：

「不孝外孫昀兒向外公大人請安！不孝外甥曉嵐向舅父大人請安！」

張拱乾一下迸出了熱淚，連忙用手帕揩著淚說：「曉嵐快起，曉嵐快起！你如今是赫赫有名的翰林院庶吉士，我平頭百姓怎受得起朝廷命官行大禮？」

張雪峰卻沒有眼淚，反而笑了：「哈哈！喜鵲叫，貴人到……怎麼行不得，行不得大禮？外孫子正該，正該拜外公……」人逢喜事精神爽，張雪峰說話連得句了，不過說兩句還得停一停，好像有點接不上氣：「來來，來來，昀兒快來，讓讓，讓外公好好看看，看看。」

紀昀走近張雪峰。張雪峰撫摸著他的手說：「昀兒，好孩子，果眞……果眞樓上樓！」

紀昀疑惑：「外公！什麼樓上樓？我怎麼聽不懂？」

張雷峰轉頭對兒子說：「健亭，快快，快把蓮子那封信拿來。」

紀昀又轉身問：「舅舅，我娘什麼時候寫的什麼信？」

張拱乾說：「都二十多年了，你娘寫信來，說你才幾歲的孩子，就對出了『水中水』與『樓上樓』的妙對！

我去拿來。」

紀昀猛然想起來了，那是自己孩提時候，跟隨母親陪同祖母在下河涯別墅水明樓的事情，喊住張拱乾說：「舅舅！那信不用拿了，我背得出，我母親出了上聯：『滹沱水，衛河水，誰辨水中水』；我對了下聯：『水明樓，度帆樓，堪稱樓上樓』！嗨，還眞巧，當年我在我家水明樓上對對聯，今天又站在外公家度帆樓上背對聯。」

張雪峰說：「你媽那上聯，出……出得好，你你，你那下聯對對，對得更好……我說不全，叫你舅舅，舅舅跟你說。」

紀昀說：「舅舅，到底是怎麼一回事啊？」

張拱乾說：「當年你媽這信一寫來，你外公就說，你媽的上聯出得好：滹沱河在上游，衛河在下游，彙在一起出東海，哪個還分得清哪滴水屬哪條河。你外公打比方說，昀兒血管裏流的有紀家父母近親的血，也有外公外婆我張家遠親的血，昀兒他日有了大發達，不也有我張家一份榮耀嗎？你外公說你那下聯對得更好，他判定你『樓上樓』定作『人上人』！這不果然應驗：你進士及第已經到了文人學士樓上樓的頂樓！所以那天你外公一聽說你中了進士的消息，病體都好轉了許多，今天你來了就更不用說了。」

紀昀說：「外孫永遠感謝外公的關愛之情！」

張雪峰說：「曉嵐你你，你別以爲，以爲我我，我會盡說好話，我我，我還要教，教訓你。健亭，你給曉嵐講講，講講樓上狐女的故事。」

紀昀從小好奇，最喜歡收集記錄一些古古怪怪的事情，一聽說有「狐女故事」，便催舅舅快講。

張拱乾便從容不迫地講起來。

……張雪峰家在滄州也是首富，除了現今住的這一大莊院之外，還有好幾個別墅。其中有一座楓葉樓別墅蓋在一個高山顛，擺設十分華麗。張雪峰一到夏天便去那裏樓上避暑。他性愛高潔，室內莊嚴，圖書整潔。整個夏天裏他都在裏邊讀書、寫字、畫畫、彈琴。室內一絲不亂。他的書室在頂層三樓。他出來便上了鎖，別人莫想進去。

有一年夏天，張雪峰又到楓葉樓避暑去了。適巧兒子張拱乾去找他。聽見他三樓書室裏有人走動的聲響，以爲父親在書室裏，於是爬樓上去。誰知三樓書室已被父親落了鎖，裏邊卻響動依然。

張拱乾悄悄走到窗戶邊向裏一看，桌前坐著一位年輕女子，穿紅著綠，美豔異常。張拱乾心裏嚇一跳？父親已有一妻三妾，原來還在這裏金屋藏嬌！還好沒有大聲叫嚷出去。於是就悄悄往回走。

突然，張拱乾發現女子前邊桌上有一方大鏡子，便朝鏡子裏一看，呀！鏡子裏照出的是一隻狐狸。才知道這是狐魅在父親書房裏作祟。張拱乾在揣想：這狐魅是否已把父親勾搭上了呢？

便見那狐女臉上突然驚訝，原來它自己也看見鏡子裏是狐狸的本像，但它只是驚了一下便平靜了。只見它慢慢起身，腳下一邊慢慢走，嘴裏一邊慢慢哈著氣。它圍著桌子轉了一圈，哈的氣已把鏡子全部圍住，只見到朦朦朧朧，看不眞切。

狐女又在桌旁凳子上坐下來，稍等一會，鏡子面上霧氣散去，鏡子裏邊不見了狐狸的影子，卻變成了一個年輕美麗的女人。

張拱乾這一下驚得非同小可，悄悄地快步離開了書室，守住楓葉樓別墅大門等著。父親一回來，他不無驚懼地報告了這個奇異的發現，提醒父親再別到楓葉樓來，以免被狐魅殘害。

誰知張雪峰卻說：「這有什麼大驚小怪的呢！這事我早已知道了。蘇東坡說得好：『肉先腐而後蟲生。』老百姓土話說得更明白通曉：『蒼蠅不叮無縫的雞蛋。』狐魅媚人，首先是那個人願意被它媚惑。爲父也要女人，一妻三妾是明媒正娶，合法購聘，我決不會去要一位來歷不明的女人。那狐女確實曾來勾引過我多回，但被我義正詞嚴拒絕了。它也就奈我不何，它只能等我外出的時候，在我書房裏自我陶醉罷了。」

張拱乾安下心來，但又不無懼怕地說：「爹，既然有狐魅，不得不提防，何不請道德高強的道士鎮符殺滅？」

張雪峰說：「妖魅也是天地生成，豈可任意殺滅？只要人不被它迷惑，它也就不會害人。兩下相安無事，它還可以幫人家去除匪盜火災，不然土話也不會說：無狐魅不成大宅！你只注意行正坐穩就是了。」

張拱乾說：「爹爹教誨極是，孩兒定當記下。」

張雪峰說：「要記就還要記上更深一層道理。明鏡空空，物無遁影。倘若爲妖氣所翳，便失去眞形，現出假像。剛才你不是看見了嗎，狐化美女，但鏡子裏還是狐形。於是狐女就在周圍大哈妖氣，妖氣一哈，鏡子裏狐形變成了美女，這就告訴我們，要時時注意周圍環境的變化，莫被妖氣矇住了眼睛。再拿人事來打比方，你周圍親近的人就是你的環境。在這環境裏只要有一個心術不正的壞人，他或挑撥離間造謠滋事，或心懷叵測構陷他人，那他就是在你的鏡子周圍哈了妖氣，使你看不到眞象，只看到假象，你難免就出大錯了。但是挑撥離間構陷他人的人，必定要利用當權者的某種偏倚障礙。許多當權者的這種偏倚障礙都出自某種私心。但也不會全都如此。有些當權者是公正無私，但仍然可能產生偏見，這就多半是奸人使鬼了，利用當權者的公心製造假象，以達到如狐妖哈氣那樣的目的。歷史上最著名的例子便是宋朝的包孝肅鐵面包公。包公一身正氣，從無私心，他手下有個僚屬叫做陽爲，就利用他這一點而使他險成大錯。一次包公抓了一個壞人，罪當杖責。但這個壞人很有錢，拿很多錢給陽爲叫他開脫罪責。陽爲進了錢，就對那壞人說：『到時你只裝病，病得奄奄一息就行了。』壞人當然依計而行。到了該判杖責的時候，那壞人果然氣息奄奄，好象馬上就要倒斃的樣子。包公一見就說：『此人理當杖責，但既病成這樣便是天譴，天譴勝過人意，杖責免了。』於是宣佈將那壞人放了。陽爲在這裏就是利用了包孝肅的正直無私的品德，知道包公不會打一個病體奄奄的人。這事，不正說明一個正直的權臣也必須注意自己的身前身後？？萬一有妖狐哈氣迷矇就不好了。再說包公放過的那個壞人不久又幹壞事，很快又被拘捕斬決，包公這才得知他在公堂上裝病。從此再不敢大意了。」

聽完張雪峰這一大段議論的故事，張拱乾深情地說：「爹！你講的這道理好深刻，可惜我們家怕不會出權臣了！」

張雪峰說：「怎麼會沒有？諸葛先生親口對我說，我外孫紀昀曉嵐三十足歲會中進士，以後還會做到極品權臣。我就躺在床上動彈不得，也要等到昀兒風光的那一天。按諸葛先生說他中進士時候我應該是七十九歲……」

紀昀聽舅父張拱乾把故事講到這裏，再也忍不住接話說：「外公！諸葛先生眞是神算，你老人家今年七十九歲也眞等到了這一天。」

張雪峰說：「昀兒，我等，等，等你到今天，是是，是要與你當面，當面教訓你……」忽然高喊：「任狗剩、牛橫秋！兩個下人不是來了嗎？」

大家不知道是什麼事，連忙把紀昀的兩個隨從雜役叫上樓來。

任狗剩、牛橫秋二個上樓跪下說：「老太爺！奴才聽從教誨！」

張雷峰一看，掙出了最後一抹笑容說：「對對，你們兩個，偷偷，偷偷告訴過我，昀兒是蛇、火、猴精轉，轉世，一定能，能，能當上極品權臣……那一天，千千，萬萬，千萬莫讓狐妖，莫讓狐妖哈氣，矇，矇，矇了眼……」

一口氣不來，張雪峰高興地瞇了眼，死而瞑目，他一生無憾了。

紀昀在送給張雪峰的祭幛上寫下了一首挽詩：

外祖性本眞，
坦蕩拒妖風。
高雅存清尚，
儆我戒迷矇……

紀昀來到東光岳父馬永圖家。這次是妻子馬夫人陪伴，另外還帶著汝佶、汝傳兩個小兒子。岳父也已從山東城武縣令職位上致仕，回家養老，夫人和侍妾自也相伴而回。

紀昀帶著妻子和兒子一起向岳父岳母叩頭請安。

馬家是東光的望族，但一直沒出過大人物。如今外戚中出了進士紀昀，自是都感到一份榮幸，於是前來看望祝賀的特多。

馬永圖雖已頗有老態，此時卻精神抖擻，爲賢婿介紹族內各位聞達士紳，他本人當然也倍感榮幸。

馬永圖設家宴款待有出息的女婿，請了族中所有頭面人物作陪，席開八桌，換盞交杯，好不熱鬧。

本次宴席爲慶賀紀昀登科入仕而舉行，按理要紀昀坐首席。但女婿到岳家來，已是晚輩，宴席絕無晚輩坐首席之理，於是改爲馬氏族長爲首席。馬族長已七八十歲，理當坐首席。

在眾人哈哈大笑聲中，下人送來了一張小桌，桌上豬肉十盤，茶壺一把，茶杯一個，筷子一雙。紀昀向大家說一聲：「有偏了。」便移至小桌就餐。

好奇的人不少，悄悄議論著：「都說曉嵐是蛇精猴精轉世，果然不同常人……那當然，蛇吃蛤蟆老鼠，不是肉是什麼；猴子有葷不吃素，猴子偷臘肉是老八輩的故事了，蛇猴加一起，吃肉可更凶……半點不錯，你看你看，我們一桌席還沒全吃完，他一壺香茶把十盤豬肉都嚥完了……只怕他還沒吃飽呢……」

於是有人從大桌席上挾起一大筷子什麼肉來，往紀昀面前一放說：「紀學士還能吃下這一箸嗎？」

紀昀順口答話：「是肉不嫌多。」挾起這一箸肉往口裏送……

「哇哇……」紀曉嵐到口便嘔了出來，接著引翻了腸胃，花花白白的肥肉素肉嘔出了一大灘。岳父馬永圖猛站起來急問：「是誰惡作劇，給曉嵐挾鴨肉了吧？」

那惹事族人一聽大驚：「紀學士不吃鴨嗎？」

紀昀已止住了嘔吐，緩過氣來，淡然一笑說：「岳父大人別急，這位叔伯大人並非有心，諸位父老長輩見諒，晚輩性不嗜鴨，雖良庖爲之，亦覺得腥穢嚥不下。」

馬永圖趁機說：「再修我馬氏族譜，我請這位賢婿作序，諸位父老不反對吧？」

馬族長帶頭高喊：「談何反對？求之不得！此係我馬家沾了外戚之光也。」

興盡席散之後，馬永圖撇開了眾人，獨把女婿紀昀領進了他的書室，而後把門一關，拿出一張紙往紀昀手上一遞。

紀昀一看大驚，呀！竟是自己那年寫給小姨子春桃的《桃羞賦》：「伊紅桃之初熟，佐稻菽之可餐；……爰取爰求，未知羞桃否可……奈何？奈何？」

當年姐夫姨妹銷魂之夜，何其荒唐！然那透骨銘心的甜蜜，如今仍歷歷可感。岳父何以獨出此詩？難道春桃有何不測？她當時不是已遠嫁山東城武了嗎？

紀昀止不住微微顫抖說：「岳父大人，莫非桃妹有何不妥？」

馬永圖未語淚先流，許久才開口：「唉！爲岳當年錯矣！只以爲鈴鈴、春桃兩姐妹不該共事你一夫，明知你與春桃暗戀，想法硬把你們拆開。生生把春桃召到山東城武，爲她擇了一門好親事，少年貌若潘安，肚裏文才錦繡；家世富甲一方，只以爲春桃會心滿意足，誰知她竟吞了砒霜，自絕人世。嚥氣前交給我這張紙，原是你寫給她的《桃羞賦》，她掙扎著說了最後三句話：『我生是姐夫的人，死是姐夫的鬼，三世變女人我還是非姐夫不嫁！』唉！曉嵐，爲父對不起春桃，也對不起你啊！其實娥皇女英兩姐妹共嫁舜帝，是多麼好的古例先賢！都怪爲岳當年一時糊塗了。」

紀昀已是淚眼婆娑，他萬沒想到又一個紅顏知己爲自己送了命。聽岳父傳話看來，春桃臨死竟說三世變女人還來服侍自己，馬上想到該問問具體年限，便說：「岳父大人不必自責，桃妹轉生也是天意如斯，好像這一晃眼已好幾年了吧？」

馬永圖說：「不是幾年，是整整十年了。」

紀昀口裏喃喃念叨：「桃妹若果轉世，也已十歲了。」於是牢牢記下了這個年輪，心想今後遇到這個年齡的女孩子還要多多注意。

紀昀的第一個侍妾黃杏仁，正是十年前自己的大哥紀晴湖為自己買的侍女，許多年後才改納為妾。因為當初是作侍女買來，已與家庭斷絕關係。加上她一直沒有生育，也就沒有再去尋找她的家，紀昀當然無法再往這個岳父家去了。

紀昀的第二個侍妾是郭彩符，情況就完全不同了，她有住址，住在天津楊柳青；有父母，父親名叫郭大眼；她生育，四年來前面兩個兒子沒留著，如今留了一個女兒，隨口叫個小名「囡囡」，已經一歲多了，……更主要的是紀昀的心裏有個秘密，他相信郭彩符是自己第一個情人文鸞的轉世人，他把對文鸞的刻骨銘心的惦念，全放在郭彩符身上了。如今自己高中進士，能不去天津楊柳青郭家報喜嗎？

紀昀到郭大眼家去，除了攜挈軍女之外，隨從自然是羅大頭。

整個楊柳青沸騰了，大家都紛至沓來，爭著來看郭大眼家這位進士姑爺，誇讚他家運道好，誇讚郭彩符姑娘福氣大，誇讚進士姑爺才學高。

紀昀不但給郭大眼這位岳父家裏送來了許多金銀財寶，還給結義岳伯羅大頭這位當年的媒人送了許多紋銀，整個會見場面熱鬧異常。

不料客人散盡之後，郭彩符卻抱著母親啼哭起來，傷心已極，落淚不止，甚至把一歲多的小女兒囡囡都引哭了，這一下使紀昀也十分傷心。

小女兒哭聲越大，郭彩符的哭聲更悲，女娃娃的外婆也忍不住哭泣，哭得紀昀意亂心煩，他拿出男子漢大丈夫的派頭吼起來了：

「彩符你盡哭什麼？總得先告訴我是為什麼吧？」

彩符越更悲傷得說不出話。

她母親抽抽答答說了：「進士姑爺別發火，彩符是說自己現在就身體一日一日差了，只怕難有長命人做，她哭是怕侍奉不了姑爺你到頭呢！」

紀昀一聽也驚了，傷了，懵懂了，文鸞是自己第一個女人，可惜銷魂只有一次，未必她投胎再轉世來嫁給我，還會是一世短命人嗎？

但還是得壓下心頭的創痛，安慰哭成了淚人的彩符。紀曉嵐一時之間想不到該說些什麼話，猛然想起了人們常常議論到的一種，順口就說：

「常聽人說：女人四十歲以前是最好的年齡，越往後越討不到男人的歡喜，不要再哭了，彩符肯定不會是四十歲活不到的短命人……」

回到京城之後，紀曉嵐突然做了一個奇怪的夢：

……在一個朋友家裏參加飲宴。紀昀的座席旁邊有個空位子，但是杯盤碗筷一如有人。別人飲酒他飲酒，別人舉著他夾菜，看來奇怪得很，不見人影卻見杯筷活動，還聞得到空位上飲酒吃菜的聲音。

紀曉嵐甚為驚奇，便問朋友：「你這玩的什麼把戲？」

朋友說：「不是把戲，是我家一位老朋友，他今天來陪你飲宴，無非是想和你也交個朋友，你不會嫌棄吧？」

紀曉嵐說：「如此說來，乃是尊府的狐友？」

朋友說：「正是，與人爲善的狐友。」

紀曉嵐說：「陪坐陪飲不相見，這朋友我怎樣交往？」

誰知身旁空位上有人答話了，聲音很美妙柔和：「相交者，交以心，非交以貌也。人心叵測，險於山川，陷阱萬處，由斯隱憂。今紀學士只以貌取，不以心交，以爲凡能見者則密，不能見者則疏。此理豈不謬悖？能不愼之又愼！」

紀曉嵐驚奇呼叫：「啊！好深刻的交友之理：『交以心，非交以貌也』！」

朋友說：「如此說來，曉嵐已悟道，我今設宴不虛也。」

轉瞬之間，朋友與宴席均不再見。

紀曉嵐猛然驚醒，原來是在夢中。

此情此景，歷歷在目，紀曉嵐頓悟了，此或是神靈提示我，讓我也儆示孩兒，讓他們都愼其交友。

於是陡地起床秉燭，振筆疾書，給已經十一歲的長子汝佶寫信：

……爾初入世，擇交宜愼。友直友諒多聞益矣……誤交僞君子，其禍爲烈矣……

寫完這信，紀曉嵐似乎于心稍安，總算把自己剛才夢中的領悟巧妙告誡兒子了。但忽然又覺有點虛空，似乎心裏還不托底。這是怎麼一回事呢？

沉思良久，想起來了，兒未成年，尚在母親教誨的膝下。若想給母親單獨寫信，不給未成年的兒子寫信，猶在正理之中，卻豈有給幼子寫信而不給妻子寫信的道理？

於是紀曉嵐又展紙落筆，給夫人寫起信來，內容自然是曉以教兒之理，以此與給兒子寫的信兩相吻合：

……父母同負教育子女責任。今我寄旅京華，雙親之教，責在爾躬。而婦女心性，偏愛者多，殊不知愛之不以其道，反是為害之焉……

壹拾貳 紀昀詠雨討皇恩

乾隆曾與父皇的春妃淫亂，他認定和珅是春妃的再世人，眼下他關注和珅而忽略紀曉嵐。

乾隆二十年（西元一七五五年），歲次乙亥。紀昀時年三十一足歲，爲考中進士後的第二年。清廷在新疆拓地二萬里，獲得了平定準噶爾的輝煌成功。

先年，準噶爾內部之騷亂達到了極點。

準噶爾部落首領達瓦齊爲自衛計，親自帶領三萬民眾進逼阿木爾的營帳。又派大將烏梁海領兵八千，另路進擊阿木爾。這樣，準噶爾部落的達瓦齊和烏梁海，便對進駐額爾齊斯河的阿木爾構成了東西夾擊的攻勢。

輝特部落的阿木爾被準噶爾部落的達瓦齊分兵夾擊之後，自料不敵，乃走出一步險棋：借清兵入疆消滅準噶爾，助自己稱霸新疆。

這眞是一個愚蠢的招術，頗像當年吳三桂引清兵入關，意在借清兵之力消滅明朝王室，以扶助他吳三桂問鼎中原那樣，結果清兵入關是爲它自己打天下，建立清王朝，而連他引清兵入關有功的吳三桂本人最後也被消滅了。

歷史常常有驚人的相似之處，今天阿木爾想借清兵消滅達瓦齊，便和當年吳三桂引清兵入關如出一轍。歷史的教訓，常常是轉眼就被忘記了。

阿木爾爲達到借清兵消滅達瓦齊以便自己稱霸新疆的目的，便與部將班珠爾等率部萬餘人投降清廷，阿木爾與班珠爾等親自到熱河行宮覲見乾隆皇帝。

乾隆早就爲拓展西域邊疆之事犯愁，一看有這麼個好機會，眞是喜上眉梢，欲歌欲舞。他馬上誥封阿木爾爲親王，誥封班珠爾等爲郡王，將這些親王、郡王等全部留下享受清福，賜他們美女如雲，榮華富貴。實際上便是軟禁了他們。於是，乾隆親自部署，派兵遣將，開展了清廷在新疆拓地二萬里的戰爭。

乾隆二月發兵征戰，三月即消滅了達瓦齊的部隊，佔據了伊犁，平定了準噶爾。

達瓦齊只帶領少數精兵，越天山而向北逃竄，可謂全軍覆滅。

乾隆自不罷休，命北路、西路兩路軍乘勝追擊，五月會師于博羅塔羅河。實際上兩個月兵行數千里而未遇一兵一卒之抵抗。乾隆在新疆拓地兩萬里。戰績空前。從統一祖國的角度出發來看待，阿木爾功不可沒，乾隆皇帝更是德業千秋。

六月，乾隆頒下諭旨，以平定準噶爾部之功告祭太廟，派遣高官告祭天地社稷與先師孔子。

自然，文官們都要撰寫詩詞歌賦，以頌揚這卓越的歷史功勳。

紀昀當然不會放過這個顯露自己才華的機會，他精巧構思，搜腸索句，撰寫了一篇著名的文章：

平定準噶爾賦

紀昀

伏考夏征有扈，大戰于甘；商伐鬼方，三年乃克……然南不過淮徐，北不過太原。

欽惟皇帝陛下，斟元神樞，撫臨函夏……日月所照，莫不砥屬……

洋洋四千言之歌功頌德，引經據典，上溯五帝三皇，比附經天緯地，對皇朝聖上感德銘恩，無所不用其極。這是紀昀有生以來，從政之始，對清皇朝無數頌揚文字之總開篇。以前種種，不過是百姓草民對皇朝的巴結文字。此篇以起，才是朝廷命官表達忠心不二的虔誠心聲。才華閃耀，無以復加，難怪一出來便得到乾隆皇帝的御眼青睞。

乾隆皇帝愛新覺羅．弘曆，登基已二十年，雖也屢有文治武功的展現，然只有此次平定新疆才眞正顯出了大略雄才。所以他發起的此次全國範圍的慶祝活動，隆重而輝煌，他詔命將所有朝臣的詩詞歌賦，擇其優者恭呈御覽。他要在這中間遴選奇才。

當年順天鄉試擢拔紀昀爲頭名解元的劉統勛，此時已升至東閣大學士，位居極品，時能面君，乃進一步據實票奏：此賦的作者庶吉士紀昀正是當年的解元。

乾隆當然格外恩寵，頒下詔書，將紀昀等十名在此次盛讚新疆戰功所作詩詞歌賦中的佼佼者，賜見聯句御鳳樓，以示褒獎。

皇帝起駕出宮，平時都坐四乘御輦，那是四匹駿馬拖載的專車。這天是到御鳳樓去，不太遠，所以他臨時改了主意：不坐車，而乘轎。帝王鑾駕各有配套鹵簿（儀仗）設施，乘轎出行一定要有黃羅傘蓋。負責此一儀仗配套設施的官員叫做典守。這時典守名叫劉全，他只備齊了御輦鹵簿而根本沒想到皇帝會改乘轎子，便顫顫抖抖地去拿黃羅傘蓋。

皇帝豈有耐心等待他人，乾隆怒吼：「此是誰的過錯？」

沒有人敢回話答腔，只是都跪地俯首等侯發落。這些人都是跟皇帝抬龍轎的人，官名叫做鑾儀衛。他們知道只要跪地不吭聲，追究不到自己的責任。

誰知這鑾儀衛中竟有一個人說話了：「啓稟皇上，此事的責任罪過全在典守！」

乾隆一驚：從來沒人敢於如此直言陳述，這個人怎麼如此大膽？便想考核一下他的見識到底如何，於是又補充一句：

「爲什麼責任在典守身上呢？」

那人仍俯首回答：「回皇上話，奴才以爲，典守時時刻刻應準備好聖上出行的全套鑾駕，無論皇上是乘御輦，乘御轎還是乘御馬，典守如果沒有及時備齊，都有不可推卸的責任。」

乾隆心裏一喜：這人好精明，回答的確有道理。於是又進一步考問：「依你看來，這個典守要治重罪？」

那個俯首人仍鎮定回答：「皇恩浩蕩，澤及萬民。奴才認爲，皇上已經寬恕了典守這並非有意的過錯。」

乾隆心中更喜：這人怎麼看到朕的心裏來了？朕不正是以爲這典守並不是蓄意如此而不必予以追究嗎？

正在這時，典守劉全已把黃羅傘蓋取來了，忙伏地請罪說：「奴才備駕未全，罪在不赦，請皇上治罪奴才，然後起駕，奴才已將御轎鑾駕備齊。」

乾隆當然樂得做個順水人情：「免了，擺駕御鳳樓！」忽然覺得剛才那答話的鑾儀衛怕是有些來歷，便又逐回那人面前：「你叫什麼名字？家住哪裡。」

「奴才名叫和珅，姓鈕祜祿氏，正紅旗滿州人。」

乾隆一聽是正宗的本族子民，更爲歡喜，又說：「抬頭讓朕看看。」

和珅順從地抬起了頭。

乾隆更驚了一大跳：這人怎麼這樣眼熟？瞧他生得白皮嫩肉，英俊瀟灑，雖是男人，卻有風韻，連說話的聲音都和美悅耳，只是一時再想不起在哪裡見過這個人，於是再不說話，起駕直往御鳳樓。

乾隆坐在轎子裏，偷偷瞧著抬轎子走在前面的和珅，更覺得那身姿好像很熟。只是苦苦想不起來在哪裡見過了……

紀昀等一干才子大臣，跪在御鳳樓前接駕，齊呼：「參拜吾皇萬歲，萬歲，萬萬歲！」

乾隆走下轎來，只覺好個暑熱，便說一聲：「怎麼今天這裏如此灼熱，此時來一場雨可就好了！」

果然皇帝金口銀牙，乾隆說完才一會，正要走進御鳳樓時，突然來了一陣急雨。乾隆臉上濺上了好幾顆雨珠，他脫口稱讚說：「好涼爽！」

機靈的侍宦趕緊把黃羅傘蓋撐過來，爲乾隆遮住了雨水。

不料乾隆卻說：「走開！夏天的雨涼爽！」他其實只要快趕兩步便跨進了御鳳樓的大涼亭，那裏有紀昀等一批高才文士跪地接駕，可乾隆就是不急，慢慢地蹬了兩步進樓，以便多領略兩步路上的幾滴雨水。這一下有了現成的好詩題。乾隆在大龍椅上坐下以後，急急開口說：「眾卿家，就以剛才這《夏雨》爲題先各作一首七言絕句！朕要聽聽，你們面對同一件事都怎麼想，怎麼說，怎麼寫。」

於是大家都在凝神構想，索句尋詩。

劉墉時年三十六歲，已爲朝官四年，他最先開口：「皇上，臣劉墉愚魯，自己作不出好詩，只有先借兩句黎庶理語，然後再湊上兩句，請聖上訓誨。」隨即吟誦：

夏雨

劉墉

烈日炎炎似火燒，王孫公子把扇搖。
玉皇但憐人皇燥，揮汗作雨灑龍袍。

乾隆笑笑說：「劉墉恢諧，說愚魯其實聰明。看似隨意採擷俚語，實則有巧妙構思。表達了天帝關愛朕這天子的意蘊。而且他搶了頭，給以後諸卿定了韻腳，誰再按原韻往下和詩。」

戈源是紀昀的獻縣同鄉，他很性急好強，便接著往下說：「臣，戈源十九歲渾不懂事，同韻和詩恭呈御賜訓誨。」便也唸誦起來：

夏雨

戈源

只怪年小心火燒，你上我下盼扶搖。
天公譴我特焦燥，雨淋伏地拜龍袍。

乾隆高興地說：「戈源十八歲得中進士，正是年輕氣盛的結果。不用多拜，你多為朕建立勳業就行。」

朱珪現年二十四歲。他只十七歲便中進士，至今已有七年，官已做到侍講學士的高品位，常常見駕面君，所以不用自我介紹，詩也更適合乾隆口味：

夏雨

朱珪

縱無烈日熱情燒，縱是有扇不把搖。
恐負天顏心焦燥，有謝龍雨洗火炮。

乾隆撫撫自己的青鬚說：「朱珪為政勤懇，朕心喜歡。詩也符合你的性格特點，再接再勵吧！」

在座都是當朝一流文才，要以《夏雨》為題歌頌帝王的功德，作四句詩易於反掌，因而一個接一個地往下念誦。全都討得了乾隆皇上的喜歡。

比起在座其他文士，陸青來已是老者，他當年與紀昀等人同在董邦達處讀書，就已是同學們的大哥輩，性格平靜隨和。紀昀當時諷刺他說：要是他媽生他時夢見「雞站籬笆」就好了，氣盛的同學陳楓崖指責紀昀的缺德。但面對諷刺自己是「雞巴」的紀昀，陸青來只是淡淡一笑帶過。反說紀昀口無遮攔既是其淺，亦是其眞。這陸青來的修養可眞好，難怪老師董邦達當時就格外青睞他。果然不錯，他才四十餘歲，已做到御史中丞，進入了重臣的行列，此種場合，他自然不會搶在人面前誦詩。他本想等到最後，可一看還剩紀昀一個也在等，心想這最後一名誦詩的人該讓給紀昀，於是在倒數第二個說話了。

「皇上！臣才思短窮，難有佳句，聖上早已知曉。湊一首不惹惱龍顏就心滿意足了。」

隨即念誦起來：

夏雨

陸青來

老樹無芽不著燒，縱是小扇全力搖。
難成大器唯心燥，灑淚作雨乞龍袍。

乾隆也沉穩應對說：「陸青來如此平靜的心態，難得，難得啊！」

輪到自己最後作詩了，紀昀當然不會再等，其實他心中早已有詩，只是他有意要挨到最後。此時他說：「啓稟聖上！臣紀昀，字曉嵐……」

乾隆插斷他說：「等等。紀昀，紀曉嵐……」似乎回憶了一下才問：「你就是劉統勛說乾隆十二年順天鄉試的頭名解元紀曉嵐？」

紀昀忙跪下說：「臣正是，但臣直到去年三十歲才中進士，踏入仕途，深感有愧於皇恩聖德，所以雖然早已有詩，但怕觸怒龍顏，故而不敢先唸。眼下已等不得了。唸來恭請聖上多有訓誨！」

隨即琅琅念誦起來：

夏雨

紀昀

不見雷神電火燒，何來甘露正飄搖。
原是仙姬心焦燥，癡情化雨會龍袍。

乾隆好不喜歡：「紀曉嵐詩才不錯嘛！朕想起來了，劉統勛奏稱你既是個快才，又是個怪才。朕今天倒要考考你了。」說完朝亭子外邊一看，雨早停了。於是繼續說：「紀曉嵐，你看，外面雨已停了，又是一個豔陽天。可是朕偏偏要你立刻現作十首詠雨詩七絕，你是敢也不敢？」

紀昀說：「稟皇上：皇上詔命，敢不依從？詩好詩壞另當別論，只請聖上命題，否則臣自己隨意作來恐忤聖意。」

「好！朕命題。」乾隆朝亭外看了一看，眼下已無下雨的即景，便順口說：「剛才不是下陣雨了嗎？詩題《雨陣》。」

紀昀稍作沉思，隨即念出：

雨陣

萬疊雲容變態奇，斜風吹下雨依稀。
誰鞭電火循環轉，直駕雷車曳虹霓。

乾隆又一指高空遠處的雲彩說：「雨雲！」

紀昀稍微想想又已唸出：

雨雲

閣雨流雲未遽消，魚鱗片片冪雲霄。
爲霖沾沃彌千里，氤氳紫氣閡今朝。

乾隆又朝遠處山巒一指：「雨山！」

紀昀隨即慢慢唸出：

雨山

山頭蓋影一重重，好雨飄隨淡蕩風。
洗出雲鬟眞撫媚，露來石骨疊翠空。

乾隆又一指極遠處的農田，那裏正有農人趁雨後耕耘，便說：「雨田！」
紀昀望著那情景便吟誦：

雨田

雨餘相映駕耬犁，處處田家布種齊。
盛世年來青澤厚，朝霞著彩綠蓑攜。

乾隆又望到極遠極遠的河水，河中正有舟子趁雨而行，便說：「雨舟！」
紀昀也隨景吟誦，緩緩出口：

雨舟

園名歡喜樹無憂，賞雨還登蓮葉舟。
渚雁沙鷗多意趣，幽花細草待聖遊。

乾隆問：「何謂歡喜園？無憂樹？」

紀昀答：「佛經故事有載，園名歡喜，樹日無憂，是安寧和甜美的意旨。」

乾隆說：「朕還未出題『雨樹』，你剛才詩中已念了無憂樹。朕偏要再出一個詩題：《雨樹》。但詩中正文不能出現樹字。正如宋朝歐陽修作禁體詠雪詩，偏不准用『銀』『白』等字一樣。」

紀昀說：「謹遵聖旨。」隨即唸詩：

雨樹

綠染煙光萬千枝，芳津掠漾弄珠時。
葉隱蟬聲傳雨濕，官槐官柳舞新姿。

乾隆仍要故意刁難，說：「朕還未出詩題『雨蟬』，你竟早早吟出，朕就再出題《雨蟬》，詩中不得帶『蟬』字。」

紀昀說：「領旨。」便又唸出：

雨蟬

夏日來鳴候有常，疏桐流響意昂揚。
聞聲知是甘霖足，繁音早已勝笙簧。

乾隆眼光慢慢收攏，一指不遠處的湖池荷花說：「雨荷！」

紀昀望定荷花就琅琅唸誦：

雨荷

雨中花似洛神姿，淩波碎步豈厭遲。

煙縷冥濛垂幕處，紅妝倚待正其時。

乾隆再把眼光收到了眼前御鳳樓上說：「雨樓！」

紀昀也凝神望樓吟句：

雨樓

瓊樓百尺倚欄杆，高處風多六月寒。

遠色空濛當檻入，峰巒雨過綠滿山。

乾隆覺得再沒什麼題目好出了，便問：「雨詩已到幾首？」

侍宦回答：「九首。」

乾隆脫口而出：「怎麼還差一首？」便又四處搜尋可出詩題的景物，似乎再沒什麼好入詩了，突然看到樓亭外雨地裏拱出了幾條蚯蚓，心中一樂，這下該難倒紀曉嵐了！人都說美景盛物才入詩，朕看你怎麼詠唱蚯蚓？於是提高聲腔說：「雨蚓！」朝亭外地上一指又補充了一句：「雨中蚯蚓！」說完竟微微笑了，心想總該看紀曉嵐一次笑話。

紀曉嵐仍不慌不忙說：「臣遵旨。」

隨即快快唸詩：

雨蚓

泥中匿跡雨中行，不用吟唱自有聲。
多緣聖氣廣蒸潤，因知蠕動亦關情。

「稟聖上！臣紀昀雨詩十首作完，謹此覆旨，恭候聖批。」

乾隆高興起來：「哈哈哈哈！難不倒的紀曉嵐！朕怎麼今天才見到你？」

紀曉嵐說：「啓稟聖上，此正是臣所後悔，是臣自己不爭氣，使皇上今天才得以見臣。其實早二十年臣在孩提時代，就有幸得見天顏了。」

乾隆大吃一驚：「此話怎講？」

紀曉嵐說：「二十年前聖上登基的乾隆元年，正月初一日。聖上詔令在朝文武百官各攜未成年子女進宮，舉行新年團拜。臣父紀容舒時乃朝廷官員，因而也曾帶臣進宮面聖，還得到聖上賞賜的一顆大珍珠。」

乾隆長長呼了一口氣：「哦，這樣！」他猛然想起那次團拜，不正是自己要尋找轉世的先皇春妃嗎？那次沒有找到，二十年不斷尋找，終於未果，慢慢也就淡忘。呀！對！剛才在宮裏見到鑾儀衛和珅，便有似曾相識的感覺，一時沒想起來，原來和珅不正是和春妃十分相像？再一想更錯不了，剛才坐在御轎裏看見前面抬轎走路的和珅，不正是像當年春妃的身影？乾隆慌忙四處尋找和珅，但是不見蹤影。按朝制他們不能在此種場合停留，鑾儀衛只能在僻靜的遠處候著回駕。

乾隆再等不得了，他要馬上回宮，秘密召見和珅，看他到底在頸項下有一顆朱砂痣沒有……

和珅懷著忐忑不安的心情走進乾隆的內宮秘室，心裏像十五個吊捅打水，七上八下，分不清頭尾。到底什麼事觸怒了龍顏呢？皇上爲什麼要秘密召見？今天去御鳳樓前劉全未備黃羅傘蓋那件事情，自己明明揣摸到皇上心裏意思，是不想爲這小事治劉全的罪，自己如此照直說了，皇上當時不是也默認首肯了嗎？難道現在又爲這件事責怪自己？不像！但那會是什麼事呢？

漸漸的，和珅越發走近內宮，越是消除了自身的恐懼。好像內宮對自己有很大的吸引力，吸引著自己加快往裏走來。這吸引力來自什麼地方呢？對！好像是來自皇上本身！似乎皇上現在十分想見到自己，而自己則更想親近皇上，這這，達到底是怎麼一回事情？假若自己是個女人，那還有可能男女異性互相吸引，可偏偏自己是個男性，於皇上能有什麼吸引力呢？

越來越近內宮，和珅只覺越更親切。這明明是好兆頭，有什麼値得懼怕？

和珅勇敢而舒適地走進了皇帝的內宮，一見只乾隆一個人在裏面，覺得氣氛親密無比，跪著高呼：「吾皇萬歲萬歲，萬萬歲！奴才和珅奉召覲見，謹聽教誨。」

乾隆心裏已完全記起了當年春妃那個形象，緊緊盯著進門來的和珅，眞是怎麼看怎麼相像，面部相貌像，走路姿勢像，連說話的聲腔，也和當年春妃一無二樣。乾隆當年與春妃有一刻銷魂，那情景現在想起來還歷歷在目，再也不會忘記了。但究竟是不是呢，那就還有兩條要辨看一番，一看年齡，小於三十二歲才可以，超過三十二歲的便不可能轉世，二看和珅右顎頸項下邊，有那顆朱砂痣沒有，如果沒有便不足為憑。

靜下來片刻之後，乾隆問：「和珅，你今年多大實足年紀？」

和珅說：「稟皇上，奴才今年三十二足歲！」

啊！果眞三十二歲！乾隆已算過了，自己登基時二十五歲，自己早十二年和春妃一刻銷魂，到如今是乾隆二十年，春妃當年轉世，不正是三十二歲嗎？遲一年轉世不是三十一歲嗎？以後再遲轉世就更小了。這三十二歲不正是春妃自縊馬上轉世至今的年齡嗎？

乾隆腦子裏急速地想著，年齡已肯定對了，只是設法說出口來。那麼，只要再看看他右顎下邊了。

這一點乾隆早想好了主意，他坐在高高的龍椅上，對伏在地上的和珅說：「和珅，你怎麼不抬起頭來？」

和珅說：「有罪不敢抬頭。」

乾隆說：「恕你無罪，抬頭面君！」

乾隆故意坐得很高，和珅只得把頭高高昂起，直直地望著乾隆。

啊！右顎邊，頸項下，耳朵正下方，赫赫然一顆小指形朱砂痣！當時自己用小指按上口紅，不正是點在春妃那個部位嗎？當時春妃身體尚很溫熱，肯定是剛斷氣，魂未走，聽到了當時自己的那句祝禱言詞，要她轉世後留下這顆朱砂痣做印記……

下一步該怎麼做，乾隆早已想好。他裝做若無其事的樣子說：「和珅，明天起進宮，總攬鹵簿儀仗隊事務……」

壹拾參　文臣們議論家花野花

文人相輕難免鬥氣鬥口，但一致笑謔「紀猴子」家有成群妻妾，還採野花。

紀曉嵐詠雨御鳳樓，得有皇寵，根本用不著等過三年再升遷編修。他已比編修更有名氣。是錐子終究會脫穎而出。紀曉嵐聲譽鵲起，京城裏立刻大嘩。

父親紀容舒時機掌握得好。兒子紀曉嵐升官之日，正是他續修紀氏族譜竣工之期。紀曉嵐爲其撰《景城紀氏家譜序例》：

有世系支派，而後諸譜之分合如網在綱……別子爲祖，繼別爲宗……

譜題景城，示別也……崔莊者矣，曰景城，不忘本也……姚安公修乙亥譜，不述姓源，愼也……四門九支，支譜詳之，然其文則散見也。弁以圖，提其綱也……。

譜既修刊印製，尊卑長幼標明，功名官爵謚號入冊，此一修剛好到紀昀曉嵐得中進士，封官爲翰林院庶吉士爲止，光宗耀祖的目的全然達成。

姚安公紀容舒特別高興，便加緊了自己著述的進程。不久，所著《孫氏唐韻考》五卷竣稿，這又投入到《玉台新詠考異》的著述工作。

這實在是一件弘揚傳統文化精髓的壯舉，其工作量浩繁，並且頗有些枯燥無味，但紀容舒樂此不疲。

此事偏巧，紀曉嵐有個朋友也酷愛考證歷史，他的名字叫王鳴盛。

王鳴盛，字鳳喈，江蘇嘉定縣人，比紀曉嵐大兩歲，卻與紀曉嵐同年得中進士而登科，授予翰林院編修職務。此時正編撰一部《十七史商榷》的史學宏篇。

俗話不假：異者相吸，同者兩斥。王鳴盛與紀容舒同時愛好考證史實，這沒成爲好事而成了壞事，文人相輕，兩個最初的衝突即因對曹操的評價對立而引起。

三國時曹操，字孟德，小名阿瞞，東漢沛國譙縣（如今安徽亳縣）人，官居東漢丞相。

曹操從小不務正業，走狗飛鷹，遊蕩無度。他的叔父曹美看不慣曹操的好逸惡勞，常到哥哥曹嵩那裏去告曹操的狀，說曹操如此某等，要哥哥曹嵩將其好好管教。曹嵩自然對曹操氣憤得很，常予斥責。

一天，曹美遇見侄兒曹操眼歪嘴斜，滿臉唾沫，不成人形，走路也歪歪倒倒。

曹美驚問：「阿瞞你是怎麼了？」

曹操歪著嘴口齒含混地說：「我，我我，猝然間中，中中了惡風。」

曹美二話不說，馬上去報告官居一品的哥哥曹嵩。

曹嵩只這一個獨子，寶貝得不行，馬上跑去喊御醫來給兒子治病。誰知見到兒子時，兒子完好如初。

曹嵩驚問：「瞞兒這是怎麼了？你叔父說你中了惡風！」

曹操淡淡一笑說：「爹！我這不是好好的嗎？叔叔對我心懷不滿，他咒我中風，不足爲怪。爹爹不必認眞計較了。」

曹美心裏冤屈得不行，當面爭辯：「瞞兒狡詐！剛才他不成人形，走路不穩，自稱中了惡風，何以……」

曹操插斷曹美的話說：「爹，你看你看，叔叔看我明明好好的人一個，還當面對你咒我中了惡風！」

曹美氣得大喘不止，還要爭論：「我親耳所聞，親眼所見！」

他哥哥曹嵩一甩手開罵了：「胡說，是你自己昏了頭，花了眼！」領著御醫倖倖不平地走了。

不用說，自此以後曹嵩再不聽弟弟曹美的話了。曹美當然再也無法去狀告曹操。

曹操從小便是如此地有膽有識，充滿智慧機謀，想個小主意便把叔叔曹美制服了。

等到長大了，曹操的機謀權變達到了登峰造極的地步。以他超人的武藝和才學逐步攫權，假迎漢獻帝，實爲挾天子以令諸侯，自封丞相，拜大將軍，旋又加進九賜，自封魏王。終於爲他兒子曹丕篡漢立魏創造了一切條件，成就了三國時代的一方霸主功勳。他有一句被人廣泛傳揚的口頭碑：「寧願我負天下人，決不讓天下人負我！」

這話是假是眞？是曹操的原話，或是別人添油加酯的栽誣？曹操本人從不否定也不肯定，只是一笑置之說：「大丈夫當立業！成王敗寇，千古一理也！」

曹操一如既往，我行我素，達致了他所處時代成就的最高峰。

對曹操這樣一個人，歷史學家們常常爭論不息，各執一端，互不相讓。紀容舒與王鳴盛之間的爭吵也因此而起。

王鳴盛認爲：歷史應崇尙眞善美，曹操應劃入大奸大惡之流。

紀容舒則認爲：歷史人物只應看其歷史功績，不應糾纏於他們的一些瑣碎言行，尤其不能把策略上的權宜機敏當作污點。

這一天，紀容舒從獻縣老家到京城虎坊橋來找兒子辦理一些家庭急事。兒子紀曉嵐到翰林院去了，紀容舒便到翰林院去找他。

不巧，紀曉嵐也沒在翰林院，倒是有翰林院幾個同事談論一些有趣的話題。此時正是王鳴盛在義正詞嚴宣講他對曹操的評價：

「曹阿瞞在歷史上不值一提，『寧願我負人，不能人負我！』他那是十足的奸人議論！」

紀容舒不認識這個人，但聽這議論就來了火。他認識在場的兩個同鄉，就是同在翰林院的兩兄弟戈濤與戈源，老兄戈濤老遠就起身拱手致禮，向紀容舒打招呼說：「哦，是紀老伯姚安公大人到了。曉嵐出去有點事，馬上就會回來，你老伯先坐這裏等等！」

紀容舒於是揚手還禮坐下了。

小弟弟輩的戈源正想看好戲，他挑撥說：「紀老伯！你是考證史學的行家，剛才王編修鳴盛對曹孟德（曹操）發表的宏論，我們晚生才疏學淺，分不出眞僞，倒想聽聽你老伯發表高見。」

紀容舒見有熟人在場，又是同鄉提問，便直通通地把剛才進門時的火氣進放出來了：「王編修大人出言或有偏頗，須知那『寧可我負人，不可人負我』乃小說家之言詞，並非曹操本人的實話。」

王鳴盛說：「具體言詞先不計較，曹操挾天子以令諸侯，權謀奸詐無所不用其極，這難道不是史實嗎？」

紀容舒說：「權謀豈能一概反對？機巧更是智慧的特徵。當時的歷史情勢十分混亂，獻帝劉協繼位登基時才是個十歲的孩子，大權在奸臣董卓手中，後來各諸侯爭權奪位，殺得難解難分。劉備、孫權又趁機起事，自行立國。曹操如果不使用機巧權謀，他怎能最後在三國鼎立的局面裏爭立一足？」

王鳴盛火氣陡升，憤然說道：「姚安公如此看重權謀機巧，使我想起一件傳聞，傳聞說令郎紀昀庶吉士乃猴精、蛇精轉世，猴蛇蓋世的靈巧，果然令郎也就迥異尋常。姚安公是因此而堅持盛讚權謀機巧吧？剛好你令郎也和你有同樣的主張，眞是知子莫若父，知父莫若子也！」

紀容舒哪受得了這種奚落？他氣得鬍子翹翹擺擺，大手一揮說：「插科打諢，形同下流，不值交往！」轉身走了。

這裏翰林院戈濤戈源幾個同事，一齊責怪王鳴盛說話沒有頭腦，怎麼能把小輩子的鬥氣耍笑搬出來對付上一輩之人呢？

王鳴盛一時接受不了大家的批評，還是嘲起嘴巴喘粗氣。

剛巧這時紀曉嵐回來了。他向來喜歡戲謔人，一見王鳴盛氣鼓鼓的樣子，也不問是因爲什麼情由，馬上大笑說：

「哈哈！戈濤戈源：今天知道我爲什麼不叫你們的字而叫你們的名嗎？我剛才弄通了一個人名的由來，我給說說：其能『鳴』者，雄雞也；其啼叫『盛』時，挺直脖子也。『雞』脖挺直者，非御女之器具也何？故爾『王鳴盛，』者，帝王挺舉御女也！哈哈哈哈！」

紀曉嵐自以爲這下子把「王鳴盛」罵到底了，自己仰起脖子大笑不停。

王鳴盛正在火頭上，於是，拿起茶杯往地上一摔說：

「蛇猴本無德行，根本不值爭辯！」蹬蹬地走了。
紀昀猛地停下笑來問：「芥舟（戈濤）、仙舟（戈源），鳴盛今天是怎麼啦？」
戈源搶先回答：「他剛跟你令尊大人大爭大吵……」便將紀容舒剛才與王鳴盛爭論之來龍去脈覆述一遍，補充說：「你一來不問青紅皂白的又如此挖苦鳴盛，他不生氣才怪了！」
紀曉嵐一下子也愣下來，暗暗尋思雙方通融的辦法。
老成的戈濤說：「曉嵐！這下子你父子兩人與鳴盛難免鬧僵了！」
紀曉嵐說：「不怕，鳴盛還是個正派人，我自有辦法自行說合…」
紀曉嵐本人進行古籍訂證工作已經很久了。他加緊編成了一本《張爲主客圖》，這是進行古籍鉤沉的工作。因爲前人張爲編撰的《主客圖》世已無存刊本，而其書中所記述的唐朝詩人的種種故事，散記於《唐詩紀事》一書中。紀曉嵐覺得那些故事生動有趣，文采亦佳，如不及早鉤稽整理，就可能沉積到文化的底層中。於是，紀曉嵐利用暑假休假養病的閒暇，對張爲《主客圖》原載之八十四個唐朝詩人的傳記故事，重行稽考訂正編排撰寫，最後乃得七十二人。序曰：

顧其分合去取之間，往往與人意不相愜……夫儒者相見，係乎學問之深淺；吾黨十年以前所詆訶，十年後再取閱文，幡然悔者不少矣……

紀曉嵐親自拿了這本《張爲主客圖》，找到王鳴盛說：「鳴盛！怪我嘴裏沒道德，那天損了你。至於你與家父和本人對歷史人物的評價問題，那就根本用不著放到心裏去了。我自己都常常這樣想，說不定我十年之間，便有翻天的變化，或者正是十年前贊成，十年後便反對了，請你看看我這篇《張爲主客圖序》怎麼樣。」

誠誠懇懇把書遞到王鳴盛手中。

王鳴盛深感紀曉嵐態度誠懇，馬上把《張爲主客圖序》讀完，立刻拾起右手在自己右邊的太陽穴上拍一掌說：

「曉嵐，眞是陸青來說你說對了，曉嵐敢說敢鬧，淺亦在此，眞亦在此了！還好你親自來，給我解了一個大疙瘩。本來，家父在你們虎坊橋旁給我看中了一棟房子。這邊和你家一牆之隔，那邊和給孤寺一牆之隔，眞是雅緻清幽，勸我買下。我本來也想買好馬上搬過去。可是那天和你令尊大人發生了那次齟齬，後來又遭了你一頓辱罵。我就在心裏下了決心，說什麼也不再與你們爲伍。家父不知道你我之間的隔膜，總勸我下決心買，我說又說不得，推又不好推，眞是騎虎難下。曉嵐你如此坦誠待我，我豈能再有二心，這房子我買了，我兩家做個好鄰居。我立刻做一首詩慶賀此事。」

隨即展紙揮毫寫下了一首詩：

虎坊新居與紀吉士的
隔一牆垣旁有給孤寺

王鳴盛

吉士新編得玉書，飛觴酬唱有愚夫。

卜鄰喜占東西屋，把袂看傳主客圖……

紀曉嵐說：「鳴盛！人生苦短，友情綿長。多謝你如此抬愛小弟，小弟敢不酬謝奉和，我借尊兄文房四寶一用。」

說罷隨即也和詩一首：

奉和王編修鳴盛

虎坊新居步原韻

紀曉嵐

道是新編乃舊書，友人贊我我悲夫。

欣聞鄰居新遷屋，掩懷藏匿獻醜圖……

從此以後，紀曉嵐與王鳴盛兩人成了莫逆的朋友，兩人同在翰林院精研詩書。戈濤、戈源、王昶、錢大昕等一群進士朋友，都說眞是難得紀曉嵐一腔熱血傾赤誠。翰林院充滿了親切奮進的氣氛。

忽然有一天，錢大昕走進翰林院，頗爲不解地說：「諸位！我給大家說一個人，大家評評看，看他到底是狂生還是奇才？」

許是惺惺惜惺惺，紀曉嵐最喜愛奇才怪傑，一聽這話便問：

「曉徵！到底是怎麼一回事？怎樣一個人啊？別這個樣子說一句留半句，急死人了。」

錢大昕說：「那天我家裏來了一個人，性情古怪，說話直沖，進來只說三句話：『你叫錢大昕，我慕名而來；先只問你看不看得起我這堆書稿』？就此打住，既不通報自己姓甚名誰，更不報年齡籍貫。他說完以後，便把幾本書稿往我面前一推。我好生奇怪，這人怎麼如此特異迥常？便說道：『先生！我想先問一下先生的尊姓大名總不為過嗎？』他說：『我說我叫『飯桶』，你又如何？我說我叫『奇才』，你又怎樣？還是得看這些書稿，才能斷定我是怎樣一個人吧？』我當時就不由自主地笑了：『喲！先生這話，首先就表明你不是飯桶。既然先生不肯自報姓名，我就只好先拜讀一下先生的大著了。我先看了一下他幾部書稿的題目：《孟子字義疏正》、《方言疏正》、《考工記圖》……嗨！這人學問怎麼如此廣博？什麼都能涉獵一番，實在太難得了。我抬起眼睛望定了他，很凱切地說：『先生！光憑這些書稿標題，先生已經就是學富五車了。』他並不領我的情，反而說：『原來浪有虛名！算我找錯了人！』邊說邊已收拾他的書稿要走。我一把攔住他說：『先生何其如此匆匆忙忙？』他說：『你吃飽了不餓，喝足了不渴，當然不急。在下一天水米沒沾牙，身上也分文無有，我要用這堆稿子換幾頓飯吃，能不急嗎？』我深感內疚，連忙對廚內高喊：『快快！快給這位先生用餐！』他又阻止說：『別忙！錢學士！如此磋來之食，又是在下能嚥得下肚的嗎？』我慌忙指指他一大摞書稿說：『先生如許之多的大著，換一頓用餐，怎麼是磋來之食？先生取笑了吧？』他說：『取笑的是你錢學士而不是鄙人，試問，錢學士連我書稿的一頁都沒有翻動，又怎麼知道能抵得一頓美餐？設若鄙人稿本裏塞的都是糞草呢！』我越更自感臉燒，一邊說：『對不起先生，下官輕侮先生的人格了，一邊便飛快翻開他的書稿。啊！眞是少有的精闢細緻，眞是難得的學問奇才……我舉起他的《考工記圖》說：『先生！僅此一本圖譜，先生便已補充《周禮》第六篇之不足，該第六篇

《考工記》專言百工之事，然有文無圖，讀時總如隔靴搔癢，不著邊際。先生按記作圖，並且如此精闢，簡直就是書中瑰寶。先生，我這一說，沒有太離譜吧？請問先生你，還不肯賞光就餐小酌嗎？』他這才拱手施禮說：『在下姓戴名震，字東源，今年三十三歲，安徽休寧人，多次科考不第，被人稱爲狂生，衣食無繼。今天有幸得識錢學士，此行不虛，叨擾了……』這才狼吞虎嚥又吃又喝，如同在自己家裏一般……」

在座唯紀曉嵐再等不下去了，插斷錢大昕的話說：『曉徵！其他事別囉唆了，你只說戴東原現在在哪裡吧？」

錢大昕說：「得得得，卻又來！古話不假，惺惺惜惺惺，聰明人愛惜聰明人，在座就你耐不住了，不明顯要表示你比別人聰明嗎？」

紀曉嵐說：「說你囉唆眞囉唆！我問一句，你說十句，十句沒一句是正經，到底沒說戴東原到哪裡去了。」

錢大昕說：「秦待郎蕙田公延請去了……」

秦蕙田，字樹津，江蘇無錫人。乾隆元年進士，現任禮部侍郎。他作爲禮部的副長官正在編纂《五禮通考》。

那天錢大昕親自帶了戴震去秦蕙田處予以推薦。秦蕙田一看戴震的著述手稿，再與他作了深入的交談，覺得他知識淵博，學問彌深，正好其性格耿直，又與秦蕙田本人的剛介性格相投。於是秦蕙田當機立斷，留下了戴震東原，因一時無法授以官職，便作爲學人留在家中，時常與他切磋觀象授時六旨，砥礪經緯演算法及地理諸科，並委請戴震擬編《五禮通考》中的許多條目。

戴震得其安置，衣食無愁，且學問有實用之處，眞是如魚得水。

秦蕙田得其襄助，編書的許多條目不再闕如，於《五禮通考》的編纂來說，不亞於如虎添翼。

只到此時，錢大昕才把得遇奇才戴震一事向翰林院諸同事詳加細說，是爲開心之舉。

紀曉嵐不聽則可，一聽再按捺不住，硬要錢大昕帶著去秦蕙田家，非馬上結識戴震不可。

錢大昕領著紀曉嵐到達秦蕙田家時，秦蕙田上朝去了。紀曉嵐的目的，正是要錯開秦蕙田，而與戴震作私人交談。

戴震此時正在秦蕙田家撰寫《五禮通考》的有關條目，錢大昕一進去就喊：

「東原！我帶了朋友來見你，看你能不能猜得出他是誰？」說著朝紀昀一指。

紀昀只笑不說話，目光炯亮地望定了戴東原。這是他和錢大昕事先的約定。

戴震毫不覺得意外與驚奇，起身也望定了紀曉嵐說：「錢學士，讓我猜猜，在我去你家之前，我已按照自己的聽聞，編排了一個要去晤面一試運氣的名單次序。在你錢學士之後便是紀昀學士字曉嵐，我猜想這位可能就是曉嵐紀吉士了！」

紀曉嵐脫口而出：「啊！又是一個神人！戴東原你眞一猜就準。看來我們很是有緣，不過你我之間的緣分不及你與曉徵之間的緣分更深罷了！」

戴震說：「紀吉士，話不是這樣說。怪我開初沒把事情說清，在你紀吉士曉嵐，他錢學士大昕，還有青浦王舍人昶、大興朱太史筠、嘉定王編修鳴盛，獻縣戈氏翰林芥舟仙舟兄弟等賢俊中間，在下並沒有排定誰先誰後的嚴格次序，只是碰巧去他錢學士家近些，我便先去了他家。設若當時錢學士不在家裏，在下便猜測第一個來賜顧的便是紀吉士；因我聽說紀吉士是個很熱心的急性人。」

紀曉嵐說：「原來如此。這更證明東原你思緒縝密，你的學問有很深厚的根基。考取功名有時候靠命運，暫不考慮吧，以後還多有機會，東原在秦侍郎蕙田公這裏協助編書時間不會很長，如你不嫌棄，你下個落腳點就在我家好吧？我請你開館授課，教誨我紀家之後人。」

戴震說：「紀府宅心仁厚，恩及鄉鄰；戴某能得紀吉士青睞，當然是備感榮幸了。」

紀昀與戴震兩個莫逆之交，終生終世，再沒反悔。

不久，戴震果應紀昀之聘而為紀府家師，開館授課。不僅授教紀家後人還兼收京城近旁的諸多學士。與對待成名人士的剛介狂傲相反，戴震對年輕學子教誨態度可親，講述深入淺出，詳略適宜，俾使許多紀家後人深受其益。紀曉嵐的長子汝佶；次子汝傳等皆從其師。

紀曉嵐的女兒，愛妾郭彩符所生的囡囡小姐，因礙於禮數不能與男孩子們一起攻書，但也暗中從之學習詩、詞、歌、賦。

從此，紀曉嵐本人也更戀家，翰林院那裏一下館便往家裏走，以便更多地與戴震切磋義理學問。

曾被紀曉嵐戲謔為「皇帝挺舉御女」的王鳴盛，在此事上抓住了一個良機，他當著翰林院諸文友的面，送給戴東原一首詩：

謝戴師

知名不具

東原入紀府，授課本不佳。惟引某蛇蟒，下館直溜家。

成群妻妾喜，留師苦相誇；東縛紀猴子，不再採野花。

壹拾肆　日御數女果然不虛

紀曉嵐要扈從聖駕遠遊，臨行前安撫妻妾們，偏將滿足自己的要求美其名曰：「我保你們每人都得……。」

朋友的戲謔也不是完全沒有道理，紀曉嵐早先已有一妻二妾，如今又納了一個，名叫桃豔，長得恰似水蜜仙桃。

桃豔又是在十三歲時被紀曉嵐納收，紀昀與這「十三」頗有緣分。他牢牢地記著，自己與文鸞初試雲雨是「十三」，文鸞轉世郭彩符，又以「十三」被紀昀納妾；如今那爲自己殉情的小姨妹春桃死後又正是「十三」年了，偏巧紀昀便又碰上一個「十三」歲的「桃豔」姑娘，管她是不是由「春桃」而轉世「桃豔」，反正她長得豔若桃李，名字又正是「桃豔」，與前世的「春桃」也搭界沾邊，紀曉嵐收納她心安理得。

自小受封建禮教薰陶，紀曉嵐頗講究尊卑次序。他對誰也不隱諱自己日御數女的需求，這「數女」實際是「五女」，按一天到晚的次序來看，那便是五鼓入朝前一次，中午回家一次，下午下朝歸寓一次，晚飯後薄暮一次。夜晚臨臥一次。他按尊卑次序安排，五鼓一次給夫人馬鈴鈴，其餘午間、歸寓、薄暮、臨臥四次分別給兩個侍妾，如今又納了一個新姬桃豔，這次序他自己都不好安排了。

自鳴鐘還沒打五鼓，紀曉嵐早已爬在夫人馬鈴鈴身上去了。夫妻間睡在被子裏反正是赤身裸體，爬上去就幹得挺歡。

馬鈴鈴奇怪地問：「曉嵐你今兒個是怎麼了？如此心慌急切。未必你還怕我會跑了？還沒到五鼓呢！」

紀曉嵐說：「不是，是我想快點幹完問你一件事情，都難得我沒法辦。」

馬鈴鈴說：「什麼事還能難得倒你這個鬼靈精怪？」

紀曉嵐說：「夫人面前說不得假，我原來每天每夜五次睡妻妾，承夫人你量大開恩，除了五鼓早朝這次給你，其餘四次給了原先兩個小妾。如今我又新納一個桃豔，那下剩四次她們三個人怎麼分？」

馬鈴鈴說：「虧你還自稱野怪轉身，日御數女，你就不能每日每夜再多加兩次，除我這裏五鼓一次之外，下剩六次你給她們三個小妾每人兩次不就行了？」

紀曉嵐一聽，高興不已，喘著粗氣說：「呵呵呵，多謝，多謝夫人，夫人提醒！」嘴裏說著，身上動著，紀曉嵐只覺得對夫人又多了一層感激之情，似乎多年的夫妻又增添了一層新意，動作更有力了。

可巧天意安排，紀曉嵐剛好完事，自鳴鐘打響了五鼓。

馬鈴鈴斷斷續續回應著說：「野，野，野怪！今今今天，今天特別來勁，來勁，痛快！」

紀曉嵐幹完了往床下一溜，馬上就穿衣服。

馬鈴鈴說：「曉嵐你這麼急幹什麼？你往日上朝也沒這麼早。」

紀曉嵐說：「夫人叫我一晝夜再加兩次，我尋思只有五更天最硬梆，趁這時候先加一次給桃豔吧！她十三歲嫩女子什麼時候都現成！」說完已穿好衣服朝外走。

誰知夫人馬鈴鈴在床上長歎一聲：「唉！沒辦法，我年紀大了，不如一個十三歲的小妾能使你開心。還是你那句老話不假：女人越大越沒有味道！唉，人爲什麼要老呢？」

紀曉嵐又停下腳步說：「鈴鈴你吃什麼醋？我每天頭次不都給了你嗎？」

馬鈴鈴說：「快去快去！我沒事，說說就過去了。但願這每天頭次你能多給我幾年。」

紀曉嵐不再說話，風風火火又朝新討小妾桃豔的房裏走去。

忽然間朝廷遇上了兩件大事，一件在北，一件在南。

在北便是新疆那個阿木爾。阿木爾當時想借清兵的力量消滅達瓦齊而制伏準噶爾部落，以便進而稱霸新疆。誰知結果是引狼入室，乾隆給阿木爾封王，還派他爲副帥，和清兵一齊把達瓦齊趕出了外疆。但隨後乾隆對阿木爾便淡漠了，因爲他已失去利用價値，便被徹底架空，空有親王之名而實則被軟禁了。

阿木爾情知上當，但爲時已晚。

塞外強人，不甘寂寞，於是又起兵叛反清廷，一時新疆又是刀光劍影，鬼哭狼嚎。無獨有偶，南邊也出事。

南方的江蘇常熟縣有個朱思藻，是個狂傲的文人，考中省試舉人後不肯入仕，認爲他的才學不止是一個舉人，完全能夠進士及第。可是科考會試多次未果，於是十分痛恨朝廷，越更站到黎民百姓一方去了。

先年的九月，江蘇各地遇大旱災，赤地千里，民不聊生，朱思藻惱怒已極，加上肚餓昏頭，莫辨吉凶禍福，寫了許多《仿唐吊時詩》。「吊」自然是「吊唁」之意，形式十分新奇別緻：

仿唐吊時詩

（一）

李白

君不見黃河之水天上來，奔流到海不復回。

杜甫

君不見青海頭，古來白骨無人收。

我仿

君不見好江蘇，餓殍遍野臭神州。

（二）

杜甫

邊城流血成海水，武皇開邊意未已……

縱有健婦把鋤犁，禾生隴畝無東西。

白居易

去海三千里……

奔迫流不已。

唯作嗚咽聲……

將君何所比？

我比

乾坤含瘡痍，

憂虞何時畢？（集杜甫句）

不知何人奏皇帝

十家租稅九家畢。（集白居易句）

等等等等，不一而足。一時是東拼西揍集句成詩，一時又自己點綴幾句揭破腐朽。總之是五花八門，無奇不有。也不知誰有那麼多閒工夫，傳抄吟唱，一下子便無人不知，無處不唱。整個東南半壁天下，沉浸在大旱災荒有那麼多的仇恨，也不乏應有的才情。

朱思藻被江蘇巡府莊有恭抓住。案情又迅速報到了兩江總督府。兩江總督尹繼善大驚不止說：「這還了得？如此挑動民心，如此蓄意謀反！」

於是迅速奏到了朝廷。這便是南邊江蘇的大案，遙相呼應北邊的新疆。

乾隆時年四十五歲，正是壯盛年華，也不乏應有的君王才智，他當機立斷：南重北輕，相機處理。北國新疆，乾隆派大將軍兆惠率軍征討，平息阿木爾的叛亂。江南水鄉，孕育大亂，非親自巡訪處置不可。於是乾隆給尹繼善頒下詔令：朱思藻羈押寬鬆，勿作死囚對待，俟朕親往處理……

紀曉嵐下了午朝回家，家裏照例早已擺好午飯，大桌上是全家其他人吃用的雞鴨魚肉和飯菜等等，旁邊一個小桌是紀曉嵐的專席，那是肉食四大盤，香茶一大壺。肉食是豬肉、牛肉、羊肉和鹿肉各一盤，沒有鴨肉，紀曉嵐一生不吃鴨子。香茶是雨前毛尖，一大壺濃黑的茶水，紀曉嵐性不嗜酒，以茶當酒，以茶下肉。沒有一粒米飯，沒有一點麵食。紀曉嵐一生只吃肉當飯。有人問過他：「你怎麼不吃一點飯？」

紀曉嵐說：「誰見精怪野物吃飯呢？」

今天也不例外，紀曉嵐剛下午朝回家，午餐早已上了桌。桌上當然還沒有人，這是詩書大家庭的規矩：家長男人不上席，其他妻妾家人是不能入席的。

管家問紀曉嵐：「老爺下午朝了，叫不叫家人就入席？」

紀曉嵐說：「不急不急。」口裏說「不急」，腳下卻是急匆匆地走向了小妾桃豔的住房；

紀曉嵐一邊急急地走著，一邊快快地想著，此時不想別的，只想桃豔那一身好皮肉，胸脯鼓鼓蕩蕩，肚腹飽飽滿滿，說壯不太肥，鮮嫩彈得破；那一條「絲茅沖」裏，不知藏了多少甜蜜，永也採吸不完……紀曉嵐深知個中奧秘，不早作好這些「性趣」鋪底，臨馬執鞭，沒味道……

桃豔雖然才來不久，但早已熟悉了家裏的習慣，知道老爺一回來便會叫快吃飯，因爲吃了午飯就要應接老爺那「午間一次」御女……今天也不例外，她倚在門前等侯管家「傳飯」。

紀曉嵐推門而入，一進來便把門一關，抱著桃豔便往床上走，把她放倒床上就去剝她的衣服。

桃豔一時懵懂了，忙問：「老爺今天是怎麼了？午間那一次不是在吃了午飯之後嗎？」

紀曉嵐問：「難道你今天不願意？」

桃豔忙忙應聲：「願意願意！妾身巴不得呢！」邊說邊已自己脫衣服，幾下子就將自己脫得精光。似乎生怕脫慢了敗了丈夫的好「性趣」。

紀曉嵐脫自己的衣服也不慢，頃刻間也脫得一絲不掛，他猛地撲上桃豔的嫩肉之身，輕車熟路上了「馬」，紀曉嵐呵呵大笑直哼哼：「痛快痛快痛快……桃豔你是不知道啊，皇上詔命我扈從伴駕去南方，明天就要走，今天我不加點碼怎麼辦？今天午飯前給你一次，午飯後那一次就得給彩符，下剩那幾次我都要加碼，在我扈從聖駕離京之前，我保你們四個妻妾每人都得兩次……」

紀曉嵐接到詔令，扈從聖駕南行。他也猜不透乾隆要自己伴駕扈從是什麼用意。但知道皇帝不會隨便要自己同行，總會有點什麼打算。心想應該注意提防。伴君如伴虎，半點馬虎不得。

大學士史貽直，字儆弦，江蘇溧陽人。他爲官正直，對紀天申歷年賑濟救災深爲讚賞；獎掖後進，向來對紀曉嵐關愛有加。在紀曉嵐考中進士的時候，史貽直送給他一套普通的木雕筆床，沒有珊瑚的珍貴，也沒有翡翠的光華。

史貽直語重心長地對他說：「曉嵐！一個人的道路長得很，珊瑚翡翠易做，無華木質難爲，你當慎重。千萬莫辜負了你祖父天申公賑災救活十萬之衆的功德！」

紀曉嵐說：「多謝史相國儆弦公栽培！」隨即寫了一副長長的銘帖，壓在木雕筆床之下以作自勉：

筆床銘

珊瑚筆格，化爲錢樹；

我以木雕，應無足慮……

史貽直是康熙年間的進士，官至文淵閣大學士兼戶部尚書，前後三次居於丞相地位。垂二十年，如今已七十六歲。去年已被乾隆恩准以原官在籍休假，實際是讓他致仕退休，歸原籍養老，他久居高官不愛城市的嘻雜，居住在江蘇溧陽。此次得知乾隆南巡辦理朱思藻案，辦案地點自然就在天京（今江蘇南京）。兩江總督尹繼善早把朱思藻押在這裏了。史貽直自然從溧陽老家趕來天京，等候接駕臨倖。

史貽宣在天京有個宅邸，平時都是子女下人等居住，他一來自然就住在裏面了。他一生謹愼自謙，自題宅邸名曰：「拙居廬」。取意於《老子》的話：「大巧若拙。」

拙居廬建築裝飾都不事豪華，然而氣派非同凡響，門口有人守門值班，畢竟是相國府，雖是平頭百姓作門人，並非衙役裝束，仍然是頗有威風。平常是一個人守著，因爲老相國史貽直從溧陽來了，改爲兩個人看守。

這天下午，拙居廬門衛看見門外來了個怪人，只見他一襲藍色短打衣服，利索而有精神，高挑大個，壯實而不臃腫，派頭十足，頗像個武功高強之人。尤其怪者，他口裏銜著一個煙斗，這煙斗大得驚人，銅煙鍋足有小飯碗那麼大，黃光閃閃。乖乖！只怕半斤絲還築不滿。他偏是一路叭搭著走來，有一口沒一口地抽吸著。對極了，這不是他的兵器是什麼？這人肯定是個武功高人。拙居廬兩個門房衛士悄悄議論。

一個說：「老趙！這人了不得，一銅煙鍋砸來少說也有三百斤！」

另一個說：「老孫！誰說不是，要小心提防。剛好這兩天相國老爺回來了。」

老趙說：「我家老爺爲官清廉，百姓擁戴，未必有什麼仇人！」

老孫說：「不一定是仇人，碰上有浪蕩下人來打老爺的秋風也不曉得。」

兩個門房正說話間，那人果然來到門口，抬頭念道：「拙居廬。『拙』者愚蠢，『居』者居住，『廬』者茅棚。偏巧我沒地方住，人又愚蠢，正好借這『拙居廬』住下來！」說著就要往裏面走。

老孫一把攔住說：「呢！你是外地來的江湖浪子吧？怎麼不打聽打聽，打聽這裏邊住著誰？也不問問這房子你能住不能住？」

怪人說：「這寫得清清楚楚的還用得著打聽嗎？我愚蠢人住這茅棚正好！」說著把大銅煙鍋朝門匠上一指：「拙居廬專住蠢人！」

老趙頗有點身手，一個「蒼鷹攫兔」，疾如閃電已搶過去了銅煙鍋，心想：怎麼？這怪人內功外功全然沒有？於是更提高聲腔說：「你瞧這是茅棚嗎？要住茅棚你另外找去！」

怪人說：「你搶去了一個寶貝，我就更不能走了。說不定那『寶貝』你不會使喚，觸發了機關它炸開來，還不把你臉子給炸花了！」邊說邊指著大煙斗。

老趙嚇得不輕，舉手要甩出去。

怪人忙喊：「千萬甩不得！一甩炸得會更凶！」

門口吵吵鬧鬧驚動了裏邊的史貽直，他蹬蹬蹬走了出來，一見怪人就喊：「啊！曉嵐！眞是你來了：只有你才能把我的家人逗得團團轉！」

紀曉嵐大笑：「哈哈哈哈！相國公，這下你冤枉晚生了。是你家人搶了我的『紀大鍋』！」朝老趙手上一指。

史貽直對老趙說：「胡鬧！你們鬥得過他嗎？他是有名的『大精怪』紀昀，紀曉嵐大才子，庶吉士！」

老趙老孫忙打千行禮：「紀大人！大人莫記小人過！」老趙趕忙把大煙斗還給了紀曉嵐。

紀曉嵐又恭恭敬敬向史貽直鞠躬行禮：「晚生紀昀陪駕扈從至此，特來拜望相國公！」

史貽直說：「免禮免禮。」隨即領著紀曉嵐往裏走，邊走邊又繼續說：「曉嵐，老夫早已猜到，聖上這次詔命扈從，八成會是你！」

紀曉嵐驚問：「敝弦公此話有何來歷？」

史貽直說：「聖上此來，主要爲了處置朱思藻一案。此案名爲『吊時詩案』吧，你難道不知道朱思藻是個什麼人？」

紀曉嵐說：「一個落魄舉人！看來也不乏文采。敞弦公言外之意，是聖上有意要我與朱思藻比賽文才？」

史貽直說：「聖上是雄才大略的主公！國朝多的是賢才俊士，豈能讓一個逆賊枉用詩文來辱謾朝廷？要你來降服他當然是最好不過了！」

紀曉嵐說：「敞弦公果有經國濟世之才，你說的頗有道理。然而依晚生看來，聖上此次南行似乎還有更重大的目的。但究竟是什麼目的，晚生就拿不準了。」其實紀曉嵐心裏已大致揣知乾隆此行的目的，只是不願搶在老相國面前先說出來而已。

史貽直說：「曉嵐你對皇上此行目的有所揣測，說明你不僅文才卓絕，政才也很不差。今天皇上初到，旅途辛苦，想早休息。我等遠遠地叩拜接駕，尚未能當面聆聽皇上的聖諭詔旨，不敢妄加揣測，但肯定與江南普遍遭災有關，或者還會有某種恩赦。」

紀曉嵐一聽十分歡喜，史貽直的這種猜想與自己的想法完全相同。紀曉嵐正想把自己的想法說一說，忽然傳來聖旨，宣「在籍休假」的大學士史貽直在臨時行宮見駕。

紀曉嵐猜想乾隆要辦什麼大事了，趕緊回到自己駐節的館所，果然聖旨已到，著扈從紀曉嵐即刻便去行宮……

……

四月雖是初夏，南方已有驕陽。乾隆久居北國，且本民族滿族祖先向來住在更爲寒冷的東北邊疆，耐寒而怕熱；何況南京（天京）向有火爐之稱，其熱更盛，乾隆眞覺得有些受不了。他便吩咐把行宮設在距長江不遠的地方。這裏是秦淮河自南而來注入長江的地段，小地名叫三漢河。不用說選的就是兩面河風三處柳，縱有暑熱早清涼。

這臨時行宮挨河不遠，由一座古樓改造而成。原樓名爲「水風井軒」。這個古怪的名字自然大有來歷，從表面上看，秦淮河注入長江，「水」很足；兩河相夾，「風」自然多；而樓外恰有一口甘甜古「井」，「水風井」三字，概括得當。

這樓取名爲「水風井軒」自是恰到好處。但是這只是表面文章，還有更深刻得多的含意。「水風井」三字，實際是《易經》中井卦的讀法，「井」卦上卦爲「坎」，坎即「水」，下卦爲「巽」，巽即「風」，故讀曰「水風井」卦。

「井」卦的卦辭更大有來頭：「井，改邑不改井，無喪無得，往來井井。汔至亦未繘井。羸其瓶。凶。」這卦辭很古奧難懂，翻譯成現代白話就一清二楚了：「井卦，具有村邑可以改動變遷而飲用井水的傳統不會變更的象徵，這是不會減少也不會增加的恒常道理。潔淨的井水往往來來不會枯竭。現在有人來汲水但未把井繩伸抖開來，以致剛到井口就把瓶口掛累而打翻在地，這是很兇險的。」

孔夫子爲闡釋井卦卦辭而寫的《彖》曰：「巽乎水而上水，進。井養而不窮也。改邑不改井，乃以剛中也，汔至亦未繘井，未有功也。羸其瓶，是以凶也。」

這段話也必須翻譯成現代白話才更通暢明白：「彖辭說，把器具放入水中而把水提上來，這便是井卦的形象。井水養民眾而萬世不會枯窮。改變村邑而不改變飲用井水的傳統，猶如陽剛居中位永施中庸之道一般。來汲水而未能把井繩伸開，所以未能完成提水之功業。反而掛累汲水的器具使其打倒，當然是很兇險的了。」

紀曉嵐一進這行宮便注意到了：「水風井」的樓名還保持原樣，他當然知道《易經》中「水風井」卦的全部內涵，就是想像不出乾隆把臨時行宮立在這裏是什麼意思；更奇怪皇上為什麼還讓「水風井軒」的樓名照樣掛著。在其他地方，只要一被確定為皇帝臨時駐蹕之所，那麼原來的風貌便全要遮掩起來，只張揚天子帝王唯我獨尊的一種印記。

今天怎麼反常了呢？紀曉嵐弄不清乾隆其所以要這樣作的道理。只隱隱約約覺得，當今天子文韜武略，曠世奇才，一定是出於對華夏傳統文化的一種尊重，才讓奴才下人們保持原樣了。

上得寬敞的大樓，紀曉嵐似乎越更明白自己猜測不錯，樓的左側大牆，掛著一幅「大成至聖先師」孔子的畫像，像前擺著一張又長又大的香案條桌，桌上有不滅的長盤香；盤香的兩旁便擺滿了古文典籍，經、史、子、集各有代表性的樣書，其中明顯看出有四書（論語、孟子、大學、中庸），五經（易經、詩經、書經、禮記、春秋），老子，莊子，韓非子，還有傳承闡釋發揚孔子《春秋》要義的三傳（公羊傳，穀梁傳，左傳），等等等等，眞的把華夏五千年文化展示無遺。並且整齊劃一，擺在各類書籍最上面的一本都打開了。好像剛才還有人在閱讀一般，或者說，這些書隨時都有人要認眞研讀。

紀曉嵐在心裏說：「當今聖明天子，果是不凡。使整個臨時行宮內充滿文化的氣氛。」

樓上的正上方，那是一個金質的大龍椅，黃光閃爍，分外輝煌。龍椅的前面，自是龍桌，上面不但擺置了文房四寶紙、筆、墨、硯，更有一些摺子奏章。最為奇特的是，一個大白玉盤裏，盛放著切好了的紅瓤西瓜。這自然是為皇帝預備的消暑食品。

當然眼下皇帝聖上還沒有來，龍椅前後都還空著。

紀曉嵐一看候駕的文武百官，足有三四十人之多，除已認識的史貽直大學士（丞相）外，還有兩江總督尹繼善，江蘇巡撫莊有恭，還有隨駕南來的重臣仕宦，以及安徽、浙江兩省的巡撫，還有許多不曾認識。悄悄一打問，才知是江蘇、浙江、安徽三省主要州府的知府。

紀曉嵐想起來了，尹繼善作爲兩江總督，他所管轄的地盤除了「江」蘇與浙「江」這兩江之外，實際上還有安徽省，難怪三省巡撫和主要知府都來了。

皇上還沒有來，紀曉嵐眼朝大窗外望去：前邊的長江像一匹白練，映照在下午未時斜陽裏，波濤翻滾，一往直前，奔向東海，右邊的秦淮河，河清水秀，像一個乖巧的兒女，順從地流向長江，然後便一齊東流人海。兩邊河中都有船，只是長江中的船多而大，秦淮河裏的船少而小，其對河景的點綴，兩江的船便完全相同。

人閒著眼不閒著，紀曉嵐便往外多瞟了幾眼，突然看見兩條河岸邊都有不少沙灘。上面卵石鋪滿，貝殼閃光。沙灘上有人在悠閒散步，有些還在撿石頭，拾貝殼。紀曉嵐突然生發奇想：無論河多大，無論水多長，總不能老是洶湧澎湃，它總有水少歇息的時光，這時候沙灘一現，便是遊賞的好地方了。

推而論之：皇上不正如一條奔騰的大河嗎？當它洶湧澎湃之時，難免淹人淹物造成悲慘，但它也定會有平息流淌的時刻，那時便有小沙灘可以棲息遊玩，給臣子以鼓勵甚至獎賞。自己作爲新科進士，未來仕宦之路很長。免不了常需伴駕，或上朝或遊幸，那就等於是與一條奔騰不息的大河扭在一起了。自己應該時時刻刻注意，學會一種獨特的本領，這便是看清「水勢」，把準「潮流」，避開皇上這大河的洶湧澎湃，而尋找它那沙灘或是港灣。那樣才能保護自己安然無恙。如若不然，只要自己一次不慎，被捲入了聖上發怒的洶湧激滾，裹挾而下，那就可能遭致滅頂之災。不可不慎之又慎，不可不防之又防……

乾隆終於來了。由儀仗隊長和珅攙扶著上了樓。這一點紀曉嵐已很習慣，從京城出發，一路南來，凡是公開的場合，乾隆都由和珅陪同，或攙扶行走險處，或塾背讓乾隆上馬，全是和珅。紀曉嵐也和大家一樣並不知道個中奧秘原委，卻分明感受到乾隆對和珅已非同一般……只有進出皇后與妃子的寢宮時候，乾隆才不要和珅而改由宦官侍候。

今天上得樓來，和珅卻高聲唱諾：

「申時正點，皇帝駕臨水風井軒臨時行宮，文武百官接駕！」

紀曉嵐和全體官員跪地高呼：「吾皇萬歲！萬歲！萬萬歲！」但他心裏直犯嘀咕：今天這事有兩怪：一怪和珅爲何唱引「申時」，往常皇上臨幸某處，從不報白什麼什麼時候；二怪和珅爲何唱出地點「水風井軒」，往常侍宦唱諾幾時報過地名？這肯定是皇上的聖旨，是聖旨便有目的意圖，紀曉嵐在心裏飛快的琢磨著：這是爲什麼？爲什麼……

沒等到紀曉嵐弄明白答案，乾隆已向靠東邊的孔聖像走去了。和珅點燃了三柱香，乾隆接過來插在香案正中的香爐裏，香爐兩邊便擺滿了長長的書堆。

十分意外，乾隆在孔子像前的錦繡蒲團上跪拜下去，大聲祝禱說：「仆大清乾隆皇帝愛新覺羅．弘曆，遵祖制祭拜大成至聖先師孔子，祈求先師賜以神威文德，服膺千宸萬方！」

這就行了三叩九拜之大禮。

所有在場官員自然全都在乾隆身後拜祭了孔聖先師。

紀曉嵐終於悟出了一點門道來：皇上今天肯定是要用「文德神威」來制伏常熟「吊時詩案」的罪犯朱思藻！那麼，按照先時史貽直在「拙居廬」的揣測，今天皇上肯定要用自己來對付朱思藻了。那麼這朱思藻究竟是怎麼樣的人呢？皇上又想將他怎樣處置呢？而這處置又適宜用什麼方式來實施呢？……這這這，皇上半點也沒給自己透露旨意，紀曉嵐覺得自己眞不好掌握這個分寸了。

病急不忌亂投醫，紀曉嵐不得不加緊作好自己的思想準備。那一次在御鳳樓皇上連出十道題命自己連吟十首《詠雨》詩，不正是皇上重視和獎掖文才的最好實例嗎？今天說不定皇上又有新的打算，什麼吟詩、作對、背誦、闡釋等等，隨時都可能發生，還是早有點提防爲好。

紀曉嵐於是撇開了其他的一切，只把眼前的景物通通思索一番：「水風井」卦的卦辭卦理，樓上的孔像詩書，龍椅西瓜等擺設，再遠及窗外的船帆、櫓槳、河水、沙灘……迅速尋找古人有關的詩詞論述，以及其中所包蓄的傳統文化內涵……

這一些東西看起來簡單明瞭，深究起來內涵甚多，光是古人有關的詩詞議論，幾乎就已美不勝收，紀曉嵐只覺得一時難以窮盡。

但是，他覺得還遠遠沒有思慮周全，皇帝已開始宣詔視事了。

乾隆開口時非常沉穩，聲音也很低：「宣常熟未定罪之人朱思藻上殿！」皇帝辦事地點如臨時行宮等稱爲「殿」，就如一個元帥所在地都叫「帳」，辦事都叫做「升帳」一般。

朱思藻上來拜見了皇上，乾隆叫他站著。

乾隆問：「朕今天申時正點升朝視事，有誰會知道朕的用意是什麼？」

無人回答，群臣垂首而立，連頭也不敢抬。

乾隆不得不點名了：「紀曉嵐。」

「臣在。」

「你說說申時的『申』字都有些什麼意義？」

紀曉嵐字斟句酌說：「稟皇上：申字字義殊多，臣不敢妄答，唯背書以明之，《玉篇》有言：『申者，伸也』。《六書故》闡釋：『申，古伸字，像脅背之伸。』稟奏完畢。」

乾隆說：「紀曉嵐，你記得很準。朱思藻『吊時詩』一案。朕在申時審理，不正是有『伸張』之義嗎？」

紀曉嵐說：「我主聖明！」

乾隆問：「朱思藻，你認為朕如此對待你是否公平？」

朱思藻又撲通跪下說：「稟皇上，皇上如此對待罪民，乃天公地允。罪民心服口服。」

乾隆說：「朱思藻，還不到你說心服口服的時候，你且站在下方，朕這不是審案，你也還是未定罪之黎民。站著回話，有些事你跪著看不清。」

朱思藻說：「草民遵旨。」站起來了。

乾隆說：「朱思藻，據奏報，你曾中過舉人，自己拒絕入仕而希圖科考進士，至今未果。據報，你因此而對國朝產生不滿，因而仿唐詩或集唐詩編了不少『吊時詩』。是與不是？」

朱思藻說：「稟皇上：不是。草民編『吊時詩』是眞，但不是因科考進士未中而發洩不滿。只因去年江南大旱，未得賑濟，草民以為其責任乃在於州、府、省官未及時報奏朝廷。故而聖上未曾瞭解民情，未及賑濟，餓殍遍野。故而編寫『吊時詩』，以期引起朝廷加以重視。」

乾隆問江蘇巡撫：「莊有恭，朱思藻所奏餓殍遍野是否屬實。」

莊有恭說：「稟皇上，朱思藻一派胡言。」

乾隆問：「莊有恭，你是說一個百姓也沒餓死嗎？」

莊有恭說：「稟皇上：人有生老病死，死人之事時有發生，然說餓死則全屬危言聳聽！」

乾隆又問兩江總督：「尹繼善，你認爲你所轄江蘇、浙江、安徽三省，去年旱災後有餓死之百姓嗎？」

尹繼善說：「稟皇上：臣蒙聖恩，轄地甚廣，臣不敢說沒有餓死一個人！但遠不是朱思藻所說餓殍遍野。那是誣衊國朝，辱慢聖上。」

乾隆說：「朱思藻！你的父母官說你造謠誣衊，你再怎麼講？」

朱思藻說：「稟皇上，此正是草民要編『吊時詩』的原因。地方太大，總督大人和巡撫大人根本瞭解不及。草民所在之梁斗村，全村共有一百三十九人，餓死四十二人，共中三戶十二人全部死絕，無人安埋。我到外村各處轉過幾次，情況都差不多，豈非餓殍遍野？」

乾隆又問總督和巡府：「尹繼善，莊有恭，你們是不是也查實過朱思藻所報梁斗村之實情？」

尹繼善說：「據莊有恭查實報稱：梁斗村餓死四十二人之事不屬實！」

乾隆再不問話了，反而宣詔：「詔令和珅：將朕派你率人微服私訪查實之情況當殿奏報。」

和珅大聲說：「啓奏皇上，臣遵旨領人微服私訪江蘇、浙江、安徽三省各十個村共三十個村，其中朱思藻所住之梁斗村原共一百三十九人，餓死四十二人屬實。其他各村情況大同小異，惟災情比餘二省更重一些。」

尹繼善與莊有恭一聽嚇得渾身顫抖，慌忙下跪說：「稟皇上，臣懈怠失察實情，有罪呈請發落。」

乾隆說：「不急不急！朕還沒判你們有罪呢！先起來吧，聽下邊的議論。」

尹繼善和莊有恭站起來了，但仍抖顫不停。他們已經預料到自己必挨處罰。

乾隆說：「朱思藻，你所說『餓殍遍野』一事基本屬實，朕不罪你。然你編『吊時詩』一事，有罪與無罪，尚在兩可之間，依你來說，肯定認為無罪，否則你就不會編撰那詩；但又必須有一方假定此事有罪，然後你與對方作『有罪』與『無罪』的辯論澄清，最後才能得出結果。由於此事主要涉及詩文，因而朕今天領頭祭拜了大成至聖先師孔子，你們辯論的雙方都要遵從孔聖的文德，引有經，據有典，不可信口開河。朱思藻，你認為此種辯論方法是否公平？」

朱思藻說：「公平。」

乾隆說：「如此，朕詔令紀曉嵐作你的對方，你雙方可進行有理有力有根有據的辯論。朕已查明，你二人從未謀面，素昧平生，相互間又無公私恩怨，你們辯論完全以理取勝，朕決不強加於任何人。朱思藻正確反映了因災餓死人的實情，朕決定給你一個優先的機會：你可以先考核一下紀曉嵐，由朕出四道題目：由朱思藻考紀曉嵐，如將紀曉嵐考倒了，底下的辯論也就不必進行，朕免除你朱思藻的罪錯，朱思藻、紀曉嵐你二人都聽明白了嗎？」

二人異口同聲回答：「稟皇上：已聽明白！」

乾隆說：「朱思藻聽好，由朕指定題目，你出上聯，叫紀曉嵐對下聯，紀曉嵐對不出則作他敗落論。」

朱思藻說：「拜請聖上命第一題。」

乾隆用雙手食指分別朝左右上方指著紀曉嵐的頭說：「紀曉嵐之頭。」

朱思藻看到那手勢思謀少頃，立即念出：

牛頭有幸生龍角

這下子紀曉嵐飛快思考起來：該不該讓朱思藻考倒自己呢？這實在太容易做到，只說自己對不出下聯或對一個蹩腳下聯就行了。但那樣能過得了關嗎？皇上在御鳳樓連出十個題目命自己做「雨詩」，全都飛快做好，最後皇上天語嘉獎說：「難不倒的紀曉嵐！」今天突然被難倒。皇上是不是會責怪自己故意放讓呢？推而再論，自己眞放讓了朱思藻，皇上果眞就不會再追究朱思藻的罪錯嗎？不，不不，自從記事以來，本朝哪年沒有一兩個詩案？不都是全部追查到底，並予嚴懲嗎？

想到這一點紀曉嵐不無後怕，設若有意讓朱思藻勝了自己，不僅不能救了他，反而連自己都要被處死了……於是開始想對句。這上聯頗爲機巧，罵了自己牛頭，自己也得罵轉來。稍想之後也用雙手食指朝朱思藻的嘴一指，而後兩個指頭朝下擺著，唸著：

狗嘴何曾吐象牙

把朱思藻比做了狗，回罵成功。對聯對仗十分工整。

乾隆說：「第一題完，紀曉嵐勝。聽第二題。」隨即拿起御桌上玉盤裏的紅瓤西瓜吃了幾口，吐籽於手心，又將手心裏的瓜籽放在桌上。放瓜籽時還故意朝窗外看了一眼，明顯是辨別了太陽所在的西方，但是卻偏偏把瓜籽放在相反的方向，補充一句：「西瓜，瓜籽。」

朱思藻會過意來，馬上念出上聯：

吃西瓜籽往東放

紀曉嵐一聽有「西」瓜「東」放兩個相反的方位詞，下聯必須用類同的兩個反向方位詞才算工穩，於是馬上尋求這一方面的題材。四處一看，有了，孔夫子聖人像前案桌上《左傳》往右邊翻開了。於是朗朗應對：

看左傳頁向右翻

乾隆說：「左右對西東，第二題紀曉嵐又勝。」說完朝窗外遠處沙灘一指說：「第三題：長江邊上沙灘。」朱思藻專往刁鑽古怪的方面去想，一看沙灘上鵝卵石不計其數，豈非巨石之渣？馬上唸出上聯道：

石頭渣稀爛梆硬

果然又是難題，鵝卵石既是巨石碎塊，自是「渣滓」無疑，渣滓「稀爛」，卻又「梆硬」得很，這曲裏拐彎的上聯夠狠了。

紀曉嵐從從容容，仔細搜索相關的景物，有了，長江水滾滾向前，豈非像是開水？然而這開水卻不熱反涼，於是對句：

長江水翻滾冰涼

乾隆說：「第三題又是紀曉嵐勝，『翻滾冰涼』正對得『稀爛梆硬』，對句至此結束，改爲命題限字作詩。」這便又向四處尋找景物，一眼看見近旁秦淮河裏有一漁舟垂釣，覺得詩意蔥蘢，便指指說：「看那垂釣即景。」舉起左手大拇指又補充道：「朱思藻你可命紀曉嵐作此詩，七言絕句共二十八字，你限紀曉嵐詩中要用幾個『一』字？」

「十個！」朱思藻高興得快口接住，心想看你總共二十八個字之中，怎樣把十個『一』字鑲嵌進去？於是補充一句：「遵聖旨，只准作七言四句之七絕，不准作七言八句之七律。」

紀曉嵐覺得頗感爲難，一首詩裏將近一半只准用一個「一」字，這可沒有先例了。但自己能被其難倒嗎？被難倒雖不說自己會被處死，起碼太丟人，太顯得自己缺少才華了……凝神反覆構思，有了，於是堅決地吟誦而出：

一釣圖

一篙一櫓一漁舟，
一丈長竿一寸鉤，
一拍一呼還一笑，
一人獨佔一江流。

「詩題《一釣圖》，比限定之十個『一』字還多一個『一』字。」紀曉嵐又進一步闡明了自己的巧妙構思。

乾隆說：「好！紀曉嵐應題吟詩又勝。朱思藻，這你就怪不得了，你怪紀曉嵐機巧智慧也行，你怪自己命運不濟也好，反正你沒有考倒紀曉嵐。朕給你這個『優先』的機會，你讓它溜過去了。那麼，下一步就得憑你的辯才了，你能引經據典，申述你編撰『吊時詩』不算罪錯，而紀曉嵐無充分理由駁得了你，朕仍然免除你的罪錯，朕限定爾等話題『井』卦？本樓不正名為『水風井』嗎？」說著指一指樓前的上方，「那裏正掛著『水風井軒』的榜題吧！」

朱思藻這便快速搜索有關的內容，不多久便開口了：「啓稟皇上，井卦卦辭，『改邑不改井，無喪無得，往來井井。』這正是說，村邑可以改變而飲用井水的傳統不會改變，比喻開來，朝代歷次更迭，君主也有大行繼位，但黎庶百姓永遠都靠君主養育。當今聖上英明，更不會將饑民被災，餓殍遍野之事實置之不理。草民編撰《吊時詩》，目的乃在於提醒懈怠麻木的地方官吏。故爾並無罪錯！」

紀曉嵐知道此時已到關鍵時刻，馬上接口說：「啓稟皇上，朱思藻只知其一，不知其二。井卦卦辭還有最後三句：『汔至亦未繘井。羸其瓶，凶。』這是說打水而未把井繩伸抖開來，反而打翻了瓶子，當然兇險，比喻開來，朱思藻濫用編撰詩歌的方法，不但未把聖皇養育萬民的道理申述明白，反倒觸犯了天威，因而兇險，也即是他朱思藻犯有罪錯。」

朱思藻說：「啓奏皇上，紀大人所論歪曲了古聖先賢的本來道理。孟子說：『民為重，社稷次之，君為輕。』這正是指我皇乃聖明天子，把養育萬民的責任看得比什麼都重，聖明天子自不會再追究草民的罪錯了。」

紀曉嵐說：「啓稟皇上，朱思藻此為捨本逐末也。孟子乃繼承先祖師孔子之學說，故世稱『孔孟』而非『孟孔』。孔子學問之根基乃是三綱五常。《白虎通．三綱六紀》曰：『三綱者，何謂也？謂君臣、父子、夫婦也。』

朱思藻妄圖取消孔孟學說之此種基石。」

朱思藻說：「啓稟皇上，順著紀大人的話題，《春秋繁露．基義》篇曰：『天爲君而覆露之。』《漢書．晁錯傳》曰：『今陛下配天象地，覆露萬物。』注云：『覆，蔭也；露，膏澤也。』當今我主聖明，必定覆露天下，養育萬民。何來追究草民罪錯之說？」

紀曉嵐說：「啓奏皇上，此朱思藻斷章取義之伎倆也。在他剛才引述《春秋繁露．基義》篇時，故意割捨了後面的章句，其文整段如下：『天爲君而覆露之，地爲臣而持載之，陽爲夫而生之，陰爲婦而助之，春爲父而生之，夏爲子而養之。王道之三綱，可求於天。』這很明顯，『君臣』『父子』『夫婦』必相輔相成，豈可如朱思藻之執拗爲天之道，而舍卻爲地之德。此德爲何？經過孔聖親自訂正過的《禮樂記》曰：『君爲臣綱，父爲子綱，夫爲妻綱。』黎民百姓闡釋而用土話說：『君要臣死，不得不死。父要子亡，豈得不亡？』舍此三綱之基準，皇朝何以立國？是故，朱思藻編撰《吊時詩》謗訕朝政，辱慢君王，其罪彌重！」

朱思藻說：「啓稟皇上，此爲紀大人強詞奪理，難道能將草民編詩以求警醒官吏拜求聖上恩養萬民之本旨一概抹煞嗎？」

紀曉嵐說：「朱思藻你不要繼續辱慢君主！井卦彖辭有云：『改邑不改井，乃以剛中也。』『剛中』乃指井卦的『九五』爻，九五爻，君王之位，『剛』而又『中』，乃君王永施中庸之道的德行也。比喻開來，我聖明之皇上，決不會有所偏倚，既要養育萬民，又將懲處懈怠，當然也要追究你朱思藻辱慢君王的罪行！」

乾隆高興極了，連呼：「好，好，好！朕今決定：其一，免江蘇、浙江、安徽三省之民欠稅賦，計爲數二千八百二十四萬兩有奇，以此養育萬民；其二，罷尹繼善兩江總督職，降三級使用，罷江蘇巡撫莊有恭職，降爲常熟縣令，以此懲處懈怠瀆職行為；其三，追究朱思藻謗訕慢上之罪責，詔令斬首，以振三綱！

「朱思藻，朕今天在此『水風井軒』，行祭孔聖禮，允爾公正申述一應情由。然爾慢上欺君之罪終不可免，爾是否心服口服？」

朱思藻撲地跪下說：「我皇聖明，草民心服口服，捨我一人而救萬民，草民値矣！無須再動刑刀，草民自當了結！」

話剛說完，朱思藻磕牙斷舌，頃刻身亡……

壹拾伍　扈從圍獵議女人

紀曉嵐談起女人眉飛色舞，把女人外形從「十三四歲」說到「三十三四歲」……

猶如江畔漁民熟悉水性漁性，紀曉嵐把乾隆的心思揣摸透了。在南京水風井軒一席辯詞，滴水不漏，全都符合了乾隆的複雜心思，乾隆心裏異常高興，紀曉嵐的聲名更爲遠揚。當水風井軒諸事處置完畢之後，史貽直甚至當面對紀曉嵐說：「曉嵐堪稱皇上肚裏蛔蟲也！」

紀曉嵐說：「相國敞弦公果如是說，則教我蛔蟲之術者，正是敞弦公也！沒有相國公在貴府『拙居廬』的一席深切的開導，晚生根本想像不到皇上的心思，遑論今天相國公曲意奉承了。」

史貽直說：「過往之事，到此爲止，曉嵐往後，扈從聖上的機會當更多，該當愼之又愼。」

紀曉嵐說：「但願這扈從聖駕之差事不會太多，不然學生難免驚怕多夢了。須知伴駕一刻，驚動了七魄三魂！」

誰知事越怕越來，紀曉嵐隨乾隆南行返京不久，便又奉詔令扈從聖駕去熱河，目的是纂修《熱河志》。

熱河在清朝是一個省，省會承德，在當時是僅次於北京的第二個政權所在地，因建有承德避暑山莊而名聞遐邇。

該省因有一條熱河而得名。熱河古名武列水，有三個源頭，均在熱河省境內，合流之後入承德縣繞避暑山莊之東行宮，沿途因有默沁泉、湯泉、熱河泉等溫泉注入，因而有了熱河之名。

承德夏無酷暑，冬無奇寒，因其處於華北平原與蒙古高原之間一個斷陷的山間盆地。其中林木繁多，湖面開闊，被清朝選來建築避暑盛地，實在是得自於天時，地利，人和。

避暑山莊爲康熙皇帝命名，宮牆周長十公里。它的建設以「自然天成就勢，不得人力虛設」爲指導思想，用集錦式佈局方法，巧妙地因山導水，鑿湖開渠，造林築壩，集中了我國南北造園技術之精華。所謂「山莊咫尺間，直作萬里觀」，就是因爲它彙集了鎮江金山寺、蘇州寒山寺、杭州六和塔、寧波天一閣、南京報恩寺、嘉興煙雨樓、泰山碧霞元君祠等建築之長，各取特色，加以創新，使之在視覺、聽覺、觸覺上獲得透逸、清新、恬靜、典雅之感。

對於熱河省，清朝皇帝哪一個都格外關懷，乾隆此時正在中興大業，南行平定朱思藻吊時案之後當然關注北方，詔命修纂《熱河志》，同時乾隆自己也去避暑山莊避暑，於是修志的人馬變成了扈從聖駕出行。這自然更多了一份榮幸。

乾隆詔命修《熱河志》的正副總裁是汪由敦與董邦達。汪由敦，字師茗，安徽省由寧縣人氏。雍正二年進士，此時已官至吏部尙書，他對紀曉嵐向來十分賞識。副總裁董邦達原來就是紀曉嵐的老師，學問人品皆爲出眾，自張廷玉被劉統勛彈劾下去，董邦達馬上得中進士而踏人仕途，節節升進，此時已官至工部侍郎。

按朝制，由正、副總裁推薦正、副總纂。汪由敦與董邦達都十分器重紀曉嵐，於是一致舉薦紀曉嵐爲正總纂。副總纂是錢大昕，便是紀曉嵐的同年進士，那個介紹瘋人奇才戴震與大家交朋友的館閣同僚，當時文壇已傳佳話：「北紀南錢，文壇雙璧。」

乾隆一聽推薦，馬上就御批恩准。

出發之前，紀曉嵐對皇帝此舉此行的目的有所揣測，為了檢驗自己這揣測是否正確，便去請教老師董邦達。

紀曉嵐習慣地叫著董邦達的號說：「東山公，此次聖駕北遊，好像不只是承德避暑和圍獵木蘭這樣簡單的目的吧？」

董邦達有意考核一下紀曉嵐的分析判斷才能，裝作漫不經意的樣子回答說：「哦！我沒往深處想，莫非曉嵐以為聖駕北遊尚有其他目的嗎？」

紀曉嵐說：「東山公，學生以為聖駕此行非同小可，乃與兆惠將軍去新疆平定阿木爾叛亂有關，只怕那戰事已有獲勝的好消息。」阿木爾便是早二年欲借清兵消滅達瓦齊以便稱霸新疆的蒙古將軍，等清兵把達瓦齊趕出北疆以後，阿木爾才知道乾隆封自己為親王不過是軟禁的手段，於是又舉起叛旗。那時乾隆南行去處置朱思藻詩案，同時已派兆惠將軍北征新疆。紀曉嵐猜測兆惠即將獲勝。

董邦達高興異常地接話說：「曉嵐果然聰悟，判斷極為準確。兆惠將軍已到大獲全勝的前夕，他已把阿木爾趕到逃出北疆的道路上，那路線也與當年達瓦齊逃出北疆的路線相同。」

這話的內涵十分明確：當年阿木爾借清兵的力量趕走政敵達瓦齊，此次他自己也正是被清兵趕著走向同一道路。董邦達是漢人，他的學生紀曉嵐也是漢人，雖然滿族人入主中原的清朝已曆一百餘年，但在漢人的思想深處，仍存在著對滿清的本能排斥意識。

紀曉嵐聽出了董邦達話中的深層內涵，極為婉轉地提醒說：「東山公，學生深感榮幸，老師把學生當成了知心的好朋友。依學生看來，老師當著聖駕的面是不會如此說話了。」

董邦達說：「半點不差，曉嵐揣測他人心思的本領超凡脫俗，難怪史相國捎信對我說，我的學生紀曉嵐做得皇上肚裏的蛔蟲。」

紀曉嵐十分感謝兩位上輩子老人。

《熱河志》其實早已有之，紀曉嵐揣測，乾隆決定此次纂修的目的。在於記載新功勳，那就是等待兆惠將軍平定新疆阿木爾叛亂之後，在避暑山莊舉行某種慶祝，然後載入《熱河志》以廣為流傳。

紀曉嵐於是問：「老師以為，此次奉詔修志，重大的工作將在哪裡？」

董邦達說：「在後不在前，必須等待兆惠將軍大獲全勝。」

紀曉嵐高興極了：「對對，學生與恩師所想完全相同。那麼依學生愚見，我等第一階段盡可優哉遊哉了。」

董邦達說：「我猜想聖駕北行之後，將首先去木蘭圍場，秋獵休閒，以待新疆的勝利消息。說不定你我都要奉詔扈從圍獵木蘭。」

紀曉嵐說：「老師判斷一定準確。學生也已想好法子了，當我們扈從木蘭圍獵之時，讓修志辦事人員先對原志加以地域方面的訂正。比如學生已查明，舊志所說老河即白狼水不對，說黃河即為饒樂水也不對，必須予以修正澄清；更兼府治、縣治名稱與範圍不斷有所改動，新志將必須作修訂與補充，夠辦事人員忙很長一段時間了。」

董邦達說：「曉嵐你想得很周到，這樣一來，我們即使真的奉旨扈從去木蘭圍獵也不必心掛兩頭了。」

兩師生判斷果然一點也不差，汪由敦、董邦達、紀曉嵐與錢大昕四個修志頭目，還沒離開京城去承德避暑山莊修志，便接到詔命先隨駕扈從圍獵木蘭。

「木蘭」二字是滿州語的譯音，滿州話原意即爲「哨鹿」，也就是「吹哨以獲致獵鹿」的意思。木蘭圍場在今河北之圍場縣，在承德避暑山莊之北邊，中間隔著一個隆化縣。從避暑山莊到木蘭圍場有一百五十公里之遙，舊制習慣說是三百里地。

圍場是一個天然的好牧場。此地周圍，綿長一千餘里，林木茂盛，野物眾多。爲使豬獲豐盛，圍場四周立有密實的木柵欄，防止野物向外逃竄，這便是其叫做木蘭圍場的由來。每到秋八月，清朝皇帝即與王公貴族、寵宦大臣等一起前去圍場打獵，叫做「木蘭秋獮」。

乾隆秋獮，扈從隨駕的衛隊和王公大臣包括他們的眷屬下人共達兩千之眾。大臣及夫人一般都是兩個人坐一輛馬車，所以車隊多達近千輛，連同下人隨從步行隊伍前後延綿幾達三十里。浩浩蕩蕩，蔚爲壯觀。

這一天，大隊伍來到了古北口。古北口是個著名的關卡之地，在今天北京市所屬的密雲縣東北的最外邊，古北口長城與北京八達嶺長城幾乎同樣有名氣。古北口之關是眞正的石門關，那是從整座石山穿鑿而過，寬度僅僅容得兩對錯車，可眞是「一夫當關，萬夫莫入」的勝地。當然，也就常常塞車堵道，擁擠不堪。今天三十里長的人車隊伍要從此經過，其擁擠程度便可想而知。終於被堵得一時半會再過去不了，紀曉嵐和董邦達等幾個修志頭目一起下了車，到附近小鎮旅舍去稍事休息。

紀曉嵐時時刻刻關注文字的東西，這當然是他從小酷愛詩詞文字養成的習慣。他突然發現旅舍牆壁上題有一首詩，本是七言律詩，已十分模糊，前後六句根本已辨認不清了，只有中間兩句可以辨識：

一水漲喧人語外，
萬山青到馬蹄前。

紀曉嵐一看便高興極了，忙對身旁的錢大昕說：「曉徵，這兩句詩可真太好，一邊是水漲喧囂已到人聲笑語之外；另一邊是萬山青翠直到馬蹄之前。這畫面可真鮮活得很。」

錢大昕說：「可不！這詩的作者署名看不太清了。」一邊說一邊仔細揣摹著說：「好像，好像姓朱，叫做朱子，子，子什麼？最後一個什麼字實在辨別不出了。」

紀曉嵐已開始近視，他更無法辨認牆頭詩作者落款的小字了。但他頭腦反應極其敏捷，他說：「曉徵！這或者正是天意，讓我辨不出他名字的最後一個字來，剩下前面兩個字『朱子』豈不正好，『朱子』朱熹，宋朝理學之集大成者。今日牆上這位無名詩人，他日或成學子進士。你我拭目以待吧。」

乾隆是自視甚高的天子詩人，每到一處必有詩作。此次木蘭秋獮經過古北口，照例作了《出古北口御制詠古詩》，侍從的王公大臣自然都有御制和詩呈獻，其中以紀曉嵐所呈詩最好，不必細述。

來到木蘭圍場卻總不見開始圍獵，紀曉嵐弄不清是什麼原因，就問董邦達說：「東山公，皇上秋獮是要等什麼時刻？還是要搞什麼禮儀？怎麼到達這裏許多天裏沒動靜？」

董邦達說：「當然沒這麼簡單，皇上秋獮是件大事，人要經過十天的歇息休養，馬要經過十天的吊膘，就是拿精料把馬養壯，圍獵時馬跑得很苦，膘不足不行。吊完膘還要賽馬，獎勵前十三名，也就是選好十三名陪王伴駕。」

紀曉嵐好不吃驚：「爲什麼？爲什麼？恰恰是選十三名？」他對「十三」這個數位特別敏感，他自己十三歲時與文鸞一刻銷魂，文鸞被她父親文久荒逼死以後十三年，他又娶了十三歲的郭彩符做妾，因他認爲這個郭彩符是文鸞再生；後來他與姨妹春桃有了一手，姨妹也殉情不嫁他人；又十三年之後他又討了一個十三歲的小桃豔，他確信這桃豔正是春桃的轉胎……偏偏這次扈駕北行，又正是這兩個十三歲討來的小妾郭彩符與桃豔陪伴到此，偏巧這兒賽馬又是取前十三名……這這這，這「十三」與我何以有如此大的緣分呢？紀曉嵐急切切又補充問一句說：「莫非這『十三』裏面隱藏著什麼秘密？」

董邦達說：「當然有奧秘。皇上到這裏秋獮的目的不止是打點野物，逗些樂子，以作消閒。而是爲了顯示實力，徹底馴服邊民。邊民主要在新疆、西藏、蒙古、青海四省，這四省主要民族是藏族人和蒙古人。於是聖上自然要開展蒙人、藏人喜歡的一些傳統活動，以便與他們作心靈感情方面的溝通。具體地說，秋獮圍獵是蒙古人的傳統活動，而事前的賽馬選騎手，又來自藏族人。故事起源很早，唐太宗時代，吐蕃贊普（即大王）松贊干布統一了西藏高原，他派人向唐太宗求婚他的公主。唐太宗爲了睦鄰戍邊，當然樂得答應，便在貞觀十五年（西元六四一年）把文成公主嫁去了。文成公主美若天仙，松贊干布好不高興，於是在拉薩舉行盛大結婚典禮。典禮上自然少不了舉行傳統的跑馬大賽，參賽者足有千人。松贊干布按照祖宗的傳統，自己也親自跨馬參加。因爲他不是專業騎手，沒有跑到前邊。藏人把賽馬看得比自己生命還重要，就是在君王面前也不會放讓於他。不過松贊干布到底是英雄好漢，在於餘名騎手中跑到了第十三名，於是他們獎勵的名次就到十三名止，從此流傳至今。」

紀曉嵐說：「果然這『十三』奇特，都與男女情愛有關。松贊干布爭得了第十三名肯定是因爲有了文成公主的結果。」

董邦達說：「有道理，藏民中還有一種更古老的傳說，說是很早很早以前，藏族有兩位大王爭鬥，一位是格薩爾王，另一位是霍爾王，格薩爾王有一個愛紀名叫珠姆，不幸被霍爾王搶去了。格薩爾王派了十三位大將領了十三萬兵馬前去征討霍爾王，不僅搶回了珠姆，而且徹底消滅了霍爾王。從此格薩爾王成了藏民的共同領袖。他有鑒於十三位大將殺敵奪妃有功，便封了十三位．大將駐守在那裏，並決定從此以後賽馬都取前十三名。」

紀曉嵐太高興了，說：「眞有意思，十三位大將，率十三萬人馬，就爲了奪回一個愛妃，偏偏正是這十三位大將率領的十三萬人馬藉機消滅了敵人，創建了統一的格薩爾藏王之國！這『十三』在天帝心目之中，一定是個吉祥的數位。」

錢大昕說：「東山公你可能上了曉嵐的當了，盡講『十三』怎麼吉利怎麼好，這就正中了曉嵐的下懷，東山公你可能不知道吧，曉嵐帶來的兩個侍妾郭彩符和桃豔，先先後後都是在『十三』歲歸了他，豈不正中『下懷』者也？哈哈，哈哈！」

紀曉嵐會過意來，陪著笑了一陣。其實他陪笑只是緩衝一下時間，趁這時機飛快地想報復的主意。他平常總喜歡笑謔別人，今天怎麼聽憑別人笑謔自己。不一會果然被他想到了主意，他小聲嘟噥著說：

「曉徵，這號玩笑怎麼扯上了東山恩公師輩？我們小輩人鬥嘴玩玩罷了！你以爲我不知道你的奧秘？你名字叫錢大昕，『昕』字本意是清晨早起，可你偏是古怪要做拆字遊戲，你那『昕』字拆開是什麼？不正是『日』『斤』兩個字嗎？你以爲我不知道你那小妾的小名叫『九斤妹』嗎？『九斤妹』就是『斤』妹。所以你名字叫做『日斤』！哈哈哈哈！」

老師輩的董邦達沒有笑出聲來，只在面上現出一點笑意就收住說：「你兩個同年進士鬥嘴不服輸，『南錢北紀』兩大才子咬嘴架，不過牙齒咬舌頭。我倒想起一件事，你把那『十三』的數位看得這麼吉利未必就妥。早一陣我聽基督教傳教士艾爾登說，這『十三』在西方最不吉祥，說是他們教派的祖宗叫做耶蘇基督，他有十三個弟子，可正是那第十三個弟子當叛徒出賣了他，他被釘死在十字架上。所以西方一聽這『十三』就煩，有些能去掉的地方都把『十三』去掉，比如他們的高樓大廈吧，蓋二十層以上的多而又多，可是偏巧沒有『十三』層，過『十二』層就到『十四』層去了。這麼說，你那兩個都是『十三』歲討的小妾，恐怕前途不會很好，起碼她們的命都怕不會很長。」

錢大昕又趁機戲謔紀曉嵐說：「東山公，這你就弄錯了，曉嵐他巴不得他那些小妾都命短，他早說過女人過了四十歲就沒味道，他恨不得夫人侍妾早早都死了，巴不得他自己接二連三盡娶十三歲的小姑娘！哈哈哈哈！」

紀曉嵐豈會認輸敗陣。他又快口接話說：「東山公，你莫聽曉徵一面之詞，其實他自己議論女人更露骨，比如他說『十三四歲一冢墳，二十三四包子形，三十三四平平過，四十三四一條坑。』這又有多肉麻，多土俗？哈哈哈！」

董邦達說：「別逗了別逗了，飲食男女，本很平常，逗幾句嘴尋點樂子也不奇怪，老把女人掛在嘴邊，小心那嘴變成了女人的東西了！哈哈！」

薑是老的辣，董邦達把兩個小輩子罵得好狠。於是兩個小輩一下子啞口無言。

再巧不過，紀曉嵐的下人急匆匆報告：「老爺，不好！三奶奶大動風寒，上吐下瀉，還說胡話，眞不得了呢！」三奶奶就是紀曉嵐的第三個小妾桃豔，當然是紀曉嵐自認爲是小妹春桃的再世人，娶來做妾三年剛過，還是十六歲的小妹娃，她怎麼就得了如此的惡症？

紀曉嵐跑到住所，果然聽到桃豔在胡亂叫喊：「姐夫！姐夫！哈哈……嗤嗤……」怎？又笑又哭？「姐夫！姐夫！我注定跟你只有三年的緣分，緣分……前世好三天，這世好三年……哈哈哈哈！哇哇哇哇……」越更哭得厲害了，那笑也變得比哭還難聽了。躺在床上，翻來覆去，拍被打枕，好不奇怪，樣子嚇煞人……

紀曉嵐幾步跑了過去，忙喊：「桃豔怎麼了，怎麼了？我是曉嵐，我是曉嵐，我來了，我來了，你看看，你看看！」

桃豔翻過身來，看見紀曉嵐就大笑：「哈哈！姐夫來了！姐夫來了！我們緣分已盡，小鬼牽住了我的魂……我想多耽一刻都不准……哇哇，哇哇……」

紀曉嵐說：「桃豔你胡說什麼？你才十六歲，花還才打苞……」

桃豔喊起來：「對對對，小鬼告訴我，我只有十六歲的陽壽，上世十六歲吃砒霜，今世十六歲嘔肚腸！哇哇哇哇……」連嘔一大陣，飯菜早沒了，湯水也沒了。嘔出來通紅通紅，竟是大口大口的血……

紀曉嵐大哭起來：「桃豔你不能死！你不能死，我們才過三年，怎麼捨得你走？」

桃豔突然睜大眼睛，說話卻像一絲一絲吐氣了「姐夫…別急，我們，我們還有下世……下世緣分……」頭一偏，斷氣了。

紀曉嵐一下子躍進了痛苦的深淵，他自己也十分迷茫了。這是怎麼回事，桃豔臨死了怎麼喊我姐夫？莫非她果眞是春桃小姨再世，對了，對了。她還記得前世我和她睡了三夜，今生和我又剛滿了三年，滿了三年……那麼，她臨死說我們還有「下世姻緣」，又是什麼意思呢？難道她眞的又要轉世投胎再嫁給我……

紀曉嵐也昏昏沈沈起來，覺得這個世界眞是太古怪了，太古怪了……

乾隆皇帝連續圍獵兩天，兩天打到了兩隻大鹿，可是他反而發脾氣了。因為他終於發現，那兩隻鹿是早已被人捉住灌過什麼迷魂藥了。一灌這藥它跑也不會跑，叫更不會叫，瞪著兩隻癡呆的眼睛，只等別人來打殺……乾隆端起獵槍對著它時，分明看見它那兩隻眼睛裏放射出憤怒的火，可就是沒辦法動彈。眼看就要被打死，它似乎還滴了兩滴淚珠……

乾隆大吼起來：「胡鬧！捉了鹿讓朕打，不是欺君罔上嗎？是誰的罪錯？誰的罪錯？」

沒有一個人敢搭腔，誰也擔不起這個責任。策劃這一切的到底是誰，乾隆根本不想弄清楚。他知道這是幕後有某個大臣指揮，但其目的又並非有錯，只是怕朕太辛苦了，又不想讓朕打獵失望，他已猜到這個幕後指揮者就是和珅，是那個儀仗隊長，是那個先皇春妃的轉世人。

總得自己給自己留個面子：乾隆一道聖旨：餵馬墜鐙的馬前卒二十四人，每人責打四十大板，讓他們將功折罪，不再追究他人。

捂著鼻子哄眼睛，皇帝天子大概都一樣。

另下一道聖旨：「朕要打狼！打眞狼！打『德力特狼』：誰也不准弄假！」

這下子急壞了和珅，他知道打「德力特狼」實在危險。

「德力特」狼是蒙古語譯音，意思是「大個子」狼。北方的狼有兩種，一種叫草原狼，個子小，愛成群結隊活動；另一種便是「德力特」狼，這種大個子狼是成雙成對地出沒于戈壁。

「德力特」的狡猾殘忍令人驚歎，它在白天叨到羊決不徑直回歸，而是把獵物叼到灌木從裏或亂石之間，然後便躲起來窺望，看看有無獵人或牧羊狗追來。沒有追擊，它再拖了羊到洞前與一群狼聚餐。

黑夜，它先隱蔽於羊圈附近不露臉，等待有草原狼或狐狸來盜羊，德力特狼便尾隨其後。等牧人和牧羊的狗追打前面的草原狼或狐狸時，「德力特」狼便躲在另一邊乘虛而人，叼羊十拿九穩，叼了羊逃之夭夭。

由於德力特有如此智慧般的狡猾，再加上它個子高，力量大，牙齒特尖，更因爲它是一公一母成雙活動，彼此支援，拼死拼活，其殘暴性迥非尋常。這樣，打這種「德力特」狼十分危險，輕易不敢動手，爲獵人之一大禁區。對於狼在牧區的危害，當地有一首民謠唱得生動具體：

狼吃羊，一溜趟；

狼吃驢，不費力；

狼吃雞，當兒戲……

但似乎世界上本來就一物降一物，各有短和長，即是德力特狼都一樣，它也有弱點，那就是直脖子拐不得彎。所以在夏天裏最怕綠頭蒼蠅。此時倘若狼被碰傷了，打傷了，或被馬踢傷了，那綠頭蒼蠅立刻就會把蛆下進去。狼的直脖子不能打彎，它的嘴擦不著和舔不到傷口，也就趕不走蒼蠅，蒼蠅的蛆下到血裏，比熱水泡炒米都長得快，蛆蟲沿血管迅速攻遍狼的全身，狼很快便被蛆吃死了。所以狼躲夏天，很少出來活動。可現在秋天已沒有綠頭蒼蠅的威脅，狼便倡狂活動開來。當然這時是最好的獵狼季節。

可皇帝要獵狼就危險萬分，狼不會攻擊皇帝身邊成群結隊的獵手，但它善跑。它一跑就要追，不追獵不到。皇帝金肢玉體，騎馬追狼怎麼吃得消？吃不消就追不著，追不著就獵不到……豈不是讓皇帝空手返回？這對秋獮圍獵的皇帝是多麼的丟臉？而又不能用別人獵到的狼來冒充是皇帝獵到的狼，這這這，這可怎麼辦？

和珅也有超乎尋常人的智慧聰明，他遍找下人中的老獵手詢問辦法，這辦法眞讓他問出來了。

這天，和珅牽來了一匹高大的赤紅馬，它赤紅得全身都像火苗，從頭到尾，從上到下，無一處不是赤紅。這種馬常常是萬裏挑一，連產馬的西北也所見不多。皇帝衛隊長和珅要找當然找得到，這赤紅馬自然交給了乾隆。

伴駕的十三名騎手，都是賽馬會上選的精英，自然就是跑最前面的那十三個，他們的馬可五花八門。顏色各異，那全是他們本人在賽馬會上的奪獎坐騎。當然也是非同凡響。

和珅自己呢，卻騎一匹高大的純白馬，作爲衛隊長緊隨乾隆皇帝左右。

聖皇獵隊就這樣組成，然後出發了。

很快就發現了一對「德力特」狼，正在草原東張西望。

赤紅馬一見到德力特狼，反射般地快捷長嘶一聲，全身鬃毛倒豎，連尾巴也立了起來，渾身像一團熊熊燃燒的火焰，立刻向狼飛奔而去。

狼一見血色寶馬，立刻掉頭就跑，眞如射箭一般。

狼逃跑，紅馬追，這似乎是天意賦予的各自特性，遠不是人們所能理解得了。但草原獵手都說赤血寶馬是狼的剋星。

狼跑馬追。駿馬飛蹄如鐵，咆哮如雷，勇猛無比，仿佛敲打得草地都顫動起來。乾隆並非最好的騎手，但血紅寶馬似乎根本不用駕馭，它天然自發地追趕著德力特狼。

和珅的白馬跟在乾隆三五步之後追趕，永遠不超前，不落後。和珅好像天上安排他來隨侍出獵乾隆，讓他早練成了出色的騎手。能隨心所欲地緊跟著乾隆。

其餘十三名騎手，又緊跟在和珅的身後十來步，絕不超前。

乾隆的赤血紅馬越跑越快，那兩隻「德力特」狼，卻開始四蹄踏血，口吐白沫，茸拉舌頭，漸漸跑不動了。突然之間，兩隻狼扔過頭來反向赤紅寶馬奔跑……

紅馬幾個縱跨，轉瞬奔到狼的身邊，圍著兩隻狼繞了三個圈子，像是在選定踏蹄的時機。又只一瞬，赤紅馬跟起後腿兩端，將兩匹狼踹倒在地上了。它們只顫動了兩下，便僵直了再不動彈。

乾隆正在納悶：怎麼兩隻狼突然往回跑？豈不正是朝馬蹄下跑嗎？抬頭一看，立即明白，狼跑的前方去路，正有三圈獵手立馬橫槍，擋住了狼的去路。乾隆心裏好不喜歡：這和珅的心思可真縝密！他的部署竟是如此周詳……

乾隆還沒想得十分透徹，和珅早已用手一揮，讓尾後的十三名騎手，分兩組抬舉著已死的「德力特」狼，跪在乾隆面前高呼：

「吾皇萬歲萬歲，萬萬歲！神駿超凡，萬民福祉，大清國祚綿長！」

乾隆似乎根本沒有考慮，脫口高呼：

「和珅扈從朕圍獵有功，著升副都統！」

壹拾陸　紀昀喪妾悲亦喜

紀曉嵐死了一個愛妾，悲從中來。乾隆賞給他四個宮女，他又喜笑顏開。

突然死去了小妾，紀曉嵐又眞的病了幾天，連乾隆圍獵殺狼的精彩場景也沒看到。

熱河修志的正副總裁汪由敦與董邦達，以及和紀曉嵐並列爲總纂的同年進士錢大昕，可都一飽了眼福。原來和珅早做了安排，攔「德力特」狼逃跑前方的裏外三層獵手並非眞的獵手，不過都是化裝做了獵手樣子的陪侍皇上圍獵的王公大臣。其中自然就包括了修纂熱河志的幾個頭目。他們立即便把乾隆一人獨殲兩狼，神勇無敵的英雄氣概作了詳細的記述。當然，決沒有拉下圍獵場上的其他勝景，什麼蒼鷹盤旋，突被射下；武士獵手，各處搜尋……等等等等。總之木蘭圍獵獲得了極大的成功。上千人的隨從圍獵的隊伍，當然人人都有或多或少的獵物得以炫揚。

就連病倒實在沒有圍獵的紀曉嵐，也分到作爲自己圍獵的「戰利品」鶺鷹三隻。和珅果是專爲生來討好乾隆的怪人，點點滴滴切合了乾隆的心意，簡直無以復加。乾隆一看上千人都高舉獵物或拖著獵物三呼萬歲，早已心都醉了。立即便把早已寫好的《行圍即事》詩掏了出來，由已升副都統即副將軍的和珅當著上千人衆宣讀。

不久便有上千人的恭和御制詩呈了上來。

紀曉嵐這時已經康復，他的恭和詩又是最出色的一篇。

乾隆高興萬分地說：「紀曉嵐恭和詩又得第一名。聞得紀曉嵐新近喪失愛妾，乃因扈從隨駕圍獵木蘭，使侍妾偶感秋寒而起，朕憐之甚深，著令，賞紀曉嵐上等宮娥四名，任由紀曉嵐逐一挑選。」

紀曉嵐萬萬沒想到會有如此豔福：死去一妾，換得四娥。值了，值了！心裏的話不敢說，說出口的是官場上的文詞：

「臣紀曉嵐領旨謝恩！叩拜吾皇萬歲萬歲，萬萬歲！」

轉世投胎的淫猴精現出了本相，紀曉嵐一聽皇帝賞賜四小妾，轉眼之間，先前的病一點也沒有了。

不用說他在宮娥中選了最漂亮的四個妙齡女子，按照「皇恩浩蕩」四個字分別取名？

皇皇、恩恩、浩浩、蕩蕩。

四個宮娥賽若天仙，聞得作了大才子紀曉嵐的皇賜小妾，一個個直覺得無上光榮。

紀昀曉嵐對乾隆當是更感恩戴德，鞠躬盡瘁了。

乾隆皇帝回到了承德避暑山莊。

轉眼九月九日重陽節到了，乾隆的母親皇太后賜宴內外王公諸臣。那百桌千人的盛景無須盡述。

乾隆又作詩以紀其事情，紀曉嵐當然又有奉和之作。

回到承德避暑山莊，汪由敦、董邦達、紀曉嵐和錢大昕兩總裁總纂抓緊了《熱河志》的編纂工作。留守在修志公署裏的工作人員作了各種文字修刪，他們檢查後覺得甚爲滿意。於是便將此次木蘭秋獮的盛景編纂了一個專章，當然乾隆的御制詩全數錄入。

恭和御制詩每種只錄十首，其中紀曉嵐的大部分和詩被乾隆欽點爲和詩第一名，錄入名正言順。其他所錄和詩，作爲奉旨修志的頭目，汪由敦、董邦達、錢大昕三人的和詩當然有超常的水平，但有一部分平庸的應酬之作也和紀曉嵐的和詩一起悉數錄入，這便多少有一點「近水樓臺先得月」的嫌疑了。

很快便傳來戰報：征戰新疆的兆惠將軍已把叛將阿木爾部隊消滅了，阿木爾本人逃出北疆，走上了那條曾被他趕走的達瓦齊的逃走之路。

至此，在清皇朝的西北邊陲已悉數討平，蒙古、青海、西藏、新疆四省，如今都已確確實實掌握在清朝手中。愛新覺羅．弘曆完成了他的乾隆盛世的版圖匡定。他有理由大事慶祝一番，以此增加新修《熱河志》的熱鬧篇幅。

大勢所趨，此時土爾扈特使臣德斯布來到熱河行宮拜見乾隆弘曆，表示臣服大清帝國的忠心。

土爾扈特原來只是一個部落，是蒙古族內四大部落之一，佔有新疆北部的廣大地區。在明代，其地盤擴展到前蘇聯的窩瓦河邊，在兆惠將軍奉旨征討叛將阿木爾的時候，土爾扈特部落活動地盤已限制在伊黎河兩岸的地域之內了。

乾隆實在是一個聰明的帝王，很會接受歷史教訓。他從阿木爾先投降後叛變的過程中，看出歧視邊疆落後民族領袖人物是個失敗的策略；他想過，設若當時不是把阿木爾明封親王、實爲軟禁的話，那麼阿木爾就不會發生叛變的事情。

現在一改已往的作法，乾隆決定給蒙古族人在大西北有十分充足的自由，那就是任用他們族內的官員，尊重他們的風俗習慣。

乾隆頒下詔書：爲了歡迎土爾扈特臣服，爲了慶祝蒙古、新疆、西藏、青海西北邊疆統一爲大清版圖，在避暑山莊舉行盛大慶典，慶典將按照蒙族和藏族的風俗習慣舉行，其中尤以蒙古傳統習慣爲主。在萬樹園舉行那達慕大會，舉辦大蒙古包宴會，歡宴各國使節，並西北邊疆四省邊民首領，以及朝廷王公貴胄，文武百官，普遍給予賞賜。

這個詔令一下，舉國歡欣。邊民領袖向承德避暑山莊集結，各國駐京使節齊向承德進發，避暑山莊裏的準備工作則更是如火如荼。

土爾扈特使臣德斯布向乾隆皇帝呈奏說：「陛下，屬下治民，有願借陛下在此避暑山莊舉行盛大蒙古式慶典之機會舉行婚禮者，拜祈陛下恩准之。」

乾隆大笑：「哈哈哈哈！好！如此吉祥之喜事，豈有不准之理！」

於是，有十二對蒙古族青年男女婚禮在這期間舉行。

在那個占地六十四公頃的避暑山莊平原區，有一個被乾隆昵稱爲「蒙古草原」的碩大去處，巨槐貯蔭，蒼松刺頂，芳草萋萋，百花點綴，名曰萬樹園，可何止是一萬棵樹？

幾乎在一夜之間，這裏便有了無數的蒙古式房屋建築：蒙古包。蒙古語的譯音叫做「蒙古爾克爾」，那意思便是：家。

在新添的無數的蒙古包中，有二十四個在辦喜事，其中十二個爲嫁女，十二個爲迎親。而新娘新郎兩家之間明明最爲親密，卻偏偏要相隔較遠。因爲要多留一點距離，以展現蒙古族豐富多彩的婚禮儀式。蒙古族婚禮儀式最有代表性的一場叫做「門門」，實際上是男家女家對陣，一在門裏一在門外對詞，相當於其他民族的盤歌問答，風趣高雅，其樂融融。紀曉嵐、錢大昕決定跟定一家去實地看看。

新郎名叫巴爾思，蒙古語音的意思叫做老虎。他要娶的新娘叫做瑪喇勒，蒙語的意思叫做牝鹿，也就是雌鹿。

今天便是娶親的日子。巴爾思健壯高挑，容光煥發，頭戴紅纓帽，身穿挽袖抱，腰間紮著寬厚的帶子，腳蹬長筒皮靴，打扮得十分英武。還嫌不夠，左腰挎上蒙古刀。蒙古刀非同小可，撲殺牛羊，剝皮切肉，保畜護身，砍柴挖菜，時時事事不可缺少。既是實用品，又有裝飾意味。刀條乃優質鋼打成，無比鋒利；刀把牛角，既厚又寬，上雕虎形圖飾，這是他按自己名字含意指定製成；刀鞘銀質，雪亮放光，鞘上花紋塡燒了琺瑯質，顯得高貴異常，五顏六色，何其高雅。

巴爾思是一個蒙古頭人的兒子，當然他的佩刀要顯示金貴和光榮。

但今天畢竟是去迎親而不是比武，在左掛佩刀的身腰的右邊，巴爾思吊上了一個荷包袋，這荷包袋用五彩絲線繡成，繡的是一對淩空飛翔的比翼鳥，全身青中帶紅色，它樣子像野鴨而實際與野鴨並不相同，它的特點，是雌雄分別只有一隻翅膀一隻眼睛，單獨飛不起，要雌雄兩隻比翼方可齊飛。巴爾思腰間荷包上的比翼鳥，自然是新娘瑪喇勒親手繡成。她繡的實際是一對連體鳥，用以表現自己和新郎心連心。

新郎巴爾思騎著高頭駿馬，興高釆烈迎娶了新娘瑪喇勒往自己家裏來。他身旁跟著十幾個同樣騎馬的小夥子，爲護親隊。此外還有專門的祝詞家，就是準備和女方詞家對詞盤歌的歌手。

新娘瑪喇勒坐在披紅掛綠的花車裏行進，也是一大群隊伍，有首席親家、中席親家和下席親家，當然還有祝詞歌手。浩浩蕩蕩，車水馬龍。

隊伍來到男家以後，新郎和男方的迎親隊伍都進了蒙古包，這時把門封好，說是裏邊上了門閂，禁止女方進入，必須對詞對歌之後方肯進入。所謂「閂」門不過是象徵意義，其實毛氈門簾有什麼閂子？

於是，男方在門裏，女方在門外，雙方的對詞盤歌開始了。

車水馬龍，人山人海，誰也沒有注意內中竟有兩個朝官，紀曉嵐和錢大昕兩人化裝成老百姓，混在裏面看稀奇。他二人久居中原，從來沒有見過大漠民族，尤其是錢大昕出生在遙遠的南方，對剽悍的蒙古民族更感興趣。

紀曉嵐說：「我們微服私訪，躲在暗處，把蒙古族禮習看得清楚，這婚禮在避暑山莊舉行，豈不正好寫入《熱河志》？」

錢大昕說：「誰說不是？沒有聖上版圖一統的勳功，哪裡有避暑山莊舉行蒙古族婚禮的道理？」

於是二人不僅自個來了，還帶來了一個化了裝的筆帖式（翻譯）。以免有些話聽不懂。

紀曉嵐一看瑪喇勒竟佩戴著一個老虎逗小鹿的銀飾，很奇怪地問錢大昕：「曉徵你看怪不怪，蒙古姑娘那腰飾，竟是老虎與小鹿兩相親近！」

錢大昕說：「曉嵐別咋呼了，先聽他們對詞盤歌。」

只聽男方詞家先唱了：

鳳凰展翅難進門，

皇帝欽差不沖門，

騎馬套車貴隊伍，
請問何到本府門？

女方詞家唱著，以質問代替回答：

成吉思汗娶福晉，
十裹鋪氈迎進門，
今日俏男迎乖女，
爲何反是閂大門？

男方詞家解答：

菩薩鋪著綢緞迎，
活佛擺放地毯迎，
從來蒙古娶媳婦，
閂門對詞誰不遵？

於是女方詢問男方備了哪些彩禮，以迎娶如此美麗的姑娘？

男方回答：「彩禮再多只過眼，最好的禮是新郎一顆忠誠的心。新郎也得到報償，那便是新娘也給了一條心。」

女方又問：「新郎的心在哪裡？新娘的心又在何方？」

男方詞家於是婉轉悠揚地唱開了：

新郎荷包新娘送，

比翼齊飛百世恩；

新娘牝鹿新郎虎，

虎送銀飾一家親……

當筆帖式把這些唱詞都翻譯過來後，錢大昕對紀曉嵐說：「這下子你該明白了吧，原來新娘腰上的銀飾與新郎腰上的荷包，是他們二人互換的結婚信物。『老虎』和『小鹿』，是二人名字的意思。」

紀曉嵐說：「這下子我又有事更不明白了，曉徵，你當然會記得，象徵男女相愛的比翼鳥最早出現於古籍《爾雅・釋地》篇：『南方有比翼鳥焉，不比不飛，其名謂之鶼。』這種黑紅的鳥像野鴨而實非野鴨，雌雄各只有一隻翅膀：一隻眼睛，不相互比翼根本飛不了。他們蒙古、新疆自然沒有這種鶼鶼鳥，爲什麼他們會拿來比喻愛情的堅貞呢？無非是向漢族學習來的說法，那麼，漢族人更喜歡用鴛鴦來作比喻，這新娘爲什麼反而選了『比翼鳥』呢？」

錢大昕說：「曉嵐，這事我也納悶，你問我不如去問那個姑娘，那些唱詞家唱個沒完沒了，旁邊的群眾歡喜得熱火朝天。倒是把馬車上的新娘晾到一邊了，你看她被一群小夥子逗得好開心，我們何不問問她去？」

紀曉嵐朝馬車上的新娘子一望，模樣眞賽過出水芙蓉。蒙古、西藏、新疆那些邊民比漢人開放而大膽，新娘出嫁也不蒙什麼頭巾，坐在敞車上還敢東張西望。趁著男女雙方對詞家盤歌問答之機，一群年青小夥子圍著新娘子逗得嘻哈大笑。難怪這種新婚禮儀中的「門門儀式」能吸引這麼多人……紀曉嵐向來喜愛女色，聽錢大昕如此一說，更是巴不得了，忙說：「去去去！漢族人結婚鬧新房在舉行婚禮之後的晚上。他們蒙古人把新娘『門在門外』就開始鬧新房了。只可惜她不會漢話，要通過筆貼式翻譯才能講。」

說話之間，紀曉嵐已和錢大昕帶著筆帖式走到新娘馬車邊來。可惜馬車邊圍滿了年青人，進不去。也不知筆帖式跟他們那些人嘰哩哇啦說了一些什麼話，只見那些圍車逗笑的人馬讓開一條路來。筆帖式領著紀曉嵐、錢大昕二人走進去，很快來到新娘馬車邊。筆帖式又同新娘子嘰哩哇啦交談了一陣什麼話……。

忽然新娘一驚，竟用漢語話說：「啊！紀曉嵐？眞怪眞怪！」說完後便朝紀曉嵐奇怪地望著。

紀曉嵐更驚喜發問：「新娘子會說漢話？」

筆帖式說：「新娘子瑪喇勒是蒙古族一個頭人的女兒，那邊頭人經常都要與漢人打交道，所以，他們自己和他們的子女會講漢話是理所當然。」

紀曉嵐於是轉臉對瑪喇勒說：「假如我猜得不錯，新娘子瑪喇勒就是牝鹿姑娘。我想問姑娘一句話：你爲什麼一聽說我的名字『紀曉嵐』三個字，就說『眞怪眞怪』？」

瑪喇勒大笑：「哈哈哈哈！這事我要請紀學士原諒了。早在一個多月前的時間，我們那裏一個漢族流民老婆生下一個女孩子，生下來又哭又叫，人們學她哭叫的聲音，可跟紀學士的名字巧合了，讓我學學：「哇哇！紀，曉嵐！哇哇哇！紀，曉嵐！哇哇哇哇！紀，曉嵐⋯⋯」

逗得馬車邊的數百名圍觀者哈哈大笑。氣氛熱烈到了極點。

紀曉嵐倒一下冷寂下來，他心裏一個寒顫，不由自己問自己：「啊！早一個多月，那不正是十六歲的小妾桃豔病逝在木蘭圍場的時間嗎？新疆流民生個女兒一下地就哭叫著我的名字，難道竟是桃豔轉生到了新疆？哎呀不好，流民流民，乃充軍新疆又在那裏釋放安家的罪犯，那麼，桃豔是轉世投胎到了罪犯之家？咦？怪了，內地新疆數千里，莫非我此生將與新疆有關？難道我也會有充軍去新疆的命運？⋯⋯」

紀曉嵐沉浸在震驚惶恐的思緒中，眼睛發澀發呆，整個兒傻乎乎，好像其他任何事都不記得了。

錢大昕以為他受不了那個「小孩哭叫紀曉嵐」的刺激，忙開導說：「曉嵐你怎麼了？一個落地嬰兒的哭叫聲音，哪有什麼值得讓你大驚小怪？別放在心裏去了。你不是還有話要問新娘子嗎？」

紀曉嵐一時心亂如麻，哪有心思問什麼話，便隨口答應一聲：「曉徵，我突然感到有點不舒服。那話你問也行，快問完我們走。」

錢大昕於是問新娘子：「請問牝鹿姑娘，你們新疆那裏有比翼鳥嗎？」

瑪喇勒回答：「沒有。」

錢大昕又問：「哪你怎麼知道把比翼鳥繡在荷包上做婚事情物呢？」

瑪喇勒說：「跟你們漢人學的，你們不是還把夫妻比作鴛鴦嗎？鴛鴦我們那裏也是沒有的，聽說新疆有個鴛鴦湖裏有鴛鴦，並不是南方那一種，我們還不知那湖在哪裡呢！」

錢大昕說：「既然你們那裏沒有比翼鳥也沒有鴛鴦，那就繡什麼都一樣。可是比起青紅色的比翼鳥來，那紅紅綠綠的鴛鴦要漂亮多了。那你爲什麼不繡美麗繡樸素？難道你把比翼鳥看得比鴛鴦貴重些？」

瑪喇勒不答話，抬頭向天，用手環繞一指說：「錢學士先生看，這空中多的是什麼？」

錢大昕抬頭一瞧，幾乎漫天都有蒼鷹在搏擊，恍然大悟說：「哦！牝鹿姑娘是更喜歡鷹的矯健，而不羨慕鴛鴦的纏綿？」

瑪喇勒說：「這不僅是我一個人的喜愛，更是我們整個蒙古民族的追求。我當然不繡鴛鴦而繡比翼鳥！聽我唱一首我們的民歌：……」

瑪喇勒隨即婉轉高唱，銀鈴般的聲音沖入秋高氣爽的雲霄：

天邊飛來一朵雲；原是一隻草原鷹。
飛呀晃呀身不穩，原是蒼鷹死來臨。
蒼鷹臨死猶搏擊，死在征程不回營。
這就是成吉思汗，我們是他的子孫……

乾隆要舉行「大蒙古包宴」，當然也要在蒙古包裏進行。他那一個大蒙古包非同小可，乃是用一百個普通蒙古包拼裝而成，也就是有一百個蒙古包那麼大。正中間的大蓬頂用一根三丈三尺高的大楠木支撐。楠木又渾身用眞正的黃金泊紙包裹，顯得氣派非凡。

大蓬內開席二百桌，每桌十人，總共宴請二千名內外賓客，對內來說是王公貴胄朝廷重臣和邊民領袖，對外來說是各國使節以及他們的夫人。這麼一個盛大的慶祝宴會，乾隆題了四個字作為總的主題：

海內一統

這四個字用眞金塡裱，燦爛金黃。

乾隆說：「海內一統以新疆土爾扈特蒙古部落臣服為終點，同時又是國政一統舉世矚目的新開端，所以，朕今天全用蒙古菜式來宴請賓客。」

眾人皆呼：「吾皇萬歲萬歲，萬萬歲！」

首先上來的是「蒙古八珍」，也叫做「北八珍」，是蒙古族飲食中的極致。

乾隆說：「蒙古族飲食有八珍，滿族兵制分為八旗。今朕以蒙古八珍饗客，實表示朕與蒙古族同德同心，推而旁及，朕亦與全國各族萬民同德同心。有期萬眾能體諒朕之用心良苦矣。」

全場又是高呼：「吾皇萬歲萬歲，萬萬歲！」

蒙古八珍分別為：醍醐、麆沆、野駝蹄、駝乳、鹿唇、麋、天鵝炙，元玉漿。

醍醐，是從牛奶中提煉出來的精華。麆沆，是獐之幼羔。野駝蹄，就是野駱駝的蹄掌肉，極富營養價值，與熊掌齊名。

駝乳，自然是駱駝奶。鹿唇，並非眞正的鹿的嘴，而是犴唇。麋，即指麋鹿，肉味鮮香。天鵝炙，即烤天鵝肉，與今天名聞遐邇的北京烤鴨相當。元玉漿，是馬奶的雅稱。
今天這蒙古八珍可對了紀曉嵐的口味，他向來以肉充饑，偶吃麵食，而決不食用任何米飯。今天這八珍全是肉食品不說，而且數量奇多，盡夠吃一個飽足。他吃得好不痛快淋漓。連馬奶酒也不喝一口，盡吃肉食，肚子撐起來老高。
偏偏還有，又上了兩道好菜：烤全羊與炒駝峰。
乾隆又有說法：「這二道菜，都很吉祥，朕上『烤全羊』者，重在一個『全』字『全』者『齊全』、『完全』之謂，今四海歸寧，全國統一，豈非『齊全』、『完全』了嗎？『炒駝峰』者，重在『峰』字，『峰』者『高峰』、『頂峰』之謂也。朕有意把國朝福祚推向頂峰！」
眾人又一齊三呼萬歲。
初上席時整羊用一隻大木盤端著，使羊平臥盤中，頭還昂著，脖子上繫著一根紅綢條，看著像是活羊敬獻紅色吉利來了。讓眾食客一觀之後，木盤又端進內廚，再將羊切割，逐一上席。先上羊的脆皮，隨後便上肉塊。最後連骨架一起上來，還配有頁餅，蔥花、醬醋、蒜頭搗渣……足夠饞出你的口水。
可紀曉嵐實在再吃不下去了，只好挾點脆皮，蘸點醬醋，拌點蒜渣，慢慢地品嘗過癮。炒駝峰又是一絕，駱駝的峰內養分集中，肉質細嫩，豐腴肥美，歷來是皇家御用的珍饈食物。
那達慕大會又是一番盛況。「那達慕」是蒙古語的譯音，譯成現代語就是「遊戲」或「娛樂」。
美麗的草原，無限遼闊寬廣，藍天白雲，悠然自在；彩旗如林，賞心悅目。對於寬廣的草原來說。直徑兩丈的蒙古包不過是個饅頭。綠草如茵的大地上，男女牧民們都穿上了節日的新衣。有深褐，有天藍，有粉紅，有雪白，米黃如璀璨的珍珠，淺綠如透明的翡翠，總之一個人便如一朵花。牛如瑪瑙，羊如堆雲，馬如赤玉，狗如織梭，越更把大草原點綴得多姿多彩。一會兒牛羊在哞咩，駿馬在嘶叫，好一派人歡獸笑的美景。難怪人們是如此地快樂得發狂。

傳統的三項競技比賽開始了，這便是射箭、摔跤和騎馬。

爲了使參賽選手們能同時參賽兩項甚至三項，所以依次舉行，決不重疊，以免有些人失去機會一試身手。

射箭是蒙古民族的一種傳統武藝，男人們個個從小便切磋琢磨。

今天的比賽是騎射，熱烈壯觀。跑道一丈二尺寬，二十六丈長。射靶設立三個，分別爲放在六尺高的木架上的三尺見方的布袋子，三個的顏色分別爲彩色、白色和藍色。其中一個二個設在射手左邊的袋於是圓形。另一個設在右邊的是三角形，三個靶之間總距離是七丈左右。靶上分別畫有十個圈，從外到裏是一環至十環的數位，每人可射九箭，即每靶三箭，分三輪在騎馬跑動的過程中射完。以九箭射完中環的多少決定勝負。

紀曉嵐和錢大昕兩個都看熱鬧來了，一來他們從沒見識過，二來認爲這三項最具有蒙古民族剽悍的象徵，決定實地觀看之後記載在《熱河志》上。

比賽開始了，穿著五顏六色彩袍的射手，在起跑線上立馬橫弓，排隊搭箭，嗖！嗖！嗖！三箭連發，馬還跑在半途中，三個靶上中間的十環都自動掉落，好！三十環！眾人一齊喝彩。

錢大昕大叫起來：「啊！漂亮漂亮！是老虎巴爾思！」

紀曉嵐近視眼越更厲害了，他除了寫字作畫時又不喜歡戴眼鏡，所以看不清晰，聽這叫喚就問了：「喲！就是哪個新郎倌？」

錢大昕說：「不是他還是誰？」

兩人還在談論著，巴爾思又連跑了兩個來回，射出六箭，除一箭九環，一箭八環外，其餘全是十環，總成環八十七環，四十個騎手射完後，巴爾思得了第一名。

紀曉嵐說：「難怪他娶得美若天仙的瑪喇勒，可眞是一對天生的英雄加美人。」

錢大昕戲謔道：「曉嵐什麼事不往女人身上扯就沒了味道。」

紀曉嵐反唇相譏：「你又哪個晚上離開女人了啊？」

錢大昕說：「我只是每個晚上要女人，比不上你白天還要兩三次。」

紀曉嵐笑了：「你吃飯不也是早、中、晚三次嗎？孔夫子說：飲食男女，人之大慾存焉。我要說：忠君順帝，人之大德存焉。你能說不對嗎？」

錢大昕說：「駁不倒你，駁不倒你！」

接著蒙古式摔跤，啊！巴爾思又參加了。只見他和所有選手一樣，上身穿著鑲有許多圓頂銅泡的短袖衣；下身爲肥大、厚實、繡有花邊的白色褲子；腳上是長統皮靴，黑皮本底，口上綴有五色圓圈彩條；腰間繫著紅、藍、黃三色綢子做的圍裙；脖子上套著的絹帛項圈上也有五彩顏色……整個是一個用濃墨重彩裝飾的武人。

啊！蠻武的摔跤竟然如此講禮貌，摔跤手捉對兒出場時，竟有姑娘們唱著歌兒伴送：

什麼是大英雄？

什麼是好郎君？

他蹲著是一匹大嶺，
站起是一座高峰；
他只會把對手壓倒，就像壓倒任何的女人；
他從不知何爲被人壓服，
正如不讓女人在自己身上逞能……

當筆帖式把這首歌詞大意翻譯出來後，錢大昕哈哈大笑說：「眞是潑辣大膽的民族，女人們敢把自己被壓在男人身下的事情也唱出來！哈哈哈哈！」

紀曉嵐也陪著笑：「這有什麼奇怪，女人被壓和你壓女人是同樣的享受嘛！哈哈哈哈！」

旁邊的筆帖式驚喜道：「喲！新娘子瑪喇勒也在唱歌的隊伍裏呢！」

紀曉嵐眼濛濛的看不清楚，聽這話心裏一沉，猛然記起瑪喇勒那天無意中談的故事：一個新疆流民的女兒，哇哇墜地，那哭聲中夾著叫出了自己的名字：紀，曉嵐！紀，曉嵐……這預示著自己可能會有發配新疆的悲慘命運……

多麼令人悲傷的前景啊！

壹拾柒　潑辣女人紀昀驚

藏族女人公開唱「女人」「男人」是什麼什麼，「一次」「十次」又怎樣怎樣，其大膽程度使紀曉嵐吃驚。

紀曉嵐又一次自訴不舒服，連摔跤也沒看完就坐下歇息。跑馬比賽就更不用說了。巴爾思眞正是英雄虎豹，他不僅摔跤得了頭名，跑馬比賽也得了第一。射箭、摔跤、騎馬三項均得了狀元，蒙古頭人的兒子巴爾思風光無限，到處是歡呼慶賀的聲音，簡直使整座避暑山莊沸騰了。

乾隆皇帝龍顏大悅，當場宣布給予重賞：十匹神駿赤紅寶馬，十大錠宮廷足額百兩黃金（十錠合計一千兩），十個絕色的宮女。

錢大昕一聽又對紀曉嵐開玩笑：「你乾脆棄文學武吧，你恭和御制詩得了那麼多第一名，皇上才賜你四個宮女。可是巴爾思，射箭、摔跤、騎馬才得了三個頭名，他卻得賞了十個宮女。那才每個晚上夠你忙通宵了，哈哈：」

紀曉嵐嚴肅地說：「曉徵你別胡鬧了，你難道看不出聖上的用意，這是懷柔戍邊！用金錢美女買取新疆的寧靜。」

錢大昕也認眞起來說：「我當然看得出，聖上眞是天縱英明，這比早幾年對阿木爾實行『明封親王，暗施軟禁』的辦法強得多。」

紀曉嵐說：「這類事還是少議論爲好，聖上自有他的處事準則，最後結果總是證明皇上無比英明！」

這裏兩人議論還沒完，忽聽巴爾思跪下大聲回話說：「草民巴爾思深感聖恩如天，十匹寶馬與千兩黃金拜謝收領。惟草民與瑪喇勒已於日前完婚，我與她早已盟誓：海枯石爛不變心！故聖上所賜十個美女侍妾草民不敢受領！」

乾隆猛然震怒起來：「什麼？朕的賞賜你也敢拒絕？」

巴爾思一時張口結舌，欲辯無言。

土爾扈特使臣德斯布馬上跪下說：「聖上息怒！治下小民巴爾思一時迷矇，聖上所賜給他的是使喚宮女，並非什麼侍妾。他一時未聽清，乞聖上恩赦其罪。」

巴爾思畢竟聰明，一聽德斯布的開導，馬上又回奏說：「跪乞聖上恕罪，草民愚魯迷矇。現今草民已經明白：草民受領皇上所賜十名使喚宮女。叩謝我主聖德隆恩！」

於是消除了開初的不愉快，到處是一派歡騰的笑聲。

由土爾扈使臣德斯布宣布之後，藏族邊民領袖開始向乾隆敬獻哈達。

哈達今天是獻給最尊貴的皇上，又以蒙古禮儀舉行。全爲潔白的綢子，每幅長在三尺之上。上面繡有「八寶朝聖」，「雲林瑞彩」等等圖案。由德斯布使臣排頭，巴爾思排居第二，底下才依次是邊民頭人，一個一個走到乾隆聖座御駕前，雙腿跪下，雙手將一匹匹哈達舉過頭頂。

乾隆並不起身，只是一招手，表示已經接納，便有護駕的副都統和珅代爲收下，恭恭敬敬放在乾隆身旁，那裏有個長長的龍頭御案，正好呈放各種禮品。

哈達獻完，乾隆又唸誦早已想好的御制「即興詩」，記述賜宴土爾扈特使臣的盛事。

紀曉嵐遵制又和一首。

但這首詩寫得比較空泛，再沒有得到乾隆皇帝的天語嘉獎，更別說是被皇上封爲「和詩第一」了。

錢大昕戲謔說：「曉嵐把心思放在御賜巴爾思的十個宮女身上去了，所以這首和詩寫得太差勁。」

紀曉嵐果然一提女人又上了心，他頗爲不解地說：「我想也是個怪事，巴爾思年少英雄，卻當著聖上的面說：『不要十個宮女作侍妾』，難道他對付女人不行，光是一個瑪喇勒就足夠了？」

錢大昕說：「這你也講外行話了吧，無論男人對女人還是女人對男人，用情只有兩種，一爲用情專一，一爲用情不專。巴爾思自然屬於用情專一這種，他不是對皇上說他和瑪喇勒已對天盟誓：『海枯石爛不變心』？昨天你沒看他們賽馬比賽，我邊看比賽邊與筆帖式閒聊，筆帖式翻譯的一首蒙古民族歌唱得好……」隨即吟誦起來：

女人是一口井，
男人是一條根。
根壯男兒志，
井深女兒心。
一夜一次何嫌少，

一夜十次也輕鬆。
兩心合一無價寶
百千萬次情更眞。
倘若時時相更換，
歡如流水怎聚情？

「蒙古人眞是潑辣大膽的民族，男女用情，從不忸忸怩怩，甚至還敢公開唱出來。難怪巴爾思連皇上賜給的侍妾也敢回絕。曉嵐，只怕巴爾思是與你『一天能御數女』完全不同類型的男人，哈哈！可是聽說他們蒙古人信奉一條道理：世界上沒有完全相同的兩個人，也沒有絕對一致的兩件事。就算一個男人有許多女人吧，他總與其中的一個女人更親密，更癡情。有意識地培養這種癡情和親密，往往能使他一生之中更爲幸福。」

這話給了紀曉嵐很大的震動，他沒有興趣再逗笑回答，已經深深陷入了自我檢驗的回味之中。不錯，自己正是那種用情不專的男人，自己有許多女人而不鍾情於一個，這畢竟不是一件好事情。

紀曉嵐開始有了一點點內疚的思緒，但同時又不自禁地盤問自己：難道我與每個女人的關係都絕對一樣嗎？不，不是完全相同，而是互爲彼此，多有出入。那麼，自己覺得與哪一個女人更親密呢？是郭彩符！對對，是她，她是文鸞所投胎轉世，而文鸞是自己的第一個女人，自己與文鸞同爲十三歲時就已初試雲雨，從此有了透骨銷魂的親情，她一死這親情便被淹沒；直到在天津楊柳青找到了郭彩符，然後又將她納妾，這親情才又回來了，回到了自己與彩符靈肉相與的交媾之中，那眞是無法用文字筆墨傳遞的心靈體驗。那種甜透骨髓的感覺，在與其他女人交合中便相差許多。可是自己並沒有特別珍惜與郭彩符的感情契合。

紀曉嵐決不是個虛與委蛇的僞君子，他是一個眞正敢作敢當的大男人。就從現在這個時刻起，他要改變過去對幾個女人都以爲「一視同仁」的做法，更要刻意地對郭彩符專一用情，對其他女人只是時常予以關照而已。他下決心把這件事情對郭彩符講清楚，以贏得她對自己也越更歡欣。

可是奇怪，當紀曉嵐與郭彩符交合之前正要說出這番話時，郭彩符卻搶先說了：

「紀郎！昨晚我作了一個奇怪的夢，夢見一個十分年輕漂亮的小姑娘，她一個勁的責怪我又開導啓發我……」

紀曉嵐平平常常地插話問：「她責怪你什麼事啊？」

郭彩符說：「她責怪我同紀郎你睡的時候用情不夠專一，動作不夠激情，好像女人應付男人的差事，這怎麼能夠得到紀郎你更多的歡欣？」

紀曉嵐一聽歡喜得發了急：「是嘛？她眞是這樣責怪你？」

郭彩符說：「眞是這樣，我騙你有什麼必要呢？」

紀曉嵐於是問道：「那她又怎麼開導啓示你？你還記得清楚嗎？」

郭彩符說：「我記得一清二楚，好像就在眼前。她告訴我說：紀郎是團烈火，你就要做乾柴，紀郎要是乾柴，你就要做烈火。總之是乾柴烈火，烈火乾柴，你想像一下那是什麼燒法，你就和紀郎怎麼睡去吧！

紀曉嵐被說得「性趣」大起，猛一下爬到郭彩符身上說：「那我們今晚上試試看，那小姑娘眞是個小人精，你沒聽她叫什麼名字？」邊說邊已動作了。

郭彩符說：「我還沒有問，她就自己說了：她叫文鸞。只有十三歲！」

紀曉嵐大叫一聲：「啊！十三歲的小文鸞！」一下於來勁了，口裏喘著大氣呻喚：「嗷嗷，好好！嗷嗷嗷，好好好……」

眞正的烈火乾柴燒起來了，男女雙方的快慰都達到了最大的高潮。

郭彩符其實在這裏扯了一個幌子，她先晚上並沒有做這個怪夢，她根本不知道有一個什麼十三歲的小文鸞……那是她記起自己初婚的那個晚上，丈夫紀曉嵐明明在睡自己，嘴裏卻在呻喚著文鸞。郭彩符多了一個心眼、打定主意總要問出這個文鸞是誰。多年了一點收效也沒有，誰也說不出一個子午卯酉來。好像這世界上從來沒有過一個什麼文鸞似的。

慢慢的，郭彩符自己都揣想只怕再問不出了，覺得好像所有紀府能問的老一輩人都問過了，毫無線索。

早幾天，紀曉嵐的四叔母吳安人突然來了。先是紀曉嵐四叔容恂考取了候選知州，在家等侯差遣，吳安人自己隨侍在家。吳安人暗中撮合，使十三歲的侄兒與十三歲的婢女文鸞雲雨初試……後來紀容恂得到了幾個補缺的良機，先後去了幾個州當了幾任代理副知府，離京輾轉外鄉，吳安人當然又隨侍走了。

是以這些年郭彩符一直沒和這位四叔母吳安人見過面。

終於，紀容恂再沒有副知府可以代理了，他年紀也越來越大，知道自己此生已失去了補任知府的時機，就乾脆呈遞奏章辭歸故里。乾隆皇帝當然馬上恩准了。

紀容恂攜妻妾一行回到京都朝廷，交割了差事當要返回老家獻縣去。紀容恂本人很想到皇上離宮承德避暑山莊來，看看仙姿勝景，留下離朝前的最後一抹風光，於是攜妻妾來到了承德。

郭彩將一見四叔母，便突然有了種異樣的親情。回憶起自己嫁進紀府以來多少年了，這位老輩吳安人才是第一次見面，一下子便想到了悄悄問問文鸞的事情。

吳安人初見郭彩符便倍感親切，聽她一問便如實講了自己撮合紀曉嵐和文鸞幽會的前因後果。唉歎文鸞命運不佳，被自己的生身父親文久荒逼上了絕路。講著講著，還同情得熱淚長流。

郭彩符於是恍然大悟，丈夫新婚之夜和自己睡覺卻呻喚文鸞，原是把自己當作了文鸞再世。對比前前後後的情景一一想來，郭彩符自己也頗感奇怪，自己或許真是四叔母婢女文鸞投胎吧？不然怎麼頭次見四叔母吳安人便如此親切異常？

於是郭彩符玩了一點心計，編出昨夜夢見文鸞的那些話來，果然引得丈夫紀曉嵐燃起了乾柴烈火。郭彩符只覺得今晚上的交合是如此地痛快淋漓……

阿木爾自認倒楣透頂，被清軍將領兆惠一路追殺得馬不停蹄，他朝北竄出新疆而逃到了哈薩克。而兆惠將軍的追兵幾乎跟腳而來，形影不離身後。

哈薩克原是個部落的名字，有左哈薩克與右哈薩克之分。在漢朝時，左哈薩克為康居國，右哈薩克為康居王，其實合多分少，兩邊都信奉回教（現在通稱伊斯蘭教）。幾百年發展下來，到清朝乾隆時已成為一個統一的哈薩克汗國，首都阿拉木圖，與新疆緊緊接壤。

比起版圖遼闊勢力強大的大清皇朝，哈薩克汗國實在小得不成比例，連一個省份都不如。兆惠率清軍大舉入境，哈薩克汗阿布萊驚嚇失魂，遣使臣晉見兆惠，說是將生擒阿木爾以獻給朝廷，並表示願意稱臣納貢，做清朝大國的順民。

兆惠奏報了乾隆皇帝，乾隆頒詔命表示歡迎。

潛逃的阿木爾此時隨身只有十個人馬，聞訊又連夜北竄，一路又被阿布萊派兵追捕。阿木爾最後隻身西逃到了俄羅斯。

在俄羅斯治下烏茲別克首都塔什干附近，阿木爾會見了達瓦齊。達瓦齊原為新疆准噶爾蒙古部落的首領，當時勢力雄強。阿木爾想借清兵的力量，消滅達瓦齊而稱霸新疆。便率兵二萬投降了乾隆皇帝。乾隆明面上封他為親王，暗中將其軟禁。達瓦齊被趕跑了。阿木爾自己不但沒有能稱霸於新疆，反而成了乾隆手中的傀儡。阿木爾不服，便又起兵反叛，不意自己也被乾隆派兆惠率兵追殺至此。

阿木爾在一個土城堡裏見到了達瓦齊，此時達瓦齊已奄奄一息，渾身上下痘疹暴裂，他原是患了天花，命在旦夕。兩人原來早就認識，由朋友而變成宿仇，全是因為爭權奪利而起。

阿木爾此時一見達瓦齊便撲通跪下說：「達瓦齊兄弟，我眞對不起你。早知今日、何必當初，當初你我聯手，哪會落到今天的下場？都怪我一時糊塗……」

達瓦齊掙扎著最後的一口氣方說：「阿木爾兄弟不必責怪自己了，天意如此，認命了吧。但願我二人投胎再世做個眞正的兄弟同胞，記住今生今世的……仇恨，仇恨……」話未說完，達瓦齊嚥氣而死。

阿木爾抱著達瓦齊痛哭：「哇哇哇！中國寓言說得對——鷸蚌相爭，漁翁得利。怪我當初瞎了眼，矇了心，把你達瓦齊兄弟趕走，如今我也落到了與你相同的命運，只便宜了惡狗乾隆弘曆……」

隨後阿木爾也患了天花病，也暴卒於塔什干。

乾隆命理藩院行文俄羅斯塔什干，索取達瓦齊與阿木爾的屍首。塔什干的政府當然是照給不誤。前前後後拖了數年之久的準噶爾內亂和叛變，至此才徹底落幕收場。

消息傳到承德，乾隆再開盛宴，萬眾歡呼不止：「四海昇平，吾皇萬歲萬歲，萬萬歲！」

乾隆說：「從此時起，方爲土爾扈特全部歸順，整個新疆全部歸順！眾卿可各擅詩才，不惜篇幅長大。」乾隆這次自己沒作詩，倒叫群臣作長句詩章以進行歌讚。

紀曉嵐又旁徵博引，成詩七十八韻。

乾隆高興地說：「紀昀成詩七十八韻，得最長最佳第一名！」

錢大昕不知道紀曉嵐與郭彩符交合有了質的昇華，更不知道這起因正來自於他錢大昕提醒紀曉嵐要用情專一。於是錢大昕仍不無戲謔地說：「我猜紀曉嵐已確定了某個女人是第一情人，於是這御應詩又爭得了第一。」

紀曉嵐反唇相譏：「你我彼此彼此，又何必再挑破說穿！」

在汪由敦與董邦達正副總裁的督促下，在紀曉嵐與錢大昕兩個總編纂的努力下，《熱河志》如期修成。由於其中包含了皇帝秋獮木蘭圍場，平服整個新疆，皇帝在承德離宮舉行慶祝賞賜，新疆、西藏、蒙古、青海四省邊民萬眾遊樂等內容，使皇帝遊幸小事昇華爲大清一統的大事，其中並錄入了皇帝此次遊幸的全部御制詩以及優秀的恭和詩。所有這一切都使乾隆皇帝十分滿意。

乾隆興致勃勃地說：「紀昀堪稱侍從詞臣也！」

紀曉嵐入翰林院充庶吉士，但他實際上早已幹的是令人羨慕的皇帝扈從和志書總纂的工作。但這還畢竟不是正式的職務，正式的職務須等三年散館之後皇帝授予。當然正是由於兩年多來紀曉嵐表現非凡，一次扈從浙江，一次扈從木蘭秋獮都深得乾隆喜愛，所以未等滿三年，乾隆即破例宣佈紀昀散館，正式授予職務：翰林院編修。

清朝甚爲重視史實工作，因爲是滿族入主中原，對漢族來說滿族是少數民族，他們十分需要在史實工作中樹立他們滿族的權威，當然在這方面挑選人材抓得很緊，要求極高。翰林院編修掌管的便是修纂國史、實錄、會要等等，所以編修實際上進入了朝廷的機要高官的行列。紀曉嵐提前得受此職實是一份殊榮。

佳音接踵而至，紀曉嵐堂兄紀昭這一年成爲進士踏人宦途。

擔任翰林院編修之後，紀曉嵐越更醉心於揚名顯身。他本就秉承父性有考據癖好，此時便更加發揮。他的編修職務正是要求他這樣做。

紀曉嵐向有一目十行的本領，且有過目不忘的才華。他讀書奇快而拉雜，案桌上常是書籍成堆，門類不一，幾乎是無書不讀，無讀不通。堂兄紀昭更有意識慫恿他這樣做。

一天，紀昭約了紀昀出外吃涮羊肉。

紀昭領著堂弟紀昀到了正陽門外一家叫做「早來順」的涮羊肉館，紀昭與餐館老闆鄒來順很熟。鄒來順請紀昭爲自己的館子起個好名，紀昀想了想說：「這很現成，你名字『鄒來順』，『鄒』不好聽，把『鄒』改成『早』，叫做『早來順』，不是吸引客人早早都來啦？」

果然早來順沏羊肉名聞遐邇。紀昭領著弟弟紀昀來時，堂子裏早巳坐得滿滿。

鄒來順見來了起店名的朝官恩師，隨伴的還有文名譽滿京城的紀曉嵐編修弟弟，當然格外想辦法，爲紀氏兄弟特開了一個小單間。紀昀當然不是第一次吃涮羊肉，但都在別處吃，並沒來過這個羊肉館，紀昀向來把肉當飯，這一次自然也吃得撐滿肚皮。

兩兄弟吃完到櫃檯前來結帳，鄒來順正忙個不停，算數付錢的人圍得水洩不通。紀昭像是無意之中拿起了鄒來順的帳簿，稍看一下送給紀昀說：「曉嵐，你看看，鄒老闆這館子裏「生意好紅火，除付現銀的不說，記帳的

繳？

轉：帳簿丟失了，這可怎麼辦？這可怎麼辦？差不多要哭出眼淚來，這可是上百上千兩銀子啊！沒帳簿債怎麼催

等到紀昀一到茅廁，卻並不見堂兄在那裏。但當他小解回來，櫃檯上出了大批漏，店老板鄒來順正急得團團

帳本還給紀昭，才聽說他剛出恭去了。紀昀一聽說哥哥出恭，便覺得自己也要小解，便丟下帳本去了茅廁。

紀曉嵐反正沒事，便一頁二頁的看下去，看完說：「果然不少，一百頁記了二百四十三名客人……」正想把

還這麼多。」

紀昭站在一旁，見紀昀回來就說：「曉嵐，你剛才不是在翻看鄒老闆的帳簿嗎？是不是你弄丟了？」

紀明說：「我怎麼會丟？我聽說你去解手了也想解手，把帳簿放下也進了茅廁。」

紀昭說：「這就是你的不對了，人家的血汗帳本多少銀錢，你也不交給一個人收好？」

紀昀說：「我又不是故意要害鄒老闆！」

紀昭說：「沒有說你是故意這樣做的，只是鄒老闆的損失有多大？你要賠都沒有個數位了呀！」

紀昀猛然爽聲一笑說：「數位有辦法，請鄒老闆快把文房四寶取來，我默記再抄一本給你。」

鄒來順也沒別的法子，自然照辦，紙筆墨現很快就來齊。

紀昀沒費一個時辰，一百頁二百多人的帳簿全都寫好。

鄒來順一看好不高興，他約略記得那些數位半點不差。

不意在座的食客當中就有十幾位欠帳客，他們之中有幾個大呼小叫起來，說是紀昀把他們欠的銀子數目記錯了，寫多了，他們不認帳。

紀昀說：「做事憑天理良心，我記的數位沒半分虛假。如果這幾位客人硬是不認，這些銀錢歸我賠。其他若還有人不認，這本帳我一賠到底，只要欠帳的人不虧心就行。只怕這樣也還更好，使鄒老闆以後不再記帳，全收現錢，免得有些欠帳人不索利！」

究竟還是好人多，在座欠帳戶中不少當眾承認紀昀所記帳目不錯。可硬是有幾個人耍潑皮，說再不認這筆帳了，巴不得紀昀來爲他們賠。

鄒來順說：「不用紀編修賠了，這點點銀子我還虧得起。」

紀昭在一旁不緊不慢地說：「鄒老闆不必擔心，我弟弟曉嵐也不必賠。這不過是本官玩的一點心竅而已，讓眾人識破一些人心。其實老帳簿是我藏起來了……」說著掏了出來，補充一句：「請你們幾位說記錯數位帳目的來核對核對吧！」

那幾個賴皮自知理虧，哪裡敢來對帳？

倒是有不少熱心人，前來一一對照，發現紀曉嵐所默記的一百頁帳簿隻字不差……於是把紀曉嵐當成了一大怪傑傳頌。從涮羊肉館傳到了四面八方。

此時紀昭與紀昀一道回到朝裏，紀昀問道：「哥哥今天這個心竅。好像還有其他目的吧？」

紀昭說：「曉嵐猜得不差。我只是想證實一下你有多高的天份，賢弟果然是奇才，你當會創立很大的功業。但依我看來，政壇蘊藏著無數的險惡，你要好自爲之。唯有在學術上你有充分發揮才能的天地，若有這方面的機會你千萬不要等閒視之。目前，聖上還沒給你這樣的機會，你不妨自己去找，找到了狠狠用功，有學術考證成果定當流傳後世。你不正是接續了大伯父的傳承，和大伯父一樣有考據癖嗎？」

紀昀說：「我是有個想法，但一時之間沒地方下手，覺得學術上的事可供考據的內容太多。」

紀昭說：「先從人人需要的項目入手。你想想看，讀書說話、是不是音韻最要緊？沈約的聲韻學不是很值得你推敲一番嗎？」

紀昀脫口而出說：「好！看來哥是有感而發，沈約的四聲學是該繼承發揚……」

沈約，字休文，南北朝時梁國武康人。

沈約著述甚為豐富，除《晉書》、《宋書》、《齊紀》、《宋文志》及文集一百卷之外，最重要又於後人要最有裨益的是《四聲譜》，中國字分為平、上，去、入四聲，即從沈約的這本《四聲譜》起始。沈約《四聲譜》作為四聲學的開山祖師的功勞不可磨滅。

而沈約著作在歷史上遭到了陸法言的剽竊以至缺佚無聞。

紀昭在攻讀古籍中，早已發覺此一史實。但他自知身體不行，學識才具上也不夠，便想方設法讓堂弟紀昀動手，經考據而還歷史以本來面目，也還給沈約以應有的歷史地位和聲韻始祖的功勳。

紀昀一當入手，很快就考證完成，編纂《沈氏四聲考》，得二卷，並作序刊行。

由此可見紀昀人品好，居心正，在學術上追求眞善美，不寬恕陸法言剽竊他人成果以為己有之流，終還歷史以本來面目。

此事看起來只是歷史上的是非曲直之爭，但實際上對紀昀一生後來的仕途發展，都有極好的奠基意義。

乾隆是個頗為英明的統治者，他看過紀曉嵐的《沈聲四聲序》後說：「紀昀考證了古人，證明了自己；有此正直之心，他日當編纂大任……」

壹拾捌　和珅奸詐紀昀忠誠

和珅製造了一百多臣民被殺的大冤案。紀昀相機救下了一個文人。

風流皇帝乾隆愛新覺羅．弘曆又要南巡，紀曉嵐又被詔命爲扈從隨駕。

皇帝出遊，龍車風輦，護衛隨從，鹵簿（儀仗）列陣，前前後後十里之遙，好個風光迤邐。

乾隆此行，主要目的是祭孔廟，但他並不從北京向東南直下曲阜，而是先南下河南，東折江蘇，再北返山東曲阜，祭孔後返京。途中還要七彎八拐地遊覽，這樣便有充分的時間領略各地的獨特風景。

來到河南豫州（如今鄭州），乾隆召見本省主要官吏。此時河南全省歸直隸總督府管轄。直隸總督兼管河北河南兩省，只管朝廷詔諭的大政方針，並不管河南省的具體事務。

河南省本省的最高行政長官爲河南巡撫，總攬全省的軍事、政治、司法大權。職位僅次於總督，按清制仍屬平行長官，別稱撫台。此時的河南巡撫便是正白旗滿洲人圖阿炳。

僅次於河南巡撫的是河南布政使彭家屛。

乾隆到河南召見的自然就是巡撫圖阿炳，布政使彭家屛，還有他們的上司直隸總督，以及他們的下屬省府部門高官大吏。

乾隆說：「河南有何大事呈奏？」

布政使彭家屏出班跪奏說：「啓稟聖上，臣蒙聖恩，領管河南財賦。本省東邊的永城、夏邑、商丘、柘城四縣歷年旱災，歉收累積，時有餓殍，乞聖上開恩賑濟。」

乾隆說：「四縣乃區區面積，著圖阿炳與爾共同前往勘查，以該四縣農戶人口各糧二石、各錢白銀二兩賑濟。」

圖阿炳與彭家屏同跪歡呼：「臣領旨謝恩，吾皇萬歲萬歲，萬萬歲！」

此事在乾隆眼裏乃芥末小事一樁，根本沒往心裏去，於是繼續遊倖南行。至信陽乃折而東進。不日穿河南而入安徽省，專去鳳陽，還去了皇覺寺，鳳陽是明太祖朱元璋出生的地方，朱元璋出生時鳳陽縣還叫鍾離縣，皇覺寺是朱元璋少孤時隱匿的處所。原是乾隆想順著朱元璋人生起步的足跡，去顯示自己的聖德皇恩。

乾隆來到了鳳陽陵，這裏是朱元璋埋葬父母和幾個哥哥的墓地。

明明鳳陽陵上已按乾隆的旨意擺好了祭品供桌，乾隆也領著扈從的主要官員都來到了陵前，他卻故意向紀曉嵐發問說：

「紀昀，你說說看朕今天是祭奠這鳳陽陵好，還是不祭奠好？」

萬萬沒有想到乾隆會問這個問題，紀曉嵐沒有絲毫準備，當然不敢貿然開口。但他只思考了一瞬間，馬上琅聲回答：

「稟皇上：皇上已頒旨擺案獻牲於鳳陽陵，自是已祭奠在先了。既已祭奠仍問該不該祭奠者，是皇上考驗臣的思辨能力也。依臣看來，此舉正表明皇上聖德無限，恩及先朝。讓億萬斯民人人得見，皇上對先朝開國之君的父兄尚且如此寬厚爲懷，那麼對海內臣民則當更視爲稚子。」

乾隆一聽，自己已先輸一著，明明都已祭奠過了，還問什麼該不該祭呢？紀昀這回答無懈可擊了。乾隆眼珠輪轉又一想：未必沒有可以難倒紀昀的問題？哦，對了。

乾隆笑了笑又說：「紀昀你再說說，朕對這前朝鳳陽陵，今天是親自下拜爲好？還是不下拜爲高？」

紀曉嵐心裏猛然一個冷縮：這是皇上故意刁難了，你即使把應該下拜的理由說到天上去了，他皇上不拜還是不拜；反過來你說透了不拜的理由，他要拜誰也阻攔不了。這樣，皇上不是出了一個讓我「坐輸不贏」的問題，以此來考核我嗎？當然這只是爲了戲謔。照一般人看來，臣子被皇上戲謔已是十分榮幸。偏偏紀曉嵐不同。他想，我有沒有不被戲謔而脫出羈絆的法子呢？……哦，有了。

紀曉嵐從容對答說：「稟皇上，皇上若拜明皇陵，是爲崇尚天意，明太祖開國之明朝奄有國祚二七六年，豈能無天意庇佑？此爲明太祖的父母兄長，拜之亦很應當。皇上若不拜此明皇陵亦是正理，乃在於維護我大清國朝之威嚴，獻牲祭奠已酬天意，皇上不跪先朝皇陵，也就不違章制了。皇上今天拜與不拜，自有成竹在胸，臣何敢妄斷聖意！」

乾隆大笑起來：「哈哈哈哈！好你個精明紀曉嵐，說了等於沒說，但是終是回答了朕的問題，治你不得。擺駕龍興寺！」

乾隆終究沒有跪拜朱元璋的父母兄長陵墓。這當然是他早已作好的籌謀：不能貶低了當今天子的價值！

紀曉嵐心裏猶有後怕：倘若自己剛才說出當今皇上不拜先朝陵墓的理由，背不住乾隆就會違背早先的心願而跪拜下去，故意讓自己服輸。但那樣一來，皇帝的下拜便是受自己的言詞所逼迫。那麼，皇帝能不記恨於胸嗎？只怕永生永世沒有我紀曉嵐的好果子吃……還好自己臨時編出了「拜與不拜均由聖明決斷」的一篇說詞，才使自己擺脫了永生永世的尷尬。

紀曉嵐所後怕的就是自己未來的那尷尬的前程。

眼下一切都釋然了。

長長的聖駕及其扈從隊伍，迤邐地向龍興寺開去。龍興寺就是原先朱元璋當和尚的皇覺寺，朱元璋登基後頒敕令改名為龍興寺了。

到了龍興寺，乾隆沒再問話，他按照原先的安排，在佛燈明亮，擺滿獻香，眾僧跪誦經卷，百官陪拜佛祖的情景中，恭恭敬敬地向佛祖神像三拜九叩首。

表面看來乾隆拜的是佛祖釋迦牟尼神像，但他心裏的禱詞卻是另外的內容：

「大清皇朝愛新覺羅．弘曆乾隆皇帝叩曰：佛祖通天，佛法無量。昔前朝明太祖在此拜佛發端，得佛祖保佑而享有二七六年國祚。今弘曆虔誠拜叩於斯。有祈佛祖保佑我朝福祚……」突然停了下來，把原先準備的話吞了回去；原他的禱詞是說「保佑我朝福祚不少於先朝。」一想不妥，哪有皇帝給自己的朝代規定年限的道理？於是臨時改誦新詞說：「保佑我朝福祚永續綿長……」

誰也聽不見乾隆心裏默誦了一些什麼話，連聰明絕頂的紀曉嵐也猜測不出來，事實是他根本不會去猜測。自古伴君如伴虎，皇帝要發難，招架都招架不住，他不問話誰還去惹麻煩？

可是偏怪，莫非佛祖天神果然聽到了乾隆的祝詞。後話先說：滿清皇朝的國祚乃是二六八年，簡直和明朝的二七六年不相上下。當然到今天寫這話時，這一切都早已成爲了歷史。所怪的是，莫非眞有天意嗎？……

鑾駕北上，越安徽而達江蘇。不日便達徐州境內。

徐州地處江蘇、山東、河南、安徽四省交界的要衝，自古爲兵家必爭之地。徐州三面環山，古有黃河天險，易守難攻，地勢優越，交戰頻繁。從遠古的夏朝算起，到清乾隆時這裏已經歷二百多次戰爭。

乾隆到徐州還是首次。他雖然多次出朝外遊，但要去的地方實在太多了。所以他每次巡幸都不走原路，總想儘量多跑一些地方。

徐州雖沒來過，但早已聽說過無數次，光是古書上講徐州的故事便不勝其多。乾隆此次想要好好看一看，這地方春秋時代屬宋國，當時就是彭城邑，秦朝置縣曰彭城，西楚霸王項羽也將楚國的都城建在此地。到三國時始稱爲徐州，也是幾國兵家爭來奪去的要地……乾隆對這些歷史故事早已熟知，如今成了自己的屬地，倒要來看看這裏有什麼獨特之處。

乾隆開始在徐州遊覽，第一天他察看了徐州的地勢特點，感慨地說：「古人云，徐州『屛障滬甯，遙扼冀魯，俯視東海，仰顧關中。窺蘇皖而撼中原』，誠無謬也！」

第二天，乾隆帶領紀昀等文士，遊覽了徐州的第一大名勝雲龍山。

雲龍山在徐州市區南郊之外，九個山頭，爲九節，頭北尾南，峰巒起伏。其間有放鶴亭，招鶴亭，飲鶴泉和碑廊等，美不勝收。

乾隆最欣賞的是放鶴亭，亭中大石碑上刻上宋朝大文豪蘇軾的《放鶴亭記》。

山人有二鶴，甚馴而善飛，旦則望西山之缺而放焉……暮則向東山而歸。故名之曰放鶴亭……

郡守蘇軾，時從賓佐僚吏往見山人……《易》曰：「鳴鶴在陰，其子和之。」……然衛懿公好鶴則亡其國……

……由此觀之，其爲樂未可以同日而語也。……

乾隆看到這裏似懂非懂，怎麼蘇軾出爾反爾，開初說「隱居之樂」莫過於鶴；「閒放清遠」超然於塵埃之外，一下子又說「衛懿公好鶴，則亡其國」，這是什麼意思呢？

乾隆自詡爲風流文才天子，怎麼能直說自己不知道蘇軾文中的典故，而要臣子解釋呢？不過，他自有向臣民問清來頭去尾的方法，他說：「紀昀，你看蘇軾文中的本意，是將因好鶴而亡其國的衛懿公比喻包括朕在內的一切君王嗎？」

紀曉嵐一聽嚇一跳，馬上回奏說：「稟皇上，蘇軾的文章不是這個意思：衛懿公好鶴亡國的故事，見於《左傳．魯閔公二年》。是說衛國的國君衛懿公最寵愛鶴，愛至如醉如癡，他的鶴不但有的出行乘坐轎子，有的還封有祿位。衛懿公又很好強，他的這個毛病，從不聽臣子們勸諫。這一年，狄國派軍隊攻打衛國來了。衛懿公派出將帥領兵去出征，這些將帥平時受了衛懿公好鶴勝人的氣，個個都不願去送死。便說：『狄國兵來了，你派鶴去打呀！鶴不是坐轎子封祿位嗎？我們怎麼比得了鶴？我們不能去找死。』於是衛懿公治下的衛國便被大狄國消滅了。這便是蘇軾《放鶴亭記》中所講故事的前因後果。今我主聖上天縱英明，怎麼能和寵鶴亡國的癡愚衛懿公相提並論？臣紀昀奉旨回奏完畢。」

乾隆的目的在於問清《放鶴亭記》中典故的由來，根本沒有追查誰個責任的打算，一聽這故事確實有趣，他反倒笑著說：「哈哈！這比那個『玩物喪志』的成語故事更深一層：『玩鶴喪國！』不可不慎啊……」

但乾隆心裏所思，卻是紀曉嵐所說衛懿公「不聽臣子們勸諫」的那句話，自然那是他「寵鶴亡國」的根本原因。不然也不會惹惱了將帥士兵而不去征戰，結果才會被狄國消滅了。

乾隆心裏說：紀昀聰明過人，他決不會多說一句話，難道他這話是有所指嗎？

乾隆在這裏猜測確實沒有錯，紀曉嵐這幾天是聽到了一些閒言碎語，大意是說：夏邑等縣的賑災活動不公平，亦不實在，漏洞很多。

夏邑便是河南布政吏彭家屏奏稱連年遭災的河南東部四縣之一。當時乾隆聽到這個情況便命河南巡撫圖阿炳與彭家屏一道賑災救濟去了。乾隆向南邊轉了一圈，折東入安徽再往北走，如今到了徐州，這徐州便與夏邑在一東一西的一條線上，兩地相隔才一百多里。這便是徐州與三省交界的特徵，這裏與河南的夏邑幾乎是相鄰的兩個縣。所以什麼情況都飛快往這邊傳來。

紀昀聽到這些風言風語的議論並不介意，他就是介意也毫無辦法。一切都有皇上，自己只不過是一個小小的翰林院編修，如今不過是多了一個扈從伴駕的差事，這個差事出不得半點問題，否則觸怒皇上，一句話就喪了命。心想，只有早一天離開徐州，與河南夏邑縣相隔更遠，聽不到那邊的傳聞就好了。

第三天終於要離開徐州，繼續北上，紀昀似乎鬆了一口氣，覺得夏邑那邊賑濟救災的紕漏快傳不到皇上耳朵裏了。

誰知御駕一出徐州城，便有人攔住聖轎喊冤說：「聖上英明！乞處置夏邑縣賑災之不踏實！夏邑縣草民秀才張欽攔轎跪奏，罪該萬死！」

已升爲都統將軍的和珅隨待在御轎旁邊，此時他怒吼道：「大膽刁民，敢攔聖駕，拿下待斬！」

轎內的乾隆聽了眞不舒服：這個和珅怎麼能代替朕定得死罪？正要呵斥和珅一番。回頭又一想，不行，這個和珅乃與自己有私的先皇春妃轉世，朕在她前世臨終時，就已經許過諾言，今生今世當善待他，切不可過於嚴厲了。

於是乾隆在轎內說：「何事喧嘩？」其實他什麼都聽見了，這問話不過是個慣例。

和珅回答：「稟皇上，有刁民攔御轎欲圖謀不軌，已拿下恭請聖上定罪。」

秀才張欽爭辯說：「稟聖上，草民張欽並非圖謀不軌，而是攔御轎呈報：聖上詔命賑濟我夏邑縣的災民，但賑災未能踏實，而是讓貪官縣令郭民財等人私吞了。此非有汙聖上之英明，郭民財等人實有欺君之罪！」

乾隆一聽不無道理，宣詔說：「敕令和珅，速派員去夏邑踏察賑災實情回奏。張欽押隨轎後跟行，以候夏邑縣賑災之情核實再行定奪。不得有誤！」

於是依詔而行。

和珅不由心中火冒三丈，心想一個螻蟻小民張欽，竟然巧言善辯，說得皇上動心，要我派人去踏實夏邑縣賑災實況。區區一件賑災小事何用踏查實情？一個小縣令更何足掛齒……但是皇帝已下詔令違抗不得，和珅便把仇恨默默地埋在心裏，總要想個辦法給你張欽一點厲害，這「厲害」就要從踏察賑災實情做起……該派個什麼人才適合呢？一想有了，派劉全。

這個劉全就是當年的典守。那次皇上要去御鳳樓，臨時由坐車改爲坐轎，劉全沒備好黃羅傘蓋乾隆要治他的罪名，被和珅巧言善辯救下了……劉全感恩和珅，自願做了和珅的心腹。和珅步步高升，到了都統將軍的職位，他也就保薦劉全步步跟隨，至今已升到和府總管，幾乎一步不離開和珅。和珅時時隨駕，劉全也必在身旁。

當下劉全奉和珅之命到夏邑縣去，名爲踏察賑災實情，實際要去羅致攔轎告御狀的張欽的罪狀。等待張欽的已是厄運舛途，可是張欽本人還在夢裏。他還以爲告發了貪婪的縣令郭民財，是造福夏邑的老百姓。

鑾駕繼續北行，不日又穿江蘇；而入山東境地了。

從江蘇徐州到山東棗莊，再經滕縣而到鄒縣，前面離祭孔的曲阜就只幾十里地了。

誰知剛到鄒縣，又有一個草民秀才劉元德攔轎告御狀說：「啓稟皇上，承聖上詔命派官員踏察夏邑縣賑災實情，但不知何人作祟，貪官縣令郭民財不但未得懲處，他反而變本加厲，勾結更多官宦，貪占聖恩賑災之錢糧，實在是有人犯下了更大的欺君大罪，乞聖上明察處理！」

轎內的乾隆吃了一驚，心裏說：這是怎麼回事？怎麼事情越查處越糟？他正思謀一個妥善的萬全之策。

誰知和珅惡人先告狀了，他振振有詞說：「皇上！此刁民劉元德與徐州攔御轎之刁民張欽，兩人乃一丘之貉，有意擾亂朝綱，混淆聖聽。他們一個在江蘇徐州，一個在山東鄒縣，攔御轎所訴乃河南夏邑之事情，此非犯了『引類越疆』之大罪，縱或夏邑賑災出了些偏差，他們按律條應該從夏邑縣而商丘州府，從商丘州府而河南府台衙門，逐級申訴。刁民們如此引類越疆，擾亂聖聽，定有奸人指使，抑或藏有更大陰謀。臣請聖上明察！」

這下子使乾隆高興萬分！心裏連連誇讚和珅分析有致，言之有理。心想本來是一件無關緊要的小事，有人一三再四跨省攔轎告御狀已失體統，自己正不好如何下狠手作出處理呢，和珅一下子便呈奏了主意，於是照著和珅話裏的意思往下頒佈詔令：

敕令：都統和珅先將引類越疆攔轎告狀之刁民張欽、劉元德收監待審，再派員去夏邑查實內情，以逮住藏在張欽、劉元德身後的幕後策劃者，嚴懲不貸，以儆效尤。使中彌補夏邑賑災之偏差漏洞……

於是，一件構陷良民張欽、劉元德，害及清官河南布政使彭家屏的大冤案得以形成，其始作捅者，便是日益升官得志的和珅。

此事紀曉嵐一開始便有所查覺，分明看出和珅是在搗鬼，他完全爲了洩一時之私憤，竟把一干善良百姓人臣往火坑裏推……但自己有什麼辦法呢？此事和珅心機玩盡，處處打著維護聖上尊嚴的牌子，並且確實得到皇上的諭示，行爲合法又合理，誰也奈之不何！

紀曉嵐心裏說，今後對和珅可要認眞對待了。千萬不可等閒視之。他並不知道乾隆把和珅當做「轉世情人」看待的奧秘，只覺得和珅眞能鑽進皇帝的心，把皇上的五臟六腑都把握住了。好個危險的和珅……

於是整個鑾駕隊伍在山東鄒縣停頓了，駐下了，等待迅速查實「刁民引類越疆告御狀」之內情。

和珅有了從乾隆那裏領來的最高權柄，他也有足夠的惡毒才智，還有死心踏地做走狗的劉全……他要構陷一干人等，已經易如反掌。

沒有多久，一件「謀反」大案便已公之於眾：

夏邑縣跑到江蘇徐州和山東鄒縣攔御轎告狀的兩個秀才張欽和劉元德，他們的行爲是受了夏邑縣落考生員段昌緒的陰謀指使，而段昌緒又是受了河南布政使彭家屏的幕後指揮……這一連串的不軌行爲的最初發軔，乃因爲河南布政史彭家屏的巨大野心，他不甘心屈居在滿人巡撫圖阿炳之下，想在皇帝面前露臉，假借夏邑等四縣的小小災情，無限擴大，謊報聖君，騙得皇恩賑濟，已是罪在欺君……進而物色居心叵測的走卒，剛好生員段昌緒因屢考不第而埋怨朝廷，爲求發洩私憤，鼓噪刁民秀才張欽和劉元德先後在江蘇和山東稟告御狀，誣衊夏邑縣令郭民財貪占賑災錢糧，妄圖以此低毀朝廷命官的清白，進而誣指聖君的英明……此乃是蓄意欺君罔上的不赦之罪……

一切都編得井井有條，絲絲人扣，全對了乾隆的胃口。乾隆沒有忘記自己是少數統治多數，滿人相對于漢人來說不過是區區一丁點，不能不經常製造一起起漢人謀反滿人的案例，大張殺伐，以儆漢人……和珅把這點心思摸得透徹，一呈報那些蓄意編造的構陷之詞，乾隆立刻恩准，著搜一干人犯的家庭，於是在布政使彭家屏家搜出了《明末野史潞河紀聞》與《豫變紀略》等等，和珅一律將他們定爲陰謀叛反的罪惡圖書……又加上對彭家屏、段昌緒、張欽、劉元德等人嚴刑拷問，屈打成招，於是指鹿爲馬，誣白爲黑，將彭家屏如實呈報災情請求到了賑濟的清官，當成了罪犯中的首犯，被乾隆判處論斬，段昌緒立決，張欽、劉元德等棄市砍頭，四個「主犯」的家裏都遭到了滅族的洗劫……

不堪細述的曠古悲哀。此乃和珅罄竹難書的罪行的第一件開端。此冤案共計殺人老老少少一百餘口。而眞正的貪官縣令郭民財不但逍遙法外，還得到名聲上的褒揚，眞是令人哭笑不得。

紀曉嵐心知肚明，但是沒有任何辦法。

乾隆鑾駕順利到達曲阜祭奠敬香。

乾隆祭孔，其最大的特點便是焚香遍地，香氣薰天。他命人將柏木，香篙、玉帛、粟稷等有香有煙之物各處堆放，一齊舉火，霎時香氣薰天。

司禮人員將從古人詩中有關焚香的吉利句子集中了一長串，整齊清楚地唸誦出來：

即將無限意，寓此一炷香。

定慧此中立，妙供共人天……

世事有異動，薰性何變遷……

乾隆在這香氣繚繞的氣氛中，向至聖先師孔子金漆彩像行三拜九叩大禮。比早二年在江蘇南京「水風井軒」敬拜孔聖像更隆重得多了。

乾隆身後是數以百計的扈從官員和跟班儀仗。

乾隆剛剛祭孔禮成，忽有湖南巡撫富勒渾進來跪奏：「啓稟聖上，聖上如此隆重祭拜孔聖先師，實乃我中華萬民的福祉。聖上尊孔重文，然卻有人以文犯罪。湖南有進士陳安兆者，著有《大學疑思辨斷》，《中庸理事斷》、《癡情拾餘詩稿》各一部，前二者違背朱注，詩稿中則有隱含謗訕之意。呈乞聖上明察。」

富勒渾說完，將自己的奏章及陳安兆所著三書呈上。

這一下叫乾隆好不爲難。自己剛對河南夏邑賑災案作了極爲嚴厲的處理，斬殺一百餘人。富勒渾肯定是想趁此機會將陳安兆嚴加懲處。他殊不知朕處理夏邑賑災的眞正目的，乃在於對漢人漢官殺一儆百，強化國朝皇權……這這這，這富勒渾眞是愚蠢，連朕的這點心機他也看不清，趁此機會還來湊熱鬧，朕怎麼能再處置這一個進士陳安兆呢？

偏偏這個湖南巡撫富勒渾又是我滿人中的貴族，不能輕易訓斥以免使其丟人。可是，如何轉這個彎呢？如何既不申斥富勒渾，又不處理陳安兆，達到人人諧和一致的目的呢？而這，也正是朕今天祭拜孔聖之後應有的結果……乾隆收下奏摺打發富勒渾走了以後，一時左右爲難。

這一切全看在紀曉嵐的眼裏，他已準確地揣測到乾隆此時已不再想處置這個陳安兆，應該想個法子救下這個陳安兆來……

紀曉嵐凝思片刻後奏說：「啓稟皇上，臣看皇上已十分辛勞，一時也難讀完陳安兆進士的三部著作，以至對湖南巡撫大人的奏章不好處理。依臣看來，聖上可詔命一個堪當此任的文臣先限期將安兆之著作讀後奏報，聖上再據此奏報處置此案豈不省心！」

乾隆大喜過望說：「好！准奏。詔命翰林院編修紀昀，先將陳安兆三著作通盤閱讀，將內容奏朕再作處理！」紀曉嵐趕忙領旨謝恩。

其實陳安兆三部著作都只是薄薄的小本，紀曉嵐又是一目十行的怪才，所以不到一天時間就讀完了。因他準確揣知乾隆此時寬大懷柔的心思，便呈遞了爲陳安兆進士開脫責任的折子。

乾隆一看，正合自己的心思，便向富勒渾下了一道口諭：

朕閱該生所著《大學疑思辨斷》，《中庸理事斷》二書，雖不無違背朱注，支離荒謬，只不過是學究一般識解膚淺；妄矜著作……此案無容再行辦理。欽此！

其實通篇聖諭，都是紀曉嵐所擬寫，他審時度勢，援手救下了一個進士陳安兆。

壹拾玖　好色的紀昀重人倫

田白岩臨死要將孤女送給紀昀做妾，紀昀說：「田兄胡鬧！你是我哥，她是我侄女，我怎麼把她納妾？我再好色也講究人倫！」

紀曉嵐難得有了一些清閒，便回家關注弟子們在家學館裏的情況。其時那個通曉天文地理的怪傑戴震正被紀曉嵐聘來教書。學生中也已遠不只是紀家子弟，還有慕紀昀之名拜來的弟子：棗強的李清彥，寧津的侯希班以及自己姐姐的兒子、自己的外甥馬葆善等別家子弟。

紀昀在京都的居屋，還是父親早先買下的虎坊橋岳鍾琪舊居。在這屋中他設置了一個很大的書室，門額上他親自題寫「書齋」二字，未另取名。

此書齋環境甚爲優雅，緊伴那塊雍正御賜的高大太湖石，前面是一個偌大的花草園，園中四季之花草常備，讀書寫字累了，到園裏走一走，看一看，心曠神怡，疲勞盡去。若然稍想活動，則拔草鋤園，自得其樂。

書齋後面，更有許多的古柏高槐，森森翠綠，高可參天。鵲鳥歡叫，彩翼穿飛，自有許多野趣。學子們一早一晚，喜歡到樹林中散步遊玩，呼吸新鮮空氣，接受大自然氣息的陶冶，眞是其樂也無涯。

紀昀回家時，適見戴震在前邊花園裏鬆土拔草，老遠就喊道：「東原！我這個書齋沒個名字，你給我取好了，就叫『草堂書齋』！」

戴震執小鋤走出花園，邊走邊說：「曉嵐怎麼突然無頭無尾，我幾時給你取了『草堂書齋』的名字？」

紀昀笑了，指著「書齋」二字說：「你看我這『書齋』二字有多直露，實在不雅。早想取個名字，一直沒有閒下來想過。今天是你在花園裏鋤草，肯定是在書齋中讀書寫字累了，才進園休息。唐朝詩聖杜甫在四川成都有『草堂』，我這裏附庸風雅叫『草堂書齋』豈不正好嗎？」

戴震持鋤站在書齋門前說：「有道是，人宜直，文宜曲，你這書齋再名『書齋』，豈不還是直露不雅？莫如單取杜甫『草堂』二字，再湊上二字以作含蓄稱呼，不是更好？」

紀昀說：「行，草堂兩個字我出了，另外兩個字你給我湊上。」

戴震領頭往「書齋」裏進，邊走邊說：「我剛好在看漢朝班固的《白虎通義》，裏面有一句話：『智者知也……見微而知著也。這個『見微知著』給了我很大的啓發，就叫『見微草堂』吧，如何？」

紀昀說：「意思很好，『見微』聽起來不順，乾脆叫『閱微』吧，『閱微草堂』，多麼高雅！」

戴震說：「閱微草堂，很妙很妙。你馬上寫了掛起來，改日雕版制匾吧！」

紀昀於是揮毫展紙寫字，「閱微草堂」四個字很快就把「書齋」兩個字換了下來。

戴震說：「曉嵐，說起這個『閱微』我倒想起個事，聽說你小時候有夜眼，還看見過一些五顏六色小菩薩，那是怎麼一回事情？」

紀曉嵐說：「那是我兩三歲時候，經常見到四五個小孩，彩衣彩褲，金釧銀圈，跟我一起嬉戲，還喊我小弟弟呢，和我相親相愛極了。小時候能知道啥，只覺得跟幾個小孩子好玩就行。後來漸漸長大，就和我逐漸沒有夜眼睛一般，這些常在一起玩的小朋友就不見了。我就把這事告訴了我父親，問他這是怎麼一回事。家父想了一想說：『你的前母恨自己不生兒女，每每令尼媼在神廟裏用彩絲繫了泥孩子歸來，置於寢室內，並且各各安上了乳名，日飼果餌，與哺子無異。你前母終不育而死，爹又娶了她的妹子，就是你的母親。你前母一死，她的那些小泥孩便埋在後邊樹林子裏了，你未必見到的是那些小精靈？』我就吵著要家父挖出那些小泥孩來看看。家父說：『也正好要挖出來了，免得日後生祟。』因爲時間已久，記不清埋在什麼地方，家父派家丁到處挖來看，差不多把後邊樹林挖遍了。終於把那些小泥孩挖出來，你說怪不怪，那些包泥孩的紅綠彩綢都還完好。我一想小時見到那些小朋友的樣子，跟這些小孩完全相同。於是，我全家人越更相信確實有神靈。我母親叫將這些泥孩敲成碎粉，將那些紅綠絲綢燒掉。同時，擺起香案祭奠我的前母；我母親拜祭姐姐，很是虔誠，我也隨母親一同磕頭敬拜。這天吃了午飯以後，我母親照例午睡一個時辰。她睡著睡著突然夢見姐姐來了，急切切地對她說『三妹好不懂事，好不容易生了個昀兒，怎麼隨便叫他玩耍利刃？』我母親猛然嚇醒了。一看我正坐在她旁邊，把家父的佩劍撥出了劍鞘在玩耍，眞的就要刺到我的肚子上了。我母親急得一把搶過劍，問我爲什麼拔劍玩？我當然什麼都不知道，小孩子只知道傻呼呼，又哭又叫。我爹娘怕家裏出變故，便又請了那個給我算出生辰八字的諸葛先生來，說了這一串事情的來頭去尾，請諸葛先生卜卦算了，到底是怎麼一回事。諸葛先生卜算了以後說：先太夫人的那些彩綢泥菩薩，都已經通了靈氣，埋在後邊樹林裏，還準備得保我一家平安高升，不意我家裏把他們挖出來全都打碎，他們發怒了，要報復，要害死我，於是鬼使神差，我把我爹的配劍取出來自刺肚子。我前母當然不肯，便報夢把我母親嚇醒，救住了我一條小命。諸葛先生還叫我爹媽爲這些小泥人做了七天的超生道場，這樣以後，我就一路平平安安了。東原你看怪不怪，我一個做學問的文人，對漢儒之學，不太相信陰陽五行，對宋儒之學，不太相信『河圖洛書』，可是遇到這些親自經過的事又沒法解釋，看來是想不相信也不行。這也叫做一種『閱微知著』吧？」

「好好好……舅父講得好……河間公講得好……」原來紀曉嵐的外甥馬葆善，以及他的同學李清彥，侯希班，還有其他的人都早來了。這時是一片你起我伏的叫好聲。

戴震說：「學子們，河間公難得有一兩天的閒空，你們今天先放假，陪河間公玩一玩。他滿肚子都是精彩的故事，你們叫他爲你們講一講吧！」大家自是齊聲叫好。

紀曉嵐說：「好個東原，你挑動大家叫我講故事我就講，只是一條，我講什麼樣的內容你都不能生氣哦！這可是我一個族叔講的眞實的故事，就在我們河間府的肅寧縣有個塾師，專給學子們講程朱理學。有一天，來了一個雲遊僧人乞食於私塾之外，木魚琅琅，自辰時敲到午時片刻不息。塾師不但不給他化一點吃食，反而十分討厭他，親自出去趕那雲遊僧人走，一邊還說：『你本異端，鄉間粗人或者受你愚惑，給你化齋，但是，我這裏是聖賢之徒，你可不要作癡心妄想！』那雲遊僧人敬個佛禮說：『阿彌陀佛！我輩佛之流而募衣食，正如你儒之流求富貴也。同樣失其本眞，先生又何必苦苦相逼？』塾師大怒，拿起懲誡學生用的竹篾荆片，撲打在遊僧身上說：『看你走不走？看你走不走？』那遊僧只好驚慌竄逃，一邊走一邊說：『太惡作劇！』頃刻走得不見蹤影。不意把一個隨身攜帶的大布袋丟下了。有調皮學生飛快起身把那布袋一模，大喜說：『老師！裏邊全是零散的銅錢，要不要去追喊遊僧拿回去？』塾師說：『追什麼？他自己要還不會轉來取？萬一不來，他那錢也是不勞而獲，到散學時我們分了也無不可！』於是，師生們都沒了心思講課、聽課，一心只盼天快黑了，只要散學前遊僧不來，大家可分得不少錢用。瞧那個大布袋子都快裝滿了呢！終於等到快要黑了，那遊僧根本沒來，學生們一擁而上，圍著布袋要分錢。塾師斥罵說：『成何體統！都回座位，由我來分，你們難道連老師也信不過？』於是學生們全都不甘情願地走開了，回到了座位上。塾師一邊解袋子一邊說：『老師比學生辛苦，我不趕走遊僧也得不到這麼多錢。你們一人一份，我一個人分雙份，你們都不能講囉嗦。』說完已經打開了布袋。誰知嗡的一聲巨響，布袋裏飛出無數的黃蜂，一下子把塾師滿頭滿臉滿手滿腳叮滿了，黑烏烏的一片，把塾師螫一個倒地將亡，奄奄一息。那遊僧偏是這時推門而入，大笑說：『哈哈哈哈：聖賢乃謀匿人財嗎？』大手劃圈一擺動，黃蜂們霎時不見蹤影，僧人提起布袋疾走，邊走邊說：『異端偶觸忤聖賢，恕罪！恕罪！』地上的塾師被螫得五癆七傷，疼痛難忍，連呼：『救命，救命……！』東原！那個塾師不是你吧？哈哈哈哈！」

戴震既不惱怒，也不驚慌，他接過紀昀的話頭說：「曉嵐！你原來只知其一，不知其二，那故事還有後半截呢！你道那個雲遊僧人是眞和尚？不，那是個假濟公，他家裏娶有一妻四妾，還說不夠他用呢。他一天要御六女，五鼓入朝前一次，歸寓一次，午間一次，薄暮一次，臨臥一次，半夜一次，六次半點不差！一妻四妾當然不夠，他就時常在外邊採野花。這事被一個母狐狸精知道了，它叫自己十個狐女都幻化成下凡仙女一般。勾引得假和尚渾身軟酥酥地跟著他們走，結果被狐狸精們吃得沒剩半點骨頭渣。曉嵐！那個假和尚該不是你吧？哈哈！」

「哈哈！」這一下學生們陪笑的聲音很小很少。因爲社會上確實有「紀昀一天要御數女」的傳聞，而紀昀的學問大家又都十分敬佩，不便笑他。何況學生裏面還有紀昀的嫡親外甥馬葆善……

誰知紀曉嵐對此毫不在乎，他說：「東原譏刺錯了，我從來就不做假濟公，我是一個眞正的男子漢。孔聖有云：飲食男女，人之大慾存焉。我堅信：忠君順帝，人之大德存焉！一個有大德的人爲什麼要假裝正人君子？那是僞君子！他們照樣要女人。我不裝也不怕人笑。多一次少一次不過順其自然。我上次扈從聖駕去承德，才知道世界上還有十分潑辣大膽的蒙古民族，他們把男女之事編成山歌，唱得半點也不扭扭怩怩：『女人是一口井，男人是一條根，根壯男兒志，井深女兒心，一夜一次何嫌少，一夜十次也輕鬆……』所以，我對那些糟踐我的傳聞不予理睬，有時間多鑽研一點學問比什麼都強！一個人終將死去，他留給後人的財富決不是那些稀奇傳聞，而是這個人的功名成就。」

戴震說：「好，曉嵐是眞人不說假話。我保證再不開這類低級的玩笑了。今天難得紀編修得閒，學堂裏放假，大家輕鬆輕鬆，各人講一個稀奇古怪而又有教化意義的故事。誰也不准推，一個一個接著講。按這兒坐的次序吧，第一個是李清彥，第二個是侯希班，第三個是馬葆善……」

都是十五六歲的學生，誰的肚子裏也有成串成串的故事。誰也不忸忸怩怩，大大方方往下講。

李清彥說：「我們那裏有個姓朱的孝廉，生就的守財奴性格，家裏積蓄已很富有，偏要裝窮，目的當然是一毛不拔。朱孝廉妹妹家裏很窮，除夕之夜，炊煙不舉。妹妹冒著風雪嚴寒，走了幾十里路到了哥哥家裏，乞借三五兩銀子過個年。其妹夫是秀才，開了個學館，但要到過年開春才收得幾個學館錢。妹妹向哥哥說：『過了年這幾兩銀子，定能還。』看見女兒這樣苦苦哀求的樣子，母親也幫著說起來了，要兒子借幾兩銀子給妹妹過上一個年。可是，朱孝廉半點不鬆口，他也不說不借，只說家裏沒有錢。任憑母親和妹妹呼喚哭泣，吝嗇的朱孝廉再不吭聲。偏巧，盜賊趁這除夕之夜打洞進屋偷了朱孝廉，罄其所有，盜得紋銀三百兩。朱孝廉火燒烏龜肚裏痛，啞巴吃黃連做不得聲。因爲母親和妹妹哭哭啼啼要借債，他一口焦乾說家裏沒有錢，這時候被盜了也不敢去報。朱孝廉死要面子。更巧，盜賊在路上便碰上了官府衙役，公堂一審再加上用刑，盜賊招得清清楚楚，三百兩銀子盜自朱孝廉家。於是傳了朱孝廉到公堂去認領。朱孝廉不敢認，死死地記著曾對母親妹妹說過沒有半點銀子。偏是朱孝廉老婆不甘心，覺得白丟三百兩銀子太可惜，便避開他丈夫，派兒子私下到縣衙去認領那三百兩銀子。縣官不給，說是你父親才在公堂上說了家裏沒有一文錢，怎麼你一來又說三百兩銀子要歸你？兒子忙跑回去告訴母親，母親氣衝衝又到了衙署，說自己在三百兩銀子中間做了暗號，如此等等，有葉有根。縣官一核對，半點不差。可是卻當堂宣布：朱家家長是朱孝廉。朱孝廉說話才作數，他說家裏沒錢就沒錢。老婆兒子來說的不上算，三百兩銀子充公！鬼都曉得他縣官不得交上去，三百兩銀全都落進了他的腰包。可這事一下子傳到了老百姓的耳朵裏。朱孝廉丟了銀子失了格，從此鬱鬱寡歡，染上大病，不久便一命嗚呼。留下一個大笑話：守財奴終沒好下場！」

紀曉嵐一聽連連說：「好好好！母子天性，兄妹至情。以嗇之故，陌如路人，鬬著三百兩銀子裝窮光蛋，聞之令人扼腕。盜賊乘之，使人一快；失銀而不敢報官，能得回又不敢去取，使人二快；最後由家人漏了機關，丟了臉面，失了錢財，使人三快；果之朱孝廉最後病亡，使之四快。一波三折，真教化人心，好故事！好故事！」

侯希班接著往下講：「隔我家不遠處有一個信成客寓，客寓裏住了一個山西客商，不知道他的名字，只知道都喊他李官人。李官人衣服華麗，僕役成群，馬嘶驢叫，氣派得很。聽說他在京城正報捐，想買個一官半職。這一天，有一個老頭來訪，老頭窮得連衣服也穿不周全，只怕幾天沒吃飯，餓得已是瘦骨嶙峋。他說要見李官人，下人們當然不給通報。老頭也不強辯。自己站在門外等、等、等，終於等到了李官人從外邊回來。原來兩個人認識，老頭姓張，李官人自然不能不帶他進去了，給他吃了一餐茶飯。窮老頭說要給李官人借幾兩銀子。李官人說：我的捐銀還不夠呢，哪裡能顧得到你？張老頭憤憤不平說：你不要好了傷疤忘了痛，過了大河就拆橋！老頭我當日好歹也是個縣主薄，見你窮愁潦倒，我才借給你一百兩銀子做生意，如今你已大富大貴了，我犯了事罷官了。向你借幾兩銀子你還推三阻四，背不住我要你把我那一百兩銀子還來！李官人鼻子裏一哼說：風涼話誰不會說？講故事誰不會編？說我借了你一百兩銀子，你拿來借據才作數。張老頭說那就只能自認倒楣，當時沒要你訂借據，也沒想到我會落到今天這個樣子。我走我走，你遲早會得到報應。張老頭果然要走。與李官人同住的一個商人，自稱楊老闆，說是江西人。他悄悄問李官人：『李官人，我們都在商道上走，舉頭三尺有神靈，得個報應太不值，弄不好命都丟了。你只說那張老頭說的實在不實在。如果實在，我借給你一百兩銀子，一年內償還，我不要你分文利息，你只打個借條給我就行。你願是不願？』李官人連連點頭：『願願願！那張老頭說的其實是實情，只是我一時拿不出一百兩銀子還帳，有兄台你借我還了帳好，免得天神報應吃不消。於是事情很快辦妥，李官人打了一張一百兩銀子的借條，交給楊老闆，楊老闆便打開自己的箱匣，取了一百兩銀子給李官人。李官人雖然怏怏不樂，還是把這錢還給張老頭了。張老頭自是稱謝不已。楊老闆十分爽快，又留下張老頭和李官人，三人一起大嚼大飲，十分痛快，結帳時飲食用費二千錢。於是盡歡而散。楊老闆和張老頭一起走，臨走對李官人說：『李官人，你那錢箱子裏不是有二百兩銀子嗎？你去打開看看，假如少了一百兩銀子又加二千錢，那你不要怪別人了，那正是你還給了張老頭一百兩銀子，另外我三人共同吃喝了二千錢！哈哈哈哈！』大笑著揚長而去。李官人嚇得一身大汗淋漓，打開錢箱一看，果然少了一百兩銀子再加二千錢。還有李官人自己打給楊老闆的一百兩銀子的欠條。在眾人面前丟了大醜，心裏還在打顫：這『楊老闆』原來是術士高手，他若是真要自己的命，自己不是也防不勝防嗎？馬上離開了信成客寓，從此不知所終！」

紀曉嵐又連連說：「好好好，抑惡揚善，天理人心，痛快！痛快！」

馬葆善又接著往下講：「我沒有這麼好的故事可講，我要講的事是好是歹也分不清，講出來大家分辨分辨吧。我的故事是聽我爺爺講的，總是比我大幾輩子的事了。有個婦人名叫郭六，她的丈夫叫郭三，取這兩個名字據說圖個吉利，民間骨牌裏不是有個『三』點有個『六』點嗎？『三六』點配一起就是天王，最大到頂，吃通一切。丈夫叫郭三，老婆叫郭六不是大吉大利嗎？偏巧，他們家裏很窮。上邊還有父母要贍養。屋漏偏遭連陰雨，這一年旱災蝗災緊緊相連而至，家裏揭不開禍。丈夫郭三出去行乞，對郭六說：『家裏兩位老人累你贍養了。』從此一去而無音訊。只留下妻子郭六和年邁家翁家婆。郭六長得很有姿色，三里五鄉的闊少都拿銀錢挑逗她，她一概不答應，只靠自己做女工針線活養翁婆。災荒年歲穀米陡漲，未及三個月，郭六靠針線活再養不住家。她便公開向大家說：『丈夫把家翁家婆託付給我，我實在養不活，只有賣花，大家別笑我。』賣花便是賣淫。於是郭六便公開和闊少爺們冶蕩胡來，不但一家生活過得下去了，還有了餘錢，她什麼事也不幹，倒先買了一個女子關在屋子裏。這女子是蓋著頭巾進屋，上了鎖，再不出門，人家對她的年齡相貌只能猜測。闊少爺們便說要出高價嫖她。郭六說：『出多少錢都白搭！』把那女子鎖著不准任何人見，飯菜都由郭六親自送到她房裏去。於是闊少爺們說郭六算盤得精，只等自己接不得客，好放那神秘女子出來換自己，定收個好價錢。郭六只當沒聽見，就這樣不明不白過了三年。這一天，郭三從外面回來了，好像還發了一點小財，衣服光鮮，還有不少銀子。郭六也不驚訝，也不害怕，引了丈夫見過家翁家婆說：『父母並在，今安然還給你：』又引來了那買來的神秘女子對丈夫說：『我已身污，不能事你，她是我爲你娶的新婦。』郭三一看，新婦雖不貌美天仙，但也丰姿綽約。自是十分歡喜。郭六對丈夫說：你們先聊聊，我去辦飯食。說完之後便走進廚房不再出來，許久許久郭三進去一看，老婆已自刎而死，只是不瞑目。人命大如天，馬上報到了縣衙署。縣令經過檢驗，證實自刎無虛。於是判曰：『可葬於祖墳，但他日不與丈夫合墓。葬於祖墳者，表明是郭家媳婦；不與丈夫合墓者，因已污了清白。』縣令以爲這已夠公平了。可是郭六屍身仍不閉眼。家婆一見，忙說：『她是我郭家的好媳婦！以養我二老之故賣花，不爲罪過。兒子尚不能養父母，叫媳婦怎麼辦？有過也過在兒子身上，並不在媳婦！此是我郭家之私事，不必勞請縣令大人煩心了！』婆婆這麼一說，郭六屍身瞑目閉眼了，自是埋在了祖墳。可是社會上偏偏議論紛紛，責怪郭六未守婦道，是爲不貞。如此某等，莫衷一是。所以我說這故事是好是歹，郭六該褒獎還是該斥罵，請大家品評吧！」

紀曉嵐不像聽完上兩個故事那樣連說「好好」了。他謹謹慎慎地說：「自古節、孝並重，偏又節、孝不能兩全。此事非聖賢不能斷，吾也不敢置之一詞也。但有一條，剛才三人說的故事，都大有意趣，倒使我想起了一條，他日我告老還鄉，一定廣爲收集各種各類的故事，如實記錄下來，就像蒲留仙（松齡）的《聊齋誌異》吧，當然我不奢望我的記述能與《聊齋》齊名。就叫做，叫做……今天剛好由東原給我的書齋取了一個新名字：『閱微草堂』，那麼我的未來記述文字，就叫做《閱微草堂筆記》吧……」

紀曉嵐這裏話還未說完，忽有家人來報：「老爺摯友田中儀病危，派人前來請老爺過府訣別……」

田中儀，字白岩，詩人田雯的兒子，山東德州人氏。現住京城。但從他父親田雯起，一直命運不佳，科考不第，生活清苦。田雯早逝，家裏擔子全在田白岩身上。

田白岩比紀曉嵐大五歲，兩人從小是要好的朋友。當時紀昀十歲，田白岩十五歲，還是少年朋友的範圍，所以十分親密。田白岩崇拜紀昀的才華，叫他爲「有指望的弟弟」。

紀昀尊敬田白岩的豪爽，稱他爲「講義氣的哥哥」。可這哥哥偏偏不走運，至今仍是白衣，生活十分淒苦。老婆養幾個兒子沒留住，只留下一個最小的女兒，名叫倩倩。這倩倩是「美麗姣好」的意思，可當時田白岩給她取名，心裏實在是叫的「歉歉」兩個字，就是做父親對女兒覺得「歉然」的意思。並且似乎一個「歉」意還不夠，乾脆叫成了「歉歉」了。如今漸漸長大，當然改爲「倩倩」了。但在別人只會以爲她名字一開始就是如此。

如今田白岩老婆也死了，家裏就他和小女兒倩倩相依爲命，早先並沒聽說病了，怎麼突然病危了呢？

紀曉嵐二話沒說，揣上一百兩銀子，坐上馬車就要走。忽然想起了什麼似的，對外甥說：「葆善！你上來，一起去，說不定田伯伯那裏有些事要你跑跑腿！」

來到田家，田白岩已不像人樣。果然是在彌留。一見紀曉嵐，馬上迴光返照，微微一笑：「曉嵐，來得好！」隨即轉臉對女兒說：「倩倩，還不快叫！」

倩倩長得漂亮水靈，一雙大眼珠撲撲閃閃，好像夜空的星星。紀曉嵐是老熟人，便說：「倩倩叫我，還用你田兄囑咐嗎？」

倩倩張大眼睛，向紀曉嵐望了一跟，張開口嗷嗷半天沒出聲，終於還是喊出了兩個字：「紀叔……」

田白岩憤怒地打斷說：「你叫什麼？」

紀曉嵐說：「田兄今天怎麼啦？倩倩都這樣叫我十多年了吧！」

田白岩罵道：「混帳東西！連個『老爺』也不會叫麼？」

紀曉嵐一驚：「甚麼？勝過親兄弟的侄女妹子，你叫她叫我老爺？」

倩倩在旁邊再說不出話來，只顧扭頭哇哇地哭著。

田白岩明顯地支持不住了，咳嗽起來：「咳咳咳咳！曉，曉嵐，我我，我別的不說……倩倩已經十三歲了，你你，你不是納了，好好，好幾個十三歲的妾嗎，你你，你可憐可憐她，納她做個小妾吧，免得她在世上孤，孤孤孤，孤單一人……」

紀曉嵐斬釘截鐵說：「田兄胡鬧！我紀曉嵐好色不假，女人也不怕多，可我還講倫常道德，你是我哥，她是我侄女，我怎麼能把她納妾？你你，你別折殺我了！」

田白岩掙扎著說了最後一句話：「那你帶她，做做，做乾女兒！」

紀曉嵐一口焦乾說：「好！不是乾女，是外甥媳婦，來，葆善過來，這也是天意，我今天臨上車了，把我這外甥馬葆善帶來了。我作主，倩倩許配葆善，做我的外甥媳婦。葆善，快來拜見岳父大人！」

馬葆善撲通跪下說：「小婿拜見岳父大人！我決不會把贍養爹媽的重擔交到倩倩身上！」

這話自然是剛才在閱微草堂所說「郭六故事」的繼續。可田白岩聽不懂。

田白岩已顧不了那麼多，叫女兒說：「倩倩！拜過舅父大人！」

倩倩忙扭跑了過來，朝紀曉嵐拜了下去說：「侄女拜見舅父大人！」

就在這最後的滿足當中，田白岩帶著一抹微笑，離開了美好的人間。

紀曉嵐寫了《哭田白岩》的詩句：

蕭條空館夜啼烏，
藥裏何人伴病夫？
攜得椒漿和舊奠，
曙後一星不再孤！……

貳拾　著書提契得皇恩

朝廷會考增試律詩，紀曉嵐編印許多著作提攜後進。乾隆甚爲欣喜，詔命紀昀爲山西主考。

號稱海內一統的西北邊疆又出問題，新疆庫車等地有回民部落宣佈獨立，其頭目是和卓木與布羅特等。乾隆十分震驚，不是宣佈獨立的地域很大，更不是宣佈獨立的部隊很強，而是這獨立運動打破了大清一統的神話。

於是，愛新覺羅．弘曆乾隆皇上命令都統雅爾善爲靖逆將軍，率軍一萬餘人自吐魯番向庫車進發。在國內朝政方面，乾隆對科考提出了新的要求，這便是將科考內容增加「律詩」一項。

律詩是詩的一種體裁，以格律嚴整，異於古體，故稱律詩。它起源於六朝時代，定律於唐朝。按規定只有八句爲一首，每句五個字者叫五言律詩，簡稱五律；每句七個字者，叫做七言律詩，簡稱七律。但律詩在一個很長的時間之內不夠統一，唐朝有時把長達百句的詩稱爲律詩，只要求每句字數相等，五字者都是五個字，七字者都是七個字，同時句數成雙。

到清朝時，律詩多爲五律，極少七律，句數多爲十二句，個別的達十四句成十六句。當然，全篇各句的字數、片語與音節要絕對的相同一致。

律詩在唐代科考中爲必考的科目，考者考試也。故考試的律詩稱爲「試律」。清朝科考到乾隆中期增加這個「試律」，都是五言律詩。

科考有要求，學子中自研習，於是從唐朝試律入手，字斟句酌，反覆鑽研，尋找規律，以提高他日應考作「試律」的水平。

紀曉嵐既延戴震爲塾師在虎坊橋家裏開設館課，且學子中還有自己的外甥馬葆善，紀昀當然用心點撥了。於是他拿案上《唐試律》，字字句句爲馬葆善等作注標識，馬葆善等集而錄之，積爲一冊成《唐人試律說》，六月脫稿，七月紀曉嵐自己爲序，以之付梓，頗得好評，極受學子們喜愛。

紀曉嵐提攜後學可謂不遺餘力，他又寫了《書毛氏重刊說文後》，《書明人重刊廣韻後》……總之，爲後學者提供足夠的音韻辨識書籍，以方便其作「試律」科考律詩。

在所有這些工作中，紀曉嵐審訂印行史雪汀《風雅遺音》爲最有代表性。史雪汀是稍早於紀曉嵐的同時代人，根據古來音韻學之發展編纂了一部書出版，名曰《風雅遺音》。紀曉嵐歎服史雪汀用心精密，但覺得該書協韻多有錯訛，並且太過繁雜，於是他重新審訂，仍以史雪汀之名印行，他爲之作序：

然史雪汀《風雅遺音》惜其不知古音，故協韻之說多舛誤……

予退食之暇，重爲編錄。汰繁就簡，棄瑕取瑜，較之原書已似爲完善……

此時，休寧戴君東原主余家，多資參酌……

紀昀為他人作嫁衣之襟懷與嚴肅認眞之態度，於此可見一斑。

其時，仍在紀府閱微草堂開學館的戴震，看了上述序言之後對紀昀說：「曉嵐！僅僅有你提我的那一句話。或者就可使我流傳千古了。我實在是沾了你的光。甚至我還應該說：有你這句話，要我為你肝腦塗地也已不冤！你太顧惜他人而忽略自己了！」

學生李清彥說得更具體：「河間公對我們學子來說，既是扶手之高梯，又是鋪路之砂石。學子們該怎樣報答恩師呢？」

另一學生侯希班說：「對恩師的報答，便是等我考取功名，進士及第。」

馬葆善既是學子，又是紀曉嵐的外甥，還是自己得有嬌妻田倩倩的父執媒妁，他把三層感激之情集中一句話說：「舅舅如此教誨提攜，我若不能登科及第，只能怪自己有豬般的愚蠢……」

這裏馬葆善話還未完，忽有家人來報：紀容雅公病卒。

紀容雅是紀曉嵐的三叔父，是堂兄紀昭的父親，對紀曉嵐特別器重關愛。

紀曉嵐放下手頭的一切工作，專門協理堂兄紀昭治喪。

曉嵐父親紀容舒是長兄，此時已七十三歲，長兄未死而六十三歲的三弟容雅先死，自然少不了一份悲哀。然而他繼續在家考據古籍，著述新作，也就有所寄託了。他此時正在著作《杜律疏》，是對唐朝詩聖杜甫律詩的注疏訓解，滿以為趁兒子回家為三叔父奔喪的機會交給他，要他作序出版……

忽然有家人進來報：「老爺！有一僧人捎信來說，請你速去前鎮范家口旅舍一會。」

紀容舒連忙上轎成行。家裏三弟喪事自有別人料理，他樂得去會僧人。范家口離此崔爾莊為七八里，坐轎到那裏時未及半個時辰。

一個鬚髮皆已雪白飄飄的老僧早在旅舍迎接，當他看見紀容舒時，便合掌作禮曰：「相識七十三年矣，相見不齋乎？」說話間有仙氣飄出。

紀容舒吃一驚：哦？我今年才七十三年，你已和我相識七十三歲，那麼我一出世你就認識了我？可我至今不認識你呢！紀容舒心裏這樣想，但口裏卻並不這樣說：「既是故友相逢，自當由下官請用齋飯。」便吩咐店家說：「齋菜一席侍候！」

不意范店家卻說：「高僧預有所約，早已齊備多時。」

紀容舒隨滿頭飄白的高僧上樓去，進了一個小單間，那裏確實已擺好一桌齋席：豆腐魚翅，豆腐海參，豆腐豬肉……但主客就是高僧與紀容舒兩人。

於是相對而坐，慢慢享用素食。

紀容舒心中既是感激又有疑惑：此僧人既不自報家門，又不敘說往事，他說彼此已經相識七十三年，定是有些來歷，於是認眞問道：「敢問大師高年？」

僧人不說話，只是從懷裏取出一道度牒交給紀容舒。

紀容舒一看：明成化二年。心裏頓生奇異之感，略一默算時間，成化乃前明憲宗朱見深的年號，從他以起，明朝尚歷孝宗、武宗、世宗、穆宗、神宗、光宗、熹宗直到莊烈帝即崇禎皇帝共是八個皇帝；到我大清皇朝歷經順治、康熙、雍正到眼下乾隆，則已二百餘年矣。紀容舒於是脫口便問：

「敢問大師，此度牒已傳幾代矣？」他料定此是高僧祖傳之物，不然現在不會在他的手中。

誰知高僧陡地立起來：「公疑此度牒非我所有，我何須再言？」猛地將度牒往懷裏一放，飯也不吃了，拔腿就往外邊去，邊走邊還嘀咕說：「畢竟是凡胎，無以度化。」轉瞬下樓出去了。

這裏紀容舒懵懵懂懂，忽覺恍然大悟：定是遇到了仙佛奇緣，趕忙下樓追出門去，那僧人早已無影無蹤。

紀容舒問轎夫說：「你們看見剛才出來的高僧朝哪裡去了？」

轎夫小任、小牛，是紀家老轎夫任狗剩和牛橫秋的兒子，父親年紀大了不能再抬轎，兒子來接班，所以任家、牛家都把紀家老爺當作恩人看待。他倆一聽這話，驚異地爭相回答。

「啊！那高僧已經走了嗎？我們沒有看見大門裏出來人呢……哦！對了，剛才我看見大門裏好像出來了一陣煙，好像還帶五彩，我還馬上就跟小牛說了……小任跟我一說，我也馬上看到了，像是屋裏吹出來一道彩虹，飛上天去了……我兩個還正在議論：肯定是老爺有大福氣到了，不然哪有這五彩祥雲……」兩個人指著空中的雲彩爭相敘說，一副喜氣洋洋的樣子。

旁邊的紀容舒卻垂頭喪氣說：「唉！晚了晚了，怪我悟性太差，仙佛棄我而去……打轎回家。」

紀容舒回到家裏，兒子跪地迎接，叩請大安。兩父子迅速進到書房裏，紀昀指了桌上父親的《杜律疏》稿本說：

「爹！恕兒直言，爹這本著作沒有出版價值。在唐詩中，以白居易詩最大眾化，婦孺老幼皆懂。其次便是杜詩，杜子美深入民間，寫的是百姓疾苦，用的是百姓言詞，用不著你再來疏注，人家一讀就懂了。怎麼，爹！你看起來很不舒服，是不是剛才在范家口那高僧指斥你什麼事了？」

紀容舒又長歎了一口氣：「唉！悔之晚矣！」便將剛才見到高僧的前前後後敘說一遍，連連搖頭自責：「我輩士大夫好奇；往往受此所累。剛才邀我者是眞佛眞仙，可我失之交臂，惜哉！」語氣中甚爲傷感。

紀曉嵐當然也爲之惋惜，但又不得不開導說：「爹！這也是緣分止此，不必歉疚。古人云：失之東隅，收之桑榆。孩兒正有件事適合爹爹去做。朝廷不是在科考上增加了律詩爲必考科目嗎？因此，當今學子們爭相研習音韻學，以便作試律時協韻不出偏差。爹你對古韻學問有研究，再著述一本類似於《唐韻考》的書吧。爹編出來孩兒馬上付梓印行，定當大有助於後學。」

紀容舒立刻振奮起來，昂奮地說：「好！我馬上動手。」

紀曉嵐提攜扶助後學之心，處處溢於言表，他也收到了應有的回報。

紀曉嵐處處爲他人作嫁衣裳，於是社會上迅速形成了一種氣氛，都認可紀曉嵐是益友良師。這氣氛甚至對皇帝都產生了影響，乾隆擬頒下詔書：敕令翰林院編修紀昀爲山西鄉試主考。

詔書正待下達，史貽直從江蘇溧陽飛來一個奏章：舉薦紀昀本年去某省鄉試任主考。

幾乎與此同時，工部侍郎董邦達也上奏本，有祈聖上考慮遣紀昀去某省主考分試，以便爲朝廷遴選更多的賢俊之才。

乾隆一看哈哈大笑：「君臣一心，兆頭大好，速下詔書命紀昀去山西主考。哈哈哈哈！」

正在此時，從新疆天山南路傳來了平息回族叛亂的好消息。枉自宣佈獨立的叛將和卓木與布羅特雙雙敗北。一被生擒，一被戰死，南疆從此平息干戈。

紀曉嵐便在這舉國喜慶的氣氛裏，前往山西主考，立志爲朝廷多選俊才。

貳拾壹　五台佛境留歉然

五臺山高僧圓覺預知李騰蛟與紀曉嵐無師生緣分，果然紀曉嵐將已錄取爲舉人的李騰蛟又錯過了。

山西省東北部五臺山，是佛教的勝地，是文殊菩薩道場，與浙江普陀山（觀音菩薩道場），四川峨眉山（普賢菩薩道場）和安徽九華山（地藏菩薩道場），合稱爲中國之四大佛教名山。

五峰聳立，翠接藍天，但各峰峰頂，均如壘土之台，故自古以「五台」聞名遐邇。由於夏無暑熱，一派清涼，四散爽氣，故亦有清涼山之稱，眞眞名副其實。

五臺山成了佛教的聖地，很有幾分各教派和睦共處的神情。這裏既有青衣僧的青廟，又有黃衣喇嘛的黃廟。但五台佛教以青廟爲主，青衣僧主要是漢人。

整個看來，台懷鎭四周包圍著十多座大寺院，似乎沒有塵俗之人活動的天地了。但偏偏這裏塵俗之人越來越多，說穿了也不奇怪，這裏較易謀生，因香客絡繹不絕，各種與香客有關的小買賣長盛不衰，什麼香火供品，擺設把玩，山裏特產，手杖硯臺，應有盡有，生意紅火異常。

在台懷鎭的東邊小街裏，住著李、范兩家，主人是兩個好朋友，靠做香火買賣爲生。偏巧兩家都生了雙胞胎兒子，李家主人叫李尙勤，他的雙胞胎兒子叫李騰蛟，李騰會。

范家的主人叫范崇儉，他的雙胞胎兒子叫做范學精，范學敷。

巧中有巧，兩家雙胞胎兒子同年出生，這年都已十六歲，界乎成年與未成年之間。李家騰蛟、騰會早生三個月，是哥哥；范家學精、學敷，自然是弟弟。由於李尚勤與范崇儉二人的祖先原來都是厭戰逃亡的兵丁，躲到這佛教勝地來隱匿，所以祖先們都曾隱姓埋名，據信落腳時都不是用的眞名字，更從來不說老家在何地方。傳到現在雙胞胎上已經是第四代人了。祖籍祖姓早已無從查起，唯有二家一代又一代都結拜兄弟的關係從沒變更。不用說李騰蛟、李騰會與范學精、范學敷是以兄弟相稱了。

鄉里話說：「窮富無三，文武無三。」意思是說，無論是窮是富，是文是武，到了三代以後都會互相轉換。原來富的變窮，窮的變富。原來文的變武，武的變文。雖不是有誰能作這一類的規定，但人一代一代慢慢變換卻是實情。

好像是爲這種說法提供證據，這李、范二家到這雙胞胎兒子的一代要變了。因爲從祖先逃兵到此安家落戶以起，「武」字的三代到李尚勤與范崇儉便打止了；底下雙胞胎兄弟是第四代，該換「文」了。果然四兄弟學業精進，四人在五台縣境童生試中都順利過關，都興高采烈地迎接今年的省裏鄉試。

佛教自漢朝從印度傳入中國以來，幾乎一轉瞬就到了五臺山弘法。到乾隆時已有近兩千年歷史，這漫長的年月自是培養出了無數的得道高僧，其中顯通寺住持圓覺大師已是近乎仙界的人物了，傳說圓覺大師已達到了「六神通」之境。

何謂「六神通」呢？人們都傳說圓覺他能前知三百年，後知三百年。聽聞而已，誰見過呢？

李尚勤與范崇儉兩位異姓結拜兄弟，突然同時獨出心裁，要去顯通寺問問圓覺看，自己的兒子能夠得中舉人嗎？鄉試得中者即為中舉，俗稱舉人，舉人即可入仕，踏入為官的仕途。

范崇儉比李尙勤稍小，他主動去找李尙勤說：「李哥！兒子們究竟能不能中舉，我心裏總不踏實，我想去問問圓覺大師。正好也試探一下他到底有了六神通沒有。」

李尙勤高興異常：「眞巧，我也想到了這件事。這首先就證明你我兄弟之間心氣相通。」

范崇儉歎了一口氣：「唉，可是圓覺他幾乎什麼人都不見，說是年紀太大了，圖個清靜只潛修，我們見他不著。」

李尙勤說：「這事我已經想過了，他不是會見從外地雲遊來的高僧嗎？我們兩個化裝，裝一對雲遊高僧的樣子，見到了他才說出眞相，這樣准成。我們見過的雲遊僧人何止千百，學學不難。」

范崇儉說：「就是太划不來了，爲了這個事剃個大光頭，還得在頭上點上幾個火印，痛死人。」

李尙勤說：「這事我也想過了，咱們不剃髮不燒頭，戴個僧帽，穿上染衣，提根僧杖，持個乞缽，這樣雲遊的不也多嗎？反正雲遊僧一年四季的衣服做一身穿著，這誰也見慣不怪了。」

范崇儉會過意來，高興極了，說：「對了，別人是近水知魚性，近山識鳥音，你我兄弟兩個，是近寺懂僧規。」雲遊僧人的行頭，眞是俯拾皆是。

顯通寺不知來過多少回，什麼都輕車熟路，他們一逕找到顯通寺的知會僧，說是四川峨眉山的智通、智永大師，要見圓覺大師切磋佛法。

知會僧十分驚訝地說：「眞怪，峨眉山雲遊大師怎麼都集中一塊來了？剛來四個被圓覺大師叫了進去還沒出來，這兒又來兩個，你們等他們出來再說吧！」

誰知屋內深處傳來圓覺的話說：「不必了，領他們兩個進來吧，一起進來了，說得更明白些。」

李尚勤、范崇儉兩個「僧人」，於是跟著知會僧曲裏拐彎朝裏走，許久才走到圓覺的禪室。李、范兩人好不驚奇：怎麼剛才聽圓覺說話好像就在隔壁？

進了禪室更傻眼了，裏面四個「雲遊僧人」，正是兩對雙胞胎兒子李騰蛟、李騰會，范學精、范學敷。想必他們也是這樣矇混進來打聽鄉試的結果。

既已都進來見到了圓覺，自然不必再隱瞞來意，四個雙胞胎幾乎同時叫起來：

「爹！怎麼你們也來了？……剛才圓覺大師說我們四個是假和尚，說是還有兩個假和尚會來；要我們等著好會伴……萬沒想到會是你們倆！」

年老的老兄李尚勤先說話：「看來什麼事都瞞不了圓覺大師，大師是不是把你們兄弟四個這次鄉試的結果說了。」

四兄弟中倒是最小的范學敷最有悟性，他搶在三個兄長前說：「圓覺大師賣了關子，他剛才對我們說：『對於我們四個人的功名前景，老衲一無所知，只知道還有兩個假僧人要來與你們四個假僧人會面。』這事他像看見了一般，那事他決不會不知曉。」

范崇儉說：「圓覺大師，僅此一件，就證明大師確實已得六神通之奇功。看在我們與五臺山佛界有三四代人的交往上，大師就別跟我們賣關子了，告訴我們兒子科舉入仕的前景如何吧。」

圓覺大師說：「范崇儉，光這一點，你就說錯了。你李、范兩家與我五台佛界的交情，到你們兩對雙胞胎這一代，已經七代而不是四代了。你們的祖先是前明崇禎時代的兵丁，當崇禎自縊煤山前明覆亡之後，你們的祖先逃到這台懷鎮安了家。其所以你們以爲才是三四代以前的事，那是因爲你們口耳相傳，最多也就隱約知道三四代以前的事。你們可以想想，前明滅亡至今一百二十多年，平均算來不到二十年爲一代，到你們李騰蛟、李騰會、范學精、范學敷這一代，不該是七代了嗎？」

李騰蛟反應最爲敏捷，他快口接住說：「多謝圓覺大師如實道來，則我李、范二家與五台佛界積七代人之交往，其情誼一定足以使圓覺大師實告我四兄弟之科舉前途！」

圓覺說：「好！李騰蛟確有未來進士之才華，點出老衲將實情以告的依據。」

四兄弟中最小的范學敷高興得差點跳起來，大聲說：「好！圓覺大師的話決不會隨便說，騰蛟大哥既能中進士及第，今年鄉試中舉當是絕無問題。」

圓覺說：「不對！范學敷你是瞎猜了，我說李騰蛟是未來進士，並沒說他今年鄉試便能中舉。他就像你一樣，你兩個今年鄉試便能達到中舉的水平，可就是你兩個今年鄉試都偏偏中不了舉。」

李尚勤、范崇儉兩位父親著急了，爭相插話道：「圓覺大師別跟孩子們兜圈子了……我們四個犬子前途到底如何？兜圈的話我們聽不懂……請大師直說吧！」

圓覺說：「直說也好，其實你兩位父親給雙胞胎兒子取名字時，已有天意向你們洩漏了一點遠景。你們聽：李騰蛟，李騰會，范學精，范學敷，這四個字最後一個字連起來怎？說，是『蛟、會、精、敷』，這其實就有『教會經書』的含意，你李、范兩家與我五台佛界緣分很深呢！嘻嘻嘻嘻！」

兩個父親一聽傻了眼：「未必孩子們最後都要進入佛門？」

圓覺說：「不，我剛才所說『教會經書』，難免也有牽強附會之意。其實范學敷那個『敷』字另有所指，請看《尚書・皋陶謨》對『敷』字怎麼解釋：『翕受敷施……言能受三六之德而用之！以布施政教也。』這不明顯是指范學敷他會從科舉入仕嗎？呵呵！」

范學精說：「這下明白了。大哥李騰蛟是未來進士，小弟范學敷又將因科舉而踏入仕途。剩下就是我范學精和李騰會兩兄弟。我兩人末尾一字合起來無論是『會經』還是『經會』，反正我兩個與佛界緣分很深。乾脆我和你兩人就不要參加這一屆鄉試了！」

誰知圓覺又說：「不！范學精，正像你大哥李騰蛟和小弟范學敷離科舉入仕的緣分還遠一樣，你和李騰會兩人與我佛的緣分也還遠，你們還將在風俗的塵世裏搏擊許多年，哪能就會不參加今年的鄉試？」

大哥李騰蛟說：「對！騰會和學精兩弟兄，決不可放棄今年參加鄉試的機會。我聽說今年山西鄉試主考是朝廷翰林院編修紀曉嵐大人，副主考是呂令臨大人，呂大人是本省學政自不必說，聽說紀曉嵐紀大人對後學多所提攜，著述印行了《沈氏四聲考》、《唐詩試律說》等多部著作，目的都是輔助後輩學人，有他來主考我信心更足。」

莫非圓覺光喜歡說「不」嗎？他又緊接李騰蛟的話說：「不！李騰蛟，你和范學敷都恰恰缺乏與紀曉嵐的緣分。但紀昀其人，實在值得你尊敬。」

紀曉嵐風塵僕僕，來到了山西太原府。

紀曉嵐迅速見到了副主考官山西學政呂令臨，他與呂令臨原先並不認識，見了面才知道呂令臨比自己還小，紀曉嵐是年三十五足歲，呂令臨才三十歲出頭。

見面時呂令臨先打招呼：「曉嵐編修紀大人名聞遐邇，著述甚豐，在下區區學政，能在紀大人麾下助考山西，實在是榮幸之至。」一邊說話一邊走，起初像是出去端茶，忽然又折轉來遞上一張大椅：「紀大人先坐下歇歇，我就去端茶，那茶我已備好，我已交代下人不要端，理當我親自奉上。」說著便出去了。

紀曉嵐心裏冷丁碰撞了一下：怎麼？這呂令臨似乎熱情有餘，老成不足？先遞凳，後端茶，次序自然排好，他怎麼一時忙亂起來？

少時卻還是下人用茶盤端了兩杯茶進來，呂令臨趕忙從茶盤上端起一杯蓋碗茶送給紀曉嵐，一邊說：「只怪下官沒想到同時端兩杯不就手，還是叫下人送來了。不過送來了也還是要由下官親自奉給紀大人……喲……」蓋碗的蓋子差點掉在地上，呂令臨不由自主地驚歎一聲。

紀曉嵐連忙起身接住茶杯護住了蓋子說：「呂學政太客氣了。」坐下後更加認定：這個呂令臨嘴上無毛，做事不牢。紀曉嵐面色不由得微微嚴峻了。

呂令臨可根本沒注意，他從下人的木茶盤裏端過了自己的蓋碗茶，揮手對下人說：「下去吧！本官將與紀編修大人商談鄉試之大事，不准任何人接近本書室，你們都小心了。」

紀曉嵐心裏又多了一層印象：這個呂令臨對下人還拿一點官架子，看來他頗爲自負。於是故意試探著說：「學政大人對本次山西鄉試的『策問』範圍，一定有所考慮了吧？」

呂令臨頗爲自負地說：「有所考慮。『策問』都是三大題，是否可以確定在『治經』、『治史』、『治詩』這三個方面？」

紀曉嵐更吃一大驚：這事本應是我主考官考慮的大事，我隨意提問不過是出自於禮貌而已，他一個學政怎麼竟然敢擅作主張？於是更加斷定呂令臨毛躁。心想再不能讓他擅自插手了。考慮到呂令臨所圈定的三大範圍並無差錯，紀曉嵐禮貌地說：

「呂學政所圈定的三個方面，本官甚感滿意，那麼本官稍事休息後，將迅速擬定條文，就以『治經』、『治史』、『治詩』三大範圍作出命題闡述……」

鄉試本身並無特異之處，和各地科考相差不多。

參考人員多達數百，最後紀曉嵐和呂令臨一致判定錄取八十名。

考卷前部分的姓名籍貫，一律密封，只憑試卷的水平判定名次。即使是主考副主考，直到評定了名次仍不知道這考生是誰，上面只有一、二、三、四……的名次排列。

這天晚上，紀曉嵐與呂令臨點著蠟燭出草榜，才按一、二、三、四的次序揭示密封部分出榜列名。等登到第四十八名時，卻怎麼也找不到其考卷哪裡去了。實在沒有辦法，紀曉嵐才臨時從備錄的卷子中取一名補上這第四十八名。

等登到五十三名時，突然陰風大作，把蠟燭吹熄了。紀曉嵐曾經說過自己不信陰陽，但他骨子裏極爲崇尚抑惡揚善，並且認爲天意不可違。當時他就對呂令臨說：「第五十三名可能是陰德不夠，故有天意滅燭。天意難違，我們另從備取的卷子中選一名補上吧！」

呂令臨是副主考，當然也信善惡報應，立刻就說：「好！有違天意，只怕落在這第五十三名頭上的天譴就要落在我們頭上了。」

於是又選一名補爲第五十三名。原五十三名卷子拆也不拆開了。

錄取八十名的草榜很快出定。

數百名考生看榜後或笑或哭，或罵或嗔，什麼樣子的都有。

副主考呂令臨回到家裏去取衣服洗澡，心想完成了一件大事應該輕輕鬆鬆。誰知那「第四十八名」的考卷竟誤收在衣箱之內。他深感內疚，趕快拿了去向紀曉嵐報告說：

「紀大人，我只怕有負於這位學子了。」

紀曉嵐心裏冷丁地跳了一下：果然呂令臨嘴上無毛，做事不牢，竟把錄取的考卷收到衣箱裏去了。但事已至此，木已成舟，紀曉嵐只好找話來寬慰呂令臨說：「呂學政著急也沒有用了。只怕這第四十八名也是被天譴之人，故意不讓我們錄取。你也就用不著內疚了。」忽然又有感悟：「乾脆把這第四十八名和那滅燭捨棄的第五十三名拆卷看看，究竟他們兩個是誰，以便今生今世也記著，或者將來會有那驗證的一天。」

呂令臨當然贊成。兩張卷子飛快拆開了。

裝在衣箱中漏取的第四十八名：范學敷，山西五台人氏。

滅燭捨棄的第五十三名：李騰蛟，也是山西五台人氏。

兩位正、副主考大惑不解：五臺山不是佛教聖地嗎？怎麼神佛也不保佑他們那裏的弟子得中舉人？他們的水平確實已夠了錄取的標準！只怕眞是他們祖輩某人的陰德有損了！……

紀曉嵐一方面這樣想，一面又覺得不對，他反覆讀著李騰蛟和范學敷兩人的考試卷子，覺得自己與這二人總是有一層薄紙相隔，又弄不清什麼原因。二人的考卷自己一讀再讀，欣賞落落有奇氣，爲什麼偏偏出那兩個事故將二人刷下來呢？

直到要離開太原府返回京都，紀曉嵐一直心裏歉然不適，好像欠了李騰蛟和范學敷一筆心債，總惦記著這筆帳有朝一日要還。

落選的李騰蛟和范學敷遠遠望著紀曉嵐離去的背影，心裏說不出是什麼滋味。不但是怨恨不起來，反而似乎有一種親切感。

太原府所在的陽曲離五台才二三百里地，李騰蛟和范學敷幾天以後便回到了家。

一到家便有顯通寺圓覺大師打發小僧來請，說請李、范二家父父子子六人前去做客，敘敘友情。

六父子一齊奔到圓覺的禪房，立刻傻眼了；范學敷與李騰蛟二人的考卷歷歷就在目前，工工整整擺在圓覺的禪桌上，上面有紀曉嵐的親筆朱批。

范學敷卷上：錄爲第四十八名。判語：學識充足，文藻光彩，理念正確，表述無差。紀曉嵐，年月日。

李騰蛟卷上：錄爲第五十三名。判語：文章落落有奇氣，論述得當少偏差。紀曉嵐。年月日。

范學敷與李騰蛟異口同聲說：「圓覺大師，這是何故？明明朱批都錄取了，何以發榜又名落孫山？」

圓覺說：「我早說了嘛，你二人不是文才不高，是你們與紀曉嵐沒有師生緣分。」

李騰蛟說：「不對吧，圓覺大師！瞧他批我的卷子：『文章落落有奇氣，論述得當少偏差。』這是沒有師生緣分的話嗎？」

圓覺說：「你忘記我所說另一句話了：『紀昀大人，實在值得你尊敬。』其他事我不便細說了，只請諸位記住：天意不可違！」

貳拾貳　鄉土趣聞動心魄

瘋癲的侄媳。故居的再現。父親直說會死。兩師徒吸了煙耍「松鵝延年」……紀曉嵐從山西主考回來盡碰見了怪事。

紀曉嵐又和陳楓崖發生了爭執。陳楓崖是曾和紀曉嵐、陸青來等一起在董邦達東山學館讀書的同學。當時紀曉嵐諷刺陸青來說：倘若你母親生你時夢見「雞」站在「籬巴」上，給你取的名字才最好。陳楓崖爲陸青來打抱不平，和紀曉嵐發生了爭執。在董邦達老師調解下和好了。

後來兩人分開了一段很長時間。如今陳楓崖也調回朝廷任禮部太常博士，禮部與紀曉嵐所在的翰林院緊緊相挨，兩個老同學又見面了。但是寒喧之後兩人又起爭吵，事情的起因是陳楓崖崇尚古風甚篤，而紀曉嵐認爲古時的東西不一定全都好。

陳楓崖這幾年在浙江金華縣裏當縣令，他振振有詞地說：「曉嵐你不要爭，我講個當縣令親自見到的例子，你看看世風日下，人心不古有多麼大的危害。在我當縣令的浙江金華，有個金員外，年輕輕的就富甲一方，他買得一個名叫紫槐的豔麗小妾，寵以專房，正房夫人不得一夕。這個紫槐極善奉承，除夜夜承歡之外，白天也隨時服侍在旁，百不一失。尤其房事上歡洽異常，一夜輒十來次。金員外察覺頗爲反常，便在枕旁固執詰問。紫槐實在迴避不開了，才承認自己是狐，但說自己有夙緣應當服侍員外，不會有害人之心。叫金員外莫見怪。金員外見她說得誠懇纏綿，迷戀銷魂的交合，根本忘記了『人狐異路』的古訓，繼續寵幸這個狐媚紫槐。金家甚爲寬敞。一日，金員外立於兩室之間叫一聲『紫槐』，結果兩邊房裏各有一個紫槐走出，長得一模一樣，穿戴絲毫無差。金員外頗受驚嚇。但狐媚紫槐巧辯說：『員外別多疑，妾乃有分形術，爲的是處處能侍奉員外也』。金員外已被狐媚迷入心竅，竟然連這鬼話也相信了。不自禁地仍往絕路上走。忽一日家裏來了一位何道士，對金員外說：『公本謫仙，限滿當歸三島。但公忘古訓，甘受狐媚，當損大壽。我乃公之舊時伴侶，故來會公，以求施救。』金員外當然感謝萬分。何道士踞坐廳裏，取出紙筆畫出一符，而後曼聲長嘯。只見府邸之中紛紛擾擾，出來數十個紫槐，容色衣飾，毫髮無差，整個庭院皆跪滿。何道士高喊：『眞紫槐出來！』群狐答：『並無眞紫槐』！何道士又說：『最先來的紫槐出來！』於是一個狐婢以額叩其地說：『婢子就是。』何道士便斥責它：『爾盜金員外之金丹；已是犯下大罪惡，何故還引類呼朋，務敗其道，滅其壽年？』此狐女對曰：『是有兩個原因：其一，金公前生煉精四五百年，元關緊固，非更番迭取不能得其精；其二，金公非庸碌之人，如見衆美出進，必發覺我等是蠱惑盜精，斷不肯相與，故我等共幻一紫槐之形，以達到盜精之目的。今既已敗露，願散去，不再擾金公。』何道士說：『好，念爾所說乃是眞情，且此事乃前世之夙緣夙怨，不再予以追究。爾等速出。』於是衆狐女轉瞬不見蹤影。金員外向何道士拱手謝恩，願償以紋銀千兩。何道士不肯要報酬，只是狠狠地批評金員外說：『金公之差，乃從有違古訓而起，狐女獻媚以進，眞君子乃不會接納，它便再無辦法。狐媚正是窺伺了你的弱點，乘虛進到你的身旁，而後投你所好，害你只爲奪精。金員外萬分惶恐，再三致禮謝恩。曉嵐，我這活生生的例子，足夠叫你贊成我的主張了吧？古訓實不可違？違則必遭天譴。」

陳楓崖自以爲道理正確，事例具體，充滿了已經說服紀曉嵐的信心，舒適地微笑了。

誰知紀曉嵐連連搖頭說：「不不不！楓崖執之偏矣。須知古訓當予遵行，然並非凡古皆好，更不能作泥古之腐儒。即或華夏文明之源的《易經》吧，我向所尊崇，矢志研習，然我知道結合實際情況以作考察，絕非盲目崇拜。承你講了一則故事啓迪我，我也講一則故事還給你，以便更深入地判斷是非。在我的祖居河北滄州，有一位名叫劉羽沖的老者，先高祖厚齋公多與之唱酬。但這位劉羽沖性格太孤僻，泥古迂腐實不可言。劉羽沖曾請當時名畫家董天士作畫，叫我先祖厚齋公命題作詩。其中有《秋林讀書》一幅，先祖題詩說：『不知讀何書，但見鬚眉古。只愁手所持，或是井田譜。』這實是對劉羽沖的規勸，叫他不要再泥古。但劉羽沖半點聽不進去。他偶然得到一本古兵書，便經年苦讀，又對照研習《易經》及其所衍生之《奇門遁甲》，自以爲已可指揮十萬精兵。偏巧，鄉間來了土寇，劉羽沖按照所學兵書，操練鄉兵與寇爭鬥，結果是大敗而歸，全軍覆沒，劉羽沖本人亦幾乎被寇所擒。然劉羽沖並未從中吸取迂腐泥古的教訓。他又偶得一本古水利書，經年伏讀，自以爲豁然貫通，可以使千里廣家成沃壤，繪影圖形報於州官。州官亦好事，令他先試於一村。又巧，劉羽沖在自己村裏把溝渠剛剛修成，洪水大至，順渠而入其村，人幾成爲魚鱉。他被村人咒罵不已。劉羽沖自此抑鬱不得志，每天獨步庭階，搖頭自語曰：『古人豈欺我哉？』如此日誦千百遍，惟此六字不移。不久，劉羽沖發病死。以後凡是風清月白之夜裏，每見其魂在墓前松柏下，搖首獨步成吟，細聽仍是六字：『古人豈欺我哉？古人豈欺我哉……』有人訕笑，其魂即隱，過後之日，復歸前情，劉羽沖還是在那裏反覆吟誦。泥古者之迂，何愚至此。此乃先祖嫡傳之實情，絕無牽強錯漏之道理。我曾將此事講給你我共同的恩師東山邦達董公，董公據此教誨我說：『腹中無書能害事，滿腹皆書亦害事。國奕不廢舊譜，但不執舊譜奕棋；同樣道理，國醫不泥古方，當然也不偏離古方，而是據實改國手下圍棋，精研舊棋譜而不照著下；國醫治病，學習古時醫方卻不完全照搬。楓崖你聽，恩師董公教言何其入骨！」

紀曉嵐以為這事例實在鮮活，道理又有二人共同的老師董邦達所點明，一定已把陳楓崖說服，也便悠哉遊然地抽起了自己的特大煙斗紀大鍋。

誰知陳楓崖也連連搖頭說：「不對不對！曉嵐所據所論謬矣！你所據者，泥古之人；而所論者，否定古法，否定我所尊崇的古法，實在差之毫釐，失之千里。」

紀曉嵐說：「如此說來，你我同學間爭論永無勝負也！」

陳楓崖說：「不然，待你找到『古不如今』的具體實例，或者我就服輸了。」

於是兩同學不歡而散。

時值紀曉嵐從山西主考鄉試回來，主考山西鄉試是為邊遠勞作，按朝制紀曉嵐可以短期休假省親。偏巧獻縣老家崔爾莊來信說，侄媳曹氏因生子難產而瘋，每天念叨「四叔」。四叔即指紀曉嵐。

這位曹氏的丈夫為汝來，是大兄長晴湖的第四子，從小聰明伶俐，紀曉嵐甚為喜愛他。兩叔侄關係親密。受其影響，其侄媳曹氏亦最親近紀曉嵐。此時她因難產而致癲瘋，瘋癲中還常念「四叔」，紀曉嵐當然要去看看她。恰巧有假，京城離獻縣又不遠，於是說走就走，馬車不久就到了家。

馬車到達崔爾莊之日，適巧曹氏倚門，似有所待，遠遠瞧見馬車，高喊：「四叔回來，四叔回來；回來看我，回來看我……」一邊喊邊迎上前去。

紀曉嵐聞聲早從馬車裏下來，一見曹氏已不成人樣，頭髮未梳，面不盥洗，冬天穿著夏衣，好像還很自在。原先本來俏麗的臉龐，早已滿是污垢。老遠便喊著說：「山西主試，四叔太辛苦，太辛苦！」

紀曉嵐心中一喜：曹氏不瘋，說話清清爽爽。於是歡快應聲說：「叔不辛苦，是無奈何。」

曹氏說：「不辛苦才好，叔有大名分在後頭呢。」

紀曉嵐心想：都說瘋人如夢，夢幻成眞，此生後世猶能建立大功業，實在是不枉此生了。於是順其話題說：「侄媳鼓勵爲叔，爲叔高興心領。我看賢侄媳也該梳理一下，恢復往日麗人的風光。」

曹氏說：「四叔錯了，我已奉天神召爲驅邪使者，只幾天就要去上任。天神說，我這樣子做驅神使者最好。四叔不回來，我去還留個遺憾。如今這個遺憾也沒了。」邊說邊朝莊外走去，再也不回頭。

紀曉嵐使勁叫她：「賢媳，賢媳……」她似乎再也聽不見，不搭不理。好像還一路走著，一路唱歌。什麼歌詞聽不眞切，唯有四個字分分明明：「驅邪使者……驅邪使者……」

這時侄兒紀汝來也前來跪地拜迎紀曉嵐說：「四叔大安！」

紀曉嵐說：「汝來快起，快派人去追你媳婦回來。」

紀汝來說：「叔不知道，她這樣已經好幾個月了，自從頭胎兒子難產一死，她就病成這樣，你不追不找，她隔一段時間自己回來。你派人一追一找，她跑得比風還快，許久許久不回來，隨她去吧。」

紀曉嵐關切地問：「那她在外邊吃什麼？」

紀汝來說：「自從急病以後，她在家裏也是給吃就吃，不給吃不求。到外邊去，在市集上自取餅餌，自食有多，還喊兒童們共食。共食不完，隨意拋棄。家父也不含糊，每每派人遠遠尾隨於後，代她結帳付銀，勿使市人受損。因我家祖輩有向善積德的好名聲，虛報她吃食銀兩的極少，所以也相安無事。」

這一夜曹氏並沒歸來。家人四處去找也找不到。以前也有此例，大家也不甚掛懷。

這晚略有薄雲，月色若無還有，紀容舒把紀曉嵐叫出莊來，兩父子慢慢在月色陰影中漫步。突然，紀容舒遙指遠處說：「曉嵐你看，那是什麼？」

紀曉嵐順其所指，一瞧驚喜萬分：「爹！那不是一座城廓的陰影嗎？瞧那裏煙霧朦朧，城影突現，樓堞宛然，類乎蜃景。那是佘族所居景城的故影吧？」

紀容舒說：「曉嵐所料不差，景城為宋故縣地，城廓己逝，留影依然。這是在昭示我紀家後人，決不可忘記先祖們代代積累的功德！天理良心，本同一理，惡事雖小，亦不可為，善事芥末，不可不為，我兒慎之又慎。」

紀曉嵐說：「爹的教誨，孩兒永遠記在心間。但今晚上爹好像還有其他話說。」

紀容舒說：「是啊！景城故影，並不常現，現亦不常為人知。此實乃我紀家之祖傳秘密：見此城影，並非好事，往往是我紀家遭逢惡運的先兆之形。我估計曹氏已不在人世，但她如此長走，我也釋然。我所擔心的是另一件事，宋城今晚如此明明白白現出影形，明明在昭示於我，我也走不很遠了。」

紀曉嵐一下子接受不了，馬上反駁：「爹還如此健壯，談何走不很遠。」

紀容舒說：「曉嵐儘管放心，為父雖說走不太遠，但決不會死在目前。按我家祖傳秘密來看，五年吧，我難過五年的大限。我現在是紀府祖宗，號曰家長。你大哥身體不行，恐難比我走得更遠。你兩個堂兄也不行，都活不過你，你確實很像蛇、火、猴精轉世投胎，將來定有大發。我紀家的許多祖傳秘密，我一直在尋找機會告訴於你，這機會便是你我同時看見景城故影之時。今晚這時機到了，我可要多講一些。佘鄉所處實為勝地，鄉野清苗被野時，每夜田間有物，不辨頭足，倒擲而行，築地登登如杵。農家習見不怪，謂之『青苗神』。青苗神一出，諸鬼各歸其所，不再爲祟，故青苗神可保一方平安。我沒見過，你堂兄茂園曾於李家窪見之。月下諦視，形如一布囊，每一翻折，則一頭著地，行動遲重不爽，但很吉祥。此神我未見有書記載，也就可能別處或無，或有而作用不顯。唯我處不同，青苗神多人曾見，是一勝地的象徵。當然並非爲我紀家專有。但我紀家在此崔爾莊舉足輕重，乃托庇於祖德流芳，伯高祖爰堂公，明代末年在鄉間頗有聲望。他刻意追求孔、孟之學，不管春夏秋冬，每每讀至深夜。搜取心得，然屢試不第。但從不灰心，更不做些微惡事醜事。有天夜裏，爰堂公夢見到了一處公廳處所，抬頭一看，公廳榜曰『文儀』；班內有十餘人在治案牘。仔細看去，個個曾是舊相識，都是以讀書做學問爲生，不過都先後早死。爰堂公此時尚不知是在夢中，更記不得他們都已早死，便前去搭汕交談。那些人一見爰堂公便都驚訝道：『姨！爰堂公還有七年才當歸來，你怎麼這麼早就來了？快走快走，莫停留。』眾人將他推出『文儀』廳外。爰堂公驚嚇醒來，自知再無長壽，乃日日去外邊遊玩，希圖忘卻死去的煩惱。但偏偏常鬧起病來，似乎時時都有死的危險。又一日，爰堂公外出遊玩，偶然遇一道士，兩人交談甚歡，相與共飲。道士與爰堂公分別之後，於路途遇到先祖家裏下人胡門德，道士對胡門德說：『剛才忘記把一些字交付你家主人，你趕快拿回去吧。』便交給胡門德一疊字紙。胡門德歸來交與爰堂公，爰堂公一看盡是驅鬼的符咒，是叫自己研習驅鬼，保持壽年。到這裏爰堂公已經全然知悉，他夢到『文儀』鬼廳，已引來鬼怪作祟，所以常鬧病不安。道士也不是偶然碰見，而是天意預有安排。於是爰堂公不再到處遊蕩，而是照著道士交來的符咒反覆研習，漸至精通，驅鬼有效，從此日月安然。這樣平平安安七年過去，爰堂公病亡。死了半日忽又醒了，說我幾年來向道士學習的是『五雷法』，驅鬼怪而保得固有之壽年。現我當去，陰司催還該書。快從我箱底翻出焚之助我安逝。家人急翻其箱，果得昔日道士交來的一疊符咒，點火焚之。爰堂公逝去。」

「不料半日後爰堂公又醒，說：冥司查驗『五雷法』，失三頁，我不能超生，快快再查檢箱裏，別再耽擱。家人又急急翻箱，果漏三頁。於是焚之，爰堂公這才安逝而去。此事我已詳細記載於新修的家譜中。今恐有人懷疑否定，特來告訴你，此事我聞之於先曾祖，先曾祖聞之於先高祖，先高祖即是手焚『五雷法』者。孰有錯乎？此事別人不信猶可，曉嵐你作爲紀家未來之家長，當在適當時刻秘密傳話後人。聽說你不信陰陽之說，可是祖德不可卻忘，切切思之。」

紀曉嵐虔誠地說：「爹！孩兒謹記在心了。孩兒所說不信陰陽，其實也只是年少時與人鬥口之即興說法。成年以後，尤其是登科之後，諸多見聞，教我猛省：不信陰陽之說，殊爲謬也。因爲陰陽消長，實乃抑惡揚善之根基，捨棄何其再有世界。故爾孩兒如今已經知曉，並從實際上改正錯誤的觀點。我已著手記述種種趣事軼聞，他日或許可有《閱微草堂筆記》問世，那中間必有教化民心，去惡向善之本旨。」

紀容舒說：「如此甚好，我再告訴你祖宗秘傳的珍聞。爾先祖寵予公，你十歲撞死了他當還記得，當時你撞死了他，可他不但不怪你，反而責怪我爲難你。他臨終告訴過我一件眞眞實實的事情。寵予公原配陳太夫人早卒。繼配張太夫人，嫁過府之日，獨坐家中，見一少婦揭簾而入，一直走到床畔坐下，著玄帔黃衫，穿淡綠色裙子，舉止有大家之風。張太夫人是新嫁來之婦，舉家全不認識，也就不奇怪這一位少婦了，以爲是娣姒姑嫂，前來坐坐，拉拉家常。那少婦果也娓娓道來，絮絮言語，全是家務得失，善惡媼婢，等等情由，委婉周至。敘談良久，有僕人送茶來，那少婦即提前走了，未與送茶僕人相見。自此以起，新婦張太夫人便在姑嫂娣姒中尋找那天到新房裏來敘談過的少婦，數日不見其人。新婦張太夫人便向其他人打聽，其他人無不驚訝，原來那人不是別個，正是寵予公已逝去的原配陳太夫人，所穿衣服乃是裝棺入斂時的衣服，張太夫人即是塡她房來了。此時那事成爲我紀府的一大內部秘密，寵予公囑咐不准對外邊宣洩。而留作代代相傳的佳話以教育子孫，這種死生相護，見於載籍的故事很多。曉嵐你當知道，我今晚上如此鄭重地告訴你，是要你特別記住，陳太夫人當日已掩塵土，猶慮新人未諳料理，便現身指示，無間幽明，這是何等的親情？須知今日子孫登科入第，歷仕官宦者，包括你和你茂園堂兄兩位進士，都是陳太夫人所生的後人！」

紀曉嵐聽後十分感慨，他指著遠處那越更顯得清晰的景城故影說：「爹！你瞧那城堞樓房越更顯眼了，似乎正要說明，我紀家是故景城最爲顯赫的家族。列祖列宗積傳下來的無限功德，孩兒將會更好地繼承發揚。孩兒斗膽問一問，上次孩兒請爹爹考據整理的古籍《唐韻考》是否已經完成？當今科考之學子們盼望之心甚切啊！如已完成，兒當付梓。」

紀容舒高興地說：「已成四卷，所剩一卷當很快完成。有我兒作爲翰林院編修作序付梓行世，爲父此生已無憾矣……」

又二日，出外搜尋曹氏去向的家丁來報，似乎村外柳林內有人。

紀曉嵐攜侄兒汝來等共相察看，曹氏已端坐而僵，揣知已死二日。其目已瞑，看來未留遺憾於人世。

紀家爲其做了七七四十九天超度亡魂的道場，將其隆重追葬祖山，安排在她應處的輩份地位上。紀曉嵐爲其親書墓碑：

景城紀府十五代媳曹氏之墓

曹氏安埋後的當晚，紀曉嵐忽然夢見了她。這時她已不是瘋癲邋遢的樣子，而是恢復了昔日亮麗的姿容，打扮得超凡脫俗，端莊美麗，表現出紀家這大戶人家的萬種風情。她走近前來朝紀曉嵐斂任爲禮說：

「謝四叔，四叔不讓我留下遺憾，又給了我紀府兒媳的全部尊榮，我理當報答四叔。四叔到獻縣縣城首富張維古家裏去做客吧！他家拓展地盤擴建新居，賓客雲集，那兒有四叔想要的東西。」

曹氏說完一晃不見了人影。

紀曉嵐猛然醒來，夢景歷歷在目。張維古以前也曾認識，原來好像還不是首富。近十幾年自己求學科考，後又登科爲官，一直都坐在京城裏，對獻縣情況已不甚瞭解，莫非張維古如今已發了大財？

次晨一早，紀曉嵐便去問父親：「爹！獻縣張維古發大財了？」

紀容舒說：「可不，已是富甲縣城。」

紀曉嵐說：「這可不容易，他憑什麼大發至此？」

紀容舒說：「說憑他那一個『古』字，他倒賣古墓葬挖出來的東西，什麼破瓮爛瓦，都賣大價錢。那發財還不像跟發麵一樣的快？他自己呀，都超過先祖厚齋公當時寫詩規勸過的那個劉羽沖了。劉羽沖當年還不憑『古』字大發，就已經『古』迷心竅，最後哀歎著『古人豈欺我哉』六個字作古，死了變成鬼魂還在哀誦這六個字。如今張維古發了『古』字大財；他還會不被『古』字迷得更甚？」

紀曉嵐說：「聽說他最近在拓展地盤，要起大廈，是眞的嗎？」

紀容舒一驚：「你怎麼知道了？」

紀曉嵐說：「我昨晚夢見了曹氏，是她在夢裏告訴了我……」便將夢中情況說了一遍，「曹氏說那裏有我想要的東西，我還眞想去看看……」

獻縣城西郊一個巨大的宅園，裏邊正人山人海。原來今天是張維古的六十歲生日，他又選在今天拓展地盤再建新居，於是兩件事合在一起慶祝，當然把獻縣所有頭面人物都請到了。連史縣令，柴主簿等縣衙主管官員都沒拉下，他們也來喝巨富的壽酒加建屋酒，說不准是誰巴結誰。

此時正是飯後餘興，有一老一少兩個座客站起來，說是給大家表演一下「煙戲」。

「煙戲」是什麼？一下子勾起了所有人的興趣，連縣太爺史大人也高喊起來：「好好好！抽煙也能成把戲？可惜紀大鍋不在這裏，不然你們好一起玩，那才更來勁。」

許多人問了：「什麼紀大鍋？紀大鍋我們還沒聽說！」

柴主簿搶先回答：「就是我們獻縣崔爾莊紀府的紀曉嵐大人，他早幾年進士及第，如今已是翰林院編修，很少回崔爾莊老家了。」

史縣令接著說：「紀曉嵐大人最喜歡抽煙，一個竹鞭銅煙斗，怕有茶杯那麼大，一煙鍋擠緊了，裝得小半斤煙，他有一口沒一口半天不得熄。要是他在，光那煙斗一亮出來，不吸煙都成了『煙戲』嘻嘻嘻嘻！」

正巧門丁扯開嗓子報白：「翰林院編修紀曉嵐紀大人到！」

果然紀曉嵐手捧禮單往裏進，一邊說：「張公六旬大壽，又兼華廈動工，雙重喜慶，理當前來祝賀才行。可惜我已經來遲了。」

張維古高興得急步趨前，連連拱手說：「翰林編修紀大人如此抬愛，令老朽受寵若驚……」親自接過紀曉嵐手中的禮單補充一句：「東華廳專席侍候，煩史縣令、柴主簿等大人作陪！」

史縣令等人連忙過來行禮問候。

紀曉嵐卻說：「飯常吃，煙戲不常有……」慢慢掏出了自己的特大煙斗和煙荷包，高高地揚著說：「史縣令不是說我紀大鍋，不吸也成『煙戲』嗎？我今天就用這不吸的假『煙戲』換一場高超的眞煙戲看看吧，哈哈！」

一邊朝一老一少兩個「煙戲」客人拱拱手：「請二位開始獻藝吧！」自己便穩穩當當在一張椅子上坐下來。

年老的煙客，朝紀曉嵐及大夥拱手致禮說：「在下牛雜耍，向紀編修大人、史縣令大人、柴主簿大人及諸位朋友致禮在先，煩請海涵在下與小徒狗巴兒煙戲的粗疏之處。」

跟著牛雜耍師父的說詞，他徒弟狗巴兒也起身向各位鞠躬，頻頻說：「多請海涵，多請海涵！」

隨即便上來四個幫手，二人各扛一巨大煙筒，大小與紀曉嵐手中的大銅煙鍋相若，長卻超過本人，故爾扛在肩上往前走。另二人便提著碩大的煙荷包。

紀曉嵐心裏說：「侄媳曹氏之魂告訴我所要的東西原是兩件同類。」

牛雜耍與狗巴兒各接過一根又長又大的煙筒，銜在口裏，任二個幫手爲其煙斗塞煙，果也各裝進了煙絲半斤的樣子。這便點起火來。

只見牛雜耍與狗巴兒且吸且噍，不見絲毫煙霧洩出。好個快捷如風，幾乎一轉瞬便把一大鍋絲吸完了。

隨即四個幫手走進屋裏，兩人爲一對抬出二個大蒸缽來，高聲說：「苦茶獻上！」

牛雜耍與狗巴兒也不接手，只用口銜住缽邊，咕嘟咕嘟便把那兩缽苦茶喝下了肚。

牛雜耍說：「主公壽誕，添鶴壽可乎？」

說完張開大口，徐徐吐鶴二隻，向四個屋角穿飛。牛雜耍又咂巴咂巴嘴，吐出一個大煙圈，碩大無比，停在屋上方正中。二鶴便從圈中交叉穿越，舞如穿梭，奇妙無比。牛雜耍又嘎喉有聲，吐煙成一直線，直上屋脊，漸漸散作水波雲狀。那二大鶴交相穿雲，漸穿漸小，終至泯滅。

眾人還未從傻呼呼的驚奇狀態中回過神來，徒弟狗巴兒又說話了：「吾技不如吾師，爲諸位小作劇也。主公將又添華構，在下且獻海屋勝景！」

說罷，狗巴兒呼吸吐煙，漸成雲朵，縹緲於庭前，瞬間幻結成一座樓閣，雕樑畫棟，華麗輝煌……

史縣令和柴主簿便驚喜呼叫：「奇哉煙趣也……」

紀曉嵐心裏笑起來：「嘿嘿，若非曹氏叫我親來觀此戲法，任人講說我都難以置信呢！」

這裏歡聲嬉戲未完，忽聞家丁奔進報白：「恭喜主公！賀喜主公！開掘地盤的工眾，掘出了主公遠祖張公平墓誌碑！」

隨後即有四人抬一巨大青石碑進屋。

張維古不問情由，先是對天一揖，大呼「皇天有眼」；這又撲地跪下說：「祖德有恩！」爬在地上磕頭不止……

紀曉嵐有考據癖，此時早已將大煙鍋煙袋一放，跑攏大石碑前，認眞辨認字跡：

獻縣首户張君平墓誌銘

唐大中七年明經劉伸撰

紀昀暗一尋思，「大中」乃唐朝末年宣宗李忱的年號，距今已一千多年，確乎是難得的古董。一想「明經」二字，在唐代乃指秀才科考的專案考試經義的意思，雖然「明經」並非官職，但起碼這劉伸也是進過科場的秀才，其文辭自當高雅。於是仔細看取正文，但是一下子便興致寡索，整個墓誌銘字劃可觀，文殊鄙俚，好幾處文句不通，簡直斯文掃地。

史縣令、柴主簿是本縣的高官，說話慣來肆無忌憚，只聽他倆議論：

「怎麼文辭如此鄙俗？……你不看這張平才是一介布衣？不過富庶耳……咦！這這，這好幾處文句都不通順呢……虧他劉伸還科考得中明經……還有臉為他人作墓誌……眞不知人間有羞恥也……」

這二人越議論聲音越高，招得座客中的文識之士都來察看，看後便都搖頭：「狗屁不通，還敢勒石？……」

忽然跪地磕頭的張維古站了起來，連連斥責：「諸位站開，諸位站開！諸位來賀老朽，老朽設宴招待，已是兩下相當。今諸位怎敢如此鄙夷老朽遠祖之古董？什麼文理不通？再不通也還是本府的傳家寶！……」越說越氣憤，幾下把人眾扒開，撲身爬在大石碑上說：「諸位既嫌其粗鄙不通，自然無須再看。本府遠祖傳家寶，豈可隨便觀瞻？諸位請走，諸位請走！不送矣。」

有人悄悄問紀曉嵐：「紀大人！唐朝『明經』官一定不小吧？」

一句話提醒了紀曉嵐：唐朝「明經」什麼官都不是，今天卻有人認為那必是大官。正如這文理不通的墓誌銘也被主家尊崇為傳家寶一樣……對對，曹氏之魂告我來取者，正是此一碑文，我不正好拓了原版去說服陳楓崖學友嗎？

於是紀曉嵐心裏迅速轉了幾個彎，大聲對在座眾人說：「諸位！唐朝『明經』乃高過縣令之大官，明經劉伸既肯爲張平公作此墓誌，可見張公地位殊高……」這便對趴在石碑上的張維古說：「張公請起！不必爲不諳事體的議論生氣。你這石碑不僅是你張府上的遠古傳家寶，我還要當做國寶向翰林院呈報呢！須知唐朝大中乃宣宗李忱的年號，至今已一千餘年，一千多年前流傳下來的實物，光這一點就已價值連城。張公快起，我拓了片好向翰林院呈報呢！」

紀曉嵐將張平墓誌銘拓片拿到京城，找到陳楓崖自然是另一種說法了：「楓崖你總是說古人事事勝過今人，你且看看，這拓片不正是唐文嗎？天下相率以名聲相炫耀，所以凡是作書者，言必稱晉，未必那時便沒有極拙之字？未必晉朝就都是書聖王羲之、王獻之？有作詩者，言必稱唐，未必唐朝就沒有極惡劣之詩作？未必唐朝個個是詩聖、詩仙？未必那時屠夫走卒個個也都是李白、杜甫？西施、東施，原爲一姓，偏就西施蓋世之美，東施只能效顰。盜跖與柳下惠本爲同胞兄弟，然柳下惠百世流芳而盜跖遺臭千古。豈能賢則都賢，美則俱美？鑒賞家得一宋硯，雖滑不受墨，亦寶若河圖；得一漢印，雖謬不成文，亦珍逾珠璧，問何所取，曰：取其古耳！楓崖學兄，才高八斗，登科入官。怎麼也與張維古泥古不化者爲伍？今已有狗屁不通的唐碑文實物在此，學兄還堅持說唯古皆好嗎？」

陳楓崖仔細看過碑文，長歎一聲說：「唉！我輸了，曉嵐你眞行……」

貳拾參　西洋貢獅薦學子

劉權之等人送來獅畫向紀曉嵐拜師。紀曉成卻向他們講一個跳越高手死於河水的故事，暗示「驕兵必敗」的道理。

從策問出題到考生取士。紀曉嵐在山西鄉試上都成績斐然，雖然他自己爲遺落了李騰蛟與范學敷二位賢才而抱歉，但乾隆很賞識紀曉嵐考賢取才的執著認眞，第二年便又任命他爲京廷會試的同考官。是科會試總裁爲大學士蔣溥與刑部尙書秦蕙田。

蔣溥是正紅旗滿州人，他僅憑自己的高貴出身而成大學士，又以大學士之名望出任會試總裁，然他本人並無文才可以誇耀。會試的主考實際是秦蕙田。

秦蕙田，就是那年請戴震幫他修訂《五禮通考》的侍郎，現已升官爲刑部尙書。

紀曉嵐在自己編印出版的《庚辰集》裏，選輯了秦蕙田的詩作，兩人關係親密。

這次秦蕙田身爲實際上的會試正總裁，得紀曉嵐爲同考，自是高興萬分，他知道紀曉嵐喜硯，便送紀曉嵐一方硯臺說：

「曉嵐，這是老夫喜愛的一方硯臺，老夫爲它取名爲『聚星硯』。此次奉旨爲會試副總裁，殊感責任重大，選賢聚才，與聚星何異，全仗爾等年輕之同考官慧眼慧心，俾使本次會考成果完滿。故以此『聚星硯』相贈。」

紀曉嵐說：「尚書大人如此不棄，晚生當竭盡綿力同考。」

有一個「西洋貢獅」的故事，在全國到處流傳，其說法莫衷一是，百怪千奇。是說康熙十四年有某西洋國家進貢一頭獅子給皇上，於是館閣文士多詠吟賦詩。

可是不久，貢獅逃逸而去，其行如風。巳時在京都逃出，午時即到嘉峪關。而後不知去向，大抵竄入山中去了。

不久，有人見聖祖康熙皇帝南巡，由衛河回鑾之日，尚以船載此獅。說得活靈活現，獅身狀如黃犬，尾巴如虎卻稍長，面龐略圓如人狀，不似其他畜類臉上狹削猙獰，繫在將軍柱下。好似十分善良。

才不善良！岸上兵勇牽一活犬，前來飼餵，活犬號號叫叫，其聲刺天。到得船頭，犬已噤無聲息，兵將將其扔到獅前，獅俯首一嗅，犬已恐嚇而死。貢獅談什麼善良？馬上撕皮裂肉，將犬吃個精光。

船攏岸解纜，貢獅忽震吼齊天，淩空如有無數銅鑼陡然合擊，好不威武……

對對，正在那時，紀家馬廄裏有十餘匹馬，隔著老遠聞之，皆戰戰慄慄伏在槽櫪之下。直到船去多時，獅早不見，那些馬還嚇得不敢起來。獅眞是百獸之王不假……

不對，聖祖南巡時貢獅早已不知去向。關牠的鐵籠子完好如初，就是籠子裏空空如也。西洋貢獅乃是神獅，什麼籠子能關得牠住？牠早已無影無蹤了。

對對，要不今天怎麼誰也見不到牠？都說獅子的壽命長得很，長得很……

見不著眞獅還眞好，天底下丹青妙手何其多，便都憑自己的想像作著各種各樣的獅畫。因怕忤逆了聖朝，聞聽元朝時代即有西洋貢獅來過中國，於是便將獅畫題款與元朝相關起來，比如「元人獅子意韻」、「元人西獅眞形」、「元人獅吼懾百獸」等等等等。誰也不知道天底有多少「元人獅圖」。

一個年僅二十歲的年輕人入京來了。他姓劉名權之，字德輿，號雲房，湖南長沙人氏。他已是鄉試舉人，進京是爲迎接朝廷會考，提前到來，表面上爲熟悉一下京城風物習慣，究其實情，乃是先瞭解一下主考官員的情況，以便相期接近其門庭，作一些探測與考察，比如說，他們追求怎樣的文風？喜愛什麼樣的文才學士？

劉權之幾乎一到京都便聽說了，本科會試同考官是紀昀。紀昀文名早已大震，有關他的傳聞更是特多。但有一條共同的說法，紀昀提攜後進不遺餘力。劉權之眞是高興得想跳起來，他知道會試科考選才的關鍵是在同考官這裏。因爲全國各省來的應考舉人多達一二千人，而錄取不過一百餘位。科考難度很高。而正副總裁從不會親自閱卷，總要由下邊逐級報上來，最初是閱卷考官，他們認可的才報給各大組的考官，每一大組便是幾個省，各大組考官判定爲優秀者，才由同考官彙總，彙總後優中選優，按錄取人數追加若干備選試卷，再報正、副總裁核定。這就十分明顯，不經同考官認可的試卷，決不會報送正副總裁，哪還有什麼錄取的希望？有紀曉嵐當同考官就放心了，他決不會漏落眞正的俊才！劉權之對自己的信心更足了。但怎樣先去接近他呢？先去投拜紀曉嵐爲師當然更好了！

地點很好打聽，京城裏人人都知道紀曉嵐。他的虎坊橋寓所一問就找到。但是素昧平生，怎麼進去，進去又說些什麼？劉權之要作一番詳細的籌謀。

虎坊橋紀宅對面，有一家小吃店，店裏的小吃應有盡有，南北風味，樣樣俱全。劉權之看見那裏人頭攢動、客來客往，生意興隆，也便想進去邊吃東西邊想主意。

他正往小吃店裏走，路過旁邊不遠處一家書畫店，書畫店店面小，牌子卻大：

西洋獅畫店

劉權之朝裏面一看，可不，四壁牆上幾乎全是畫獅的作品。有的刻意求工，幾乎獅子的鬍鬚都根根鮮活；有的卻是寫意，幾乎只畫了一雙眼睛，四隻利齒，再便是許許多多的爪子鉤……那獸王的形象已昭然紙上。當然裏邊也還有一些其他畫作，但獅畫占了一半還多。

咦！好！西洋貢獅的故事早已名聞全國，劉權之當然也耳熟能詳。那些故事雖然矛盾百出，卻是栩栩如生，人人宣講時似乎都是親眼得見，無庸置疑。對了，紀曉嵐大人對此也一定熟悉得很了，那麼，送這樣一幅獅畫進去做見面禮，趁機順便交談交談，這「師生關係」不就可能拉上了？

劉權之早已忘記了進店小吃的打算，既然已經想到進紀府的辦法，就不必再坐在小吃店裏來思謀。他問了獅畫的價格，不太便宜，但買得起。於是選畫。這可花了他不少心思，主要是揣想買什麼樣的畫才更符合受畫主人的性格？概括說起來，畫法儘管千變萬化，歸大類實際只有兩種：工筆和寫意。

劉權之還沒有見過紀曉嵐，不知道他是什麼樣的性格。於是便搜尋聽到的傳聞。傳聞說紀曉嵐是蛇、火、猴精轉世，聰慧無比，一目十行，雖然十分好色，但是極重天倫……對了，這樣人是活潑的性格，決不會墨守成規。從畫風上看，那就應該是近乎寫意的那一種。於是迅速買了一幅來，那便是突出雄師的獸王特點：怒眼，刺鬃，獰齒，利爪，這些地方都畫得非常逼眞而且突現。其他方面卻又相對模糊了。

付了款取過畫，劉權之才發現畫無標題，更沒落款，他十分驚訝地說：「老闆，怎麼這畫上連題款都不著，豈不是尙非完整的畫幅嗎？你幾時見過字或畫缺少題款？」

老闆說：「此正是本畫店店小生意紅的奧秘。你這位文士先生大概剛來京都吧？不太了解購畫作禮者的心思。我想我猜得不錯，你買這幅畫是準備送人。你一定知道你要送畫的人是何種性格，由你來題款，豈不更能表達你的心聲了？你的那位受畫朋友，當然也會更加滿意了。」

劉權之歎服了：「哦，好！老闆生意頭腦精明。我還正想題款，可是我沒印章，畫上無印，不成體統。」

老闆說：「這很現成，本店內堂備有各款名章材料，也有刻工，刻工手藝極好，無論先生要陰文，要陽篆，任何文體，一說就行，半個時辰交貨，你等著就取，取來就用印，何樂而不爲？」

劉權之說：「好極了，馬上刻章。」

果然半個時辰不到，一方「劉權之」石印雕得精緻極了。

劉權之揮毫題款：

元獅遺風　奉贈師尊

曉嵐紀公哂笑納

不才弟子湖南長沙劉權之贈於京都

然後蓋上了自己才刻好的名章。這便捲起畫幅，逕直奔紀府去了。

這一天，紀曉嵐正在家裏，戴震爲他家私塾開課照常進行，不過這些學生馬葆善、李清彥、侯希班等都還是小許多的少年孩子，他們還沒有通過鄉試取得舉人資格，當然也就還不是參加本期會試的貢生。但這時大家都聚在紀曉嵐身邊聽他講些什麼話。

劉權之被紀家門丁引進閱微草堂時，一下子驚呆了：室內早已掛好了一幅西洋獅畫，同時，一位家丁正往牆上掛另一張西洋獅畫，那畫竟也是寫意派的作品，和自己手裏捲著的這一張幾乎完全相同。劉權之立刻走近前去，一看畫的落款：「晚生山東益都李文藻敬贈」，馬上叫喊：

「哪位是李文藻學兄？哪位是李文藻學兄？」

一個年約三十歲的高個兒青年走上前來說：「我就是李文藻。」

劉權之向他拱手致禮說：「好，我是湖南長沙的劉權之，不管你剛才是否已經拜過紀公尊師了，反正你我一起來拜一次，即拜紀公爲我二人的尊師，也表示我二人從此結爲異姓學兄學弟。活該我們選送尊師的畫風也完全相同！」說罷把手中的畫卷一抖，果然，和牆上掛的幾乎完全相同。

紀曉嵐高興得大笑說：「眞是英雄所見略同！你這兩個學生不拜我也收了。哈哈哈哈！」

李文藻與劉權之二人並肩向紀曉嵐拜下去說：「恭拜恩師安好！我們不搞歪門邪道，不要你洩漏會考試題。我們也不指望一次會考就成進士，只請恩師教我們爲詩作文之法，我們相信總有一天能及第登科！」

紀曉嵐趕忙扶起他們說：「快起來快起來，你們這樣作這樣說就對了，眞要我洩漏會試考題，我還洩漏不出，因爲這考題要等我們封閉在試院裏共同擬好。呈奏皇上恩准了才行。你們要憑自己的眞才實學科考進士，決不能存在任何僥倖心理。」

於是大家重新落坐。兩個新學生介紹了自己。李文藻，字素伯，山東益都人。現年三十歲，因三次科考落選，去年才中舉人，今年是第一次來考進士。劉權之，字德輿，湖南長沙人，今年二十一歲，第一次來考進士。

兩個新學生幾乎同時發問：「老師書房裏早就掛有一幅《元人獅子眞形圖》，是不是曾經和這西洋貢獅有過接觸？」

紀曉嵐說：「此事也是緣分吧！那年聖祖（康熙）得了西洋貢獅，十分寶愛，每次南巡都用一口大木船載運隨行。一次聖駕帶獅返京，大船從衛河走，我先外祖父有一座度帆樓恰在衛河邊上。先外祖母曹太夫人曾親窺雄獅，親見一隻餵獅的活豬被獅嚇死，親見自家的狗和馬被獅嚇得假死於地，雄獅去了很久還不敢起來。」

李文藻說：「如此說來，幾乎無人不曉的西洋貢獅故事並非杜撰？」

紀曉嵐說：「確有其事，我家祖傳的那一幅《元人獅子眞形圖》，乃當時吏部侍郎阿禮稗公的手筆，阿公正是親見西洋貢獅而作此圖，假託元人貢獅史實，標上如今的題款，輾轉而贈至余先祖父寵予公，成了舍下的傳家之寶。」

劉權之說：「尊師祖之畫獅，乃是工筆重彩。今學生二人所購贈二幅，卻是寫意派的畫風。只怕不合尊師之欣賞意趣。」

紀曉嵐說：「正如剛才所說來源，家下所傳之藏品，乃吏部侍郎阿禮稗公所作，其所表現的只能是阿公本人的意趣畫風。今某覺得，萬事萬物以神爲主，以形凸現，若表現爲畫風，則『纖毫畢現』之工筆反不如『重神輕形』的潑墨寫意。於是二生所贈之畫獅，更令爲師欣慰。哈哈！」

李文藻、劉權之異口同聲說：「正所謂師生所見略同啊！哈哈哈哈！」

紀曉嵐說：「十分難得，難得。那今天我且爲學子們講一堂課，閱微草堂原學子們也一同參加鄉試便用得著。講課題目乃是：『略論科舉試律之審題』……」

紀曉嵐從杜甫的「隨風潛入夜，潤物細無聲」講起，剖析如何審題，如何排律，如何協韻，講得絲絲入扣。最後他問：「爲師如此講述能聽得懂吧？……」

乖巧靈通的劉權之應聲回答：「恩師所講，沁入心扉。學生只覺得此次會試很有把握，定成進士無疑！」

紀曉嵐心裏一閃：驕兵必敗，太不吉祥。於是扭臉問李文藻說：「素伯你呢？也是料定必成進士？」

李文藻說：「學生不敢！就全國而言，進士及第不是百裏挑一千裏挑一，只怕萬裏挑一都不止。俗話說不怕一萬就怕萬一，學生登科雖有信心，然信心的根基乃矢志不變，哪怕考十次八次呢，進士及第之壯志不移。」

紀曉嵐由衷地脫口而出說：「好！素伯比德輿沈穩得多，究竟年長九歲。」

李文藻說：「恩師點撥得好，我癡長九歲，失敗三回，三次未能中舉，於是教訓我沈穩下來，我不敢奢望，而只有追求，此生非達到進士及第目的不可！」

紀曉嵐說：「對極了！素伯之教訓，爲師也曾有。爲師二十三歲在順天鄉試奪得頭名，解元的光圈套在頭上，自以爲考進士絕無問題，誰知也遭遇兩次挫折，直到三十歲才得中進士呢。後來，一位朋友使我想起一個經歷過的故事，才陡然茅塞頓開，今天，爲師就給大家講講。爲師家鄉有個丁一士，矮健身姿，兼習跳越之術，兩三丈之高，可翩然而上；兩三丈之寬，騰然越過。我幼時便認識他，經常求睹其技。他見我是小孩，絕不推諉。他叫我站在一個過廳中，要我先朝前門站好，他便站在前邊，一躍而飛過屋頂，到了後邊。又要我轉頭到後門站好，他又從後邊一跳而到前門。如此能七八度，可見技藝之高。不僅令我小孩子佩服不已，就是大人，誰不朝丁一士伸大指頭？一日，丁一士過杜林鎮，遇到一個朋友，朋友邀他宴飲於橋畔酒肆中。漸漸爲人知曉，都想看丁一士的跳越神功。桌旁裏三層外三層圍了人眾。請他喝完酒到外邊去跳河。丁一士酒酣興起，當然願意一展奇巧。飯後許多人簇擁他到了河岸。小河無名，實乃三丈。眾人高喊：『請力士一試神功，越河而過！』丁一士說：『這有何難！』只見他話聲剛落，呼嘯而起，已穩穩地立在河的對邊。眾人又喊：『請力士再飛過來！』丁一士高聲回答：『來回七八次又何妨？』於是縱身而返，又飛身而過，過而再還……果然往返五六次如蒼鷹搏擊，來去自如。不意來回蹦跳，將河岸踩鬆，漸至開裂，裂而成紋……誰也不曾見到，丁一士自恃跳越等閒，更沒注意。等跳到第七個回合，叭！落堤坍岸，丁一士跌進河中。河水洶湧，隨流直下，丁一士素不習水，頃刻到了江心，隨波湧起數尺，能直上而不能游近岸旁。不多久便力盡溺水，不幸身亡。丁一士敗在個人自恃裏，自恃有飛越之功，未諳有溺水之患。我於是推廣思之，蓋天下之患，莫大於有所恃。恃財者終以財敗，恃勢者終以勢衰，恃智者終以智竭，恃力者終以力亡。古人云驕兵必敗，有所恃著自成驕兵，必敢蹈危踏險，總有不及之處，於是失手身亡。我之當瞭解元還兩次會試進士不第，正是自恃聰明的結果，始信『聰明反被聰明誤』不虛。使我想起少年時期丁一士故事者，是我早年一位學友，名叫陸青來。我曾恃才欺侮罵過他，他不但不見怪，反而寬容我：『曉嵐有話直說，其淺也在此，其眞也在此，莫非深乎？』當時頓使我無地自容。後來，果然他先我而中進士。但他決不小瞧我。他買了一根勞山手杖，自題詩曰『月夕花晨伴我行，路當坦處亦防傾。敢因恃爾心無慮，便向崎嶇步不平。』他這手杖其實並非自用，而是送給了我。以他當進士之身，與我布衣平心推論。這才使我平穩了心思，克服了自恃才智頗高的障礙，也陡然想起了少年時期見過的丁一士的悲哀，最後一舉而於三十歲得中進士。如今陸青來已成監察御史，居官遠在我之上。我不但不嫉妒他，反而心存銘謝。今天我不厭其煩說起這些故事，可看出在這故事裏爲師並不光彩。然而知過必改，善莫大焉。我今天的目的，首先乃在警醒權之德輿，你不去除自恃才高之心機，則恐此次會試難於及第！」

劉權之陡然站起身來，撲地跪下，眼淚婆娑說：「恩師教誨，永不忘懷！弟子當去掉自恃而更加勤勉……」

紀曉嵐說：「好好好，起來起來！現在離會試還有三個月，昔日詩仙李白鐵杵磨成針，也不過三個月工夫也！從今天起，德輿與素伯一道，吃住學習都在我家。我得暇便來授以課業，無暇時便煩東原兄幫忙，三月磨一杵，或成脫穎針！」

戴震說：「只恐力有不逮，敢不竭力用心！依我想，素伯、德輿二位學子的前程，當遠遠大過我戴某，某焉敢以師自居？惟互相切磋耳。」

李文藻、劉權之二人對戴震深深一揖說：「恩師指托於你，你也便是尊師，且莫以未來前程得失相論……」

於是閱微草堂來了兩位新學生。

李文藻和劉權之別提有多用功刻苦。

此次科考會試的作文、策問都順利得很，到試律時劉權之多少有點粗心，他兢兢業業地害怕當年丁一士跨河飛越最後出現河堤斷裂的意外。及至詩題下來：「王道蕩蕩」，他大喜了，立即判定這題目出自《尚書．洪範》：「無偏無黨，王道蕩蕩。」孔安國疏解說：「言開辟。」

此題在紀曉嵐最後三個月的講題之中便有，所以劉權之早有準備，迅速將詩作好。

劉權之自覺滿意極了，全詩沒一句不合轍入格，沒一處不歌功頌德，且全詩用典新奇，有根有據，他自認爲考得很好，可是不敢聲張。他實在壓不住心頭的喜悅，便興沖沖地找到李文藻說：「素伯，如今考完了說說也沒關係，我昨晚上作一個夢你給圓圓。」

李文藻一聽，急急地問：「什麼夢？你說說看。」

劉權之說：「我夢裏突然覺得肚子好餓，又沒有其他東西好吃，便把桌上堆滿的五色紙嚼吃起來。嚼吃完了又到茶几上去拿那些大厚本典籍，剛要吃書，發覺已經飽了，就把書放回几案上。坐著想著……索伯，你看看這夢如何？」

李文藻拍他一大掌說：「沒說的，這是大吉大利，說你此次準能進士登科，官祿立至！」

劉權之故作驚詫說：「你說的有什麼根據沒有？」

李文藻興奮地回答：「怎麼沒有根據？《宋書．藝文志》上著錄的那本《周公解夢》書，坊間早已有了刻本。雖然說那是周公所作不過假托之詞，但那究竟也是有書有據。書中〈文書筆硯兵器第十七〉篇中，明明白白寫得有：『呑五色紙詩書進，几上有書祿位至……吉祿運也』，這不是明擺著嗎？條條都合你的夢境，毫無二樣。」

劉權之連連點頭：「這就好，這就好。」他其實心裏甚爲明白：昨晚哪裡作什麼夢來？剛才說的夢境，其實正是根據《周公解夢》裏的兩句話杜撰，聽到李文藻說自己馬上能中進士能入官，心裏舒服極了。自己編夢的目的達到，當然樂得就此收場。但歡喜中總有一點忐忑：誰知能否金榜題名？

或正是天道酬勤吧，果然，皇榜張發：李文藻與劉權之進士及第！二人直喊：「感謝浩蕩皇恩！吾皇萬歲萬歲，萬萬歲！」何止是一個閱微草堂，何止是紀曉嵐、戴震、馬葆善、李清彥、候希班師生等人，簡直連整座紀府都沸騰了，主主僕僕數十人一起慶祝。

紀曉嵐新收弟子李文藻、劉權之得以進士登科，這也給紀府增添了一份榮譽……

貳拾肆　以姦破姦懲凶頑

紀曉嵐運用色相手段使一對姦夫淫婦伏誅。他對愛妾說：「……說不定眞壞在那狐狸精肚子上了。」

此次京都會試爲同考官，紀曉嵐爲造就李文藻與劉權之兩位賢俊而甚感欣慰。

如今兩人都得以留朝，當然是紀曉嵐委婉地請刑部尙書秦蕙田奏呈皇上恩准的結果，所以二人對紀曉嵐格外恭敬，時時前來拜府問安。

劉權之官居洗馬。洗馬掌管圖書，隸屬於司經司。劉權之登科伊始，便是朝官，而且幹的是自己慣所喜愛的圖書典籍工作，眞是興奮極了。他對紀曉嵐當然感恩在懷。

李文藻則更幸運，入第後即進翰林院侍在紀曉嵐身邊，得授庶吉士已是十分難得。他時時有機會請教恩師紀曉嵐。

得閒下來，紀曉嵐整理編選古詩詞，性格使然，他編印的多爲豔詞豔詩。

正在紀曉嵐不遺餘力推崇編印歷史上的豔詞豔詩之時，愛妾郭彩符娘家來信，其哥慘遭雷殛。郭彩符吵著要紀曉嵐陪著回天津楊柳青奔喪，紀曉嵐與她愛篤彌深，自然高興地到翰林院告了假，帶了可愛的小女兒速去天津。小女兒原來連名字也沒取，就叫做囡囡。這次要到外婆家去，叫囡囡的女孩太多，容易混雜，紀曉嵐便給這小女兒取個名字：鳳文。

這個名字只有紀曉嵐自己知道其深刻的涵義：寄託對第一個「雲雨知己文鸞」的懷念之情。鸞是鳳凰的一種，郭彩符又被自己認定為文鸞的再世，那麼她生的女兒，將「文鸞」之意反轉而為「鳳文」，豈不正好？眞是煞費了紀昀的心機。這心機連愛妾郭彩符也不能悉盡相告。

紀曉嵐記起來，郭彩符的哥哥郭拖累，生他時他父親郭大眼帶著母親逃荒到天津楊柳青不久，生活極感困難，生了個兒子更覺得是個「拖累」，順口叫就成名字了。由於拖累這個孩子純忠實在，不會玩什麼花花名堂，「拖累」兩個字慢慢演變，變成了只會原地打轉轉的「陀螺」。陀螺是很早以前就有的兒童玩具。用木製成尖錐的樣子，中實而無柄。玩時繞以鞭子繩，扯著一轉，陀螺成下尖上圓，倒立在地上了。用鞭再抽，使其轉動加速，加到幾乎在原地轉悠，好像根本看不見它在轉動，看著它轉慢了，要倒了，再加幾鞭，直到轉立著為止……這陀螺眞是夠本眞，越挨打越受用。郭拖累被叫做「郭陀螺」，這性格恐怕實在窩囊了一點。

紀曉嵐納郭彩符為妾時，郭彩符才十三歲，那時郭拖累好像已是二十來歲了。與父母分開另住，所以紀曉嵐對他印象不深。

哦，想起來了，當時郭拖累分開另住的原因是已經娶妻，他老婆不想和公公婆婆住在一起。兩家似乎住得還挺遠的。怕有好幾里吧？

咦！怎麼還好像見到郭拖累老婆一次？叫，叫？對了，叫做筱翠花。好像還是一個很有幾分姿色的女人……不錯不錯，紀曉嵐想起來了，自己由護家武師羅大頭帶去收納郭彩符為小妾時，這個筱翠花來看過自己……怎麼？那眼神中似乎還有挑逗的意味？莫非她不是一個正經女人嗎？

可惜當時在楊柳青娶了郭彩符便走，沒有和筱翠花多有接觸。如今不是出了郭拖累被雷殛死這件事，恐怕對筱翠花的印象一點都想不起來了……

從京都到天津很近，紀曉嵐攜侍妾郭彩符與小女兒鳳文很快就到了。因爲郭拖累的房子被雷擊得不成樣子，無法著用，他的葬禮都在父母這邊家裏舉行了。

葬禮無法隆重熱烈，被雷打死家裏實在可憐，而他才二十多歲，沒有兒女，聽說他老婆筱翠花生過幾胎一胎都沒有養活，所以連個端靈主牌送葬的孝子都沒有。送葬的人也冷冷清清，總共不超過二十個，都是親戚。紀曉嵐打聽一下，方知鄉下的人都迷信得很，說是雷打的人不吉利，是天神懲罰的凶頑邪惡之流，無關的人員誰也不想把晦氣沾到自己身上……是親戚就沒有辦法，不吉利也得來。又由於他們家裏從父親郭大眼一輩才逃荒至此，時間不太長，親戚也就很少。

紀曉嵐畢竟是個文才，他於社會情狀方面瞭解和關心的事情很少，直到冷冷清清的埋人場面結束，他才想起來：怪！怎麼沒看見未亡人筱翠花？

紀曉嵐對郭彩符說：「你去問問你爹媽，你嫂子筱翠花哪裡去了？一個未亡人不參加已故丈夫的葬禮，這不是太奇怪了嗎？」

郭彩符說：「老爺！這事你太不懂了，按老百姓的說法，未亡人不能送丈夫歸山，否則不能再嫁，再嫁了會招惹已死丈夫的鬼魂；既影響已死丈夫的超生轉世，也使再嫁的夫家沒有安寧與吉祥。所以我嫂筱翠花早回娘家去了。」

紀曉嵐說：「這就是我少見多怪了。」

郭彩符說：「奇怪的事還有，不然我爹媽也不會叫我千方百計把你拖回來爲我哥送葬了。」

紀曉嵐吃驚：「什麼？你哥他死得不明白？有什麼根據呢？」

郭彩符說：「要有根據，那就不一定叫你來，一告狀就行了。正因爲沒有根據，奇怪事就想到要你來幫忙查查。」

紀曉嵐說：「那你說說是怎麼回事吧。」

郭彩符說：「我哥是早十五天遭雷打死的，那天是六月十八日。那天我嫂子筱翠花在娘家沒回來。一問，筱翠花回娘家已經十二天了，她回娘家怎麼住這麼久？鄉下哪個女人回娘家也不住這麼多天，這還不打緊，偏巧天下雨，打炸雷，把我哥炸死那一天下午，筱翠花又恰恰回來了。好像她是專門等這打炸雷的一天才回來似的。你說怪不怪？」

紀曉嵐說：「是有點不合乎情理。別的事不說，彩符你是過來人，你說一個已婚的女人離開男人十二天會是什麼樣？她就一點不想男人？要不就是她在外邊還有相好！」

郭彩符嘟起了嘴：「瞧你一說就扯上那件事！」

紀曉嵐說：「那是人之常情！違反了這個常情的事就有鬼，你不要小看喲！你聽你爹媽說過沒有，筱翠花在外邊有沒有野男人？」

郭彩符說：「這事說穿了也就不打緊，在我鄉下有句土俗話：世界上只有兩個女人不偷人！」

紀曉嵐很有興趣：「哪兩個女人？」

郭彩符說：「一個老婆一個媽！」

紀曉嵐立刻會過意來大笑：「哈哈！這話大有深意，是說老婆偷了人沒人給丈夫說，怕出麻煩；母親偷了人沒人給兒子說，怕丟臉。這麼說個個女人都有野男人！筱翠花的野男人是哪一個？」

郭彩符說：「岳爲魁。」

紀曉嵐說：「是個什麼人？」

郭彩符說：「遊手好閒的無賴漢，有時候上山打個銃什麼的。」

紀曉嵐忽受一點震動說：「打銃？打銃那不是要火藥嗎？他到哪裡弄去？」

郭彩符說：「這我就不曉得了。」

紀曉嵐問：「你爹媽對筱翠花也只是懷疑，沒有根據。他們叫我來的意思是什麼？」

郭彩符說：「我爹媽的意思是說，你是朝廷翰林院的編修大官，起碼和我們這裏知府差不多少，要和縣令打交道也容易，說不定他們還要巴結你。你可以去叫他們暗中作點調查，看筱翠花與岳爲魁是否搞了什麼鬼。」

紀曉嵐稍微想想說：「你把鳳文交她外婆帶帶吧，你領我去你哥家，看看你哥哥被雷擊的房子……」

一棟小房，已被雷打得不成體統。屋頂洞穿，檁木茅蓋過火，茅草全燒成了灰，木頭剩下一些黑疙瘩。門窗七零八落，東倒西歪。房間的睡炕上，炕面亦被擊穿。滿屋是一股殘留的硫磺硝火氣味……

郭彩符看著這副慘景，已經嚶嚶啜泣。突然便哇聲大哭起來，指著牆上說：「血，血！那一定是我哥哥的血印子！哇哇，哥哥死得好可憐啊！」

紀曉嵐其實早看見了，那是一處向上斜飄的血印，從下到上呈扇形，最低的才是三尺左右，最高的達到丈餘；低處約有一尺的寬度，上部最高處竟達五尺有多。

紀曉嵐已在心裏默然自問：「這天雷怎麼從地下擊起？不然血跡怎麼向上飛？」思路受了點啓發，紀曉嵐讓郭彩符去哭哭啼啼，自己便裏裏外外再尋痕跡。有心無心不一般，紀曉嵐一經有心尋找，馬上就發現了「雷擊」從下而上的更多證明：破牆處是從內往外倒，倒的地方是自下而上呈扇面形；還有未燒著的茅草，顯然是在燒著以前被擊飛，擊飛時是只有衝力而無火焰，不然也應該有燒焦的痕跡……找到了，房上茅草沖飛最遠的竟在兩三丈高的樹頂上面，或掛或堆或穿在樹葉裏……這這，這不是爆炸從內而起的鐵證嗎？

紀曉嵐心裏已將「雷擊」否定，鐵定判斷是爆炸所爲。

有了這個基本的判斷，紀曉嵐便又進到屋裏，尋找爆炸的地方，找到了，找到了，就在臥房的睡炕地下，地下爆穿的大洞有三四尺見方，廢土上還殘留有爆炸起火燒焦的痕跡。這麼說，被炸死的郭拖累當時正躺在炕上邊……聽說「雷擊」是那一天半上午，半上午郭拖累怎麼會睡在炕上呢？……對，外邊在下雨，雷雨雷雨，打雷必下大雨，郭拖累只能在家；在家怎麼睡在炕上？一定是郭拖累早就有這習慣了，閒在家裏便躺倒，這一陣子老婆回娘家十多天了，心裏定是已經煩透，煩透躺床便更合情合理了……

那麼，誰會對郭拖累的性格如此瞭解呢？除了他老婆筱翠花，不會有第二個。這麼說，八成是筱翠花與野男人岳爲魁蓄意謀殺郭拖累了。

要爆炸謀殺便要有很多的炸藥，沒這個證據告狀也不行，告不倒罪犯，反而惹上許多麻煩……紀曉嵐心中打定了主意，便止住郭彩符的哭泣說：

「人死不能復生，你盡哭有什麼用？這裏也沒有多少看頭，我們先回去吧。」

一回到岳父郭大眼家，紀曉嵐也不說是甚麼事，只叫他請來了三四個最親近的地方朋友，所謂「地方朋友」就是與郭家沒有親戚關係的人。

朋友找來以後，紀曉嵐把岳父一家人撇開，把幾個地方朋友領到一間小屋子裏……大約是半盞茶久的工夫，也不知紀曉嵐給他們佈置了什麼差事，更不知紀曉嵐給了他們多少銀兩，便見他們一個二個興高采烈出了門，四分五散的走了。紀曉嵐獨個兒抿嘴笑著。

郭彩符哭得眼淚婆娑，她也不知道丈夫葫蘆裏在賣什麼藥，便走進裏邊的小房子裏來問：「老爺，你都佈置他們去幹什麼？好像你塞給他們不少銀子吧。瞧他們出去時一個二個笑得合不攏嘴。」

紀曉嵐二話不說，幾個快步走過去把房門一關，插上門子。這又飛快去把窗子上的舊布簾子放下來。屋子裏頓時暗黑了不少。紀曉嵐也不吭聲，走攏郭彩符攔腰一抱，紀曉嵐像門神一樣的大高個子，抱一個小巧玲瓏的郭彩符眞如老鷹摟小雞，摟著郭彩符便往炕上一放，馬上動手扒她的衣服……

郭彩符急得小聲叫喚道：「紀郎紀郎！這時候你還有這個心思幹好事？」

紀曉嵐說：「你又不是不知道我的脾氣，什麼時候方便什麼時候來，夫妻之間還怕誰來著？我這又不是頭回二回。」一邊沒停手寬衣解帶。

郭彩符說：「可我心裏老記著我哥，他死得不明不白，你倒還『性趣』不減！」

紀曉嵐說：「正是爲了要給你哥報仇雪恨，這時我就非睡你不可……快別作聲，免得少了交合的樂趣，沒樂趣的交合，那還不如豬狗畜牲，豬狗畜牲交合要是沒有樂趣，怎麼會爲了爭奪配偶而拼命廝殺？……」

於是兩人再沒吭聲，只是哼哼哧哧地各喘粗氣……充分領略著一刻銷魂……

其實很快，不到半盞茶工夫。兩個幹事完畢。各人飛快起來，迅速穿好了衣服。

紀曉嵐拉開窗簾朝外一看，說：「還早，還早，我就要出去，你帶好鳳文，哪兒也不要走。」

郭彩符說：「老爺到哪裡去？」這叫法便很有明堂，兩人交合時「紀郎紀郎」叫起來親熱，在其他場合只能叫老爺。

紀曉嵐說：「我去找筱翠花，她多半是殺人罪犯。」

郭彩符說：「你不怕打草驚蛇？」

紀曉嵐說：「連這樣的娘們都對付不了，我還算什麼紀大怪才？」

紀曉嵐逕直出門去。沒走上半里，便有個人在那裏等候他，然後領他往筱翠花家裏去。

筱翠花這兩天眞是心裏比蜜甜，睡夢裏常常會笑醒。

她和姦夫岳爲魁設了個好毒計，假藉天雷菩薩發威，把親夫郭拖累給炸死了。拖累本來就太「拖累」，拖累得自己和姦夫睡覺都提心吊膽。偏偏拖累還是個「陀螺」，人就蠢笨得跟陀螺一樣，只會在原地轉圈圈，從來也不會挪動，眞是礙手礙腳，礙得自己和姦夫痛快不起來……

現在好了，這礙手礙腳的「陀螺」被清除了，今天人都已經入土歸山，再也沒有誰來追究；就要追究又能追究什麼？天雷菩薩打人，經常都有，你能找誰追究去？活該郭拖累郭陀螺，冤枉死了還背一個遭天譴雷殛的大黑鍋！

她把自己打扮得花枝招展，臉面上胭脂擦得比豬血還紅，水粉塗得比粉牆還厚。他已約好了今天到那個破磚窯子裏與姦夫岳爲魁見面，那還不是乾柴烈火盡情燒！嘿嘿，磚窯是窯子，名字不好聽，管它那麼多，抱男人睡著痛快就好……反正不久了，再有幾天，風聲一息，自己和岳爲魁不就成了正式夫妻……隨我一天到晚十回八回的睡……

淫蕩的婦人，自有淫邪的思緒。她一天無所事事，二十來歲哪天哪夜少得了男人？偏偏這十幾天爲了實現那個「天雷」計畫，活生生地受孤淒，好不容易才等到一場六月暴雨，暴雨天雷幫了我的大忙，卻害我十天之內只和野老公睡三次……哎哎，好了好了，難捱的日子熬到頭了。過了今天明天，頂多再過後天，風聲一冷，人死燈黑，誰還記得那個郭拖累？活該我與岳郎抱團貼肉親親親……

筱翠花忽然想起紀曉嵐來，聽說他是個大才子，鬼靈精怪，人是翰林院大官，時時能夠見君面聖……聽說他也參加了郭拖累的葬禮，當時筱翠花嚇得渾身顫抖不停。岳爲魁自然也聽到了這消息，也是嚇得不輕，臨時把自己喊到那破窯見面，弄得兩人睡得肉沾肉都一起發抖，那眞不是個滋味，不僅沒有了平時睡覺那個甜美銷魂的感覺，反而好像那是臨刑前兩個人睡最後一次，只怕再也沒有這機會了……於是兩人只好商定暫避嫌疑，等紀曉嵐回京城了再說……

誰知不要久等，今天郭拖累不是風平浪靜埋了嗎？紀曉嵐從頭至尾參加了葬禮不是屁事沒有？什麼鬼靈精怪大文才，都是眾人把紀曉嵐給吹高了……對對，聽說他才是個花花太歲猴子精，一天到晚睡女人做得飯，他能從郭拖累「天雷殛死」的事情上看出什麼破綻來？白擔心一場了。

筱翠花忽然想起紀曉嵐那次來納妾郭彩符的事情，對了，自己那次還對他射了媚眼，挑逗於他……他他，他要不是收了郭彩符就要走，我就不信勾不到他，憑我的姿色水靈不比郭彩符差多少，可我的勾魂手段就比郭彩符強得多。好了，如今早已是水過三丘，追不回來了，我如今有個岳郎也不差。

筱翠花剛剛抬腿要往外走，紀曉嵐迎門攔住，自我介紹說：「我是紀曉嵐，你是筱翠花吧？你聽過我的名字嗎？」邊說邊向筱翠花射出貪婪的眼神補充說：「啊！翠花原來這麼年輕漂亮！」

筱翠花一聽這誇讚早失了魂，歡快地說：「啊！是紀姑爺，紀大才子，紀翰林，聽說過聽說過。說起我們還是親戚，也見過面，那年你來娶了我家小姑子彩符做侍妾，我們不是見過面嗎？只怕紀翰林姑爺貴人多忘事，早不記得我了。」

紀曉嵐說：「那事記不記得已經沒關係，我今天看見你這麼漂亮，那是永生永世都不會忘記了。」

筱翠花說：「紀大才子眞會說話，我再漂亮也比不上我家小姑子彩符呀！」

紀曉嵐說：「話不是這麼說，桃紅柳綠，各有所長，彩符她是那種苗條單薄逗人愛，翠花你是豐滿成熟惹人饞，哈哈哈哈！」

筱翠花說：「紀大學士文才眞是好，說著話就叫人心裏癢癢的不行。只可惜我紅顏命薄，好好的一個男人天不容，叫我年輕輕的就成了寡婦。」

紀曉嵐說：「你不做寡婦我還不能來，郭拖累不死，你是我舅子老婆，我眼饞都只是白搭，我這話不假吧？」

筱翠花說：「聽紀姑爺的話，好像還對小嫂子有點意思。可我偏是命薄，作了二婚人，怎配得紀大老爺的高貴身分？」

紀曉嵐說：「這你就有所不知了，翠花！歷史上新登基的皇帝討他父皇妃子做老婆多的是，只要那妃子不是他親娘老子就行。你別以爲當大官的講究處女不處女，又不是娶夫人！娶夫人當然一般都選處女，納妾才不管這麼多。恩謝萬歲爺在木蘭圍場賞給我四個宮女做侍妾，那裏面能有原裝處女嗎？哈哈！沒那回事。我只要眼睛瞧著漂亮舒服就行。你就最合我的意！」

「紀老爺此話當眞？」

「半點不假！」

「紀老爺難道就沒有什麼其他條件？」

「條件當然有！」

「那麼紀老爺是什麼條件？」

「你不能有什麼感情分心！」

「我聽不懂紀老爺你的話了。」

「我跟你解釋清楚，我知道鄉下有句土話。只有自己的老婆和母親不偷人！這實際是說個個女人都偷人。我對你的過去可以既往不究，但自從我納你爲妾後你只能有一個我，我才管保你吃香喝辣富貴榮華，翠花你做得到做不到？」

這下筱翠花心裏可就七上八下謀劃開來：自己和姦夫岳爲魁費了九牛二虎之力，方把絆腳石親夫郭拖累殺死，本來就是想從此姦夫淫婦雙宿雙棲。如今紀曉嵐比岳爲魁強到天下去，她哪裡還把岳爲魁放在眼中？可是岳爲魁是個紅眼牛漢子，怎樣避開他的蠻橫呢？想了好一陣子，筱翠花這才斬釘截鐵說：

「有了你紀老爺，我還再想哪個？只是有一條！」

紀曉嵐問：「哪一條？」

筱翠花說：「紀老爺你要像那次納彩符那樣，立即就把我帶到京城。那就誰也沒有辦法再糾纏我！」

紀曉嵐說：「不！此一時彼一時，彼時彩符才十三歲，沒有任何男人，我當然說走就可以帶她走。從你剛才的話聽得出，雖然郭拖累死了，你實際上還有男人，那我就要做個仁至義盡，讓你和你男人當面說清楚，我這裏有二百兩銀子你收好，我納彩符時也是給了這麼多錢。你把這二百兩銀子交給你那個相好，就算我從他手裏買走了你，他拿二百兩銀子不愁買不到女人。我這就叫做仁至義盡，你只說辦這件事你要多少時間？要多久我都等你！」

這下子筱翠花胸有成竹，乾乾脆脆地說：「不要多久，有明天一天就行！……」

哪裡等到第二天，筱翠花當晚便在那個破窯子裏與岳爲魁苟合。她又玩了一點花招，她把紀曉嵐給的二百兩銀子落下了一半，只給岳爲魁一百兩。她知道鄉下人的行情，有二十兩銀子討得一門好親事，還有八十兩日子過得不會差，自己落下一百兩白花花的銀子，這買賣是好上了天！

岳爲魁得了一百兩銀子心都高興得跳到口裏，他還從來沒有一次見過這麼多錢，更別說這錢已經歸自己所有……他爬在筱翠花身上哼哼唧唧直叫「親親娘」！

就在這姦夫淫婦哼天倒地痛快銷魂的時候，縣衙的一群衙役把他們生擒活捉，兩個人在燈籠火把之下赤條精光，雙雙渾身發抖……

梁縣令豈能不巴結紀翰林？何況紀曉嵐所告姦夫淫婦謀殺親夫有理有據。於是連夜升堂審犯人。

縣衙堂上燈光閃爍，「明鏡高懸」的匾額熠熠放光。

梁縣令一拍驚堂木高聲吼問：「下跪岳爲魁筱翠花聽著，有人狀告你二人姦夫淫婦謀殺親夫郭拖累，二犯速將罪過從實招來！」

岳爲魁強辯說：「郭拖累乃死於天雷，與草民何涉？草民與翠花相好不錯，但與郭拖累之死無關！請大老爺明察！」

筱翠花也隨聲附和：「的確是如此，請大老爺明察！」

梁縣令說：「二犯不得強辯！自古雷殛自上而下不入土，因天雷入土便沒有雷。何以郭拖累死於自炕底而起的爆炸？有牆上的血跡可爲憑，有屋外三丈高樹頂上的茅草可作證！」

岳爲魁說：「縱是如此，也與草民無關，草民哪來如此多的炸藥？」

梁縣令說：「岳爲魁你且聽著……」隨即拿起案桌上的一張單子，那便是紀曉嵐拿錢請好幾個朋友暗中作的調查，某月某日在何處，岳爲魁買了多少多少火藥硫磺……全部加起來有五十二斤半，梁縣令一一唸完，猛拍驚堂木問：「岳爲魁你一個月買這麼多火藥幹什麼？」

岳爲魁說：「我是獵戶，買火藥自然是爲了打銃取鳥！」

梁縣令說：「以銃擊雀，每次不過數錢，你一日至多兩許，你一個月買了五十二斤半，一個月用去也就三四斤，剩下四十多斤哪裡去了？」

岳爲魁再答不出了，張口「嗷嗷嗷嗷」說不出話。

梁縣令連吼三聲：「不動刑法，諒你無招，大刑侍候！」

於是獄卒們弄來刑具一片叮噹作響。岳爲魁忙喊「有招有招……」一對姦夫淫婦如實招供了爆炸殺夫的罪過。畫供具結，案已問妥，梁縣令正要喊「退堂」。

紀曉嵐突然從後邊慢悠悠走出來說：「梁縣令且慢！我給淫婦筱翠花的餌錢銀子是二百兩，這桌上只有從破窯子裏捉姦捉雙收繳來的一百兩，剩下一百兩她筱翠花私自呑收，這裏還請梁縣令如數追繳回來還給我。」

梁縣令照此追問，筱翠花只好供出所藏的地方，梁縣令立刻派人去取。

筱翠花對著紀曉嵐咬牙切齒罵起來：「好你個紀精怪！你眞是狗肺狼心！你好女色我好男色有什麼兩樣？你爲什麼設計來陷害我？」

紀曉嵐說：「筱翠花，你弄明白了，我好色講究天理人倫，你好色連親夫都要謀殺，這能是一樣的嗎？眞有天壤之別！」

……事情很快有了個結果，紀曉嵐二百兩銀子完璧歸趙。

岳爲魁與筱翠花一併伏誅。

萬千眾人遠近傳講，傳傳講講難免走樣，都說紀曉嵐以淫制淫，以毒攻毒，說是紀曉嵐拿二百兩銀子先睡了筱翠花，讓筱翠花睡到痛快之時供出了事情的眞象，於是郭拖累冤死澄清……眞是什麼樣的說法都有。

紀曉嵐聽了一笑置之，他向愛妾郭彩符說：「你對這些議論怎麼看法？」

郭彩符說：「莫怪老百姓說你淫，你想出了那麼個淫濫法子破案，臨去找筱翠花了還要先睡了我……這這，這不是『淫』是什麼？要是讓人知道了，還不定有什麼樣的說法呢？」

紀曉嵐笑了：「嘿嘿！你眞是婦人之見不知根本，我這才是制服筱翠花的關鍵一招。你想想，我已積精要洩，不先找你洩了，遇著筱翠花那個狐狸精一挑逗，我下身一硬就下不來台，興許就敗在那狐狸精肚子上了，哈哈……」

郭彩符會過意來，抿起嘴巴偷著樂，好久好久不吭聲，圓胖略長的臉上，鼓起兩只小酒窩。

紀曉嵐一看愛妾這個樣子好不心醉，看著看著「性趣」又起，他又抱起郭彩符放倒在炕床上，迅速拔掉衣褲又「幹」了起來。一邊還說：「誰叫你又嘟起笑臉招惹我？」

郭彩符哼哼唧唧好高興：「喲喂，喲喂……不逗得你紀猴子起『性』，哪有這個味道哦？呵呵呵呵……」

貳拾伍　同僚傾軋得撫平

紀曉嵐與同僚傾軋，被座師點醒，他主動「釜底抽薪」承擔責任，感動得同僚痛哭失聲。

翰林院新來了兩名編修，一個名叫江士波，字流迫，江西鉛山縣人。比紀曉嵐小一歲，卻晚三年才成進士，如今成進士已經幾年，七轉八轉也轉到了翰林院當編修來了。

另一個名叫曹學閔，字孝如，號慕堂，山西汾陽人，比紀曉嵐大五歲，卻是同年的進士，如今七轉八轉也轉到了翰林院當編修來了。

紀曉嵐與曹學閔可謂老熟人了，知道他喜好恬淡，不願張揚，也能理解他這性格形成的來龍去脈，那便是很長時間內追求科考而沒成進士的無奈與悲哀，直到眞成了進士之後還不敢相信這是事實，好像這進士身分還將被奪去似的。最後以致形成了一種息事寧人的性格。

紀昀原來不認識江士波，但對他性格上的一些明顯弱點早已聽說，而且有一種本能的反感。不知道是不是一種故意的編排，許多人把江士波的一些性格弱點與他家鄉的特產連在一起了。

江士波出生於江西鉛山縣，鉛山縣當然是因盛產鉛而聞名，還在五代的南唐時代，這裏的鉛山場就很發達了，鉛山場當然便是生產鉛。鉛呈青白色，新斷面會放射美麗的白光。但這白光會黯淡下來，用現代的科學觀點來看便是迅速氧化了。但這氧化層卻有保護作用，就是保護這氧化不向深層次發展。同時這表面的氧化層還有個特殊的功能，那便是能把黑色的條痕留在紙上。這留下的條痕自然是氧化層的消耗，奇妙的是這一層消耗之後，新的那層氧化面又很快形成，還能繼續把條痕留在紙上。

人們便利用鉛的這種特徵把它製成鉛筆，用於寫字畫畫。其實做成鉛筆的那只是鉛的一種，叫做黑鉛，俗名石墨，因爲它比鉛留在紙上的條痕更黑更耐久。

但是鉛是有毒的物質，雖然其毒性不大，但總對身體有危害。尤其是鉛毒可以在人體內部沈積和貯藏，等到鉛毒積累到相當數量時，人體能得重病，症狀是口腔乾燥，腹內灼熱嘔吐，下痢甚至虛脫假死，假死不治，便成眞死，危險萬分……所以，人們對鉛總是喜憂參半，既喜悅它的許多用途，又憂愁它帶來的嚴重疾病。

人們在很早以前的古代，就對鉛的特徵瞭如指掌。除非萬不得已，總是避而遠之。

十分不幸，江士波的某些性格與鉛相同，那就是人們普遍覺得他頗爲陰險，其毒不太顯著，可是在時時刻刻地積累貯存，有朝一日難免不釀成毒害。

更不幸的是人們把江士波的這種特徵與他家鄉的鉛山的特產鉛聯繫在一起了。紀曉嵐聽到對江士波的議論，主要的也就是這些，因而對江士波心存若干疑慮。

紀曉嵐生成了敢於直話直說的性格，他說：「同事增多，自是好事。但我希望同事之間相見坦誠，有話便不藏在心裏，我曾聽說流迫兄有事陰在心裏積存，到時一總爆發，這頗有點像尊處家鄉鉛山所產的鉛，令人望而生畏，那就不好了。」

這話使所有在場的人震驚，這不是捅到了江士波瘡疤的痛處嗎？眞是有點揭短刺痛的嫌疑了。

果然江士波立刻反唇相譏說：「曉嵐兄所說固然不差，但是人的性格天成，不可能人人一樣。我就學不來猴精蛇怪的急性滑溜，只恐要讓曉嵐兄大失所望了。」

江士波把紀曉嵐是猴蛇轉世的傳聞軼事都搬出來了，大家都知道這會引起大爭鬥，但又無法可想。

紀曉嵐自然不甘示弱，他又順風舉火地說：「猴精聰明，蛇精乖巧，心裏沒有藏匿壞心，有事有話像銃一樣直放。這總比鉛之陰險爲好，鉛本無大毒，但可以長期積存，初則少，積則多，多到能害死人命，流迫兄認爲那才好嗎？」

江士波動了火氣，他急不擇言地說：「猴蛇的精明機巧是不差，聰明精巧至不擇手段，拿二百兩紋銀先是佔有了筱翠花，最後是殺滅了筱翠花！」

紀曉嵐可以容忍千千百百無知老百姓的胡亂瞎說，卻是不能容忍一個朝廷命官對自己的栽污，他於是聲色俱厲說：「江編修！你要對你的誣衊言詞負責，我將到都察院去投訴你污辱我的人格官品，今天在座有如許多的同人，你決不能否認了你說的話。天津那邊的梁縣令將出具證明，看我到底是用智慧機巧破獲一件奸殺大案的好漢，還是一個不顧羞恥與殺人犯同床共枕的小人？」

江士波也不相讓，他也噴痰吐水說：「行行行，紀編修！要告大家告，正是你先誣衊我是積累鉛毒以害人命的惡人，才激發我的怒火，你得先給我羅列出殘害人命的證據，否則你對我的誣衊便是今次爭鬥的起因。你再聰明也難逃責任。」

紀曉嵐說：「什麼了不得！你我各遞白簡，都察院自有公斷，頂多你我兩敗俱傷！」這裏所說的「白簡」就是彈劾的奏章。

紀曉嵐與江士波年齡相仿，官職相同，兩人互不相讓，果眞各自揮筆展紙書寫彈劾對方的奏章。

這時那沈靜的曹學閔拍案而起說：「兩人都給我住手！對你們兩個來說，我是大五六歲的大哥哥，大哥訓斥不准你們小弟頂嘴！你們也都三十多歲的人，翰林院編修已是高貴的館閣要員，爲這些牙齒咬舌頭的區區小事果眞値得掛白簡？雙方都是捕風捉影，誤傷對方，此等小事鬧到都察院去，相當於山野小孩爲爭一點柴草互咬一口，能立個什麼案？只能讓皇帝責備你們把館閣當草坪，正事不辦鬥閒嘴！撤職調離你們都不好往哪裡調？實實在在只能白丟人……」

曹學閔越說越氣憤，狠狠地數落了一大通，這就登登跑攏紀曉嵐與江士波的案桌，抓起他們正在寫的彈劾奏章，啪啪啪地幾下撕碎了，說：

「曉嵐流迫兩人往後誰也不准提起這事！其他任何同事不准往外傳，哪個傳出去，我就拿哪一個是問！快快，快都去幹自己的公事吧……」

一場雞毛蒜皮小事掀起的軒然大波嘎然而止了。

紀曉嵐與江士波各自羞愧地低下了頭。

大家也才長長地舒了一口氣……

紀曉嵐果是個炮筒子，一銃放走了什麼也沒留，他又一次埋進了考據整理、編印有趣古籍的工作。

這天，錢維城升任都察院左都御史，紀曉嵐眞是高興萬分。江蘇武進人錢維城，字宗磐，號茶山，他雖然只比紀曉嵐大四歲，但比紀曉嵐早九年就成了進士，等到紀曉嵐於乾隆十九年參加朝廷會試時，錢維城已經當了會試的同考官，是紀曉嵐的座師輩人物。剛好紀曉嵐那年會考的考卷極受錢維城推崇，得錢維城擢拔而成了進士，紀曉嵐當然更深感銘恩了。這些年，錢維城一直在外地州府任上，這次才升官還朝。

紀曉嵐好久不見的這位恩師今天也回朝了，於是便去登門拜訪。順便借閱一點古書，當然借書之前先要徵求座師加上司的意見。

錢維城特別喜歡紀曉嵐，稱讚他文才高絕，必有無可限量之遠大前程。當紀曉嵐請教應該借閱哪些書時，錢維城說：

「曉嵐知道我叫茶山，我對帶『山』字的古書最感興趣，你讀讀《後山集》看是如何。」

錢維城所說《後山集》是北宋陳師道的著作。陳師道，字履常，宋朝彭城即徐州人。他與蘇東坡同處一個時代，學文師從曾鞏，曾鞏是蘇東坡同年的進士，同時曾鞏也和蘇軾、蘇轍和他們的父親蘇洵一樣，是唐宋詩文八大家的各一家。但陳師道因對王安石激進變法不滿，絕意仕途，他入官還是因爲蘇東坡的極力舉薦，所以對蘇東坡敬仰有加，自稱蘇門六君子之一。

陳師道的著述頗豐，但傳世不顯，那是被宋朝歐陽修、王安石、蘇軾、蘇轍、蘇洵、曾鞏等赫赫巨公所掩蓋了。

既然座師錢維城推崇《後山集》，紀曉嵐自然借了出來細讀。讀後發覺陳師道的詩文很不一般，但其中錯訛太甚，始知座師錢維城的用意乃叫自己代爲勘誤印行。

紀曉嵐做學問向來極其認眞負責，他果然將陳師道的其他著作印本找來，仔細稽考，最後作序印行。

從序言中可以看出，紀曉嵐對前人的文學成果，既能判斷曲直是非，又能竭盡心力取長補短，繼承並且發揚，以制止門戶爭鬥，其用心良苦，可見可聞。

但是，他這樣嚴肅認眞地作學問，卻招來不公平的物議是非。一紙白簡（彈劾奏狀）竟已送到了都察院；彈劾紀曉嵐假借校勘編印古籍爲名，行網羅黨羽、培植勢力、以售其奸之實，白簡所列的名單，包括紀曉嵐過往所輯錄、校勘、印行的所有書籍：《考工記圖》，戴震編著，紀曉嵐作序印，謂其目的乃拉攏怪人戴震。

《沈氏四聲考》，南北朝沈約原著，紀曉嵐稽考印行，謂其表面上貶低陸法言而推崇沈約，實際上吹捧了紀曉嵐自己，使莘莘學子在學習四聲過程中只知道他紀曉嵐。

《唐人試律說》，謂其係紀曉嵐借唐人科舉試考律詩爲自己樹碑立傳之作，以教授學子如何應付科考試律爲幌子，企圖達到把天下士人納入其門下的目的。

《庚辰集》，係紀曉嵐編纂點評之我朝試律詩作，從雍正庚辰到乾隆庚辰，越六十年之我朝試律，以作者登科入仕之年輪，選編作注，二百多首詩注至十七萬餘言。謂其賣弄學問之目的，乃在於籠絡入選詩作者的感情。使這些人均視紀曉嵐爲知己。

此彈劾紀曉嵐的白簡一到都察院，當然到了錢維城手中。

他經過分析權衡，便把翰林院中的老成派代表人物曹學閔找去，隱去了遞白簡彈劾者的姓名，只向曹學閔透露了有人彈劾紀曉嵐的上述種種罪責，問曹學閔對此看法如何。

曹學閔一聽，心裏已經有底，他對錢維城也一向執弟子之禮，便向他誠懇進言說：「尊師千萬不可輕信，紀曉嵐向來敢說敢當，也就難免得罪同事。他校勘編印圖書，旨在提攜後學，哪有什麼培植黨羽的動機？尊師爲遞白簡者隱去名姓，當然是爲了克盡職守，恪遵朝綱，目的乃在於保守彈劾者的秘密。然尊師不說，我也猜得出遞白簡者是誰？」

「是誰？」

「江士波！」

「不對不對不對！慕堂你不要瞎猜。」錢維城堅決否認了又轉彎試探：「你怎麼胡亂咬到江士波身上去了。」

曹學閔說：「尊師有所不知，我和江士波剛剛來到翰林院時，紀曉嵐與江士波有過一次激烈的爭吵……」便把鉛山人江士波與紀曉嵐那次鬥嘴的前因後果說了一遍，補充說：「曉嵐不記私仇，渾然無事，事情過後又研讀稽考《後山集》並寫序印行。但江士波看似消沈不語，卻好似暗暗憋著嫌隙，總想找個機會狠狠地整一下紀曉嵐，好像不如此就出不了一肚子怨氣。所以，我想這遞白簡彈劾紀曉嵐者必定是他江士波！」

錢維城一聽，心裏已一清二楚，但他的剛正不阿使他能辨別是非，不至於濫施殺伐。他也同意曹學閔的判斷分析，但只能息事寧人，因爲人人都有彈劾的權利，這權利必須保護培養。他已準確判斷出彈劾者尚無政治上的野心，只是氣量狹窄而已。於是斬釘截鐵喊著曹學閔的字說：

「慕堂！剛才所說某某人彈劾紀曉嵐一案，其實乃是爲師故意編出之話題，以求檢驗一下你與紀曉嵐等諸多文士的品德，爾等既自願納入爲師的門下，爲師當然有責任時常進行督查，這件事便到此爲止，你不要再對任何人提起它……」

曹學閔當然知道錢維城寬宏大量，息事寧人的目的，乃是爲了保護彈劾檢舉之人的隱私，以免讓眞正的邪惡佞臣逃離群臣的監督。

錢維城從曹學閔這裏瞭解了事情的來龍去脈之後，便把紀曉嵐找去私下交談。

錢維城說：「曉嵐，我先問你一個事，有一個地方突然失了火，那旁邊剛好有一桶水也有一桶油，你剛好撞見了，你是會去用水滅火呢？還是會去火上澆油？」

紀曉嵐一楞，過了好一會，才慢慢說：「尊師，你這講的怕不是『失火』之事吧？依學生揣測，你是在說我和江士波之間的鬥口爭吵，你把它比做『失火』了。你準備給我們潑一捅水把火熄滅是嗎？」

錢維城說：「難道你不想這一團火熄滅了嗎！」

紀曉嵐說：「可熄火不一定非澆水不可！」

錢維城說：「救火難道還有比澆水更好的法子嗎？」

紀曉嵐說：「有。」

「那是什麼？」錢維城問得急切。

「釜底抽薪！」紀曉嵐回答斬釘截鐵。

錢維城大笑起來：「哈哈！曉嵐比我聰明，前途無限遠大！」

紀曉嵐辭別了老師錢維城，當著眾人的面對江士波說：「流迫兄，請諒解我，我過去給你多所刁難，給你排抑擠壓，使你鬱積於懷，於是你還仇於我，完全應當，完全應當！」

小弟弟戈源似乎一下子不認識紀曉嵐這位大哥哥了，走過去一把摘下他的近視眼鏡笑了。

「嗨嗨！讓我這個小十三歲的弟弟仔細瞧瞧大十三歲的同鄉哥哥。紀瞎子怎麼突然變這麼乖了？逆來順受，可從來不是你紀曉嵐的性格，今天怎麼突然大包大攬把責任全往你自己身上攬？我是有一不說二，他江士波刁難你，擠兌你，甚至還可能到都察院遞了白簡彈劾你，這已經明擺著是『鉛毒』積少已成多，到了要致你於死地的地步，你怎麼突然窩囊起來了？啊？」

紀曉嵐不氣不惱，平平靜靜地說：「戈源別瞎鬧了，你以爲我突然變了嗎？不，我還沒有那個雅量。是我們共同的恩師，維城錢公對我教誨的結果。維城公現在不正是主管都察院的左都御史嗎？他剛才把我找了去，別的什麼也沒多講，問了我一件事：看到失火之後，是用水潑還是用油澆。」

這下子江士波急了，猛然插斷紀曉嵐的話問道：「怎麼？紀曉嵐，錢御史把我彈劾你的事給你說了？」

紀曉嵐說：「錢公是說了，但他是說：他從來沒有收到誰遞過白簡彈劾哪一個人！不管這個被彈劾的是紀曉嵐還是別個！」

江士波突然「哇」地哭出聲來：「哇哇！對不起你曉嵐，彈劾你的白簡我確實呈遞過，可那說的都是捕風捉影的事情，我只想搞臭了你的名聲就好。沒想到御史錢公如此息事寧人！要不他捅了出去，追查事情之結果，不是可以反控我一個平白誣告嗎？御史錢公眞是我的再生父母！士波在此向諸位表白：如若我再陰私記仇，挾嫌報復，那將天理不容……」

貳拾陸　古北雄關真情愛

面對古北口雄關，紀曉嵐與文友悄悄議論：「美女身上一指關，多少英雄豪傑倒關前。」

古北口為真正的天下第一關，因其關門鑿山而過，寬僅容車，無法搶道，實實在在的一夫當關，萬夫莫入。從這個意義上來說，山海關僅僅因為是萬里長城的第一關便叫做天下第一關，古北口便強過其千百倍。山海關的關隘僅僅是幾丈高的長城所形成，而古北口的兩旁都是高可千仞的懸岩石壁……壁立鎖關卡，非真正的天下第一關者何？

別的不說，那年乾隆遊幸承德離宮避暑山莊並木蘭秋獮，扈從的車馬人夫高官大爵多至數千人，其車隊等候魚貫而過，足足耽誤了三個多時辰。便可見其雄踞之姿不可折服，連皇帝的車隊也得聽命於它。

那次紀曉嵐奉旨敕修《熱河志》，有幸也是聖駕的扈從，他們便被迫在古北鎮的旅舍裏休息等候，前前後後兩個時辰。他當時就對擔任《熱河志》副總纂的錢大昕感慨地說：

「曉徵！按你的字說，你最知曉徵戰，征戰無非是斬隘奪關。依你看，天底下哪裡還有此等雄踞的關口，竟能使扈從聖駕的車隊在它面前俯首低頭？」

錢大昕比紀曉嵐小四歲，又是進士同年，彼此親密到開玩笑不顧場合，他悄悄趨附紀曉嵐的耳邊說：「曉嵐，這樣的關口說有也有，那便是美女跨下的一指關，不是說縱有千人圍攏，也只能一人入內嗎？不是天下多少英雄豪傑，都敗在這美女一指關前嗎？呵呵呵！」

紀昀陪著大笑說：「曉徵眞曉徵，體驗得親身。一指脹開闊，勇猛往前衝！哈哈哈哈！」

兩個年輕摯友你捶我打，哈笑喧天。旁邊人誰也不知道他們為何而樂，熟人也就稀里糊塗哈哈地陪笑幾聲。

這個古北口在當時河北密雲縣（今屬北京市）的東北部，自然還屬於順天鄉試管轄的範圍之內。

紀曉嵐對這個順天鄉試可是親切得很，早十五年的二十三歲時，那是乾隆十二年歲次丁卯，他紀曉嵐參加順天鄉試，得主考官刑部尙書阿克敦，以及副主考官左都御史劉統勛擢拔，榮登榜首，喜得舉人第一名，眞正的解元冠黃榜，那是何等的風光。

可惜僅僅一年以後，因孝賢皇后不明不白死於伴駕東巡的旅途，刑部尙書阿克敦以大不敬罪被判斬決，雖然死後又被乾隆謚封為文勤，也只是死後的一點餘蔭，沒有任何眞正的實際意義。

在自己經過「順天鄉試」後十五年的今天，他紀曉嵐殊榮非淺，得諭旨充任今科順天鄉試的同考官，錄取舉子的實權在握，紀曉嵐多想親手錄取幾名賢才，以報答自己曾得「順天鄉試第一」的恩惠。

這一期的正主考官是吏部尙書梁詩正，字歸夫，是很早以前的進士。

紀曉嵐在《庚辰集》中選錄點評過他的一首試律，兩人交情頗深。

本科副主考為兵部侍郎觀保。字縱弛。

紀曉嵐在《庚辰集》中也選編了他的詩作，有過詩文交往。

如今紀曉嵐在這樣兩位正、副主考手下當同考官，自然有擢拔取士的諸多便利。

古北鎮外有個貧窮的小山村，名叫落坳場，據當地人講，這「坳」字的意思是四方有土都可住人，山上有各種乾柴往下掉落，拾掇拾掇就燒不完。

落柴坳有個朱姓住戶，兒子名叫朱孝純，字子穎。他少年喪父，由母親撫養成人。朱孝純果然像他名字那樣，對母親盡孝至純。他母親因中風半身不遂，常年癱瘓在家。朱孝純不僅要寫字畫畫賣幾個錢來維持自己和母親的生活，還不時地要撐扶母親去解便出恭，或是去抹身洗澡……總之，這個家裏一刻離了朱孝純也不行。

於是，朱孝純攻讀詩書靠科舉入仕的努力屢屢受阻。他自己研習經、史、子、集的時間很難滿足，並且有兩次耽誤了考期，原因都是母親病體拖累……臨到朱孝純要去順天趕考，母親卻突然病體加重，朱孝純須臾不能離開母親。

朱孝純年紀很不小了，已過了二十八歲，一因家庭經濟條件太差，二因他自己立志不中舉不談婚娶，所以他至今沒有結婚。

母親深深地感覺到是自己拖累了兒子，於是曾經三次企圖自殺，一次是把洗澡長巾結成帶子吊頸，一次是把拿來剪手指甲的剪刀刺喉，還有一次是趁解手的機會，自己往石碓臼上碰。但每次都被細心的朱孝純化解了。從此以後，朱孝純不准母親身邊出現繩子、剪刀以及可以致命的任何東西。同時也不把母親放到那個大石碓臼面前去。

母親流著長長的眼淚說：「孩子，你盡孝已經夠純夠久，媽再拖累你已經於心不安，你怎麼不讓媽早點去？媽去了你定能考取你的功名！」

朱孝純說：「媽！沒有你哪裡有我？你比孩兒的功名高過千百倍！媽你不是常常教誨我說：功名前定，早來晚來，來大來小，都有天意安排。媽不要爲這事著急！」

母親說：「話雖是這麼說，但你在鎮上旅舍牆上題詩掙錢糊口，後來你科舉落第又被眾人耍笑，你以爲這事我不知道嗎？其實早有人故意傳到了我耳朵裏，媽一聽就心痛如割。一個母親怎麼能老拖累自己的兒子呢？唉！不如你讓我自己早早去了好！」

朱孝純很有一些吃驚：「媽！誰這麼爛心炸肺，把鎮上那些事拿來刺你？」

母親說：「莫怪別人，孩子，那些事難道不是眞的嗎？」

朱孝純無言以對了，他自己想起那些事也是心痛萬分……

那是一個仲春的上午，朱孝純到古北鎮去尋求機會掙幾個零用錢。

春天已過去一半，到處是綠草如茵，繁花似錦。但這幾天接連是暴雨滂沱，已形成洪水肆虐的局面。鎮南原本有一條無名小河，最寬的地方不過五六丈，最窄的地方頂多是一二丈。這小河早已盛不下幾天來的大水，漫溢到河的兩旁，什麼田畝、小塘、平地、坑窪，全部被水漫浸而過。許多地方的道路都已浸沒水中。

但道路畢竟大多修在很高的地塊上，淹去的還不是很多。道路相當寬闊，這與長年有騾車馬隊通過有關。寬闊道路來自於看不見的地方，去向卻明明白白，那便是早已碧綠的大山。當然，穿山而過，道路當又延伸而去向看不見的地方了……

道路既寬，不會時時都有大隊車馬碾壓，兩旁便是綠草青青，形如緞帶。常在此處的人看不在眼中，外地人一見，卻常常拍手叫絕，道是「兩條綠緞夾坦途」，坦途當然是人走馬踏的正中道路了。

朱孝純是本地人，平常看著從沒在意，今天邊走邊看出了新奇：在洶湧的洪水肆虐之下，綠草顯得更加青悠。這一方面當然由於雨水的沖洗，已把青草上的一切污塵垢跡洗個精光；二方面也由於「洪黃」的映照，經黃色洪水一映照，那綠草自是更綠了。說不出有多麼的悅目賞心。

古北鎮便在這綠緞道路的一個段落上。當然這裏地勢很高，誰個也不會愚蠢到把房屋建築在大水可以淹到的低窪地面。眼下站在這裏，自不免居高臨下議論水情。什麼多少年來少見，什麼水淹田畝地段一半有多，什麼將減少越冬作物小麥的產量等等。

朱孝純是這裏並不多見的窮苦文人，常來賣字賣畫討生活，當然無人不認識他。不用說幾乎人人都拿他取笑，用那種揶揄的口氣同他打招呼。

今天發大水許多人沒事做，爲人抬轎的，上山打柴的，甚至平常鬥雞跑狗的流浪漢，眼下都到鎮上來看大水，瞧稀奇，插科打諢，以求消磨時間。看見朱孝純來了，許多人便遠遠地拿他當笑料。

抬轎的喊：「喂，朱孝子！平日裏我抬人家，今日漲大水我請人抬我。你抬不抬呀？一里路，三個錢，你掙回去可給你癱子老娘買一天的油鹽柴米。嘻嘻！」

朱孝純只當什麼也沒聽見，仍然篤定地朝鎮上走。他在心裏說：「這些人太愚蠢，不值得和他們較眞！」

打柴的說：「朱秀才，你是沒勁抬轎子是吧，跟我弄柴吧。你們落柴坳不是山上乾柴往下掉嗎？你去拾掇拾掇，打好兩捆擔了來，一擔柴三個錢我也不少給。嘻嘻嘻！」

朱孝純還是當作耳邊風，一步一登似乎走得更有力。可惜路上稀濕聽不清他篤篤的腳步聲音。他在心裏說：「這些人太可憐，根本不知道文才遠比他們的柴火金貴！」

流浪漢一開口便滿嘴浪氣：「嘿！朱啞巴！抬轎拾柴都太累，你跟我學狗叫吧，叫一聲也是三個錢，嘻嘻嘻嘻！」

朱孝純已到了眾人眼前，裝做極有興趣的樣子說：「好哇！你先學狗叫幾聲，我跟你學會了才好叫！」說完了仍是滿臉的嚴肅，好像他根本不是開玩笑，而是在宣講至理名言。

這時有一個騎馬路過的彪武大漢，正在旅舍裏和別人聊閒天，一聽這個什麼「朱秀才」出口不俗，便向旅舍老闆打聽：「張老闆！這個人是誰？他好像頗有文才呀！卻是很不得志吧？」

張老闆說：「過路客官有所不知，他是被一個『孝』字拖累了……」便將他的姓名、字號、家庭地址，以及因侍奉癱母耽誤了考取功名等等情由，數說了一個詳詳細細，而後補充說：「不瞞客官，我略識文字，依我看朱孝純決不是久居人下之人。無論是以他的孝順來看，還是以他的文才來說，他必定有發達輝煌之日。謂予不信，客官你出個文題考考他，就叫他做一首詩吧。不過他實在太窮，他要是考對了你得賞他一些銀子。」

客官說：「很好。張老闆的心思與在下相同，既如此，我也不再瞞你，我叫武開來，是關外大漢，雖略懂文詞，然只迷武學。我正在一路尋師訪友，切磋武藝，有朝一日，校場比武我不信自己拿不到一個名次。你說說剛才捉弄朱孝純的三個人都叫什麼名字吧，我要叫他們都出一點血，幫幫這一位孝子朱秀才。」

張老闆說：「好！武姓出武士，武士俠義人。在下預祝武大爺他日必中武舉。那抬轎的叫楊抬橋，打柴的叫柳打柴，鬥雞跑狗的那個是花財主的兒子，最喜歡人家叫他花少爺。你治治他們正好。」

武開來於是從槽上牽出自己的黃驃大馬說：「諸位閒來無事，在下也湊趣了。在下行不更名，坐不改姓，名叫武開來，一介武夫而已。我騎馬進關，只為尋師訪友，今師父未尋著，朋友似乎有交，剛才我聽三位朋友打趣朱秀才朱孝子，似乎意猶未盡。在下已向旅舍張老闆打聽到了幾位的姓名，武某先向各位有禮了。」拱手致禮，一個周圈，自然誰也沒有拉下而得罪。而後高喊起來：

「楊抬橋、柳打柴、花少爺三位仁兄請了！聽剛才三位說話之意，好像都願意拿出幾個錢周濟周濟這位朱孝純秀才。那我就斗膽作主了，我們四個人，各說兩個字，湊起來八個字，叫朱秀才用這八個字做八句七言詩的起頭。剛好八句四韻，要成爲一首意思完整的七言律詩。爲了增加作詩的難度，我們每個人說的兩個字要意思完全相反，比如『好壞』『上下』『眞假』等等。這樣朱秀才作起詩來就討不到半點便宜。三位仁兄說好不好？」

三個人異口同聲喊起來：「好好好！」

武開來說：「不過有一條，朱秀才要是做成了詩，我們每人賞三個錢就太少了。我看這樣，四個人共賞一兩紋銀，我出四錢，你三人各出二錢，怎麼樣？」

楊抬轎倒抽一口氣：「喲！要這麼多？二錢銀子我要抬兩天轎子，肩膀都抬腫老高！」

柳打柴打退堂鼓了：「太多太多，我打五天柴也賣不到二錢銀子。」

花少爺拍一巴掌說：「窩囊廢！兩錢銀子値個鳥！背不住他姓朱的還作不出呢！喂！武兄弟！他朱孝純作詩不出是不是也要罰一兩銀子給我們？」

武開來說：「不！朱孝純朱秀才不是掙錢養癱娘嗎？那是孝順的大好事。他作成了詩我們就湊成他好好盡孝。他作詩不成，臉面上已無光彩，丟人現世，比賠一兩銀子還寒心。不要他賠了，眞要他賠他也賠不出，你眞要他賠銀子，他完全可以不接應做一首詩，我們這笑話不是沒處看了？哈哈哈！」

於是旅舍內外，一片哈哈笑聲。

武開來仍然鎖喉封嘴，問道：「楊、柳、花三位仁兄，就如此說定了吧？」

三人響亮接應：「行行行！定了定了定了！」

武開來說：「定了就好！」說完手上馬鞭繩一丟，一縱身子，騰人半空，叭地折下幾枝白楊樹，「嗖」，「嗖」，「嗖」！像飛出三支利箭，分別插在楊抬橋、柳打柴和花少爺的腳前，繼續說：「到時有誰若是反口不出錢，就難免樹枝穿插在他的腳背上！」

眾人一瞧，武開來功夫如此了得，不約而同地一片聲的喝起采來：「好好好！好帶勁！好武功！好義道！」

武開來又向朱孝純拱手施禮說：「朱秀才，武某如此武斷，秀才不見怪吧？」

朱孝純也拱手還禮說：「武仁兄如此仗義，在下沒齒不忘矣！」

武開來問：「武某剛才已說，我四人各唸兩字，限你以這八個字為頭，吟詩八句自成七律，詩成你得一兩紋銀，不成，你只認丟臉，你同意嗎？」

朱孝純說：「武兄此舉，乃屬提攜。在下若作詩不成，臉已丟盡，自不配再躋身科舉，只宜窮愁老死在古北山村！請在座諸位作個見證。」

眾人自然都說：「好好好！這個見證我們願作！」

武開來又轉身對旅舍老闆說：「張老闆！麻煩你在你店堂收拾一堵牆壁，備好筆墨硯臺，讓朱秀才把詩題在牆上，黑字白牆，無從抵賴，大家也好評判可否。有勞了。」

張老闆說：「樂意效勞，樂意效勞。」

不一會，一切準備就緒。

於是武開來說：「請楊、柳、花三位仁兄依次先說，每人兩個字，意思全相反。」

三個人其實早就想好了。楊抬橋、柳打柴、花少爺三人琅琅唸出：

「先後！」

「大小！」

「東西！」

武開來說：「三位元仁兄沒有說到數字，我出兩個吧：『一、萬！』一小一大，也是兩端。爲了防止朱秀才就按剛才三位仁兄說的次序往下想，我偏要打亂一下次序，我的『一萬』兩個字插在第二的地方，記住八個字的次序了——

「先後」、「一萬」、「大小」、「東西」。

習慣成自然，朱孝純沒忘記反問一句：「有詩題嗎？」

武開來幹乾脆脆回答：「無題。只要求多少有些字句能聯繫眼前的景致。」

這個作法也實在太難了一點，朱孝純從來沒有這樣作過詩，他不得不仔細觀察，認眞思考，總要先有個完整的構思才能動筆，不然一上牆就改也改不動了。

又一想「無題」倒還好些，可以任意馳騁思緒。他首先想到的是自己此生的志向目標，那便是科舉入仕，這樣借詩抒懷，便有話說……要聯繫前面的景致嘛，水漲喧囂、不掩青翠，做一闋領聯嵌在詩中吧……

構思妥當，朱孝純平平穩穩提筆捺墨走在牆前，揮毫寫去：

無題

先師育賢開聖殿，後學愚頑總愧顏。
一水漲喧人語外，萬山青到馬蹄前。
大看都城懸金榜，小拋血汗換油鹽。
東成入孝誇祖德，西就出悌賴皇天。

朱孝純

武開來首先拍案叫絕：「好到極處，妙不可言。全詩構思嚴謹，立意科舉踏人仕途。『先師』『後學』，『一水』『萬山』，『大看』『小拋』，『東成』『西就』，對仗工穩，意落『誇祖德』『賴皇天』，無可挑剔，我等出錢！」

武開來說完，甩手掏出四錢銀子，放在櫃檯上說：「勞煩張老闆歸總一兩，送呈朱秀才，權作潤筆吧。」

張老闆說：「只怕一兩難湊齊。」

武開來扭頭一看，楊抬橋與柳打柴各跑一端，已跑至二三十丈開外的南北兩路。武開來頓時火起，奔出去解開馬韁，飛身上馬，先往南邊追到了楊抬橋，一手捉他橫擱馬前；又扭頭向北跑去，不一會追上了柳打柴，一手捉他橫擱馬後，這便騰騰騰跑回旅舍櫃檯前，「叭」「叭」兩下，提起一前一後兩個人，摺在了地上，兩人已摺得五癆七傷。

旁邊的花少爺被嚇呆了，抖抖索索，還是掏出了二錢銀子，交給張老闆彙齊。

地上動彈不得的楊抬轎、柳打柴，嗷嗷哭叫：「嗷嗷嗷，我沒帶一文錢！……我也沒帶一文錢！……」

武開來走攏放有文房四寶的案桌，代替楊、柳二人向張老闆打了一張借條，各借二錢銀子，限五日內以抬轎或打柴的收入還帳……他一邊寫條一邊說：

「楊抬轎，柳打柴，須知大路不平，旁人挖鏟，你兩個只圖嘴巴痛快，捉弄一個盡孝的秀才，武大爺叫你們今天出一點血，向張老闆各借二錢銀子酬謝朱秀才，再限你們在五天內還清張老闆的帳目。過了五天我會再來這裏，你二人膽敢耍賴，當心狗命不保！快快畫押！」

楊抬轎、柳打柴二人不敢不依，簽字畫押之後，張老闆收好借條，果然拿出了四錢銀子，湊成一兩正要交給朱孝純，才發現朱孝純也已經氣沖沖走了。

武開來不管三七二十一，又一跨上馬，追上朱孝純把他抓到櫃檯前，如炸雷般的吼道：

「朱兄怎麼能如此不給我武某面子！這一兩銀子算我們大家獻給你癱瘓母親的湯藥錢！要說你這首詩還遠遠不止這一兩銀子！你他日必定科舉成名，爲官爲宦。武某且與你結下這金蘭之交！走，拿了錢回你家去！我還要拜見伯母大人！」

朱孝純說：「武兄如此仗義，又如此武藝高強，他日必中武舉，在下倒是高攀了。只是武兄有所不知，他楊、柳、花三位既是我的鄉親，也是我的恥辱，他們如此耍笑斯文，自有天意給予懲罰，我不屑於與他們再有往來。武兄若有不信，我牆上所題小詩，你三五天後來此已不復存在，他們早就懷恨在心，必將鏟塗詩句，不讓其久遠留存！」

武開來大手一揮說：「楊、柳、花三人聽著，你們既已出錢，我也無多話可說。但記住一條，你三人若要塗詩鑿壁，你們塗鑿你們那『先後』『大小』『東西』六句我不能追究，倘若誰膽敢把我的那『一』『萬』兩句塗掉，小心你的狗命了。記住，我現在再唸唸屬於我的那兩句詩……」

一水漲喧人語外，萬山青到馬蹄前。

這就是那年紀曉嵐和錢大昕過古北口所見牆上只剩這兩句詩的來龍去脈。

楊抬橋、柳打柴和花少爺三人，不僅很快把旅舍牆上的詩題署名和六句詩刮去了，而且常常對朱孝純無事生非，兩下裏產生了越來越多的隔膜……

轉眼又是好幾年過去了。朱孝純不改孝順娘親的初衷，耽誤了他至今連個舉人也沒考上。好在他的結拜兄弟武開來不二年眞的中了武舉，如今在關外一個州府裏當典吏，掌管緝捕刑獄之職，所以又叫捕廳。他常寄點銀錢來接濟朱孝純母子生活，所以朱孝純這幾年裏，有了更多的時間攻讀詩書，學業成績自然也大有精進。

他近年幾乎不到古北鎮去了，因爲以花少爺爲首，楊抬橋、柳打柴幫腔，已把朱孝純屢試不第之事當成了笑料，每日在古北鎮宣講。就連他那個村名，也在口頭上由「落柴坳」改成了「落柴坳」，說那裏掉落下來的不再是「柴火」，而是「秀才」……

轉眼到了順天鄉試的年份，朱孝純已過二十九歲，口喊三十歲的人了。他暗自尋思：「孔夫聖人教言，三十而立！我今年鄉試有希望嗎？」這話他憋在心裏不敢說，伯母親聽了心裏又難受起來。

但他甚覺奇怪，這一陣子母親每頓飯菜吃得精光，倒怎麼越來越疲軟了，好像說話也沒有了神氣。

不意這天母親突然好了，歡快地叫他說：「孝純，娘剛才做了一個好夢，我夢見了兩個聖賢，一個孔夫子，一個觀音菩薩。孔夫子說：『朱孝純今年可以得中舉人。但他不再貪圖進士及第，就以舉人踏入仕途。』我說：『我兒子考中舉人當然不再有奢想，他不是才學不夠，就是他老是惦著我，我不死，他就沒有閒心好好讀書，科考怕又遭失敗。』觀音菩薩就告訴我：『不怕，這一切都是夙緣。朱婆婆你和朱孝純前世就是一對母子，那一世他是你兒子癱了下半身，你一直招呼服侍了他六年零六個月。所以這一世你也癱了下身，要他服侍你六年六個月，從此兩緣清爽，他可以舉人入仕奔前程。』我一聽就高興了，便問觀音菩薩：『我癱六年零六個月還有多久？』觀音菩薩說：『你哪裡老懵到年歲日月都算不清了嗎？』說完就是一佛帚，把我打了醒來。我醒來一算，不就是今天嗎？今天一過，就是我癱身六年……零六個月……期滿了。那那那，那到你參加順天鄉試，還有，有有半年多多，時間，你，你你，你夠了吧……」忽然頭一歪，氣一斷，歸天了。

朱孝純大哭大叫起來：「媽！哇哇！媽媽！哇哇哇哇！你怎麼就走了，兒子願意服侍你一輩子！」再哭再叫都沒有用，母親到底死了。朱孝純給母親裝斂入棺，才發現睡炕的席子底下，幾時被母親打了一個洞。母親把每頓的飯菜都偷偷倒在了炕下邊……明面上看她頓頓吃光了，實際上她是絕食自殺，以給自己留下半年多複習功課的時間。

朱孝純送母親歸山之後，爬在墳頭哭了一個時辰，暗暗向母親之靈祝禱：「媽媽放心去吧！兒子今年一定考中舉人，考中舉人絕不貪戀再考進士，馬上入仕爲官，以達成母親的心願……」

由於今年參加順天鄉試的生員太多；考試不得不設立了一個分校，也就是加了一個分試場。

正副主考官梁詩正與觀保一致決定：由同考官紀曉嵐去主持分校試場。紀曉嵐從一個同考官陡然成了一個分校的主考，這自然也是天道酬勤的結果。紀曉嵐這麼多年來爲提攜學於竭力盡心，編印《沈氏四聲考》、《唐人試律說》等給學子參加科考以實際幫助；又編印《庚辰集》融通了與科考入仕的高官大爵的思想感情。梁詩正與觀保派紀昀去分校主考，實在是順理成章。

巧中有巧，這分校考場就設在古北口所在的密雲縣城。說起來也合乎情理。順天鄉試所管轄的地方，有很大一部分在古北口關外，讓他們在就近地方趕考，實在方便很多。

朱孝純得知能在本縣縣城參加鄉試，心中自然是萬分高興，不然自己的衣食住行都不堪遠行拖累，考完張榜當已是九月秋寒，別的不說，自己連御寒的絮衣都沒有。能在近處趕考要省去不少吃用開銷，朱孝純怎能不爲此高興。

考完之後，他自覺頗有信心，似乎所考內容很少漏落，所作試律詩更爲可喜，自己博聞強讀，讀了諸多偏冷書籍，如王定保的《摭言》，計敏夫的《唐詩紀事》等，對自己作出此次應考的試律《月中桂》，確實幫了很多忙，出了很多新詩意，應該不得落選了！但還是沒有把握。

考完到張榜有一個多月時間，主要是考官閱卷、評分、錄選、定名次等等。

朱孝純考完後自己先回家裏去，本縣路不遠，在縣城住下又繳不起食宿盤纏。他當然要回古北口落柴坳去。因爲沒有把握能錄取，他不想從古北鎮上經過，就選了一條近道抄直了回家。

冤家路窄，當年結怨的花少爺，偏就攔在這近道上耍笑。

花少爺越更擺闊了，他帶了三個隨從，牽了四條跑狗，專在這裏攔截趕考歸來的朱孝純。

狗腿子向花少爺捧場說：「少爺！到底奴才所斷不差，朱孝純考完回家定會往這條近路上插。還是少爺明察，聽信奴才之言，設在這裏堵卡，這不，朱孝純硬是讓少爺堵上了！說完攔住朱孝純不讓過身。

朱孝純說：「狗仗人勢，人也不過是狗。怎麼，還攔著一個鄉試生員不讓過身？」

花少爺狗眼一瞪說：「啊哈！不開聲的狗也咬人了！你朱孝純要是考得好，有把握中舉人，豈會往這小路上插？那不會在古北鎮小街上擺幾個來回？果眞又是『落柴坳』落下了大才子！」

朱孝純說：「喲！未必我走哪條路不走哪條路還踩著誰的尾巴了？快放我過去，我要回家！」

花少爺說：「放你回家可以，咱們有話在先，等你科考幾時不參加了算總帳，那年你仗著武開來的蠻橫武功，從老子手裏騙走了二錢銀子，凡年一過加一番，今年已是整整五年了，第一年翻番得四錢，第二年翻番得八錢，第三年翻番得一兩六錢，第四年翻番得三兩二錢，今年第五年翻番是六兩四錢，你記清這個數字就行了。」招呼三個手下人：「我們走！諒他不敢賴帳。」

不意旁邊樹林中有人高喊：「莫急，當著眾人的面我們也說一下，我們楊抬橋、柳打柴也是每人二錢銀子，今年也是六兩四錢！」

朱孝純說：「豈有此理！當年既是武開來動武強要，你們找他去奪還吧！他在古北口外承德府當典吏捕廳呢！」「不對——」

不意另一處樹林中走出一個年輕書生說：「武典吏已經調離承德，他已調到本縣來當縣令，不日就會走馬上任了。三位追帳人自可不必走遠路了。」

花少爺猙獰地問：「你又是誰？打誑語小心擱你的耳光！」

「我叫王金英，字菊莊，江蘇江寧人氏。可我是武開來的小妹夫，他是我的大舅子。正是因爲他要我來此寄居岳家，參加順天鄉試。他告知了我五年前你們古北鎮發生過『先後一萬大小東西』八字考詩那件事情，也告知了我這裏落柴坳有一個他結交的好兄弟，我才在參加科考以後來看望他。」隨即轉對朱孝純拱手施禮說：「子穎學兄多多原諒，我大舅子不讓我科考之前結識你，免得影響兩個人科考的成績。」隨又轉臉對問債的三個人說：「你們三人，楊抬橋、柳打柴、花少爺三個聽好了！至於我是不是打了誑語，你們過一個月到密雲縣打聽打聽，看縣令大人是不是換了武開來？」

楊抬橋、柳打柴、花少爺三個人一聽這話，嚇得渾身打顫，夾著尾巴溜走了。花少爺幾個狗腿子再也神氣不起來。

朱孝純向王金英拱手還禮說：「菊莊賢弟快走快走，到寒舍好好說一下開來兄這幾年的事情……」

此次順天鄉試考的詩題爲《月中桂》，這三個字典故幾乎人人皆知：世傳月裏有桂樹，仙人吳剛常斫之，所斫之斧口隨斫隨合，所以永遠不倒。這故事在《西陽雜俎》中有生動的講述。

唐朝詩仙李白有詩句：「欲斫月中桂，持爲寒者薪。」

很明顯，此次順天鄉試出此《月中桂》試律詩題，是想錄取善於從古籍中發掘吟詠題材的舉子文士。

紀曉嵐得到了一個密封了姓名的詩句，反覆吟詠著《月中桂》的兩個聯語：

……素娥寒對影，

顧兔夜眠香……

倚樹思吳質，

吟詩憶許棠……

他喜得一躍而起，自言自語起來：「好！此生員讀書既廣也深，吳剛字質，故唐李賀《李憑箜篌引》詩曰：『雖質不眠倚桂樹，露腳斜飛濕寒兔。』此詩選本皆不錄。華州試題《月中桂》，選許棠爲第一人，許棠之詩今早佚失，只有王定保的《摭言》和計敏夫的《唐詩紀事》中記載流傳，而王定保與計敏失之書並非學子們必讀的古籍，他們的書詩當時被納入冷門。觀此知之，此應考生員不僅熟讀了李賀的詩，熟讀了王定保和計敏失的書籍，而他又將其典故巧妙用於自己的詩中，這種試律難得難得！」

紀曉嵐於是果然決定，錄取此生員爲舉人。他按規定報呈梁詩正，梁詩正自然滿口應承了。這才拆開試卷前頭密封部分以作登記，方知此生員名字：

朱孝純，字子穎，古北鎮落柴坳人氏。

對於主考官來說，錄取一個舉人也很平常，錄此錄彼，並不多掛心上。紀曉嵐主管的順天鄉試分校共錄取舉人二十人，已正式張榜公佈，再無改易了。

這天他正在試館休息，突然一個青年舉子推門而入，跪呈一首詩作爲見面禮，剴切地說：「弟子朱孝純，字子穎，因家貧無有謝禮，只有這一首小詩奉呈，因這首小詩記錄著弟子曾經有過的屈辱和辛酸，正是這辛酸屈辱促使弟子矢志攻讀，今得恩師擢拔於願以償。特譽舊詩以謝，以表示弟子決心：以此舉人入仕，不再參試廷考……」

紀曉嵐一聽朱孝純的名字，已是欣喜萬分，連忙說：「子穎快起，你讀書彌廣彌深，你中舉憑的是自己的本事，聖上的皇恩，爲師不過是克盡職守而已……」這便飛快讀了朱孝純所獻七律詩：

原為無題，改題謝皇恩

先師育賢開聖殿，後學愚頑總愧顏。
一水漲喧人語外，萬山青到馬蹄前。
大看都城懸金榜，小拋血汗換油鹽。
東成入孝誇祖德，西就出悌賴皇天。

門下弟子朱孝純錄五年前舊作
呈恩師曉嵐紀公笑納

紀曉嵐頓時記起五年前過古北鎭於牆上看見殘詩的事情，興奮萬狀說：「啊，子穎！那旅舍牆上的殘詩原是你的大揮，快講講其來龍去脈吧！」

「說來話長，恩師容稟。恩師可曾注意到，此八句詩前頭八個字串連起來，乃是『先後，一萬，大小，東西』，此乃有人故意愚弄學生也……」朱孝純於是便將寫詩的前因後果，悉數一個透底通天。當然也說到了全詩被刮去了六句，只剩「一水漲喧人語外，萬山青到馬蹄前」的原因。

紀曉嵐連連點頭說：「原來如此，原來如此。」凝凝神又感慨萬端：「眞是個熱血男兒！你那結拜的武開來兄弟後來怎樣？他理應有天意的報償！」

朱子穎說：「謝恩師關懷，武兄長早已中了武舉，早幾年在外地任典吏捕廳，不日將到我密雲縣就任縣令。他的妹夫王金英現今也是恩師你的門下學生！」

紀曉嵐急切問：「他在哪裡？怎麼不隨你一道來？」

門外等候已久的王金英此時進門撲地一跪說：「學生王金英，字菊莊，有幸得恩師拔擢，得錄爲第十八名舉人……唯恐耽誤子穎兄長對恩師敘述過往種種，特此晚一步叩謝恩師……」

貳拾柒　風流妻妾福建行

紀曉嵐與「十三歲女子」有緣，他督學福建之前又幫一個學生圓了「十三女子」情愛夢。

三師生洽談好不愉悅，紀曉嵐突然發現朱孝純瑟瑟顫抖，仔細一看，他寒秋九月身著單衣。於是悄悄進到裏邊去了一下，出來，瞇瞇逗趣說：

「子穎，人家說十年寒窗苦是假，只有你才是眞。也怪爲師太大意，你進門這麼久了，沒關心你竟無寒衣。」

這裏話音剛落，裏邊下人懷抱一套嶄新的絮衣絮褲而出，雙手捧呈紀曉嵐。紀曉嵐說：

「送給舉子朱孝純，就算我給你見面禮七律詩的回謝禮吧！」

朱孝純又跪地謝過，頃刻穿戴一新。室內氣氛愈益熱烈。

紀曉嵐說：「免得說爲師厚此薄彼，菊莊，爲師送你一首配畫詩，就以你的字爲題吧。」

隨即揮毫著墨，先畫了二簇墨菊花，旁邊便題詩一首：

王菊莊藝菊圖

紀昀　畫並題

東籬千載後，癖嗜似君無。
以菊爲名字，隨花入畫圖……

已中舉人，隨即入仕，王金英先回江蘇江甯（今南京）辦理一應手續，已自走了。

朱孝純穿著紀曉嵐送給的嶄新棉衣棉褲，踏地有聲，篤篤篤地向古北鎮走去。

偏這時候紀昀接到諭旨：調升福建學政！他後悔沒能先告訴朱孝純和王金英。

朱孝純很快回到古北鎮了，還離旅舍很遠，瞟見那裏黑壓壓聚滿了人群，朱孝純心裏納悶，今天旅舍裏幹什麼？

心急腳步快，朱孝純急急地趕到旅舍門前。有人一看他新衣新褲便大聲喊：

「嘿！到底朱孝純早有眼光，和今天的縣令大人結拜了兄弟，如今縣城都有人賒給他新衣服穿了！」

朱孝純一聽，這裏人還不知道自己已中了舉人，還會有一些趣事。於是仍然假裝窮酸說：「是啊！命運不濟，鄉試又落選，還好縣城那邊有人知道即將上任的縣令武開來大人是我的結拜弟兄，也就肯通融通融我，賒給我這套新棉衣。」

有人一聽說他又沒考中舉人，立刻又鑽進屋裏去了，也不知去幹什麼。

朱孝純覺得很奇怪，便問身邊的人：「今天這裏有什麼喜事？屋裏屋外這麼多人全都喜氣洋洋！」

人們爭相告訴他說：「還不是爲得迎接你那結拜弟兄？……武大人如今是本縣縣令，聽說今天從古北口外進口內來就職……這裏正準備迎接武大人呢……」

朱孝純問：「那張老闆呢？怎麼會不見了他？」

這裏沒人答腔，張老闆急匆匆從裏邊擠出來說：「啊呀呀！朱兄弟回來了就好，也省得我捉羊抵鹿，弄得最後會三長五短搭四不上邊！走走走，進去進去！」

朱孝純被張老闆推著往裏走，邊走邊說：「張老闆都說了些什麼？我怎麼丈二金剛摸不著頭腦！」

張老闆說：「你進去一看就知道了。」

朱孝純被推得暈頭轉向，進屋裏一瞧，原來是好幾個人在修整那早先寫詩的牆壁。幾個人將牆壁磨平又磨平，一個人在牆上描那些詩文……哦！原是張老闆別出心裁，要把早先被楊抬轎、柳打柴和花少爺刮去的那幾句無題詩又填起來。

朱孝純一看，那填字的人竟是鎮上花少爺家的帳房桂先生，但那填的字與原字實在相去太遠。

桂先生一眼瞧見朱孝純來，雙手一拱遞上筆說：「來得正好！來得正好！眞神菩薩駕到，我假神就該下臺！朱秀才你來寫你來寫。」

朱孝純回頭問張老闆：「你怎麼想出了這麼一個餿主意，俗話說：人怕嫌，字怕填！他桂帳房即使有再高的才學，要填我的歪字也是不行！你看你看，填來填去都不像個字樣了。」

張老闆傻笑起來：「嘿嘿！嘿嘿！你到城裏去了，也不知道你哪天會回來，偏是聽說新縣太爺從口外到口內，今天到我縣來就職，本鎮是必經之路，我不把你當日寫的詩恢復原樣，怎麼有臉對得起縣令大人！只好臨時請了桂帳房來代筆……」

忽然有個十多歲小姑娘嗔嗔怪怪向張老闆說：「爹爹我說了朱舉人今天會回來嘛，偏是你又不信！」

張老闆回頭瞪女兒一眼說：「你怎麼跑來了？你昨晚上大燒火熱吃了藥，郎中說你要睡得十個時辰自會好！還不快睡去！」

朱孝純一聽這小姑娘叫自己「朱舉人」，心裏猛顫一下：她怎麼會知道我中舉人了？張老闆這小女兒好像才十三四歲吧，叫，叫，叫，對了，叫張秋菊！看她的小模樣好可人……唉！可惜年紀太小了……

張老闆不可能知道朱孝純在想些什麼心事，他一聽女兒提起「朱舉人」，馬上順頭向朱孝純說：「喲！瞧我忘記了，你到縣城看金榜去，忘了問你了，到底怎麼樣，這次高中舉人了吧？」

沒等朱孝純答話，不知從哪裡鑽出來花少爺，他拿腔拿調說：「高中了高中了，落才坳高中了一個落第秀才，哈哈哈哈！」笑過之後又喊他家的桂帳房說：「走走走桂帳房！回家去回家去，落第秀才那字那詩，你一個帳房小子怎麼塡得了？」

朱孝純看到了，花少爺身邊一個鬼頭鬼腦的人，剛才正是他在外邊聽自己說落選了便往裏竄，原來是向花少爺賣乖來了。於是便想說幾句話刺痛一下他。

誰知沒等朱孝純開口，張秋菊倒搶先說話了：「花少爺你說風涼話小心了，等一下縣衙來報喜朱大哥中了舉人老爺，到時候你自己打自己的耳光了！」

張老闆又嗔她說：「菊妹子還不回去睡？盡多空嘴！」

花少爺噗哧一笑說：「嘿嘿！小女孩陰坑裏也流涎水！你張秋菊才十三四歲吧，怎麼就發癢癢？『朱大哥』叫得好親熱！該不是盼他中了舉人，讓你『朱大哥』討你做老婆吧？哈哈哈哈！」

張秋菊半點不相讓：「不准你花少爺誣衊朱大哥！昨晚上我明明夢見了朱老太太，她明明白白告訴我：『朱大哥已中舉人，已中舉人！』」她所說的朱老太太，就是已經死去八個多月的朱孝純的母親，這裏的人，個個都喜歡這麼叫著。

花少爺說：「好哇！張秋菊，一個死了快一年的老癱婆獨獨給你報夢，那不正是她要你做媳婦嗎？呵呵呵呵！」

張秋菊還要張嘴說話，她父親張老闆厲聲罵她說：「一個小孩子還亂多嘴！要你去睡就去睡！這裏大人要辦大事情！」接著轉臉對朱孝純說：「朱，朱，管你是朱秀才還是朱舉人，我都看重你五年前寫的那些詩句，快快寫上牆，寫上牆，等一會縣令武大人來了，大家臉上都好看！」

朱孝純一聽這話很實在，覺得張老闆是一個眞正的大好人，他不計較自己到底是中了舉人還是又一次落第，能看中我那詩就已有眼光……於是剴剴切切說：

「張老闆你這話才說到了點子上，這詩我寫，我寫。可是在這老牆上塡來塡去不成字體，乾脆你請人把它粉掉，我到對面那牆上重寫一幅字吧！」

張老闆一聽忙忙點頭：「對對對！這樣省事得多，牆上新寫詩句還好看。」

張老闆叫人又很快收拾了一塊牆壁，朱孝純又認認眞眞寫上了《無題》詩：「先師育賢開聖殿，後學愚頑總愧顏。一水漲喧人馬外，萬山青到馬蹄前……」

寫完詩還沒來得及落款，遠處忽然傳來了鳴鑼開道聲。人眾紛紛議論：是新任密雲縣令武開來大人上任來了。

於是旅舍裏的人一窩蜂擁了出去，誰也不再注意正在牆上寫詩落款的朱孝純。

朱孝純頗有點被遺忘的感覺。是啊，誰會看重一個自己都說是落第了的秀才呢？但他同時也充滿了自豪，因爲新來的縣令是自己的結拜兄弟，那是一個眞正有遠見的好人，還在自己五年前那樣窮愁潦倒的時候，他便已看出自己的文才前景，不僅想方設法給自己籌集了一兩紋銀的活命錢，還毅然與自己結拜爲兄弟……如今，自己也總算對得起這位兄弟了：中舉入仕，不僅光榮，而且從此擺脫窮愁潦倒，踏入官宦仕途，只要自己盡心竭力，而且謹愼小心，此生是不愁吃喝穿戴，不愁應有的享受了。

朱孝純決定也出去迎接這位新上任的縣令弟兄。可他一轉身，卻發現張秋菊緊緊站在自己身後。這位十三四歲的小姑娘，有著北方人的高大身軀，完全不像一個未成年的小孩子，只有在紅撲撲的臉上，才顯出皮肉嫩得經不住手捏指掐，好像一捏一掐那嫩臉蛋上就會流水。朱孝純是快三十歲的大男人，還從來沒有和女人私下裏打過交道，更別說眼前這才是個女孩子了，他一時不知如何說話；因爲他分明看出張秋菊眼睛裏流露出來的是成熟女性的熱情。

倒是張秋菊先開口了：「朱大哥！我不騙你，我昨晚上眞的夢見了你媽媽，她說你已經中了舉人，是個老爺了。她老人家還說要娶我做媳婦，叫我喊她媽……」

朱孝純意外地心裏一閃：啊！九泉之下媽媽眞有這樣的英靈？連忙反問張秋菊說：「你答應了嗎？」

張秋菊說：「我答應了。朱大哥娶了我吧！」

朱孝純長歎一聲：「唉！可惜你還是個孩子，你是十三四歲吧？我已經二十九歲，你做我妹妹都嫌太小了呢！」

張秋菊說：「不！朱大哥，別看我今年才十三歲，我已經是大人了，我這個月動了月信，朱大哥，『月信』，你懂嗎？我媽說了，女人一動月信就成了大人。」

朱孝純歎氣都歎不出來了，這十三歲畢竟是個孩子年齡，連害羞都不知道，眞正成熟的大女人，往往把「月信」看得十分神秘，生怕別人提起。可她張秋菊，還把這第一次月信的事向一個大男人宣揚。

朱孝純趕忙往四下裏一看，還好，再沒一個外人。任這小女孩去胡說吧。於是不冷不熱地說：「秋菊，再說直點，我做你父親的年齡都有多！」

張秋菊咋呼著說：「不對，朱大哥！我爹今年都五十歲了，你怎麼夠得做我父親的年齡呢？」

朱孝純一個勁地搖頭說：「唉唉！跟你說不明白！」

張秋菊說：「說得明白，你媽，也是我婆婆，她在夢裏告訴我，要你去問問你恩師，他才會把事說得明白……」

朱孝純正要回話，忽然外邊一個鬼頭鬼腦的人高喊：

「捉姦捉雙，捉姦捉雙！大騙子，大流氓……」

朱孝純不知外邊發生了什麼事，但是認得這個鬼頭鬼腦的傢伙是花少爺的狗腿。

一下子擁進來一群人，一齊聲地喊：「打騙子！打流氓！快來快來，張老闆！大騙子想拐了你十三歲的女兒私奔……」

張老闆聞聲衝了出來，一看女兒還在這裏，又罵她：「混帳小東西！你還沒去睡？」但一見她和朱孝純各自站著，並沒發生什麼「捉姦捉雙」的醜事情，當時氣就全消，只是認認眞眞地問：

「朱孝純你自己說，你怎麼欺騙大夥，怎麼說你那已死三個月的武兄弟武開來來當我密雲縣令？」
朱孝純一聽，猶如炸雷轟頂，急急反問：「什麼什麼？武兄他死了嗎？他死了嗎？」
許多人起哄：「朱孝純別裝洋蒜了！你只說你怎麼和你那秀才夥計王金英一起騙人？」
朱孝純早不聽這些了，他拔腿跑出大門。新任縣令的轎子已過了旅舍，他連忙追跑上去，攔住轎子前頭說：「請問新任縣令大人尊姓？」
衙役高喊：「你是何人？敢攔官轎？」
朱孝純說：「本人只問問縣令大人貴姓，何為攔轎之有？」
轎內縣令問話：「何事喧嘩？」
衙役說：「一草民無理攔轎。」
朱孝純大聲表白：「縣令大人，本人攔轎絕非無理，只是想問一下縣令大人貴姓？」
縣令說：「本官姓武。你是何人？」
朱孝純故意不報自己舉人之身分：「草民朱孝純，請問武大人與武開來大人是否同宗？請問武開來大人現在何處？」
武縣令大吼：「大膽！放肆！原來你就是朱孝純，本官與武開來大人並非同宗，武開來大人三個月前死於捕捉悍匪的戰鬥格殺。你為何要罵本官和他一樣死去？」
朱孝純爭辯說：「請問武縣令大人，我何時何地咒大人你像武開來大人一樣死去？」
武縣令說：「據剛才許多鄉民攔轎稟明，正是你朱孝純和你的狐群狗黨王金英，一個月前大肆鼓吹說武開來大人前來本密雲縣擔任縣令。事實上武開來大人三個月前已死，來此密雲縣擔任縣令的正是本官，你卻咒是死人來當縣令，你這不是罵本官早死是什麼？左右，給我拿下，帶回縣堂！」

衙役正要動手。

人縫裏鑽出了小姑娘張秋菊，大大方方說：「且慢！縣令大人，你可知道無故抓捕新科舉人是什麼罪過？」

轎內武縣令一聽是個女的聲音，喜得一手掀開了簾子，一瞧果然是個如花似玉的小娘們，樂得心裏直跳，馬上轎簾一放，厲聲說：

「可惡女刁民，一起拿下，帶回縣堂！」心想一到縣堂，那還不是聽憑自己擺佈。

朱孝純身上本就揣著已中舉人的票單，一拿出來就能把新來之武縣令嚇個半死。但他心想，不如多一個心眼，且讓這糊塗縣令把自己抓到縣堂，才更好告他一個濫捕無辜舉人之大罪：同時也更好看看這小小的張秋菊對自己到底眞心不眞心……於是二話不說，任由衙役們將自己抓著上了鎖。

一行官轎隊伍又要上路。

旅舍張老闆擠出人群，攔住轎子說：「縣令大人，草民乃本鎮旅舍老闆，這小女孩是我女兒，名字張秋菊，是個才滿十三歲的小姑娘。她昨晚得了大燒火熱症，我請郎中給她服了藥，郎中說要她睡上十個時辰，自己就會好。不知她怎麼跑出來湊熱鬧，別說她沒犯罪，就是犯了罪也當通融處理，求大人放了她！她才十三歲！」

武縣令又掀開轎簾說：「什麼？她才十三歲？鬼才相信呢？瞧她比你這大個子都矮不到一頭了，明明是個小娘們！帶走，和朱孝純一起押回縣堂，有罪無罪一問自然明白。」

張老闆說：「大人如此一意孤行，草民將告你濫捕少女！」

張秋菊搶白父親說：「爹爹不用你告，到不了縣堂，他武縣令就要下轎給朱舉人老爺賠罪！」

張老闆斥罵女兒說：「秋菊你盡瞎說，你小孩子懂得什麼？」

張秋菊說：「爹，我不是瞎說，我不是瞎說！昨晚上朱老太太在夢裏就是這樣告訴我的呢！縣衙裏派來給朱舉人老爺報喜的儀仗隊就在前邊不遠呢……」

四周看熱鬧的群眾早已團團圍住，何止是裏三層外三層。

花少爺早擠到轎子跟前來呀，他接住張秋菊的話頭說：「好一對不知羞恥的姦夫淫婦！縣令大人，大人只管帶朱孝純、張秋菊二人去縣堂問罪，草民手下人等，剛才已將一對姦夫淫婦捉姦捉雙。草民告發他二人的狀子已經寫好，特此呈送大人！」果然從懷裏摸出一張狀紙，跪地高舉過頭。

武縣令好不高興，忙喊：「好好！本官收下！」

便有衙役接過花少爺手中的狀子，正欲遞進轎中。

忽有楊抬轎與柳打柴二人也並肩跪下說：「草民楊抬轎、柳打柴二人，願與花少爺同告，願去公堂作證人，證明朱孝純與張秋菊是一對姦夫淫婦！」

武縣令說：「狀子遞進！三原告押隨轎後隨行。起轎！」

於是一行官轎隊伍又緩緩向前行走。

跟看熱鬧的許多人慢慢散去，到處議論紛紛，都說想不到好好一個朱孝子怎麼會有如此悲慘的結局……

忽地前邊果然來了一行報喜的儀仗隊，一路高喊：「新科舉人朱孝純！新科舉人朱孝純……」散去不遠的群眾紛紛又跑攏來。

轎內的武縣令慌忙大喊：「停轎，停轎！」

轎夫馬上停了下來。

牽著朱孝純和張秋菊的兩個衙役一聽，嚇得手發抖，抖抖索索分別去解二人的繩子。

朱孝純不讓解，早已扭頭跑得遠遠的站著。牽他的衙役嚇得目瞪口呆。

張秋菊瞇瞇笑著讓人解，很快就被解開，牽她的衙役解開繩子好高興，狠手一丟，早鑽進其他衙役隊伍中去。

成百上千的人都只顧去看熱鬧，誰也沒注意被解開繩子的張秋菊就地一倒，帶著瞇瞇的微笑睡得正甜……

好熱鬧的大場伙！

在千百人眾的圍觀之下，新任武縣令早已走下轎來，他大聲傳令：「來人，將剛才誣告舉人老爺的三個案犯拿下！」

衙役們早把花少爺和楊抬轎、柳打柴抓住綁住了。

武縣令這就走到朱孝純面前拱手致禮說：「新科舉人朱老爺請多諒解，請多諒解！下官委實被小人愚弄，誤將大人上綁，眞是罪該萬死！看在下官已將三個誣告犯人捉拿的份上，朱老爺就別見氣了。請讓下官親自爲你鬆綁，以求寬恕！以求寬恕！」

朱孝純自然知道見好就收，不再竄走，任憑武縣令走上前來，親自動手鬆了綁。

武縣令這又恢復了官威，大吼道：「押解三名誣告朝廷命官的案犯，快去縣衙問審。請朱舉人上轎，一同到縣衙坐堂！」說罷指著轎子，堅持請朱孝純上轎。

朱孝純說：「下官豈有喧賓奪主之理？還是請縣令大人上轎吧，本官騎馬隨行。」這便向那邊一招手：「馬來！」

一馬夫趕緊牽著馬過來了。

武縣令說：「如此，本官便恭敬不如從命了。」從從容容重新上轎，高喊：「起轎！」

被攔住的報喜儀仗隊又一起高喊：「請新科舉人先留步！先到貴府接受了報喜帖報再去縣城吧！」

朱孝純一下又犯了難：這是索要喜銀的老規矩。可自己身上沒有錢。原先打算先回到古北鎮裏向張老闆借二兩銀子在家裏等著報喜儀仗隊。不成想這麼七彎八拐把事情全攪黃。怎麼一下子見不到秋菊了？有她在她一定會自己主動向她父親要了銀子來給賞錢……

這時張老闆心裏也在急：怎麼當緊時候倒不見了菊妹子？既然朱孝純眞的當了舉人，已是朝廷命官了，菊妹子那麼喜歡他就嫁給他算了……大個十多歲什麼要緊，官老爺找老婆小妾誰不都揀年齡最小的來……張眼四處去找，偏不見秋菊的身影。

還是朱孝純先想出主意來，他快步走攏張老闆，拱手致禮說：「張老闆對下官向來關愛有加，下官沒齒不忘。下官家裏現在已無他人，在何處報喜已無大礙。若是張老闆允許，本官就借貴府接收喜報如何？」這照例由主家給賞錢的話就不必挑明說了。

張老闆喜不自勝說：「好好好！承舉人老爺高看草民，已是草民之萬幸了。」於是向武縣令及報喜隊周遭一拱手說：「請縣令大人偕報喜儀仗隊賜步舍下吧！」

武縣令又走下轎來：「很好很好！本官與朱舉人攜手並肩吧。」便和朱孝純一同往回走來。

張老闆張大喉嚨高喊：「秋菊！秋菊！快準備！快準備！」一邊也往家裏跑。

沒有聽到回音。

忽然有人大喊：「啊！張秋菊在這兒睡大覺呢！」

眾人循聲一看，大路旁一株大樹下，幾大蓬綠草之中，可不正是張秋菊四腳八叉仰天大睡。臉上還掛著眯眯的笑容呢！

張老闆聞聲跑了過來，一看這樣子明白了：剛才那是菊妹子發夢遊，難怪夢裏說話盡是瘋瘋懵懵。於是對大家說：

「武縣令大人！朱舉人大人！各位鄉親朋友，很對不起大家。我早說了多次，小女兒昨晚高燒服藥，郎中說她要睡足十個時辰。剛才她那樣瘋癲懵懂，原來是在夢中，就是平時說的夢遊症，秋菊剛才是犯了夢遊症……。好了好了，這下她又回夢裏去了。離她睡足十個時辰還早呢，求鄉親們幫個忙，把她輕輕地抬回床上去……」

不用細述，在旅舍舉行的「舉人報喜」儀式是何其隆重異常。張老闆已認為自己是朱孝純的岳老子，拿出五兩銀子作了給報喜隊的賞錢……並留下朱孝純不准走，要他守候酣睡的女兒。

鄉親們自然也把朱孝純當成朱家未來女婿了。

偏是奇怪，張秋菊睡足十個時辰後，醒轉來了，看見守候在旁的朱孝純嚇了一大跳，連連高喊起來：「你怎麼在這裏？你怎麼在這裏？虧你枉讀聖賢之書，連男女授受不親的道理都不懂！爹！媽！快些來快些來！花少爺不懷好意……」

張老闆和老闆娘一起奔到小女兒秋菊的閨房，一時都驚呆了。

張秋菊指著朱孝純大罵：「花少爺是畜牲！是畜牲！快把他拉出去，拉出去！……」

很顯然，張秋菊不但半點不記得夢遊中的一切，而且她還熱昏著未好，以致把朱孝純當成了花少爺。

張媽飛快走攏炕床，抱住女兒說：「啊！我乖女兒燙得像一團火，她爹快去請郎中，快去請郎中……」

紀曉嵐正在家裏收拾前赴福建就任學政的行裝。他一妻六妾五個兒女全都被接到虎坊橋宅寓裏，大家都換上了光鮮鮮的新衣服，慶賀全家第一次遠行。

正房元配夫人馬氏（馬鈴子）雖然還不到四十歲，但已生過好幾胎，略顯老態，已很難得到丈夫的歡欣。她很知趣，有元配夫人們應有的美德，自避嫌疑，很少在京城住，而是長期住在老家獻縣崔爾莊裏。雖然崔爾莊離京城並不太遠，坐馬車才是半日路程，她卻不來打攪。她知道丈夫紀昀喜歡的是十多歲二十來歲的嫩女人……

馬夫人有自己足夠自豪的資本，所生四五個兒女中有兩個兒子成活，大兒子汝佶，如今已二十一歲，早已結婚，夫人是宛平縣壬申科進士、吏部稽勛司郎中張模之女。張模壬申年中進士，是乾隆十七年（西元一七五二年），就是說他比紀昀乾隆十九年進士還早二年。汝佶不僅早已結婚而且也已有了兩個小兒子。但汝佶自己還在讀書，老師便是在虎坊橋紀宅私塾任教的戴震。

馬夫人所生次子汝傳如今也已十五歲了，他雖然也在戴震這裏讀書，但此次他非跟父親到福建去不可。紀昀也同意兒子去見見世面，準備帶他同行。他便是紀昀一溜五個要同去福建的兒女中的老大。其他四個兒女，都是侍妾所生。

侍妾所生兒女中最大的是郭彩符所生的鳳文，已經九歲。底下三個都小，都是其他侍妾所生。

可以看出，元配馬夫人已是兒孫滿眼的祖母輩人物了，她當然不會與小她一大截年紀的丈夫侍妾們吃醋爭風。她常住獻縣老家也就合乎情理。這次不同，紀昀是遠行福建爲官學政，那是高官外任了，是他日再回朝大升大進的必由之途。堂堂一省學政，豈能沒有夫人應酬一些場面。當然紀昀恭恭敬敬把她從獻縣老家崔爾莊接來，自己一群侍妾不能沒有這夫人作領頭鳳。

兒子要離開京城，虎坊橋宅寓不能沒有大一輩主人住守，紀容舒被兒子紀昀接到了虎坊橋。紀容舒從雲南姚安府知府任上告老回家已經很多年了。他那次向紀昀交代祖傳秘密時，自我揣測還有五年壽命，如今也已所剩不多。他所編撰的最後著作《唐韻考》五卷，早已由兒子印行。他沒有留下什麼遺憾，很樂意再回京城宅寓守守家。

有紀容舒上一輩老爺坐陣，虎坊橋的紀家私館就還可以繼續開學。戴震也不必走。他仍是一邊鑽研學問一邊教書。

南行福建已鐵定十月初八日啓程，舟已僱好，不能更改，眼看已只有三天，紀昀覺得留下了兩大遺憾：一是得意門生李文藻，自己有意聘他同行，可他大姐突然病重，大姐是母親的命根子，李文藻早已歸家探望，只給尊師寫了一封信來，兩師生連見面的機會都沒有。

第二個遺憾是所取的門生舉人朱孝純，自己有意攜他同赴福建。作爲一省學政，紀昀有權聘任很多助手，而且都仍舊掛爲朝廷命官，薪俸官給。他眞想好好幫一把這個中了舉人連袈衣都沒有的窮學生……可惜他遠在密雲古北鎮，一時捎信都來不及了，看來只好以後再想辦法。

偏巧正是這啓程倒數第三天，朱孝純風塵僕僕趕來了。走到虎坊橋紀宅二話不說，拉著紀昀便進了一個內房，進去把門一鎖，撲地下拜說：「恩師！學生有難，特來拜請恩師給以排解！」

紀曉嵐說：「子穎快起來，一五一十說清是什麼事，沒頭投腦只說有難怎麼幫你排解？」

朱孝純不肯起來，固執地說：「學生有一個愚蠢的問題，怕惹恩師生氣，所以先不起來，請恩師先恕我無罪我才敢問。」

紀曉嵐大而化之說；「晦！爲師才不是那種小肚雞腸，你有話快問！」

朱孝純仍有一點呑呑吐吐：「恩師！有人說你，說你只喜歡十三歲的小、小、小姑娘，有這事沒有？」

紀曉嵐大笑：「哈哈哈哈！這問題不愚蠢，很聰明！快起來聽爲師慢慢說……爲師此生奇怪，偏與十三歲姑娘有緣，最初的雲雨知己是十三歲，以後與小姨妹相好她也是十三歲，我納的一群侍妾裏有三個是十三歲……怎麼，子穎，你是不是也遇到什麼『十三』歲的奇女緣了？」

朱孝純噗哧一笑說：「哈！可不，眞是有其師必有其生，我正遇了一個『十三歲』小姑娘吵吵鬧鬧要嫁我，後來我正式說要娶她，她又躲得不行。弄半天才明白，她說『要嫁我』的一大些胡話，是她在夢遊之中所說，一醒來後，她全不記得了，你說我該怎麼辦呢？怎麼辦呢？」

紀曉嵐說：「好哇！有道是：醒裏有假夢裏眞，醒裏有假，假在一些面子上；夢裏眞，眞在百事無掛礙。那十三歲姑娘肯定與你緣分不淺。你說說具體情形，我或許能爲你找得到解決的辦法。」

於是朱孝純絮絮叨叨，將在古北鎮發生的許許多多故事說下去……哪裡等得他說完了，紀曉嵐插斷朱孝純的話說：「不要說了不要說了，張秋菊與你緣分已是前定，可你怎麼忘了明媒正娶這一條？她夢遊的話是不假，可一到醒來，這面子就要緊得很，你得請媒妁下聘金，正經八百，娶她張秋菊作元配夫人！」

朱孝純一時又犯難了：「這這，我一時找誰作媒去？聘金少了更不成，可我眼下一兩銀子也拿不出！」

紀曉嵐說：「嗨！這有何難！這媒人歸我，爲師馬上修書一封給你岳翁，他旅舍張老闆也是我老熟人，呃，不對，說媒再叫他張老闆不行，他大號怎麼叫？」

「張古北！就是『古北』鎭那兩個字！」

「好！你岳翁張古北這名字頗有古風，難怪他如此善良公正，這個媒我作得太好了。下聘禮少了不行，有失你新科舉人身分。給二百兩銀子，我納愛妾時也付二百兩一個呢？錢事你莫急，我給你三百兩，二百兩作聘金，一百兩你去辦婚禮，但時間只有三天，第四天十月初八我要啓程去福建……哎哎莫插嘴，誰要你還三百兩銀子了？我眼面前有錢花，眞缺錢了，我從你俸銀裏扣回來。我現在以福建學政的名義，聘請你當我的僚屬，十月初八日一同登舟南行。只這時間三天再多耽誤不得！」

朱孝純又撲地拜了下去：「尊師待我恩重如山！三天時間足夠了！」

這裏紀曉嵐迅速寫好說媒書信，交給朱孝純三百兩銀子，又叫下人選了兩匹快馬，一匹朱孝純騎，一匹派人護送。正要啓程，江寧的王金英匆匆而來。

朱孝純拉住他就責怪：「菊莊，你好鬼！你大舅子武開來大人早幾個月就死了，你那天怎麼誑騙說他來當密雲縣縣令？害得我差一點吃官司。你說到底怎麼回事？」

王金英說：「這事是個大誤會！我大舅子武開來其實沒死，只是一直昏昏迷迷，便瞞著家裏。早先下了詔令要他當密雲縣令也是眞。因爲新縣令不能久不上任，便要另一個武縣令來接替了。這個武縣令沒聽清，亂傳武開來已死三個月。唉！如今他倒是眞死了！不爲說清這裏邊的彎彎拐拐，我這次還不從江寧來了呢！我怕留下一個誑騙的印象在古北口！」

紀曉嵐說：「好！菊莊你這麼本眞，將來定有大發。爲師不怕實實在在說你，你的文才不算上佳，你的日後成就，便會在政績上了。你來得正好，我不用再派人護送子穎。你騎快馬陪他，跑一趟古北鎭，辦什麼事叫子穎路上告訴你……」

眞是算計得半點不差。

乾隆二十七年（西元一七六二年）歲在壬午，十月初八日，時年三十八足歲的紀昀曉嵐，率人登舟南下。船上妻妾如雲，美女成陣，朱孝純新娶的十三歲嬌妻張秋菊，也已赫然列於陣中。

麗日藍天，氣象正好！紀曉嵐的門人學子劉權之、王金英等人在岸上相送。紀曉嵐遞給他們一首送別詩。詩中洋溢著紀曉嵐的春風得意，也充滿了對門人的勉勵眞情。

諸門人學子全都互道珍重。

獨是戴震怪人有怪癖，他看看船快走了，高喊一聲：「曉嵐賢弟！我不要你寫好的送別詩，你再口唸一首詩送我吧！」

紀曉嵐說：「東原果是不同凡響，連送別也另有花招。好，我隨口謅上一首吧。」便向四處張望景色，而後慢慢誦來：

山色空蒙淡似煙，參差綠到大江邊。
斜陽流水推蓬望，翠色隨人欲上船。

「東原！你逼我立地成詩，我才詩短竭。臨時湊上七絕，詩意乃從一位門人處偷來。我這門人原有詩句說：

『一水漲喧人語外，萬山青到馬蹄前。』今日我『參差綠到大江邊』，不正是從門人那詩中借來的詩意嗎？呵呵！這位門人不是別個，就是我身邊這位新科舉人朱孝純朱子穎。賢人曾有教誨：『青出於藍』，今日爲師乃『藍出於青』了。子穎，不怪爲師剽竊你了吧？哈哈哈哈！」

朱孝純眼淚婆娑，叭地跪下說：「諸位！學生這位恩師，我已無法評說，不是恩重如山，而是恩同再世。別的不說，我這位十三歲的妻子張秋菊，正就是恩師爲我所成全，秋菊，快快，快同我一起拜謝恩師！」

張秋菊陪在丈夫身邊跪下了，朱孝純聲音打顫地說：「有謝恩師撮合奇緣！三生九世永誌不忘！」

張秋菊不善言詞，但她早已感激得熱淚盈眶了。

船上岸上，早已是一片感慨唏噓之聲。

好個紀曉嵐，挾一群風流妻妾，瀟灑南行……

貳拾捌 《揚州夢》裏十三女

曲劇《揚州夢》，演的是杜牧與十三歲名妓悲歡離合的故事。「一歲哇哇叫，三歲滿地跑，五歲不長高，七歲拔節早……。」紀曉嵐聽著這曲子熱淚盈眶。

乾隆很器重紀曉嵐的卓越才華，很想讓他在朝廷有更高的建樹。但是鑒於京官外任的朝制要求，必須把準備重任京官的人先放外任。

一般學政官品不高，在一個省裏所處位置並不重要。乾隆覺得這樣太屈殺了紀曉嵐的文才。爲了彌補這個缺失，乾隆給紀曉嵐福建學政職務之外加上了一個高官頭銜：侍讀學士。

侍讀學士是翰林院的重要高官，職在講讀文史，編纂著述，以及備作皇帝的文學顧問等等，是可以常常面聖見君的高層文人。乾隆詔命紀曉嵐爲翰林院侍讀學士充福建提督學政，這身分就高貴顯赫了。

不日船近揚州，勾起紀曉嵐無限遐想。

揚州乃古九州之一，屬地極寬，如今江蘇、安徽、江西、浙江、福建五省均爲古揚州屬地。揚州最著名的事情還是它的風流娼妓。其冶豔軼聞，足以令人心醉。

元人有一著名劇曲，名曰《揚州夢》。劇題取自唐朝著名詩人杜牧之詩：「十年一覺揚州夢，贏得青樓薄倖名。」劇曲所演之事，正是杜牧自己在牛僧孺手下爲官揚州時，成天青樓出入，與名妓張好好互爲傾心，贈詩幽會，魄蕩神移，繼而悲歡離合，不禁唏噓的故事。

有流傳之筆記小說云：「牛僧孺出鎮揚州，杖牧掌節度書記。揚州，勝地也，每重城向夕，倡樓之上，常有絳紗燈萬數，輝煌空中，街沖巷陌，珠翠塡咽，邃若仙境。杜牧出沒馳逐其間，殆無虛夕……好好年十三，始以善歌來樂籍中……杜牧與之遊幸……閱二歲，牧於洛陽城東重睹好好，感舊傷懷，題詩贈之曰：『十年一覺揚州夢，贏得青樓薄倖名』……」

「好好年十三！」紀曉嵐心內感歎：「唉！又一個十三歲女子的纏綿故事……」他暗暗瞟一眼自己的侍妾和朱孝純嬌妻張秋菊，還想到已逝去的姨妹春桃，以及看來肯定是春桃轉世的故妾桃豔，等等等等，這些銷魂蝕魄的冶豔深交，怎麼都恰恰是從一個十三歲女子開始？莫非自己終生竟與這「十三妹子」有緣嗎？

眼前的煙花勝地揚州府，其最讓人樂於稱道不絕的故事，偏偏又是杜牧與十三歲女子好好的纏綿哀傷……眞是太令人心醉了；紀曉嵐只在胸中琢磨著這些心事，不敢公開說出來。他甚至暗暗設想，該找個什麼藉故在揚州停船一遊，以回味昔日杜牧與好好幽會青樓的情趣，那該是一件多麼賞心的幸事啊！於是在心裏暗暗想主意。

不要想！船過揚州碼頭，有兩個人在岸上齊聲高喊：

「敢莫是侍讀學士曉嵐紀公嗎？有請泊舟上岸，已備薄餚候之！」

這是誰？紀曉嵐眼既短視，看不清白，心裏又想不起來，這揚州勝地實在並無密友。但紀曉嵐心裏實在太高興：是誰如此知心？正在自己想遊賞揚州時便邀上岸！

紀曉嵐大聲回答岸上友人：「下官正是紀某，這便攏岸相交。」於是悄悄向朱孝純說：「你看得清是誰嗎？」

朱孝純說：「有一個像是菊莊，還有一個不認識。」

紀曉嵐說：「不對吧，要是菊莊，他對爲師船隻人物都熟悉，不會像剛才這樣喊我。」

紀曉嵐判斷不差。船一攏岸，那與王金英（菊莊）相像的青年人便拱手致禮說：「在下王金華，與紀公門生王金英是孿生兄弟。我兄弟已趕回江寧赴任縣主簿一職，無暇抽空，特派兄弟我來此迎候，這位是劇曲團團長溫故先生，我兩人共邀曉嵐紀大人攜寶眷隨從登岸小憩。萬望紀大人賞光才好！」

這自然正中紀曉嵐下懷，於是互相寒喧見面，一同上岸進了一家大旅館，原來主人已包下整整一層樓房，足夠紀曉嵐將家眷隨從全部安排住下，大家無不欣喜萬分。

而後是豐盛的餐宴，男女老少各有所喜好的菜肴。

主人好心細，特爲紀曉嵐備好了他喜好的肉食：十盤豬肉，一壺青茶。到底是門生王金英在幕後調擺，連紀曉嵐性不嗜酒都十分熟悉，他的面前沒有酒杯。

一桌大人們沒有多餘的主客，仍只是在岸上叫船的王金華與溫故二人，加上紀曉嵐與朱孝純才四個。紀曉嵐鬧不清到底是自己門生王金英（菊莊）還是劇曲團長溫故作東道主，反正吃得肉飽茶香。

妻妾和兒女們兩桌拼做一大桌，熱鬧得只差沒有吵翻天。

酒席筵前，紀曉嵐總想問一些內幕情況，比如說說這請客的目的究竟是什麼？看樣子不像是門生王金英表達謝師之意，王金英要請客，自可在他前去任主簿之職的江寧。這裏順長江而下，論船路到江寧只是咫尺之遙，他沒有必要在這揚州城裏請客。看來是溫故先生的盛情了。可又不像，溫故素昧平生，他也無事求助於自己這個福建學政，眞是一個謎團：誰在如此破費請客？……紀曉嵐點酒不嚐，十分清醒，他巧妙地拿話探問：

「溫故先生如此厚待本官，本官只怕無以爲報，先生如有親人戚友就學閩中，本官或可小有報效。」

溫故也巧妙地迴旋說：「紀大人所慮多矣！鄙人以劇曲爲家，難免飄遊求食，說不定某天便到了榕城（福州），勞煩紀大人處定然多矣。況紀大人居官京城，文名早冠寰宇。僅是那次扈從聖駕來到南京，一席辯詞將朱思藻《吊時詩案》完滿了結，既使朱思藻甘心伏誅，又使我江浙數省得減免積欠之皇寵，就已使紀大人在我江浙之地聲名貫耳了！」

溫故眞不愧爲跑江湖的劇團團長，一席話說得滴水不漏。但紀曉嵐總覺得他話外有音，似乎總還有個更深更遠的背景，不然不會慷慨解囊。

但既然主人溫故不肯再說，客人紀曉嵐便不好多問了。

飯後，溫故請紀曉嵐一行全去觀看他們的演出，這使紀曉嵐更激奮異常，因其所演正是《揚州夢》。也就是演示杜牧與張好好那纏綿悱惻、悲歡離合的純眞愛情。紀曉嵐激奮不已地說：

「溫先生善抓劇目，《揚州夢》定醉倒揚州。須知人間情性，乃子孫繁衍之所需，合天理而順乎人欲。杜牧與張好好其事其情，劇曲中難免增刪改削，甚至也可能與當時歷史事情互爲彼此，然只要演出純眞之人性者，紀某認爲那便會千古流傳！」

溫故連連點頭說：「紀學士果名不虛傳，懷揣眞知灼見。如此更應告白紀大人：本劇團所演已非元人喬夢符所撰寫的原本，而是根據現在風情，多作了一些更易爲今人接受的演示，只是大框架不離元人《揚州夢》而已。

在下今天邀紀大人來觀賞此曲，實在也有請大人觀後多所賜教的意思，萬望紀大人能夠成全在下。」

紀曉嵐拍案稱絕：「好！俗話說得好：『古人不見今時月，今月曾經照古人。』比如說吧，今人誰再關心當年杜牧與好好都說了一些什麼，做了一些什麼，今人只關心他們之間是不是有眞愛眞情，至於具體經歷了哪些坎坷曲折，這些都無關緊要了。這些表達情愛的手段能否被後人接受？貴劇團的改編，定然是接近今人而不是遠離今人了！」

溫故說：「在下斗膽說一點揣測心思，我看流傳至今的《揚州夢》，也恐早已不是當年喬夢符老先生的原作面貌了。各朝各代的歷史推演，各個劇目的不斷完善更新，我看都不僅是想符合今人的習慣心態，更會追求符合人類發展過程中千錘百煉而永不過時的至愛眞情。唯其這樣，所以流傳過來再傳下去的劇目，肯定是經受得住萬世考驗的上品。本劇團不敢在此中間完善什麼，只求不有損於人類情愛罷了！請紀大人觀劇後多有教言……」

十三妙，十三巧，
十三姑娘曰好好，
休管她姓張姓李姓錢姓趙，
女到十三眞正好。
一歲哇哇叫。
三歲滿地跑，
五歲不長高，

七歲拔節早，
九歲識機杼，
十二針線絞，
十三偏巧月信來，
男精女血盼和好。
沃土育肥苗，
時令莫錯了。
好好，好好，
十三女子曰好好，
十三女子正好好！

紀曉嵐記不得所有的劇情了，紀曉嵐看不見所有的演員了。他早已淚眼婆娑，低頭啜泣。直到今天，直到此刻，他才領悟自己此生，爲何總是與十三歲女子有如此好緣分的因由，原是人性發展的階段使然……推及開去，自己的門人朱孝純，也與十三歲嬌女張秋菊如此契合，不都是天意人情的巧妙安排嗎？

紀曉嵐知道，這一大段《十三好》唱詞，並非元入喬夢符《揚州夢》裏的段子，肯定是溫故自己或請人撰寫的新詞。但這段唱詞是如此銘心刻肺，入情入理……紀曉嵐飛快想起自己的人生情愛歷程，自己十三歲與十三歲的文鸞媾合，那樣的蝕骨銷魂，後來又與十三歲的姨妹春桃私戀，再後來娶了十三歲的郭彩符……不用再多細想，道理早已分明：人性勃發，順乎天條，適時媾合，當然妙趣無窮了……

散場以後，紀曉嵐早已恢復正常，可他卻看見許多男男女女還在唏噓感歎。

事實充分證明，溫故劇曲團演出效果特好。此一劇目肯定會長演不衰。

溫故把紀曉嵐妻妾子女及朱孝純夫婦等僚屬都打發回去睡覺，單單留下了紀曉嵐，說是有事向他請教。

等場子散盡了，溫故問紀曉嵐說：「請問翰林學士紀大人，對劇團剛才所演之《揚州夢》有何見教？」

紀曉嵐不假思索，脫口而出：「溫先生卓爾不凡！撇開剛才所演劇目其他諸事不說，僅僅一曲《十三好》，便已唱盡人間情愛之來由去向，離合悲歡。詞既土俗易懂，偏又妙筆生花。敢問此詞是溫先生之大作，還是請有高明捉刀？」

溫故先生答非所問說：「請紀大人賜步些須！」

說完，溫故把紀曉嵐領到劇場門外，那裏早已停好了一輛華麗的馬車，這馬車把紀曉嵐拖著轉來轉去已分不清東西南北，溫故請他下車，他下車抬頭一看：

好好摟

果然是絳紗燈無數，輝煌夜空中。

紀曉嵐一下子思慮開了，自己確實好色，女人不嫌其多，但從沒進過妓院……

溫故不容他細想，早引他進門上了樓，又進了一間小房子。張眼一看，啊！滿屋花枝招展，站著許多美豔女郎，年齡長相眞是各色各樣，無一雷同。但似乎排定了一個次序：從十三四歲到二三十歲一個圈。

紀曉嵐不用多想，一眼便已看穿，從小到大，女人的魅力逐步遞減。這當然是天理必然。

紀曉嵐正想問溫故：「溫先生的這等用意是什麼？」

可是沒等他開口，溫故手一揮，風塵女子們一個二個的走了出去。臨走沒一個向紀曉嵐賣弄風情。

最後剩三個，不走了。紀曉嵐已無空再問話，因爲這三個最年輕的女子分別作自我介紹了。

第一個說：「妾身王好好，今年十三歲，是鄉村的女兒。有那山中的清泉，滋潤我長成小巧的身體，希望討得紀翰林大人的喜歡！」說罷一個深深的萬福，站在一旁，並不格外賣弄。

紀曉嵐一下子心醉了。這不是當年那小巧的文鸞嗎？瞧她殷紅的小嘴，鵝蛋形的臉龐，要多細嫩有多細嫩。配上纖細的腰脂，小巧而不單薄……啊！當年自己正是被這純眞的軀體所征服、所吸引，一下撲了過去，抱緊了就再不鬆開……

沒等紀曉嵐想順暢，第二個女孩又開口了：「妾身李好好，今年十三歲，是鄉村的女兒，有那三月裏滿山遍野的百花，鼓蕩我超過苗條達到豐滿，希望討得紀翰林喜歡！」也是一個深深的萬福，站一邊不動了。

紀曉嵐只覺眼前一亮，這不正是十二年前在天津的楊柳青見到的郭彩符？瞧她略呈圓形的臉，頰上兩塊紅雲，映照周邊雪白，一笑兩個酒窩，別猜貯存了多少甜蜜：腰肢並不顯肥，只一對胸包挺現豐滿……那麼，這不又是一種風情？當時紀曉嵐心想，文鸞轉世隔十三年再服侍我，莫非由小巧型變成豐滿型的另一種美人了嗎？果也正合現時口味，都說人年紀越大越喜歡豐滿勝過苗條，未必確有其事？當時便馬上掏出二百兩銀子納下了她……她如今幾乎佔據了自己用情的一多半，其餘一群妻妾合起來才相當於一個郭彩符……

又沒等紀曉嵐想明白，第三個女孩子開口了：「妾身趙好好，今年十三歲，是鄉村的兒女，有那高山上的參天大樹，引我長得高挑，但是絕不乾扁。希望討得紀翰林學士大人的喜歡！」

紀曉嵐震驚了，這不是春桃姨妹轉世的桃豔又是什麼？高挑而四肢勻稱，身架十分伸抖，臉色紅中帶青，顯得十分成熟。臉型介乎蘋果與鵝蛋之間，丹鳳眼似在笑傲一切，看身高十三歲已過，看膚色尚未及笄。當時自己剛中進士不久，一中進士似乎人才成年，其實那時已經三十足歲。偏這時候自己正喜歡成熟型的女人，更兼認爲她是姨妹春桃轉世，便又一下子納了過來……可嘆她命太薄，在扈從聖駕木蘭圍獵時過早地死了。

紀曉嵐只覺得眼花繚亂，難分彼此。三個鄉里女孩各有所長，難分秋色。前兩個女子分別相當於當年文鸞和彩符，如今彩符不僅健在，還生了個愛女鳳文……但比起眼前的王好好，郭彩符便明顯地太老了……而最後一個趙好好，身姿相貌像極了桃豔，桃豔既已早夭，這趙好好豈不正好補上……紀曉嵐眼下拿不定主意留下哪一個「好好」來陪宿了……

什麼？陪宿？難道我今晚果眞在這「好好樓」裏嫖妓嗎？不！不不！我家裏妻妾成群，並無性的饑渴，何用宿妓嫖娼？……紀曉嵐突然良心發現：自己不能對不起諸多妻妾們，還有眾多的兒女，啊！對！還有孫孫，自己也已爲人之祖，應該知道收斂自己了……對啊，納妾者，理法之中；嫖妓者，不軌之列，除了遇到性的饑渴，自己不應越此雷池！

紀曉嵐已理清了自己的思緒，他想對溫故說明白己的決定，一回頭，才發現溫故早不知在何時走了。

眼前只有三個各有豔色的「好好」……這當然不是她們的眞名，但眞名假名其實沒什麼兩樣，看來三入都確實出自山村，唯有山村的好花好水，能養育出這如花似玉的姑娘。

紀曉嵐決定打發她們走，但考慮到她們靠賣身謀生，耽誤她們這麼久於理不合。於是從身上摸出十五兩紋銀，給她們一人五兩。然後一揮手說：

「妳們都走吧！告訴溫故先生備車，我要回住處！」

三個姑娘收了錢一同斂衽萬福：「多謝紀老爺恩賜！」便要轉身出門。

溫故卻推門而入，哈哈大笑說：「紀大人，錢都已出手，三個好好就沒得一個合尊意嗎？」

三個姑娘聞聲都停住了。

紀曉嵐說：「不，溫先生！論人才長相，三個好好都是絕色佳人，不比本官妻妾差到哪裏去。然本官認定一條道理：納妾再多，理法允許；嫖娼宿妓，與本官身分有違。依本官看來，青樓妓館，只應爲人性饑渴者開設！本官告辭，請溫先生速備車馬。」

溫故笑了：「紀大人頗重倫理綱常。那就恭敬不如從命，妳三個姑娘走吧，我與紀大人還有點事情。」

三個好好魚貫而出。

溫故說：「紀大人！不瞞大人說，在下受友人之託，挽大人貴步於揚州。還請大人題賜詠揚州之詩句，以便在下向友人交差。」

紀曉嵐急問：「你友人可在？」

溫故說：「他若是在揚州，早已親自出面迎接。不過大人很快就可看到他。」又對外邊高喊：「筆墨侍候！」

馬上就有人送進來了，看得出這一切都是溫故事前作了周密安排。紀曉嵐覺得心裏不踏實，又問道：

「貴友人可否告知姓名？」

溫故說：「到時候他自然會去找你。現在請紀大人題詩吟贈揚州吧！」

紀曉嵐急速構思詩作，剛才的情景猶在眼前，果也是有揚州特色：青樓嬌女美勾魂！還好自己已有眾多妻妾，沒有被她們勾走……把剛才的場景前前後後連貫起來，可以明顯看出兩大癥結：一日人老珠黃，便是風情不再；二日好山好水，必是能養好花。有了，詩意一逮住，下筆如龍蛇。

揚州二絕句

紀昀

其一

跨鶴曾經夢裏遊，
如今眞個到揚州。
可憐荳蔻春風過，
十里珠簾不上鉤。

其二

甲第分明畫裏開，

揚州到處好樓臺。
白雲深抱朱檐宿，
多是山中嶺上來。

溫故一看大笑：「哈哈！好一個紀翰林快人快語，偏還一語雙關。既詠揚州風景人物，又詠青樓風光。其一曰，豆蔻年華一過，何人再來問津？於是十里珠簾無須捲。其二曰，青樓好花成陣，山村秀色生成。行了行了，在下可以向託事朋友交得差了。」

就在第二天，溫故領了一個家丁門子前來投書請客，原是兩淮鹽運使盧見曾來請紀曉嵐。紀曉嵐至此恍然大悟，同時也高興萬分。

盧見曾，字澹園，號雅雨，山東德州人。他形貌矮瘦，人稱「矮盧」。但他文才極好，不拘小節，好客愛才，一時四方名士咸集，流連唱和，他一次作四首七言律詩，要文友們奉和原韻，一下子和詩竟達七千人，編了一部三萬多卷的詩集。盧見曾被傳爲海內宗匠。他康熙六十年成爲進士時是三十歲，而紀昀成爲進士那年也是三十歲。他一路官運亨通，從四川洪雅知縣，到直隸省灤州知府，再到兩淮鹽運使。

鹽是人人不可或缺的調味品，上至皇帝貴族，下至百姓黎民，每天吃用雖少，餐餐累積就多。歷朝歷代都實行榷鹽法，用現代的話說就叫做專賣法。所以管鹽務的官都是肥差。兩淮鹽運使便更不用說了。

鹽運使不僅僅是只管運鹽，還管鹽的加工生產，以及鹽稅的徵收，權力十分重大。

兩淮者，淮南、淮北之謂。

盧見曾曾任直隸省灤州知府，與紀昀家居獻縣所屬之河間府毗鄰，紀家又是數代以來的當地首富，祖輩又仗義疏財，賑災施粥，所以向被盧見曾看重。盧、紀二家一向交好。

還有一層特殊的關係，紀昀那個年齡同歲進士又同年的好友王昶，在乾隆十九年成爲進士之後，先是歸班候選，被尚書秦蕙田邀約了去修《五禮通考》，王昶與戴震同事交深。《五禮通考》修定後，王昶又被兩淮鹽運使盧見曾盛情聘請，在揚州盧府教書三年。直到早五年的乾隆二十二年，王昶在揚州時，常有書信與紀昀來往。紀昀因此對盧見曾感到特殊親切友好。

但紀曉嵐本人與盧見曾年齡相差很多，紀昀只夠著盧見曾子侄輩，過去自是不在盧見曾眼中，所以紀曉嵐與盧見曾幾乎不曾有過直接的交往。

眼下盧見曾修書派家丁來接過府晤談，並請全家俱往，紀曉嵐當然高興萬分。於是攜妻挈妾，坐上盧見曾派來的兩輛豪華馬車，直奔盧府而去。

牽線人曲劇團團長溫故當然也隨車同行。

盧見曾有兒子四個，惟長子盧謙與紀昀年齡相仿，故二人較爲熟悉。

盧謙，字潙之，他一生頗感憂傷，因爲本人一生未考取功名入仕，他的官職是享蔭父親援例所授。所以他在紀曉嵐面前總覺得矮了一截。紀曉嵐對他此印象甚爲深刻。

馬車轔轔地駛近盧府，紀曉嵐遠遠地挑簾一觀，果是盧謙在門外迎接。啊，還有雙料同年王昶，他怎麼也到了揚州？

紀曉嵐自是早早地下車跑上去，不是先與主人盧謙打招呼，而是先喊著王昶的字說：「德甫！你不在朝裏好好地當你的內閣中書，跑到揚州幹什麼來了？是不是也像唐朝杜牧那樣『十年一覺揚州夢，贏得青樓薄倖名』，又到揚州會『好好』來了？哈哈哈哈！」

王昶也陪笑說：「我來雖然確爲侍妾父母慶祝雙壽，總在理法之中，可不比你曉嵐，十五兩銀子一晚寵倖王、李、趙三個『好好』不說，還題詩唉歎：『可憐荳蔻春風過，十里珠簾不上鉤。』宿妓嫖娼，那是旁門左道，有違倫理綱常，哈哈哈哈！」

陪來的溫故爲紀曉嵐開脫說：「王大人見笑紀大人了，昨晚我不是曾來稟報：紀大人也恪守『寧多討妾不嫖娼』的信條嗎？呵呵呵呵！」

於是嬉嬉哈哈一大群人熱熱鬧鬧往裏進。

紀曉嵐發現盧謙仍然是鬱鬱寡歡，不苟言笑，打招呼雖很熱情，不過哼哼哈哈而已。便叫著他的字提醒他道：「溈之兄，功名事業，也是天意安排，尊兄雖不第，官還照樣作，兒子且眾多，說不定你的功名陰德便積在他們身上。你到時只當老太爺就是了。何必把過往之事老是記掛在懷？」

盧謙仍是嗯嗯地點頭不說話。

王昶代其解釋說：「曉嵐你有所不知，溈之最近所急，乃是長子、次子先後成年過世，未遺子孫，所以新添愁苦，你不要惹他再傷心了。」

紀曉嵐自然不再打趣了，而是認真地說：「聽說溈之兄兒子一大溜，要什麼緊？」

溫故代爲補充說：「溈之如今是第三子爲大，名郁文，今年才十一歲！」

紀曉嵐說：「十一不小了。依你溫先生《十三好》唱詞裏說，到『十三』就長大了嗎？一轉眼嘛，哈哈哈哈！」

盧見曾居官兩淮鹽運使多年，說不清有多少人前來巴結。他家豪富異常。桌椅家具均爲楠木製作，價値連城。房屋之寬敞，間數之眾多，擺設之精美，連紀昀這個出自獻縣首富之家的富家子弟，也頗感自愧弗如。

盧見曾設盛大家宴接待紀曉嵐一行人等。他自己也是妻妾如雲，美女成陣，但見著紀曉嵐的妻妾一比，頓覺紀曉嵐的更強。他趁著酒興說：

「曉嵐賢侄正値春風得意，難怪你能吟詩取笑我等老朽：『可憐荳蔻春風過，十里珠簾不上鉤。』貼切之至，感情至深，殊爲難得呀，哈哈哈哈！」果然是不拘小節的一貫風格。

紀曉嵐說：「盧大人見笑了。下官豈可嘲笑大人？無論從哪個方面來說，下官都無法與盧大人相比！」

正在此時，兩個一男一女小兒童已離席而去，跑到一邊玩起「拍手掌」的遊戲來了，還一邊無憂無慮地唱起了兒歌：

我拍一，你拍一，
哇哇哭叫比第一，
我拍三，你拍三，
跑跑跳跳不孤單……

童言無忌，童趣盎然。

兩個孩子越唱聲音越大，旁若無人。紀曉嵐只覺得腦子裏猛然一閃，兩小無猜，兒歌往往唱出天意。這一對小傢伙所唱內容，與溫故劇團所演唱的《十三好》：「一歲哇哇叫，三歲滿地跑……」不是如出一轍嗎？他認清那女孩是自己的長女，也就是愛妾郭彩符所生的紀鳳文，今年已滿九歲，俗說吃十歲的飯了。但不認得那男孩是誰，正想悄悄問一下……忽然聽盧見曾大笑了：

「哈哈哈哈！曉嵐剛才還說沒什麼可與我家相比，這不就有了嘛，我家小孫子蔭文，與你令嬡玩得多好，這不是挺好的一對嗎？郁文今年十一歲，請問令嬡芳齡？」

紀曉嵐說：「小女鳳文，今年十歲！」

王昶猛受觸發，高聲地說：「澹園公，曉嵐兄，你兩家門當戶對，他兩個兩小無猜，恕我斗膽，我保他倆的大媒如何？」

盧見曾率先首肯：「好！此事男方我作主！就看曉嵐的意思了。」

紀曉嵐說：「下官求之不得！」

盧見曾說：「婚書先下了，只候他二人長大完婚。」

紀曉嵐不加思索，脫口而出：「等鳳文長到十三……」

這「十三」眞溶進紀曉嵐的血液中去了。

道不盡盧、紀兩家爲小兒女訂親的無限歡欣。盧見曾留紀曉嵐一家住了好幾天。兩家把訂婚的儀式辦得十分隆重。

紀曉嵐十月初八日從京城（今北京市）出發，沿大運河南行，越河北、山東、江蘇、浙江四省，越過黃河、長江兩大母親河，到浙江運河爲止。一行人乃改船行爲車隊，到福州時已是年底。

年底之福州仍很暖和，人們多著較厚之夾衣，或是極薄之絮衣。紀曉嵐出生在河北省河間府獻縣，成長也在北方，冬天見到的都是衣衫厚重的樣子，猛然看到這裏薄絮夾衣，難免覺得稀奇古怪。他對也是北方出身的朱孝純有感而發說：「管它是由古怪變平常，還是由厚重變單薄，看來這改變的還只能是我們自己，不能是這裏的本地人。」

朱孝純說：「尊師所說固然不差，但尊師倍受尊敬之格局，卻不會因此而稍改。你看，那邊迎接尊師的隊伍都排成了長龍。」

的確，歡迎隊伍足有上百人衆，除了本處試院方面衆多文官，更多的像是本地的士紳學子。

呵！爲首的竟是紀曉嵐的得意門生李文藻，他一聽尊師有聘，回家看了大姐的病不敢多耽誤一天，倒是比紀曉嵐還搶先到了福建，學幕倒比學政先上任了。他飛快跑攏紀曉嵐，拱手致禮說：

「聞得尊師督學閩中，文人學士無不歡欣雀躍。尊師瞧這歡迎的長龍，爲首的這位『龍頭』，正是本學署上屆學政莊本諄莊公大人！」

紀曉嵐拱手致禮說：「多謝莊大人如此盛意，紀某不勝惶惑之至也。」

莊本淳更是鞠躬相答說：「理當理當，余不過一小小水鬼耳，當讓賢於紀公蛇、火、猴精，哈哈哈哈！」

紀曉嵐說：「本官精變之說，坊間恐不無百數版本。莊大人自稱水鬼，本官卻是孤陋寡聞。但有求賜教。」

李文藻說：「恩師，『水鬼』乃莊公自謙也，實則乃爲『水神』，『石神』，容晚生一一敘說……」

莊本諄，字宗滔，湖南湘江邊人氏。先父書石先生，乃一文士。

莊本諄年少時，父親帶他去走親戚，因在湘江邊，自然乘舟而下。

船上人多，多爲互不相識。

莊本諄少年貪玩，四處遊走，不久擠散。其父書石先生正與人論詩品文，談興大發，一時莫顧其子。

莊本諄來到船尾貪看江景，一時不小心跌入滔滔江水，誰也沒有看見。

莊本諄已嚇至驚慌，不知怎麼辦好，連呼救一聲還沒來得及，已經沒於水中了。

飄飄蕩蕩，仿佛縹緲，莊本諄突然聽到水中有兩人說話。

一人說：「宗滔落水，也算歸根。滔滔者大水也，落水豈不歸宗？」

另一個說：「不然，宗滔當救，我等乃救一福建學院也。此事可大有關係，切不可草草待之。」

於是二人似在共同用力。

莊本諄只覺被什麼東西抬著，漂然而上，不多一會，自己已觸到了本船舵尾，頭已伸出水面。

人自有求生本能，莊本諄自然抓住舵尾不放，大聲叫喚起來：

「救救我，救救我！我在水中，我在水中！我在舵尾，我在舵尾！」

船上人幾乎都聽得見。莊書石更一驚起：怎麼像是兒子宗滔的聲音？於是便急急匆匆擠至舵尾……

舵手已將莊本諄救起來了。

莊書石這時倒怕得大哭起來：「哇哇，兒啊！哇哇，兒啊……」

舵手說：「莊書石先生還哭？令郎乃水神再世也，不然掉進湘江能得生還？」

後來莊本諄去京都投奔兄長，其時兄長已爲朝中大員。

到京不久，突遇地震，房屋墮毀，兄嫂等多人死於瓦礫，慘不忍睹。獨莊本諄被壓於一個小弄，小弄乃兩旁大石柱相傾交撐而成，石柱其上其旁瓦礫甚厚，而莊本諄坐於小弄且得安然。

於是爭相傳說：莊本諄人小命大，有石神護佑也……

李文藻娓娓道完莊本諄這奇異的經歷，一行人都早進入了學署，紀曉嵐對莊本諄說：「宗滔兄乃眞水神眞石神也！樁樁件件，奇險得救於實實在在的兇險之中。不比小弟所謂蛇、火、猴精混合轉世，全只在先人們的夢幻之中，其時某還未在人世，錢越用越少，話越傳越多，添油加醋，不爲訓也。」

莊本諄說：「是神是鬼，不過笑談。紀學政荷翰林學士之重託，遠不是某一介區區學政可比。目前，已有朋友捎有信來，請紀翰林稍事休息，擇日往訪於他！下官明日就另赴他任，不奉陪了。」

紀曉嵐問：「這朋友是誰？」

「黃硯公！」

「啊？黃硯公？莫非就是那位大名鼎鼎的『硯痴』？」

「不是他還是誰？他癡你怪，兩下相當啊！哈哈哈哈……」

眞個兒好不熱鬧。

貳拾玖　東籬采妾又十三

原知縣黃任「耽硯誤政」罷官而歸，卻將自己的十三歲愛女黃東籬送給硯癡紀曉嵐作妾。

黃硯公眞名黃任，字莘田，福建省永福縣人。康熙年間中舉，官至廣東省四會縣知縣。因他酷愛文房四寶的硯臺，被人授以「黃硯公」之雅號。當然他詩書畫皆精，每日寫寫畫畫之外，選硯臺，藏硯臺，把玩硯臺，月復一月，樂此不疲……被入彈劾以「耽硯誤政」，罷官而歸，已近三十年矣。他的「因硯丟官」，自然聲名遠播。

紀曉嵐也性喜硯臺，收藏甚眾，他對「黃硯公」這名諱當然更感親切了，不日便前去拜府。

黃任已是白髮飄飄的八十老翁，迎門拱手道：「硯癡老朽，喜迎學政，還望能有親切之敘談。」

紀曉嵐說：「愛硯何癡？試問文士誰能離開得了文房四寶，文房四寶豈能少得了硯臺？要說成癡有愛，本官倒與黃硯公同病相憐。晚生可沒想到尊處就在近處，尊府不是永福縣嗎？」

黃任說：「永福也算是榕城之近郊。老朽還嫌難走，乾脆便在榕城近郊築此草廬。此等陋房就蓋就有，叫做寒舍都有僭聲名！」

紀曉嵐說：「唐人劉禹錫有言：『山不在高，有仙則名。水不在深，有龍則靈，斯是陋室，推吾德馨，苔痕上階綠，草色入簾青。談笑有鴻儒，往來無白丁。可以調素琴，閱金經，無絲竹之亂耳，無案牘之勞形。南陽諸葛廬，西由子雲亭，孔子云，何陋之有？』黃硯公不必過謙了。」

黃任說：「家無鴻儒，更無珍寶，往來白丁亦不旺盛，惟多硯台也。硯臺之中呆拙者，乃老朽自學雕鑿而成。恭候學政大人有所賜教。」

二人遂步入茅舍廳堂。

黃任被彈劾回歸福建後，生活清苦，草廬爲居，人丁亦不旺盛，頗爲淒然。

但黃任的書房是硯臺的世界，論硯臺之顏色，或綠或紫，或赤或青；講硯臺之形狀，似斷壁，似殘瓦；似荷葉，似龍尾；大者二尺見方，仿佛一張桌子，小者不及拳頭，剛夠盈握而已……

黃任既然能以「耽玩石硯，延誤政事」之罪名，被彈劾削去廣東四會縣縣令之職，自是癡得有些癲懵。

有人說，黃任在四會縣知縣坐堂問案之時，好像突然聽見自己書齋裏那方龍尾硯高喊：「賜我以水，潤我以龍，乾枯苦澀，龍何以生？」他便忘乎所以，起身而回，給各硯臺灑以泉水……據說硯臺傍水而生，枯水而死；蓋指以水代墨，滋潤硯臺，只到眞用其書寫時，方用眞墨蘸筆……黃知縣潤石硯再不歸堂，壓根兒把一堂官司耽誤了。

又有人說，夏天黃知縣躺臥納涼，取其爽快，竟將那略似人形的赤色石硯摟著入睡，有人聽得眞眞切切。他在睡夢中呼喚著愛妾的名字說：「朱玉親我，朱玉親我……」

關於黃任寶愛石硯的美談怪談，奇談亂談，眞是不一而足，叫人莫測高深。

紀曉嵐很早便聽到了關於「黃硯公」的許多傳說，難免半信半疑。

可當他走進黃任的書齋，看見如此豐富多彩的石硯，馬上脫口驚呼：「哈哈！以我之硯比黃硯公之硯，眞乃小巫見大巫！」

黃任說：「曉嵐，話不能這樣說，我是已朽之身，你是出山之日，你還不到我一半的年齡。他日前程不可限量。」

一老一少兩人交談甚為融洽。

紀曉嵐說：「黃硯公，晚生倒想問點趣聞，傳說你坐公堂審著審著案，突然想起去給硯台灑水，把個審案公堂撂在一邊。這事總不會沒有半點來歷吧？我猜不像傳說那樣笨拙簡單。」

黃任深沈地說：「到底曉嵐非同凡響，叫你看出了一些眞諦。你且說說當年的陶淵明，是怎樣丟掉了彭澤縣令？」

紀曉嵐一聽黃任以陶潛自況，心裏已全然明白，率直地說：「果然如此，我就早已揣測，黃硯公豈是等閒之人，官居知縣，有些案審不明白，更多的不能審問明白，免得牽扯出案件背後的大人物。於是假借癡迷石硯為名，乾脆避而不審……於是被人傳說得面目全非。」

黃任說：「老朽退居林下三十年，你第一個猜透了我甘心棄官家居的眞相。曉嵐你的確聰明無比。」

紀曉嵐說：「果然黃硯公是當今的靖節先生，不為五米折腰的鐵漢……」

黃任激動異常，卻又滿臉嚴肅地說：「溫故而知新！老朽託朋友溫故先生曲折瞭解曉嵐你之為人品性，他所傳非虛也！」

紀曉嵐甚感意外：「啊！黃硯公，揚州劇曲團溫故團長，是公所遣試探我人品之友人？」

黃任說：「王好好，李好好，趙好好，三個誘你而你不自栽，曉嵐殊為難得。好一個『寧納妾而不宿娼！』

曉嵐稱我心也！」

紀曉嵐更覺不解：「黃硯公莫非還有所賜教於晚生？」

黃任從身上掏出《揚州二絕句》說：「曉嵐此詩，殊不說假：『可憐荳蔻春風過，十里珠簾不上鉤。』人老乃自然所趨，爾所說無假。『白雲深抱朱櫓宿，多是山中嶺上來。』窮山僻壤不受污垢，好山好水育出好花，女子以山中純潔為美，曉嵐你又出語驚人。」

紀曉嵐說：「晚生小詩，承公誇獎，已是受寵若驚。」

黃任再不答話。只對屋裏高喊一聲：「朱玉哪裡？」

就見裏屋一個約莫五十餘歲的麗婦，擁一個亭亭玉立的小姐出來，五十餘歲麗婦仍風姿卓爾不凡。紀曉嵐想起來了，人傳黃任夢中抱石硯納涼仍呻喚愛妾朱玉，定是此婦人了，便先躬身行禮道：「晚生這廂有禮，想是朱玉小夫人不差！」

朱玉不予回禮，推推身前的小姑娘說：「曉嵐你再猜猜她是誰？」

紀曉嵐仔細一端詳，這無疑便是朱玉脫胎之少女，其美豔不可言傳。於是便說：「從相貌上斷之，小姐乃小夫人之令嫒！」

黃任拍一掌說：「著哇！她叫黃東籬，曉嵐當知我給小女取這名字的用意，陶潛有詩：『採菊東籬下……』我這小女乃老朽老年與朱玉中年所採之東籬菊也。我夫婦二人愛之如掌上明珠。老朽早已對天銘誓，非找到識我『硯癡』的智者，我這東籬絕不與他！今天，我找到了，識我硯的智者便是你曉嵐。你喜歡『十三好女』無錯，那是人之常情。我家東籬今年正十三歲，給你曉嵐，作妾也不枉她了！你擇日納了她去吧！」

紀曉嵐簡直沒有絲毫思想準備，呆了一瞬，馬上回過神來，撲通跪下地說：

「岳父岳母在上，小婿拜受東籬……」

福建西南部有個汀州府，府治在今長汀縣，汀州鎮當時已是一個相當發達的城區。汀州府下轄上杭、龍岩、連城、武平等十多個縣，無一例外都處於武夷山脈南段地區。武夷山山巔在福建北部的崇安縣之南郊，相傳昔日爲神人武夷君所居，所以後來以武夷爲名字，逶迤而南，綿延數百里，到汀州已是其強弩之末。惟其如此，其懸岩險峻已讓位於婀娜多姿，物產也更具溫柔的特色，其中楠竹便是最突出的一種了。

楠竹四季常青，而竹性可彎可曲，極富變化之美。古人云：「寧可食無肉，不可居無竹。」可見它是何等受人青睞了。

紀曉嵐爲到汀州考試生員，派門生李文藻與朱孝純先打前站，作各種準備工作。

這天紀曉嵐到達汀州，李文藻與朱孝純各捧一竹篋來說：「老師出行，多的是書籍稿本，學生購此竹篋奉獻。」

紀曉嵐一看，竹篋十分精美，雖全用竹黃製成，但磨削光生潔淨。說是竹篋，其實已是一件竹籠，體積約是一尺八寸高，一尺八寸長，一尺二寸厚，看去呈長方形。有可以打開而仍連結在竹篋上的籠蓋。繫以長麻繩，近提遠挑都很方便。果然足夠把每次出行必帶的書籍和文房四寶裝齊了。

紀曉嵐說：「你們想得眞周到，這竹篋從哪兒購來？」

李文藻說：「這兒街上到處都有，上杭人善於製竹器，關鍵還是武夷山中多的是竹子。」

汀州試院設在一座古老的祠廟裏，祠廟寬大無比，能容納成百上千的考生。

祠前有二株古柏，高可參天，皮粗節老，傳係唐朝所植，至今已逾千年，然其蒼然生氣，歷歷就在眼前。

李文藻說：「尊師，我和子穎一來便聽學吏告白，此二柏早已通神，學吏說，所有外官來此都先焚香禮拜，本地文人學士官府各員更不在話下了，不知尊師以爲如何，是該拜與不拜？」

紀曉嵐反問：「你二人拜過沒有？」

李文藻、朱孝純爭相回答：「早已拜過。」

紀曉嵐說：「這就對了。你二人既代爲師先來，所拜已有爲師之敬意在內。然而爲師聽說，木者千年成魅，木魅殊不害人，蓋人與木素相親也。木魅尚未成神，非祀典所載當祭。爲師身爲朝廷之學使，拜木魅反受其譏爲殊不懂禮。故爲師不拜，聽之任之吧。」

此話好像已被唐柏聽見，立時樹葉森聳，大有響聲，非風所致。紀曉嵐師生三人屋隔數重，樹聲猶然聽見。

朱孝純說：「恩師聽見了吧，管是木魅還是樹神，像已聽見恩師說話，於是答話作響，只可惜聽不懂它說些什麼？」

紀曉嵐說：「子穎別說傻話，木魅非神，亦近神界。『神』者心『通』，豈能耳語？爲師已從森聳的樹鳴中悟通了神韻，此樹聲乃木魅贊成爲師的論斷矣！」

李文藻、朱孝純點頭稱是。

是夜月明。冬月寧靜。星星不見許多，卻是顆顆亮閃。

本無冬天賞月的傳承，此晚紀曉嵐卻像被神差鬼使，竟然身著夾層長袍來到庭中，徐徐在階前散步。

啊，怪了，不但絕無寒意，而且頓覺飄然，似乎身心全都溶入空曠，不像有自己存在了。這韻味豈是夏秋賞月所能體味得到嗎？

一想便已明白，此地已處泱泱中華的最南端，熱多寒少矣。

忽然，二唐柏樹巔微傳聲響，像是在給自己打招呼。紀曉嵐抬頭望去，二株唐柏之巔，各有一紅衣老者，笑容可掬，盤折其間，形似起舞，卻不翩翩；隨即拱手作揖，作揖不停。漸揖漸遠，終至不見，那意思分明在說：

「有你督學，我們放心，因而避去……」

不知是被誰驅使，紀曉嵐竟也朝樹巔作起揖來，心中訴說：

「木神放心去吧，紀某決不慢待任何生員！」

忽聞身後有響聲，紀曉嵐回頭一看，李文藻與朱孝純二人，並排站在身後，也和自己一樣朝樹巔作揖祈禱。

紀曉嵐問：「你二人幾時才來？」

二人回答：「學生未離恩師寸步，只是藏起來而已。」

紀曉嵐說：「此已為神，遠非木魅。為師在想，神既出來見我，且還以禮相迎，此必有期於我。只待天明，爾等呼幕友共出，向二唐柏典祀……」

次日又是豔陽，已無夏之烈焰，冬陽便顯溫和，二唐柏前擺有長條香案，香案上祭品齊全，除開香燭紙錢而外，尚有肉、魚、雞三樣大牲。香案其所以長大，是因紀曉嵐事先交代要擺齊文房四寶。大家不知其用意，當然照辦不差。

焚香秉燭之後，紀曉嵐向二唐柏行三叩九拜之大禮。他內心的祝禱別人不得而知。

李文藻、朱孝純等一班學署幕僚，在紀曉嵐身後成排站好，也學紀曉嵐的樣子三叩九拜禱樹神。

祀典完畢，紀曉嵐走攏長條案桌，展紙揮毫，爲這沒有名稱的祠廟撰寫了一副聯對：

參天黛色常如此

點首朱衣或是君

橫批：唐人神

李文藻帶頭歡叫起來：「好！尊師督學閩中，定當造就諸多人俊！」

一干幕僚，無不擊節讚賞。

當下便有人要拿對聯橫批前去張掛。

李文藻說：「慢來！尊師題榜取對，豈能只掛須臾片時，速去製匾雕聯再掛。」

紀曉嵐叫著他的字說：「素伯、這事教子穎去辦，你帶其他僚友去汀州附近及屬縣仔細訪查，有才俊苗子速速來報……」

直至童試即將舉行，李文藻回歸報告，無不驚異地說：「尊師，奇怪，本地周圍未發現特殊文才苗子，倒是有人從長樂到這汀州來考童生。」

紀曉嵐好詫異：「什麼？長樂？長樂縣不在福州近處嗎？怎到這幾百里外的汀州來考？」

李文藻說：「我也怪納悶的，可人家說得有鼻子有眼，說是只要能跟老師你文曲星沾點文運，再跑多少路也行。」

紀曉嵐說：「他們如此抬愛我，你問問都是誰，姓什麼，叫什麼？」

李文藻說：「人家不肯先說，怕被人說是走門子，等考上了他們會來拜師尊。」

紀曉嵐知道再查詢也是白搭，便不再管顧這事了，一心一意督導李文藻、朱孝純等舉行童生試，這一類童生試學政只要掛個名，不要親辦具體事。幕僚李文藻是進士，朱孝純是舉人，經辦童生試都綽綽有餘了。

舉辦童生試的準備工作正在順利進行，突然從何處傳來了尖聲的怪叫，「妙——嗚！妙——嗚！」咦，怎麼像是貓叫？

紀曉嵐喜好清幽，受不了尖聲怪叫，便叫朱孝純出去看看是什麼聲音。

朱孝純去了足有半個多時辰，那怪叫不但沒有停止，反而更爲尖刻刺耳，「妙嗚妙嗚」片刻不停。

紀曉嵐等不得了，自己跑出「唐人神」祠院大門，一看這祠院周圍，才關心到根本沒有房屋。循聲再找，才發現這叫聲來自祠院後一個大莊園。從距離上看，那莊園與這祠院相隔有小半里，可是前後左右一比，那莊園竟是這祠院的最近鄰居。

終於看見一個人從那莊園裏跑出來了，近視的紀曉嵐看不清那是誰，但能猜出那就是朱孝純。

當然用不著紀曉嵐再問，朱孝純一跑回來便馬上敘說：「老師，那是貓夫人臨終前的痛苦嗷叫。」

紀曉嵐很意外：「什麼貓夫人？我怎麼不知道百家姓裏有一個貓姓！」

朱孝純說：「她其實不姓貓，她這婆家也不姓貓。只是她特別喜歡吃貓而已。她吃貓的方法十分特別，先將新鮮石灰貯於一個陶缸，得了貓就投之於內，再灌以沸湯，不沸的冷水也可，冷水一泡石灰便發，立刻沸騰翻滾。貓爲灰氣所蝕，盡脫其毛，不煩一根根去拔。如此貓血盡歸臟腑，貓肉白瑩如玉。貓夫人說：其味勝過嫩仔雞十倍也。她如此愛吃貓，會吃貓，被稱爲貓夫人也是理所當然了。貓夫人丈夫姓趙，天下第一姓。趙家也富甲本方，那莊園又大，看管又嚴，不准旁人進去。所以學生來來去去，耽誤了這麼多時間，進去了又明察暗訪才弄清一切底細。趙家莊園大，貓子就多，貓子是喜歡走人家的動物，多遠的路，貓子都願走，越是大房子貓就越是多，據說有時候山上的野貓子都跑進趙家去，不用說也被貓夫人捉來吃了。貓夫人家大業大傭人多，專爲張網設機捉貓者便有四個……這便保證貓夫人幾乎天天都有貓肉飽口腹，所吃的貓早已無法計算得清。於是閻王老子便找死貓來討命帳，這趙貓夫人還不到三十歲就病體奄奄，只求速死。偏是要死氣不咽，白天黑晚做貓叫，哼天倒地嚇死人。其實她這樣已哭哭叫叫十多天了，早先隔得遠我們聽不見。越叫越叫大了聲音，今天她絕望嚎叫已是撕魂裂魄，所以吵得我們這『唐人神』試院都不得安生，估計貓夫人總是這二天會斷氣了。眞希望這貓夫人今天就死，不然明天她再這樣嚷叫，我們這邊考試的童生都要受影響，不安生。」

紀曉嵐說：「既然這樣，那也許正是天意的安排，這貓夫人今天不會死，明天還會叫，目的便是使考生們都明白：不能惡毒殺生！這事倒使我想起我自己家裏一件事情來了。在我崔爾莊老家裏，有個已故的奴子王發，喜歡以銃打鳥，而他招法又高，所擊無有不中，每天殺死數十隻，他並且見人就吹噓，他是如何如何地會打鳥，『王發王發』，閻羅『王』叫他到世上專門『發』銃殺鳥。王發生有一獨子，名叫濟寧州，是王發被我家派往濟寧州辦事，他老婆爲他生了這個兒子，便以濟寧州名之。濟寧州年已十一二；忽一日遍體生瘡，如火烙泡，泡又衝開，每泡裏一粒鐵子，誰也不知其怎樣進入，就是王發每天打銃殺鳥的那種鐵砂。百藥無治，濟寧州病死。王發本人因絕嗣而絕望，因絕望而瘋癲，不一日他朝自己下頦抵好銃口，用腳扣動扳機，自殺死於鐵砂之下，眞不好理解。此事我兒時親見，千眞萬確，半點不假。因此之故，我就常常癡想，有些修善果者，按日吃齋，如奉律令，而平常卻不戒殺。聯想到佛教徒常年吃齋，難道僅僅是以吃蔬啖果爲功德嗎？恐怕主要還是因爲吃齋便不殺生的關係，今凡夫們獨以某日某日持齋，佛大歡喜，人亦自寬。而除開這些日子，烹宰如庖丁，肥瘦羅於廚俎，佛也不會責怪。果眞便有這樣的道理嗎？且天子無故不殺牛，大夫無故不殺羊，士無故不殺犬豕，此是佛教之禮也。儒者遵聖賢之教，固萬萬無斷肉之理。爲師本人也嗜肉爲飯，但是通常的進食而已，進食乃爲保命，此事不悖天理，但是決不惡意殺生。我想這或許便是『恒常保命』與『惡意殺生』的區別之處吧！」

朱孝純說：「恩師教誨，在情在理，學生永誌不忘。」

紀曉嵐判斷不差，第二天童生考試，那貓夫人嗷叫不停，隔之老遠，如在近旁。童生們無不感到驚恐。遵照紀曉嵐的安排，朱孝純向童生們講了「貓夫人」的故事，以及紀家早年奴子王發打銃喪子的事情，告誡童生們記取教訓，終生不做惡人。

童生們聽了這有理有力的教誨，內心深處得到了信心支撐，貓夫人的叫喚便不覺有多麼煩惱了。

再巧不過，童生考完，貓夫人斷氣。

紀曉嵐心裏也十分喜歡，心想今天給童生們講的這戒除惡念的一課，或許夠讓學生們受用終生。

考試完畢，師生都步出了考堂。某一學生走在最後，突然大叫起來：

「啊！有無數奇鬼，皆身長丈餘，一起肩承樑柱！」

紀曉嵐、李文藻、朱孝純等聞聲回頭，什麼也沒看見，聽見天花板上似有腳步聲響，再一看天花板下塵土飛揚，不一會，整個考堂頹然墮下……還好所有人都已出了廳堂。

紀曉嵐高聲宣布：「快擺香案，祭謝唐人神。是神鬼在護持我們考試完畢！學子們請記住這件事：既然在在處處有鬼神護持，自必在在處處有鬼神鑒察！我輩人生，當永記抑惡揚善！此祠院已年代太久，朽毀嚴重。我學署從今起發動募捐，將其重新修復！此祠由朱孝純具體辦理……」

不久後，童生考試閱卷完成，紀曉嵐甚感欣喜，有梁斯明、梁斯儀兄弟童生得中，且均為高等。一看其籍貫，卻寫著奇怪的兩個字：「待遷！」於是便問李文藻：

「待遷？遷徙搬家前總有個地址嘛，他怎麼不寫清呢？是不是你早幾天說的那從長樂縣來的考生？」

李文藻大笑：「哈哈哈哈！真是什麼都瞞不住恩師！現在可該仔細給老師報告了……」

據傳梁姓與秦姓同宗，是善養馬的非子的後代。非子養馬有功，被周孝王封於秦地，因而姓秦。

非子的曾孫秦仲在征討西戎時不幸陣亡，他的三個兒子報仇殺敵，打敗了西戎，收復了失地，全都封侯，其中次子康被封到夏陽梁山，人稱梁康伯，這便是從秦姓中分出來的梁姓的始祖。

梁姓的發源地在甘肅與陝西，逐漸發展到河南。

遷徙到福建長樂的梁姓，自明朝以起至今已傳至十四代了，梁斯明、梁斯儀兄弟便是其梁姓十四代孫，他們的父親梁天池，此時已五十餘歲，仍與大兒子們一起參加考試諸生，總之學文不遺餘力。然而十四世以來止於郡縣諸生，無一人得中進士，甚至都沒有一名舉人，無法成為達官顯宦，並不遺憾卻感歉然……

李文藻向紀曉嵐介紹梁姓的歷史淵源，尚未完結即有兩個年輕人求見，進門便向紀曉嵐叩拜，還沒開口，紀曉嵐已先說了：

「我猜你們便是長樂梁公的兩位公子斯明、斯儀。起來吧，起來吧。爾等根本不必爲十四世未登巍科而自慚，十四世習文不悔即堪誇讚。舉凡人自數歲受書，誰不盼能登科人仕。一次失敗落選，往往憤怒莫名；再次受挫，必生疑惑；數挫而後去者，不知凡幾。貴姓能堅持十餘世而不悔，困頓三四百年而進學不停，此乃命而不認命，此志之堅，足夠立命，還有什麼羞愧歉然？」

梁斯明說：「師尊紀公如此諒解，我兄弟追師數百里委實不冤。汀州試院頽毀一室之事我們都親自經見，師尊發起募捐修復，晚生亦極贊成。因此趁這段老師們閱卷之閒空，我已快馬回家稟告家父，家父叫我捐資紋銀二百兩，即或此次我兄弟二人未錄取爲童生，家父說亦捐獻不悔。何況師尊已將我兄弟二人錄爲生員，此二百兩銀子還望師尊笑納。」

說罷掏出二百兩銀票遞給紀曉嵐。

紀曉嵐收下銀票轉交朱孝純登記，囑其修復試院後一總將捐戶立碑。而後沒忘記問道：「二生在考卷中籍貫項下塡寫『待遷』，是否令尊有意將尊府遷徙何處？」

梁斯明說：「家父早已有意遷往福州，今師尊一來更堅定了家父遷居之志向。此事已在進行之中。家父囑兒向師尊捎話，有請師尊回福州後到寒舍作客……」

在福州西城靠邊角地方，三棟連在一起的大屋，被梁天池全部買了下來，經改建成爲一個大門出入的梁宅，旁側兩邊臨街的門都封住了，這裏與其說是街，不如說是巷，是只能居住而不宜作鋪面的地方。梁姓十四代不斷諸生而無顯宦，但其子孫繁衍特多，在長樂縣老老少少已近三百戶，總數二千多人，幾乎遍及全縣每一個角落，所以土話有「長樂半邊梁」之稱。其中不少已是巨富。這巨富之首便是梁天池。他是長樂梁姓始祖發派以來的主脈，他五十餘歲的人生，已繁衍子孫三十餘口。他覺得梁姓要出巨公，責任首先在於自己這一支主脈，於是早已有意搬遷福州。

今有文名顯赫的紀翰林督學福建，梁天池認爲自家登科人仕的機會終於要來了，便加快了搬遷。有錢不愁買不到房子。買了房子要改建，則更簡單，請一群泥木工，不到一個月便已辦妥。

在梁天池看來，從長樂搬到福州的梁姓，自己便是始遷祖。在自己有生之年，不容許兒子們自立門戶，所以他的改造新居，主要便是封旁門，擴大門，自此獨門出入，進門以後是一大家。其家裏面橫開門面，六個兒子各占一門。房子更是多至無數，各門都留有許多空房子以待日後居住更多的子孫……他的計畫可謂深遠。

紀曉嵐夫婦攜帶愛妾郭彩符及本地新納小妾黃東籬前往梁府，由主要學幕李文藻、朱孝純陪同。

家丁武師羅小忠侍候。他是紀家老護家武師羅大頭的兒子，羅大頭年紀大了坐享清福，由其得到嫡傳的兒子羅小忠護衛主子出行，武師家丁二者兼任。

一行人分坐四輛每輛四座的豪華馬車，馬車是梁天池所派，他爲紀曉嵐準備了全家乘坐的車位。紀曉嵐去的還不夠一半人，所以分開坐下有餘有剩。

梁天池率兒孫們站東廂，夫人率女眷站西廂，舉家三十多人排成兩行長隊，男拱手女斂衽夾道歡迎。其恭迎的誠敬無以復加。

梁天池先開口寒喧：「翰林大人不吝賜步，寒舍蓬篳生輝，不勝榮幸之至！」

紀曉嵐回答應酬：「天池公如此禮重，本官深感愧疚，願以榜題爲謝！」

這當然是梁天池所求之不得。

男女主人與男女賓客分別親熱敘話去了。

梁天池沒忘記給紀曉嵐的紀大鍋準備上好的煙絲，派遣此次被錄取爲童生的兒子斯明、斯儀爲紀師尊裝塡滿斗，把火點著，紀曉嵐悠悠地吸燃，吐出淡淡的煙雲在大客廳中繚繞。

主家又派丫環捧獻了香茶。

紀曉嵐不接茶，指指讓丫環放在茶几上，這便起身走攏早已備齊文房四寶的長條書案桌子，邊走邊說：「李大白詩仙，斗酒詩百篇；紀某人煙魅，大鍋蓄聯對……」斗腕揮毫，立成一副門聯：

前明以還治學不輟

指日可待巍科有期

橫匾：書香世家

乾隆治下翰林學士提督福建學政

紀昀曉嵐撰題

成群主客未及說話，家丁武師羅小忠不假思索，脫口高喊：

「天池公，兆頭好！俺家主公說你家不久會有進士登科，此話一定準靈。奴僕有切身體會，俺家主子早已通神。聽我說個例子。在我居住的學署下房，夜夜都有鬼魅爲祟，在天花板上弄得一片山響，根本睡不著。奴才承家傳小有武功，隨即拳腳棍棒各使一套，口中念念有詞：大膽鬼魅不妨下來試試小爺爺的身手！鬼魅們屏不作聲，好似在觀賞在下的武功小技。誰知我手腳一停，天花板上又鼓躁大響，鬼魅們根本不把我的十八般武藝放在眼中。我萬般無奈，想起了一個法子，怒目圓睜，抬頭咒說：『俺主人乃天上文曲星下凡，素與天師交善，明日請主子寄一信札給天師，雷部立至，看你鬼魅再來橫行！』天准地靈，從此房間寂靜，俺一夜睡到天明。這不是主公通神的明證嗎？主公說梁府不久有進士出，絕錯不了！奴才先祝賀了，哈哈哈哈！」

主客眾人一聽，無不歡欣鼓舞，偌大的梁府內騰起經久不息的笑聲。

參拾　學署不寧冤鬼鬧

福建學政署在前明時期殺人無數，冤鬼吵鬧使人毛骨聳然；紀曉嵐毫不畏懼，人都說文曲星早通了鬼神。

一經羅小忠說破福建學署裏有鬼魅，似乎署裏間間房子裏都不安全，一時間幾乎人人說鬼，只是悄悄議論，不敢公開講談。

紀曉嵐說：「要說就不要鬼鬼祟祟，乾脆明白地說，這學署裏到底有些什麼鬼域軼聞。」

李文藻說：「尊師如此說法，則學生要有所辯解，學生比老師先到許多時間，把什麼事都打聽清楚了。此學署在前明時期是稅務署，橫徵暴斂，無所不用其極，殘殺無辜，不可數計。所以積怪成魔，每每生祟，並非無稽軼聞，而是實有其事。有些事學生本不想講，因爲牽涉到前期學政身上，怕於老師不好，今老師叫我們公開講清，學生便講一件……」

雍正年間，福建學政姓厲，人稱「厲君子」，頗以手段嚴厲自豪。彼時學署即時時鬧鬼，厲君子信誓旦旦說：「要鬧朝我來，我是學政，別找僚屬下人去鬧。」

他這無異於是公開向鬼魅宣戰了。

也許鬼魅眞的害怕了他，一時間學署裏清靜無事。

署內無事署外有。厲君子有個得意門生，因姓苟，綽號「狗牙刀筆」。刀筆最初來源，是古時無紙，以刀刻竹成字，刻錯了便削去改刻，所以，「刀筆」爲改削文字的意思。慢慢演變，變爲與人寫訟諜訴狀者稱爲「刀筆」，言筆如刀，可置人於死地。「狗牙」者人人皆說它鋒利無比，有所謂「進得狗銼，鐵石皆破」的說法。狗銼即是狗的臼齒，狗牙的厲害可想而知。一個姓苟的訟棍被稱爲「狗牙刀筆」，實在是被人太厭惡了。皆因他可以無事生非，攏圓捏扁，就看誰給的錢多，他便幫誰說話，誣告對方，使之有理變無理，使其受刑獄、流放乃至被砍頭，害人無計其數。

突然有一天，狗牙刀筆正爲人寫一張誣告富人誘藏其妻的狀子，才開始起草，發現筆下所寫之字都是紅色，仔細一看，那是筆管裏往外流血……

他不信邪，捺上墨繼續寫，寫，寫，突然爆裂一聲，筆管開裂，再寫不成……

他很頑固，又到裏屋去另外拿筆，才發現自己的妻子已經不在了，到處叫也不應。

狗牙刀筆這一下子急了，便到左鄰右舍去打聽，人家對他說：

「狗牙刀筆，你不是經常誣告別人謀妻奪產嗎？這回啊，你老婆倒是眞的被人拐帶走了！哈哈哈哈！」

狗牙刀筆突然垮倒生病，臥床不起，連三接四捎信，非要請恩師學政厲君子去看看不可。

厲君子與這個狗牙刀筆學生很對口味，立馬便坐馬車去看他。其實他去了也沒有救了狗牙刀筆的命，只是去送終而已。

厲君子車子往學署回返時，恰遇人攔轎，聞得有婦人高叫：「吱吱吱吱……」

厲君子走下轎來，一看是兩個老婦人挾持著一個少女，少女背上插著高高的草標，這是「插標招賣」，集市上常有。吱吱叫的正是這少女。

兩個老婦人喊：「學政老爺，買人救命！」

厲君子一看少女豔若桃花，早已心中有意，便故意端著架子說：

「爾等兩老婦挾持賣一少女，肯定來歷不明！」

一老婦指著少女說：「她是我的媳婦，我是她的婆婆，請學政老爺當面問過。」

厲君子問那少女：「老婦人說的是眞的嗎？」

少女不說話，但是堅決地點了點頭。

厲君子又問：「她叫什麼名字？」

那婆婆說：「她娘家姓賈，小名瓜秧，還沒取大名呢？」

厲君子一喜：「瓜秧！好名字，她也眞和瓜秧一樣嫩鮮，多大年紀了？」

那婆婆說：「十三歲。」

厲君子又一喜：「哦！十三歲！好年齡！」回頭又問那少女：「她說的都是實情嗎？你要是不想說就點兩下頭。」

賈瓜秧眞的點了兩下頭。

厲君子又故意問那婆婆：「世間豈有婆婆賣媳婦的道理？本官只聽說休妻、典妻、賣妻是男人的權利，她丈夫怎麼不來？」

那婆婆說：「要有兒子我怎麼賣媳婦？我兒子正是被她這個小妖精剋死了。她嫁過來三年就剋死了丈夫，這樣的妖精恨得我牙發癢。恰遇我們那裏蝗旱連災，養家不活，不正是我賣她的大好機會？」

厲君子又指著另一個老婦人說：「她是誰？」

那婆婆說：「她是我請的幫手，我怕一個人制伏不了小妖精。」

厲君子已心裏有數：原來是人販子賣人。這種事天底下到處都是，想管也管不了，只要不惹出禍事來，買賣雙方都沒事。眼下明明那少女已答應是這老婦人的媳婦，有這一條就夠了。但他還要刁難刁難，又問那婆婆說：「既然插標賣女人，怎麼不到集市上，而要攔轎糾纏本官。」

那婆婆說：「民婦早已說了，這賈瓜秧是個剋夫的小妖精，小妖精只怕大人物。大人物才能反剋住小妖精。除了學政老爺，這裏哪還有能剋住小妖精的大人物？怎麼？學政老爺也怕自己剋不住她？」

厲君子連忙說：「不不，本官是朝廷命官，四時有天神護體，莫說一個小婦人，就眞正的妖精也不在本官眼裏。人都說福建學署鬧鬼成災，本官一咒一罵，抖擻威風，如今不是肅然寂靜了！」

那婆婆說：「這不，我們認定了只有學政老爺能救我們一家度過災荒，要不我們怎麼敢攔官轎？」

於是很快談妥成交，厲君子只花五十兩銀子，買了一個十三歲如花似玉的小妾！

買回來才知道，賈瓜秧原是被惡婆婆灌了什麼啞藥，根本說不出話來，所以只能點頭答應問話。

厲君子心想正好，管它有些什麼隱情，我樂得五十兩銀子買小妾！

那啞藥只是短暫有作用，其實到學署不久就失效了，賈瓜秧有了說話的自由，吃穿也算得上錦衣玉食。她心想既然木已成舟，也就什麼都不說為好。

誰知沒過兩個月，學署裏買進來一個年青男奴僕自報姓名滕貴，專門躲在馬廄裏餵馬。他偷偷在馬廄裏與賈瓜秧幽會私通。

原來這是外省一對眞正的夫婦。結婚才幾天，因突被大火燒了屋，一家人無法生存，滕貴說出去打工掙點錢來養家活口。惡婆婆勾結人販子，把媳婦賈瓜秧拐賣到了福州，還攀上了學政老爺的門第，得了五十兩銀子，發了個小財！在惡婆婆與人販子眼裏，一個沒來頭女子能賣十兩、二十兩就不錯，陡然進錢五十兩還不是發了財？

滕貴回到家裏，家已不成其爲家，父親早已不在，母親又把媳婦拐賣走了，當然心痛欲絕，被鄰居們救醒轉來。鄰居們告訴他母親和人販子拐帶媳婦去的大致方向，滕貴一直在後面討米維生，明查暗訪，最後終於找到了福州，訂聽到自己老婆已被學政老爺買來作妾，心想再也無法贖回。

但他不甘心與妻子就此訣別，便也悄悄把自己賣到學政學署裏來餵馬。他與賈瓜秧本是夫妻，情義未斷，當然不用勾搭，便已成姦，不過只能在馬廄裏偷偷幽會。兩個年輕夫妻自然相信這是命運的安排，也就認了。

世間沒有不走風的牆，滕貴與賈瓜秧的「姦情」被揭發，他兩夫妻自然把事情原原本本抖了出來。

厲君子一聽火冒萬丈，這小妾偷情已使自己失了面子；萬一被滕貴告發自己買妾奪妻，那罪名還擔當得起？於是一不做，二不休，派親信把滕貴殺了，丟進了一個枯水井。

鬼使神差，賈瓜秧偏偏尋到了那一口枯水井，尋到了她也不哭叫吵鬧，只是傻呆呆地在井邊徘徊，好像在等什麼時候。

終於等到了，有一個騎馬的信差，不知馬爲何使性子，怎麼也控制不了，一直奔到這個枯井邊。

賈瓜秧一見信差便來了勁，再也不癡癡呆呆，再也不徘徊亂走。她走攏信差，手捧一張狀子，撲通磕下頭去，一骨碌又爬起來，把狀子朝信差手上一塞，只喊了一聲：「夫婿慢走，我已趕來！」便向枯井跳了下去。

信差好一會才回過神來，一看狀子，告的乃是現任福建學政殺夫奪妻，這還了得？馬上報告地方，到枯井裏打撈了兩夫妻的屍體。信差又快馬一鞭，到福建省有司衙門報告……

厲君子自然很快被抓受審了。

審判官很驚奇這張狀子寫得如此之好，事實陳述清楚，言詞鋒利如刀。所告厲君子一條一款，厲君子簡直無法否認，只好一一認承下來，自然是伏誅償命。

審判官這才突然發現，狀子的左下角有一行小字：

仿狗牙刀筆　謝學政大人

厲君子一聽馬上反撲：「他是我的學生，但他早就死了。可見寫這狀子的人心懷叵測，假託狗牙刀筆，乃是誣告本官，本官推翻所供！」

審判官嚴厲地說：「休得狡辯！你原來教學生做狗牙刀筆，專門誣告殺人。如今輪到你自己了，不過你不是被誤殺，而是罪大惡極，死有餘辜。難怪寫狀之人說：『仿狗牙刀筆，謝學政大人！』正所謂前因後果，種豆得豆，種瓜得瓜……」

厲君子伏法之後，福建學署鬼魅重又作祟起來，不過只是吵鬧，卻從來沒再害死人……

人們終於明白，這一切原是學署冤魂的鬼使神差：起初是聽了厲君子向鬼神公開宣戰：「要鬧朝我來！」鬼魅們馬上停止在學署吵鬧；隨後便出了狗牙刀筆妻子被人拐騙的事情，狗牙刀筆臨死前把老師厲君子叫去，讓他「巧遇」了「賈瓜秧」，便宜買妾，招惹賈瓜秧丈夫滕貴纏上了身；滕貴被殺，妻子賈瓜秧殉死，便把厲君子也一起消滅了……鬼魅們戰勝了厲君子，於是，福建學署裏的鬼魅鬧事再無人問津……

還好這些鬼魅從雍正年間殺死厲君子以來，再沒有害死過誰了……

李文藻講完了這個曲折離奇的故事，很委婉地對紀曉嵐說：「老師，不是老師決心如此大，這個故事學生眞不敢講，這個故事裏賈瓜秧是十三歲做妾，而許多『十三歲女人』又與老師緣分很深；加上故事講的又正是福建學政的醜事，偏偏現在的福建學政又是老師，學生再講這故事豈不有辱師尊了？老師立逼著學生講，學生還是要請老師原諒。」

紀曉嵐說：「不！你沒錯，要爲師原諒什麼？依爲師看，此處鬼魅，唯害人不得安生，並無殺人的打算。厲君子之流，有辱學政斯文，他是殺人犯，不去管它！你說目前學署內最大的鬼魅爲祟在哪裡？」

李文藻說：「筆捧樓。那樓在學署中部，兩邊相夾，中間像個寶塔聳起。我們都居住在下層，其上層複壁曲折，越上邊越悠深，非是正午看不清其眞面目。一到晚上，上邊吵鬧得一塌糊塗。弄得我們這些僚友根本睡不好，老師看有什麼方法治一治才行！」

紀曉嵐沈吟少頃，慢慢地思索著說：「素伯，你還記不記得杜甫的這樣的詩句：『山精白日藏』。這說明鬼魅皆避明就暗，筆捧樓因兩邊有高高的護牆，夾在中間幽隱的住處，所以方便鬼魅們潛蹤。我想，只要我們盡拆四周之圍欄，使四面明窗洞啓，三山翠藹，宛在眼前。那鬼魅還怎麼在筆捧樓藏匿？」

不幾天，學署內主樓周圍高高的圍欄全都拆去。上面的「筆捧樓」三字牌匾也拿下來。換上了紀曉嵐親筆題寫的新匾《浮青閣》，兩旁配上了紀曉嵐撰寫的新對聯：

地迥不遮雙眼闊
窗虛只許萬峰窺

朱孝純說：「老師這個辦法好，將幽暗的『筆捧樓』，改造成明亮的『浮青閣』，看鬼魅再到哪裡去藏身？老師，趁著工人都在，一鼓作氣把東邊那幾幢會經堂一起拆了吧，反正那邊已相當朽壞，沒人敢在那裏居住辦公。」

紀曉嵐說：「不！子穎你千萬別忘記了：不要把人逼入絕路。鬼魅雖不是人，然也是先明時期稅署殘害純良無辜的結果。讓它們去到那些沒人敢住的會經堂，與這『浮青閣』已相去甚遠，再怎麼吵鬧也無關緊要了。」

朱孝純感慨萬端說：「啊，對！恩師對鬼魅都給以生路，難怪對後學更是提攜關愛有加！」

事情果然，這邊「筆捧樓」改造爲「浮青閣」之後，再也沒有鬼魅驚擾，僚友們居住公幹都很舒心。而無人居住的會經堂幾幢老樓裏，則連白天都吵鬧不停，夜晚尤甚，但已不危害學署了，人人稱讚學政大人紀曉嵐精明。

這事傳揚好遠，都說紀翰林熟鬼通神，絕非凡響。

忽一日，福建陸路提督馬公府派來快馬，手捧提督馬傑光手書急札，邀請紀曉嵐過府談書。馬傑光善書法，稍有閒暇即臨池不輟，名聞遐邇。而提督又實爲學政的上司。

紀曉嵐當然立刻便去了。誰知一去不是談書，而是觀看其巨筆吐焰之奇景。不過等紀曉嵐來到時，那吐焰已結束了。

紀曉嵐說：「竊聞昔日李太白夢筆生花，乃睡鄉之幻景也。馬公之巨筆吐焰，該不是此種夢幻吧？」

馬傑光說：「曉嵐別急。這奇景已斷斷續續見過兩次，我怕眼花，已叫署中差人弁卒看過。仍不放心，特邀曉嵐來作判斷，這『夢筆生花』之類不正是你『學政』管轄的範圍嗎？呵呵呵呵……」

一兩個時辰之後，太陽已經銜山，奇景終於再現。馬傑光那倒懸在筆架上的巨筆，眞的吐焰如虹，焰長數尺，自筆端倒注地「頭，又複逆卷而上，蓬蓬然片刻乃收。

此時久等而終得見者已達十人之上，不能再作眼花看待了。

馬傑光將此情景畫成一幅小畫，推給紀曉嵐說：「煩學政大人配詩，此不爲過吧。」

紀曉嵐笑笑說：「提督大人有命，卑職敢有不依？」揮毫題五律詩一首：

馬公筆插架，吐焰若虹霞。
勝如昔太白，喜夢筆生花。
應是吉中景，無題驚且訝。
等閒成雅趣，何勞罵或誇。

馬傑光大笑：「哈哈哈哈！曉嵐狡獪也，既稱『吉景』，又說『等閒』，不許人『驚且訝』，不表態『罵或事情果眞是怪，不及三個月馬傑光竟然病亡。要說不幸，死於任所，皇賜風光；要說幸事，人終死亡。雖說年過花甲不算早逝，但又何如壽年更長？

紀曉嵐心想：虧得當時或誇或罵，未定吉凶。否則詩中一味吹捧爲祥瑞，豈不落人笑柄？怎麼當時會那樣模稜兩可地題詩？那詩其實毫無詩味，不過應景表白而已。作那種似是而非的判斷。果然當時有神意啓迪自己了嗎？

紀曉嵐確實半點記不起來了，眼下只慶幸小詩總算圓潤得體……

傳聞可就添油加醋，這事又和學署「筆捧樓」改「浮青閣」那事聯串起來，把紀曉嵐說得不只是能通神鬼，而且每做一事都先與神鬼商量……大概這「與鬼爲謀」之事不好具體鋪陳吧，傳言紀曉嵐有張夢床，正如當年包龍圖一睡上夢床便能進入陰司地府查根問命決斷陰獄一樣，說是紀曉嵐一睡夢床就上了天，是神在天庭相見，遇鬼在半路商談……總之活靈活現，好似紀曉嵐每次睡夢床都喊了證人陪同，故全都有根有葉，有鼻有眼。

小妾的父親也是岳丈，八十歲的硯癡黃任捎了信來，要紀曉嵐務必到茅舍裏走一趟。

黃任和他的愛妾朱玉還住在那座茅舍裏，紀曉嵐說過多少次要給他另起瓦蓋新居，黃任說：「你怎麼忘記了，你用劉禹錫的《陋室銘》誇讚我，陋室豈能堂而皇之？留下我這竹籬茅舍吧，不然你那『東籬』便沒有了根基！」

紀曉嵐最信話中有讖，生怕強行給岳丈把竹籬茅舍改成瓦蓋大房，自己的小妾黃東籬便會隨之離去。於是，黃家仍是茅房。

紀曉嵐自然攜小妾黃東籬一同坐轎前往。一進屋，黃任卻把女婿一個人拉進了小房子密談。正好，朱玉與東籬母女兩個有說不完的私房話。

誰也鬧不清黃任與紀曉嵐兩翁婿密談了一些什麼事情。

紀曉嵐離開黃記茅舍時滿臉嚴肅，似乎他要去辦一件不無危險的大事情……

省名「福建」兩字並非任意所取，那是來自於「福」州與「建」州兩個最大的州的頭一個字。建州即爲現在的建甌，如今是小縣，當時卻是福建北部最大的州府治所。

福州是東南沿海的著名古城，始建於漢高祖劉邦五年（西元前二〇二年），初爲閩越王國國都所在，因其城西北有一座福山，後來便改名福州，從此數千年沿襲通用。

佛教自漢朝由印度傳入中國，到清朝時已達二千年。傳播所及，已達全國各地。福州是東南沿海的著名大城，自然佛教早已普及，寺院早已很多，分佈在各個勝地。

在福州東、南、西、北四大禪寺中，設在怡山的西禪寺最有特色。它最大特色便是三尊各管一界的三大菩薩並列在一起：觀音、地藏和目連。這三位菩薩觀音居中，地藏和目連各在東、西兩側；兩旁站立著二十四位諸天。

觀音菩薩管的是社會現實世界，佛經上說它「來婆娑世界助釋迦牟尼導化有情，助阿彌陀佛接引眾生」。

地藏菩薩管的是地獄未來世界，佛經說它是「幽冥教主」，其職責是「地獄未空，誓不成佛，超度亡魂」。

目連菩薩管的是天神世界，目連全稱大目犍連，簡稱目連。佛經說他是釋迦牟尼十大弟子之一，他一生不知疲倦地弘揚佛法，後被非佛教的修道者從山上推下亂石砸死，是佛教史上爲傳播佛法而流血殉教的第一人。

目連在佛教中神通第一，他一足踏地即騰飛上天，大地即爲之震動，他聽說自己的母親墮入地獄餓鬼道苦難無邊；餓鬼的唯一特點，是食管極細如針，吃食不進，饑餓難熬，而目連之母是被倒懸而無法進食；目連知道母親在地獄中如此受難，便求佛祖救度。

釋迦牟尼告訴目連：七月十五即安居期終了之日，準備百味食物，供養十方眾僧，便可解其母倒懸之苦。目連一一遵行，果然達到了目的，這佛教中「目連救母」的著名故事，便是「盂蘭盆會」的由來。「盂蘭盆會」便俗稱七月十五貢獻百食救餓鬼。

從這「目連救母」的故事明顯看出，佛教認爲天神世界也屬「有情世界」，也有「苦難」，也在「六道輪迴」之中。目連既有踏地通天的如此本事，由它去解救世界苦難便是理所必然。

福州怡山西禪寺將觀音、地藏、目連三尊菩薩並列供奉，在全國來說也是獨此一家，因而極有名氣，高層次文化人士幾乎無人不曉。

西禪寺將三尊菩薩並列供奉的目的概括起來，便是觀音救人類，地藏救地獄，目連救天界，簡稱之爲「三救苦」。西禪寺便以這三救苦而遐邇聞名，香火之盛超過其他單供一二位菩薩的任何寺院。

西禪寺時任住持乃博聞大師，已進入得道高僧的行列。

紀曉嵐並非佛教徒，這一天卻不要任何人陪同微服步行前往西禪寺，進香之後說要請正在唸經的博聞大師暫停唸經，進禪室私會，知客僧拒絕說：

「施主，不可！本寺每日進香者數以千百計，倘若都如你，則住持大師何以再坐禪唸經？」

紀曉嵐反口相問：「請問知客僧：眼下穿流不息者誰又如我？」這話一語雙關：一說誰又如我是微服私訪之

朝廷高官？二日誰又如我提出要與博聞大師私會？

知客僧一下便不知如何再駁理了，只是張口叫喚：「不可，不可，不可……」

「可。」誰知此時博聞大師已經來到身後，輕輕叫喚一聲，便領著紀曉嵐悄悄進去了。

進得禪室，剛剛坐下，毫無客套寒喧，博聞開門見山說：「老衲已知道你是誰，並知道你緣何來此。只可惜你過分『有情』，去管本不該你管之『小事』，老衲難以應承。」

紀曉嵐說：「博聞大師果然得道，凡事未卜先知。然則敢問：在佛的眼中，人、神、鬼三界，倘若尚有某種關連，而這關連又用一個字來概括，則此為何字？」

「法」。

「大師此話怎講？」

「法者通天接地更管人。天有天法，違者貶人凡塵，地有地法，違者打入地獄，人有人法，違者當世善惡報應，未了者在六道輪迴中繼續報應：法字豈非三界通行？」

紀曉嵐說：「大師此言差矣，依某看來，聯繫人、神、鬼三界者不是『法』，而是『情』！」

博聞說：「施主此話怎講？」

「若無『情』，則地獄之諸般苦處無人畏懼，若無情，則人間的苦難天神不與問聞。果是如此無情，則大目犍連何必下救其母？又何能上救天神？則貴寺院立『三菩薩』何復存在？夫法者，正是有此『情』作根基，方可行之有效。否則，『法』責何人？何神？何鬼？『情』係三界之關連者，敢問大師怎再駁回？」

博聞並不驚慌，又順其話題說：「即便如此，今施主此來所要救之人，既非被他人殘害扼殺，也非他本人自墮深淵，乃他父親賣子與人爲奴也，此舉與『法』何傷？又與『情』何礙？」

紀曉嵐說：「大師，此事於『法』無傷，確爲正理，然說與『情』無礙，則失之偏頗，此話和先時大師所說乃是『小理』，正出同一淵源。然而此事關係該人一生之自由榮辱，『終生爲奴』者何其苦愁？此傷『情』至慘，何謂『小事』云云？」

博聞說：「縱是如此，該爲奴者與施主非親非故，並無一線之『情』牽，你求老衲出手救助，豈不過分者何？」

紀曉嵐說：「通觀此理或是如此，細觀則不盡然。通觀者，該『終生爲奴』者確與某了無瓜葛，甚或至今彼此素昧平生。細觀者，此事由某之岳翁黃硯公所託請，某納東籬爲妾，豈能不有所報效岳翁？岳翁所要救之人，與岳翁是何關係，博聞大師既通天眼，或通慧眼，一觀便知。」

博聞閉眼少許時間，便說：「紀翰林儘管回去，老衲一切盡知……」

轉眼到了二月十九日，這一天是觀音菩薩的生日。福州有古代風俗傳承，婦女們這天都要到西禪寺觀音菩薩前去燒香跪拜，以求福求子。

福州城裏有個巨富商人，因其既是富商又姓傅，「傅富商」叫起來很拗口，背後便乾脆稱他「富商」，當面更非「傅公」不叫，究竟是這「傅」還是那「富」便無人知道了，反正也都一樣。

富商新買了一個家奴，是個行乞的男孩子，名叫文盼華，說是與父親行乞之中被突然到來的強盜烈馬沖散，再找不到父親，只好自賣自身找個安身立命之地。孩子不識字，大概這也是父親給他取這名字的來由。於是富商在賣身契上做了手腳，口裏講的「賣身爲奴」，字契上寫的是「終身爲奴」。等文盼華知道之後，悔之已晚。但他十分聰明，自然時時在想自救自身的辦法……

富商夫人見這孩子伶俐可愛，十三四歲長相別提有多俊，便把文盼華留在身邊使喚。

商富夫人二月十九日自然要去西禪寺進香，文盼華當然跟隨轎後。

富商夫人本就信佛，常年手持一串佛珠，數一顆，唸一句，她不通經文，所唸其實只是一句話：「南無阿彌陀佛……」佛珠一串一百零八顆，一般每次只念三遍，也就是把佛珠數三個來回，唸三百二十四聲「南無阿彌陀佛」，所求何事，所祈何物，自不待言，唯「富」唯「子」，時刻在心中裝著。

博聞大師高坐禪堂上方，閉眼誦經不輟。他早已注意到富商夫人與文盼華的到來，只是不動聲息。

富商夫人三遍佛珠剛剛數完，三百二十四遍唸佛完畢，正要起身之時，忽見博聞大師來在自己身邊連連說道：

「罪過！罪過！罪過……」

富商夫人以爲博聞有話對自己說，起身迎上前去。

誰知博聞理也不理，卻一直走到文盼華跟前，撲通跪下，三叩九拜行著大禮。

富商夫人忙近前來說：「大師弄錯了吧，他是我的僕人！」

博聞說：「施主說話小心，此是地藏王派來的使者，託生人間，私察善惡美醜，地藏王乃掌管地獄下界的最高尊神，將根據使者所報處置人間亡者。施主倒敢用他爲僕人，眞是天大罪過。你趕快用轎子抬他回家，與你丈夫商量如何贖罪，明天再來找我。」

這下子把成百上千的求神拜佛者驚呆，全都圍攏來想看個究竟，一下子便水洩不通。

博聞站起身來，只對前邊合掌一指，前邊的人個個心中似乎聽到聲音在說：「讓開，讓開，讓開……」一條大道很快讓出來了。

富商夫人立刻把文盼華捧為上賓，請他前邊去乘轎，自己反倒步行轎後相隨。

文盼華只覺博聞大師在自己耳邊反覆唸著佛語，也照著唸了起來：「南無阿彌陀佛，南無阿彌陀佛……」坐在轎中盤腿坐禪，一如博聞的樣子。

富商夫人回家向丈夫一說，丈夫雖然為富不仁，卻也害怕死後墮入地獄的懲罰，他連忙偷偷把文盼華的賣身契一燒，恭恭敬敬派轎子把他送到西禪寺去，自己隨在後邊騎馬，送給寺裏二千兩紋銀，還向博聞叩拜說：「地藏使者來到我家，多有不察，反買他為奴，實是天大罪過。今捐香資二千兩紋銀，煩請住持大師為某祭告神靈，原諒我不知其詳之罪過！」

博聞洞知一切，此時順梯下樓：「施主既已自焚賣身文契，有知也已無知，無知即為無罪，況施主捐銀不菲，老納當為施主祈福……」

不用細說，這是聰明的文盼華自救自身的高招。眼下博聞大師偏要文盼華談談自己與紀曉嵐掛上乾親的經過。

文盼華自然樂意從頭講起。

當他聽到紀曉嵐能通神鬼的故事，便繞著彎子先巴結黃硯公，弄來兩個硯臺送給黃任，死死活活拜他做了乾公公……一個月內沒事，二個月便去向乾公公哭訴自身的淒苦，求黃任轉託紀曉嵐，求他想辦法救出自己，未了說：

「公公，孫兒知道有恩必報，救我出了傅商家的火坑，我甘願跟隨學政姑父老爺鞍前馬後，不要分文薪資，只求姑父老爺找人教我寫寫畫畫，我從小可喜歡畫畫了。」

黃任一聽他原來如此淒苦，便長嘆一聲說：「唉！孩子你多心了，你就直說自己的身世遭遇，老朽我也想辦法救你出了傅商火坑，你還送什麼硯臺來著？」

文盼華說：「不送硯臺我怎麼拜得了乾公公？」

黃任說：「你不拜我乾公公，只要說了你那些淒苦，我照樣救你出來……」

聽到這裏，博聞大師打斷文盼華的話說：「才不一定！你要不與紀翰林搭上這門乾親，那老衲還不一定會救你，要救你也必是別人……」接著便將紀曉嵐以「情」鬥「法」的那段趣事說了一遍，末後補充說：「好了，好了，我要你說這件事的詳情，就是爲了引你談到這裏，明明白白告訴你，這就是緣分，緣分，懂嗎？文盼華你聽著，你與本寺的緣分淺，老衲不要你削髮爲僧，你先藏在本寺院廚內作事吧，每天樁米，作飯，挑水，鋤園。一來等躲過你從傅家出來這一段風波，二來等你下一次的緣分，那是你與紀翰林大才子的緣分，你與他的緣分深……你倆之間的深交緣分不會很久就要到了，你眼下不要去找他，他現在也還並不認識你……」

風流才子紀曉嵐—妻妾奇緣【上冊】
著者／易照峰
出版者／生智文化事業有限公司
發行人／林智堅
責任編輯／賴筱彌
登記證／局版北市業字第677號
地址／台北市文山區溪洲街67號地下樓
電話／886-2-23660309 886-2-23660313
傳真／886-2-23660310
印刷／鼎易印刷事業股份有限公司
法律顧問／北辰著作權事務所 蕭雄淋律師
初版一刷／2000年12月
ＩＳＢＮ／957-818-212-0
定價／新台幣 350元
北區總經銷／揚智文化事業股份有限公司
地址／台北市新生南路三段88號5樓之六
電話／886-2-23660309 886-2-23660313
傳真／886-2-23660310
郵政劃撥／14534976
帳户／揚智文化事業股份有限公司
E-mail／tn605547@ms6.tisnet.net.tw
網址／http://www.ycrc.com.tw

國家圖書館出版品預行編目資料

風流才子紀曉嵐 / 易照峰著. 一初版.
一臺北市：生智，2000[民 89]
冊：公分.

ISBN 957-818-212-0(上冊：平裝).

857.7 89015061